U0745109

张炜文存

插图珍藏版 8 中篇小说

镶牙馆美谈

前 言

从二十世纪七十年代尝试写作到今天，张炜创作发表了大约一千五百万字的作品，这还不包括他亲手毁掉的约四百万字的少作。就体量而言，现当代的严肃作家几乎无人可出其右者。这些文字至广大而尽精微，有宏阔的视野和抱负，也有对人性与存在最幽微处的洞察和发掘。张炜不但代表齐鲁文学的高度，也一直屹立在中国文学的高原。鉴于此，我们请张炜先生编选了这套颇能代表其个人创作实绩的文丛，也希望它能成为引领读者深入张炜丰茂的文学世界的一个精要读本。

阅读张炜，并不是一件轻松的事情。

四十余年来，张炜切实参与了新时期文学的进程，且在每个时段均留下具有范本意义的作品，如《古船》《九月寓言》《你在高原》《融入野地》等代表作无一不被允为中国当代文学的经典。有意味的是，除了在二十世纪九十年代前期以忧愤的态度参与过人文主义精神的讨论，在更多的时间里，他与所谓的文学热点和流行话题自觉保持着距离，他的创作也很难被妥帖地归类到某一文学思潮和概念之下。比如，在一些文学史中，《古船》是反思文学的集大成之作，在另一些文学史中，它是改革文学的扛鼎之作，还有一些文学史则将其放入寻根文学的专章中讨论。事实上，张炜对庞大之物近乎偏执的关怀，他那些让人战栗的道德诘问，他交织着时代的迫力、灵魂创伤与人类苦难的文字所彰显出来的写作的德性和思想性都决定了他不会是一个文坛的“弄潮儿”，恰恰相反，他常常是潮流化写作的反动者。可是，当我们以文学史的眼光回头打量他所置身的文学时代，又会讶异地发现，原来有那么多重要的文学话题，张炜在它们成为热点之前便已做出实践或洞见。比如，批评界一度称许新历史主义写作，尤其推重以个人史、家族史取代阶级史和革命史的写作范式，在批评家们罗列出一通九十年代的重要文本之后，蓦地发现发表于一九八六年的《古船》已经几乎包孕了这个写作范式所有可能的向度，并且以家族史和阶级史并举的方式避免了新历史主义容易滋生的意义偏失。又如，近年来批评界强调发掘中国本土的叙事资源，激活汉语传统美学的意义，而多年来张炜持续与古老而灵性不散的齐文化和更古老的神话传统对话，他在演讲中说过：“怪力乱神基本上是文学的巨资。”他在《〈楚辞〉笔记》《也说李白与杜甫》等诠解古代经典的散文中所表现出与前贤思接千载的会心以及借此获得的启悟，在《外省书》中对史传记人方式的创造性化用，也显见他对本土文学传统的倚重。再如，新世纪的底层文学蔚为壮观，欲迷人眼，当批评界顺着“底层”的概念前溯时，即会注意到张炜很早之前即有这样的提醒：“一个作家心灵的指针要永远指向生活在最底层的人们。”甚至有时，张炜会因创作上的前瞻意识让他的作品陈义过高而逾越出时代的理解和逻辑框架，导致外界严重的错位式的误读，如对其“道德理想主义”的标签化概括，以及连带的反现代性的保守立场的质疑等，在我看来，即属此例。

关注张炜的人都知道，《九月寓言》发表后，他一直承受着来自标榜启蒙现代性立场人士的非议，认为他的作品存在着一个善恶、正邪、大地伦理与现代文明的二元结构，并以对后者的弃绝将自己变成一个与潮流逆势的具有强烈乌托邦气质的不合时宜者。张炜对此决不妥协，他把道德力量视作一个写作者才华和人格构建的关键部分，依旧以近于独战的姿态横对失范的科技理性和物质欲望。阅读张炜的这些文字，常常让人想到二十世纪思想史和文学史上被划归到文化保守主义阵营的那些名字，学衡派、新儒家、杜亚泉、梁漱溟、梁实秋……他们在历史潮汐的进退中也一度被时人视为逆流而生的卫道士，是螳臂当车的文化反动势力，但当后来的人们跳出时代的烟云却发现，他们的探求和思索与西方近现代以来尤其是启蒙迷思被世界大战轰毁之后兴起的新人文主义思潮遥相呼应，他们代表的是对人类中心主义和工具理性万能论进行自我反省与批判的另一现代性路径，是参与现代性对话的建设性思维，也是与主导性的历史行为和历史观念相对峙的必不可少的制衡力量。当代西方最重要的伦理学家麦金太尔在他的《德性之后》中曾提出一个重要的问题：谁来为失去形而上学品质的现代人的精神立法，或者说，在德性被放逐的时代还有没有对个人而言的至善的目标？他如此质问道："道德行为者从传统道德的外在权威中解放出来的代价是，新的自律行为者可以不受外在神的律法、自然目的论或等级制度的权威的约束来表达自己的主张，但问题在于，其他人为什么应该听从他的意见呢？"他认为当代人深陷一种"情感主义”的道德迷思中，走出这种迷思的根本在于为当代人重建德性，而“德性必定被理解为这样的品质：将不仅维持使我们获得实践的内在利益，而且也将使我们能够克服我们所遭遇的伤害、危险、诱惑和涣散，从而在对相关类型的善的追求上支撑我们，并且还将把不断增长的自我认识和对善的认识充实我们。”我们以为，张炜的“道德理想主义”也应在此意义上理解。他捍卫君子固穷的价值观、严守义利有别的守成文化立场其实是对上述现代人文主义思路的自觉传承，其间固然有接续“斯文”、承袭道统的传统天命意识，亦有在终极关怀的层面重建现代人的意义世界的激进实践意图。他坚守民间的姿态也绝非像某些批判者说的那样是蹈入了老旧道德的泥淖，这些批判者被时代困陷的局限让他们忽略或者说失察了张炜站在全人类立场的超越意识和存在意识。而且，张炜这一信念几乎在他写作之初就建立起来，它当然经过一个不断磨砺和成熟的过程，但并不像一些批评者描述的那样存在着一个从八十年代张炜到九十年代张炜的急遽转型。我们分明可以在老得、隋抱朴和宁伽之间看到一条贯通的精神的丝缕。我们也不应忘记，《你在高原》的写作所经历了漫长的二十二年，没有持之以恒的心力和不为世移的信念，这样一部描写五十年代生人意志、情感和命运的百科全书式的大书不会完成。

明乎此，我们也就不难理解为什么张炜的写作不能被简约地归类了，他的写作对应的并非时代，而是时间。他不存在趋时的问题，自然也就无法被时代利诱或者绑架；他能预知文学的热点，只是因为他内心有对文学恒常价值笃定的判断。也因此，我们以为，出于表达的权宜，人们可以用一些约定俗成的语汇来评价张炜其人其文，但必须警惕这些语汇对其文学世界丰富性的缩减。比如我们一再提到的“民间”。因为参照物的不同，“民间”至少有两重意涵，它既可以指与庙堂相对的知识分子的价值寄居地，亦可指与精英文化相对的大众化的文化生成空间。张炜的民间立场中和了这两种意义的理解，同时又对二者抱有清醒的审视。四十余年中，他像一个真正的地质工作者一样不断漫游在以其故地为中心辐射开的莽野林间，并反复倾诉这种“在民间”的行旅之于写作的滋养，因为这种跋涉不但是对民间的亲历和发掘，还构成与庙堂那种案牍之劳的有效区隔，是逃逸体制化和职业化写作伤害的最有效的方式，漫游让他的写作与那些想象民间的写作之间划开了一道鸿沟。与此同时，他赞美民间的苍茫与混沌，颂扬民间热辣活泼的不驯顺的生命热力，但并不以为这是可以豁免民间藏污纳垢的理由，事实上他也从未搁置对民间之恶的揭示和批判——把张炜的民间简略成浪漫的乡愁或野地的生趣显然是失当的。

同样，我们也应当小心在时下生态写作的浪潮里，对张炜写作呈现出的生态伦理观念的简单追认。的确，他二十年前在《寻找野地》等作品中对大地之灵踪的追觅放之今日依旧是不可掩其光彩的，而他笔下还有那么多多姿多彩、栩栩如生的动物形象，有那么多对自然魅性的倾心书写，但仅以生态立场来解读他的这些作品是远远不够的。他写有情的生灵万物，写悲悯的山河大地，会让人想起《猎人笔记》《鱼王》《白鲸》《草原》《白轮船》，也会让人想起楚辞和诗经里那些精魂不散的草木花树，他以对自然的敬畏尝试建立连接“宇宙的神性”的可能。而且他并没有像很多生态写作者习惯的那样，因为要质疑人类中心主义的僭妄，便把人排除在自然万有之外，在他笔下，我们总能找到一个辽远的人，一个因为自然而获得性灵延展的人，用里尔克的话说，这是一个“沉潜在万物的伟大的静息中”的人，他“不再是在他的同类中保持平衡的伙伴，也不再是那样的人，为了他而有晨昏和远近。他有如一个物置身于万物之中，无限地单独，一切物与人的结合都退至共同的深处，那里浸润着一切生长者的根”。某种意义上说，张炜文学世界的开阔和深邃来源于他对自然理解的开阔和深邃，来自于他作为野地之子深扎在大地中的根须。

阅读张炜的难度即在于习惯妥协和随顺的我们与一颗灼热的、忧虑的、高远的心灵对话的难度。“伟大的心魂有如崇山峻岭，风雨吹荡它，云翳包围它，但人们在那里呼吸时，比别处更自由更有力。……我不说普通的人类都能在高峰上生存。但一年一度他们应上去顶礼。在那里，他们可以变换一下肺中的呼吸，与脉管中的血流。在那里，他们将感到更迫近永恒。以后，他们再回到人生的广原，心中充满了日常战斗的勇气。”这是罗曼·罗兰在《米开朗琪罗传》的结尾部分谈到的，阅读张炜，我们会有庶几近似的感受。

本卷导读

本卷收录张炜六部中篇小说，包括新世纪以来创作的《海边歌手》《镶牙馆美谈》《小爱物》《狐狸老婆》等儿童小说，其中《镶牙馆美谈》曾获得“边疆文学大奖金奖”。

《金米》是一篇关于“忆苦”的小说，创作于一九九 年，与《九月寓言》中金祥的“忆苦”构成一种呼应。小说在曲婆对自己父母艰苦岁月的追忆中，展现了民间世界无法被磨难压垮的生命热力，凭靠着这沛然不驯的生命力，从金米的姥姥到曲婆再到金米和小碗，一代代女性既屈辱又泼辣地在原野上茂长起来。“忆苦思甜”这一本来具有强烈仪式意味的政治活动，在曲婆生动的倾诉之下，也淡去了阶级斗争的酷烈，而更多带有一种民间爱憎的激愤和慈悲。

《瀛洲思絮录》是一篇具有饱满的抒情品格的历史题材小说。张炜在广采史书、方志和民间传说的基础上，重塑徐福的形象，以第一人称的叙事视角，娓娓叙述了东莱故国的贵族后裔徐福离开半岛，东渡至日本而后自立称王的过程，其中既有其为人夫、父的情愁万种，又有身为谋略家的雄心气魄，亦不乏作为叛逆者的惶惑和孤独。在作者笔下，徐福为故土、族人和灿烂的文化与秦王做着隐忍智慧的抗争，其独立之人格、高迈之理想都闪耀着不朽的光芒，并寄寓了作者对当下知识分子精神立场的某种期许。

童心是贯穿张炜创作的一个关键词，他特别珍视充满童心童趣的创作，认为“离开了纯真的童心，文学写作就失去了探究人性的最大自由和淳朴”，因此他将童心视为“文学的核心地带”，并倾注心力，通过对记忆中的童年和诗性自然的回返，引领读者找回被世俗和岁月蒙尘的初心。

《海边歌手》讲述的是一群喜爱唱歌、机智勇敢的少年齐心协力设计救出被“蓝大衣”栽赃陷害的“铁头”，并帮助朋友常奇治疗嗓子的故事，以儿童的真醇映照特定历史时段里成人世界的幽暗，是一篇洋溢着童趣又不乏深度的作品，孩童之间真挚的友谊丝毫不染世俗尘埃，像一汪泉水清可见底。《小爱物》中看林人“见风倒”与那只林中奇怪的小兽之间发生了真挚的爱情，林子里的孩子们对小怪兽由恐惧到好奇，由好奇到怜爱，他们合谋救出了被抓的小兽，放它重回林野，成全了“见风倒”和它的自然情缘。《镶牙馆美谈》里的镶牙师傅伍伯因为过硬的镶牙手艺而成为老狼兴儿和兔王老筋的红人，伍伯被老筋所动，给所有的兔子镶了一口铁牙。在狼兔大战中，镶了铁牙的兔子打败狼军，兴儿败逃远方。与这些迷人的故事相得益彰的是小说的语言，小说里的很多句子仿如孩子的朗笑，灵动清脆，又含着亲切的情韵和丰盈的林野的气息，同时还间杂着“齐东野语”式的智慧和野趣，读来令人兴味盎然。

读者在阅读这类小说时，既能尽情领略孩童世界的善良和促狭，也可以充分感悟自然的灵奇和神性给予人类的滋养。因此，它们是儿童小说，又不仅仅是儿童小说，在对人类本性的真善美的思考上，在对自然与人关系的思辨性的反思上，它们比很多非儿童文学的作品要深刻得多。

目 录

金米

这儿的漫长冬夜，是秋天里茂长的茅草野藤、稼禾秸秆儿酿成的，有一股除不掉的糟霉味儿、酒味儿。熬冬哩，熬冬哩。老人们弓着腰，披着破旧而阔大的棉衣咕咕哝哝，往牲口棚那儿汇集。一溜儿牲口静静的，偶尔一声响嚏，喷两道又粗又直的水汽。有人早把棚子前面的白雪扫去，撒了一层玉米秸秆。老人们坐在秸秆上，男男女女都盘了腿。老饲养员提来一盏桅灯挂在棚檐上，又有人提来两盏。村头老鲁从棚子后面转出来，嘴里的烟锅一明一灭。有人哑着嗓子问："今个是谁？曲婆？"老鲁用脚划拢一些秸秆坐下，答："曲婆。"老头子们呼呼吸烟，无法掩饰心中的快乐，用手捋着湿漉漉的嘴巴。潮湿的秸秆被坐热了，弄得满地老人都不自在地扭动身子。曲婆啊，你总是来得这么晚，让人干等。看，胖婶一边纳鞋底一边挪蹭出来，大眼正瞥满场的人呢。她看见宝贝闺女小碗领一帮人在棚子四周胡窜，民兵背着锈枪，饲养员提着铁勺。快静下来吧，快准备好擦眼的毛巾吧，金米扶着失明的曲婆一步三寸往棚下走了。棚下有一个矮腿儿小白木方桌，上面有一个水碗，一把炒得金黄的玉米粒。她盘腿坐到桌前，下巴向衣领里压，紧紧咬住牙关。满场里掉一根针都能听见。"开场就是这样啊 —— 一会儿她还要把手抄到袖口里。"坐在前边的老人咬住烟锅说。果然，只一会儿曲婆就抄上衣袖了。接着发出嘤嘤的、小猫似的哭声。场子里的老婆婆也三三两两地抽泣起来。

"那时辰，我们出的是牛马力，吃的是猪狗食……我不愿数叨那时辰的事儿，你们知道提起它来我心里难受。俺家小金米说妈妈不去不去，我说好孩儿乡亲等着听哩。俺娘儿俩抱着哭呀哭呀，我的没爹的娃儿哎……”曲婆的声音渐大，但脸上无泪。“说些什么哩？还说说金米他姥爷姥娘、老姥爷老姥娘的事儿吧，这些事儿套事儿，搅和到一块儿，反正都是穷人的事儿，你们比我都清楚呀！那是咱穷人的血泪账，那是天打五雷轰的地主老财作的孽呀！咱不饶他呀，不饶他，千万不能饶……他是个吃人不吐骨头的吸血鬼哩！金米姥爷姥娘被逼得没处去，坐在井台上哭啊哭，井水都哭满了。我扯住妈妈手不让她跳井，她央求我：‘好孩儿听话，让妈妈去了吧！好孩儿你听话，拿刀给妈妈！好孩儿你听话，拿绳儿给妈妈！’……”曲婆说到这里，金米一下扑到跟前，哭着喊：“妈妈，妈妈！”金米抱住妈摇晃。曲婆用衣襟擦去儿子脸上的泪水，又亲了亲他鼓鼓的脑壳，说：“听话我孩儿，一边坐去，坐着听妈妈忆苦，听话我孩儿。”金米揉着眼，呜呜倒退着离开。场上的人长叹一声，眼泪再也忍不住了。

“金米你只见过你爸，没见过姥娘姥爷他们。你知道老姥娘的事儿吗？她长得好，月季花一样俊，小枣儿一样甜，一说话男人的心就醉了。这是后来。她小时候满身是灰土，是地瓜糊糊，十几岁了还没有裤子穿。大人领着她从高山走到小河，又走到平原上，人人见了都喝一声：鲅鲅！（一种剧毒海鱼。当地人对外来者的蔑称）她是一条小毒鱼儿，还没下子儿，留着喂小鱼那一对小奶子像豆粒这般大。她伸开小手讨饭，地主就放狗咬她，她没命地跑呀。她的小腿像飞哩，像小兔哩，大狼狗在她腚上揪下两块肉了，血哗哗流。

赶走这个外乡人的崽呀，主人喊。他们从声音上就知道这个娃儿是远处浪荡到这儿的，不让她容身。赶跑她，赶跑她，不能让她长大。她长大了，胸脯鼓鼓了，就该下崽儿了。天哪，了不得，趁她还没有产子儿赶跑她吧。大狼狗不想咬死她，只是赶。她家大人跟上孩子跑。主人说：不饶不饶！她一个小娃娃家倒在地上了，狼狗就立住了等。她爬起来，它就赶。她的小腿像飞哩，像小兔儿哩，她给重新赶到高山上去了。那是个荒凉地方，那里一代代人都活不长久，人死了刨个地方埋都无处下镢头。女娃儿的胸脯鼓鼓了，腿根儿也粗了，山顶上的男娃夜里围上茅屋喊她哩。大人两手按住她，她还是想往外跑。大人说：‘好娃儿听话莫去，好娃儿留着一身劲儿往平原上跑吧，可不能留在山上。’女娃儿急得蹬腿说：‘我去嘛我去嘛！’大人说：‘好娃儿，可不能啊，是条鱼，也不能在死水湾里产子儿。不能啊。’天长日久，日久天长，不能老按住她呀。大人为了不让女娃产子儿，就喂她一种山菜吃。谁知道世上事不那么让人放心啊，那年秋天夜里，她躺在炕上睡了，大人解了衣服一看，见肚子凸凸哩。‘天哩，我的没娘的孩儿呀，咱走，咱走，咱得赶到平原上产崽儿哩！’大人扯着她的手，悄悄牵出茅屋。她哭着，死也不肯，大人就捂上她的嘴。他们披星戴月下了山岗哩。那个山上的男娃啊，等二天找不见了人，一急点上了火，连茅屋带自己一块儿烧死了。他们还跑在路上，男娃死的那一刻，女娃只觉得心尖上一扯。她对大人说：‘完了完了，我死也不回山上了，你放开我的手吧！”她跑啊跑啊，腿疼，肚子也胀。大人说，好娃儿听话，憋住一口气到平原上吧！你看见了天边上那朵云彩了吧？云彩底下是齐刷刷的平原上的庄稼哩！那里有地瓜、有玉米饼，那里喂娃儿的东西数也数不完！下雨了，蛤蟆咕咕叫，淋得她浑身哆嗦。秋天的雨水，割膘的刀子，她又黄又瘦快要不行了。她折了根玉米秸儿当拐杖，踏着脚踝深的稀泥往前走。鞋儿踩烂了，赤脚又流出了血，她说：‘俺不走了，俺就躺在泥巴里死吧。’大人说不行不行。他驮着她走，饿了就吃野菜树叶儿，还烧绿壳虫虫吃。走到庄稼地里了，护秋的人都是地主家雇来的奴才，他们用枪往天上打，吓唬外乡人。父女俩拱着手让人家行行好，人家说好了，在豆棵里生下小崽吧，生下算俺野地人的——他们常年住在野地里，就这样叫自己。女娃儿说：‘俺不。俺在豆棵里生娃，那不是成了野物狐狸了。’野地人说狐狸算什么，在这庄稼地里，除了东家的老婆小姐，俺什么都睡过，狐狸花鹿，一身白毛的小草獾；睡刺猬，那得有耐性……他们不说人话了。女娃儿说爹呀咱快快出了庄稼地吧！野地人哈哈笑，说他们踩坏了庄稼，东家知道决不饶，说着上前动手动脚。女娃儿没经过这些，用嘴去咬，野地人就给了她几巴掌。她鼻子嘴都冒血，说爹呀，平原人心狠哩，咱回山岗上吧！爹说不能不能，死也不能。他们带着畜生的挠痕儿往前走，从雨天走到晴天，一双脚裂了口口，一走就流血，后来又化了脓。他们用菜叶儿洗，让晌午日头晒，让干土末儿擦……这才止了血。”

“穷人逃荒，千难万难；女人赶路，千苦万苦。”曲婆伸出两手在空中抓挠，“想想他们遭了多少罪呀，那不是人过的日子啊。

那还不如死了好哩，可又不能。人得传下棵根苗，平原人说这是鲢鲅鱼下子儿。下子儿就下子儿吧，可到哪儿下呀？眼见着天就冷了，快收秋粮了，快下霜了。急死了，急死了，真是天下乌鸦一般黑，没个主儿收留下她！天哪，急死了山上下来的女娃，急死了咱外乡人……”

“怎么办哪，金米妈妈，老天给外乡人留下条活路也好呀……”场子中一个老婆婆站起来，泪水把搓眼的手洗亮了。她忘情了，双手扳住旁边一个大头老人，一下一下摇晃，喊：“该留下条活路啊！”桅灯下的曲婆又往嘴里塞玉米了。小碗坐在角落里，鼻子上已经生了汗粒。她悄声问一旁抹眼的老妈妈：“女娃到底怎么了？她要咋哩？”老妈妈还没吭声，胖婶就歪过头来插一句：“那女娃儿让狼心的男人糟踏了哩……”说着手里的针锥哧一声刺透了厚鞋底。小碗涨红了脸。有人呜呜哭，老鲁阻止说：“先莫乱，好好听下去哩！”

“金米我孩儿你听清了吧：平原上那些富贵人家原本没有一个是好东西。他们是虎狼心，是活阎王呀。‘地主的斗，吃人的口。’听见哩？有个地主想长命百岁，喝十三样奶水。他喝了大姑娘的奶水，喝了母猪奶、狗奶、驴奶和马奶。喝到第十二样上找不见了。最后要喝狼奶。这可不好掏换呀，他家里的长工都怕这事儿指派到他们头上。狼在产崽的时候才有奶，不过也最凶。把母狼打死吧？要取奶水哩！提个活狼吧？难上难哩！一个人给指派走了，他找到了狼窝，结果被母狼咬断了脖子。第二个人又接上干，结果让母狼撕个脸开花，只活了两天。第三个人被指派去，愁得一天到晚在野地里转，急得没法儿，后来跑回家跟老婆要了点奶水，又掺上一点地瓜汤，说是狼奶。谁知地主鬼精明，三盘两问就知道了原委，让人逮起他们夫妻俩，一天到晚用脚踢。男的死了，女的上了吊又救下来，留做捶背捏腿挠痒痒——地主多坏，身上痒了还懒得自己动手，别人挠错了地方还要打。那个年轻媳妇啊，给地主解开线袜儿，脱下羊羔皮小背心，末了还要一层一层扎上宽黑布腿带子。那个地主那会儿正练保身子功，两腿当中那儿还系了个沙石布袋。布袋一走一碰腿，天长日久功就成哩。他想不死，想活着折磨穷人哩。长话短说，第四个人又给指派走了。那人心想为一口狼奶死了三个人啦，老东家的心真比狼还要狠哩。他琢磨不如将狼生擒了来，那样说不定它就把个老东西一口咬死哩！捉活狼难上难，不过那人可有办法。他先设法儿把小狼崽端来，然后在地主的大门外面下了套索。老母狼成天围着大院哭叫，终有一天中了套索。他们就这样逮住了母狼。哎呀，鬼东西就把狼崽儿养着，把母狼四腿儿锁住，由老地主手把着狼崽儿喂，赶空儿自己也吮一口。母狼开始老吼，后来喝水吃肉舔皮毛了。一个月过去，那个长工知道自己的谋划失败哩：地主亲手解了锁链，母狼抬起一条腿让他趴下身子吃奶哩。天哪！他嚷，老东家跟狼交上友啦，大事不好啦！地主恼了，抹抹胡子上的湿气，叫人把那个人的舌头割了。结果大院里多了个哑巴。地主十三样奶喝过了，白头发脱了又生出黑头发，年轻了十岁。老不死的地主比蝎子还毒，他一辈子娶了二十四房、三十六妾，到后来没剩下几个。大媳妇头发桐油色，不知是什么怪种，把男人制住了。

老东西怕的就是她，她穿了黑绸布衣服，上面钉了铁扣儿，年纪轻轻就拄上了龙头拐，火了就用头上的簪子扎人。也许那女人还有别的招数。反正他们是骑在穷人头上了，让人没法活了。那时候的穷人过的不是人的日子哩！”

“老地主好福分！日他姥姥哩！我那会儿遇见非磨磨刀把他杀了不可！血泪仇……”一个男人突然在下边搓着手嚷起来，呼起了口号。可是没有几个人跟上喊。胖婶扔了正纳的鞋底子喊起来，这才把入神的满场人唤醒。

“说起来没人信，狠心的地主是个半人半兽，半夜里才知道。真哩，真哩。他爸本来也是个长工，偷偷跟东家老婆好上，东家的独根苗就是他的亲娃。他跟那个贱女人合伙，半夜用布带勒死了东家，做得没露一点风声。他们又把他扶上驴背，驮到河堤掀下去。谁知水儿凉凉的，那是秋天呀，把他给激活了。天亮了，下河口那些打鱼的人网住了他，问他，他什么也不记得。人家把他抬进家，作孽的长工听见东家叫门吓个半死。他去开门，见了东家就下跪，东家只当是长工礼道多，还夸他哩。他问：‘东家捉鱼去了？’东家怕别人笑话落水哩，就说：‘捉鱼捉鱼。’女人后来给丈夫吃下双倍的敌百虫，掺到杏仁饼里，香得流油。这一下东家死得惨，鼻子口冒血。他们还不放心，又埋在院角枯井里。第二年秋，院里枯井那儿长了棵大葫芦，落霜时候还不死。最后葫芦越长越大，像水缸那么大。两个人慌了，偷着挖起葫芦根，见根子咬在东家嘴里。他们差点儿吓死。大葫芦摆在院里，他们那个儿子一天到晚巧琢磨，描上花儿，画上人儿。后来他用锯子锯去半截，做成了一只小船。他把船推进河里，又沿河入了海，一连多少年没回来。再说贱女人那夜见葫芦根咬在死人嘴里，连吓带病，不几天死了。狠心的男人一个人守着大院，胆战心惊，老听见半夜里闹鬼哩。他吓得躲到牲口棚里睡，一个大草驴在他不远处嚼草磨牙。日子久了，不知是他眼花了，还是草驴成了精，他见一个黑脸白唇儿老嫂子过来给他整铺盖，力气大得能将他提老高，他呀，差点让老嫂子一翻身压死！一年过去了，大草驴生下一个脸儿老长、越看越像他的男娃来。他知道这是自己的根，偷偷擦洗干净，用粉红绸子包了，喂养起来。小东西长到十岁那会儿翻了脸，见老头病重了就打他的耳光说：‘你算上当了。’老头说：‘我儿咋打爹？爹又怎么上当了？’小东西说：‘告诉你吧，我是老东家还魂，来找你算账来了！你当那笔账一笔勾销了？没哩！’老头说：‘天哩！悔不该当初没把你灭了。’小东西蹲在炕上说：‘晚了。今个该着我灭你了！不过我得停一会儿再动手，我先让你把什么都弄明白。我得告诉你这个老杂种，俺那哥——其实就是那个坐了葫芦跑了的小杂种，他不是死去的那人的根苗，这事到了阴间才闹明白哩！告诉你，他也跑不了，俺要等着在这儿灭了他，他早晚还不回这院里？我估摸他秋天就回来了，我要报仇。还有哩，我上一世活得太善，让你和那个贱女人整死了一回还不知道。俺这回转了世要做个恶人，恶到头。恶人福大，俺这回才算明白过来！’老头仰躺了吸气，说：‘罢、罢！你只让俺痛痛快快死吧——临死求你个事，饶你哥一条命吧！’小东西说：

‘哪能？俺前世死过两遭哩！饶了俺哥？不哩！俺来阳间走一遭就要试试做恶人哩！报仇要斩草除根哩——听明白了哩？！’那老头吓得直抖。小东西说完做起来：他个子矮，不得不踏个凳子去摆一只水碗；碗里又顺下个皮管，插在老头嘴里。他要往碗里不停浇水，把老头一点一点灌死。水顺着管子流下来，老头费力吐呀吐，后来没劲儿了只得咽下。他嚷：‘别让我零星遭罪，好孩儿咱有喂养之功……’小东西哈哈笑，还是爬上凳子灌水。他到后来又拣来些小蚂蚁、小百足虫、小蛆什么的丢进碗里，嘻嘻笑。这些东西顺水入胃肠，可着劲儿闹腾，老头难受到没处去说。肚子鼓起来了，水不进了，小东西又下来找根棍子打。肚子上挨一棍子，老头嘴里就冲出一股水。这样打瘪了再灌，灌饱了再打，直到把老头折磨死。”

“不是不报，时候不到……”大头老人一下子站了，大声呼喊。有人啊啊大叫，呼起了口号。老鲁把烟锅举得高高问：“曲婆，你快讲，快讲接下怎样？俺急着知根由哩！老大坐着葫芦回来没？嗯？快讲快讲，年轻人莫打岔……”有人偏偏嚷，老鲁转过脸骂：“奶奶！你是哪路神仙？……”

“秋天来了，河涨水了。当年坐着大葫芦漂洋过海的老大回来了。他把大葫芦砸破在岸上，决心在家好好过日子了。他这些年在海上苦哇，逢了三七二十一难，全身上下都是鱼鳖虾精咬上的疤痕。他只寻思回家过个平安日子，侍候爹妈，没想到等他的是二十二难——这一难他注定逃不过了。他看见一个小人儿站在家门口，心想这是从哪儿来这么个丑乎乎的玩意儿？要知道他离家那会儿这兄弟还没生哩！小东西双手卡腰挡住他说：‘我是你亲兄弟哩！’老大如今胡子拉碴了，一听父母又生出了一个小儿郎，眉开眼笑去抱呢。要知道老大一大把年纪了，在海上漂荡误了成亲，该抱娃儿的年头了还是光棍一根。这个小东西他怎么看怎么亲，那是父亲兄长两份感情合着哩。入了家门，知道父母双亡，老大流了一会儿泪，又去坟上烧了香纸。小东西一口一个大哥，嘻嘻笑。老大说：‘弟呀，咱俩经管这个大院了，好好谋划过日子吧。’小东西说：‘是得好好谋划。’院里长了两棵野椿，弟弟要除掉一棵，老大说两棵不是更好吗？小东西说：‘一棵是臭椿，一棵是香椿。臭椿就得除了去。’他刨了其中的一棵，又掘个坑把剩下的根须一点一点剔净。老大心想兄弟小小年纪做事扎实哩。小东西说：‘要把坏根子除净哩！’接上的日子小东西做开手脚了，老实巴交的老大什么也没想。小东西偷着往老大碗里放砷石，不巧被猫吃了，猫儿一歪死了。小东西又暗里往老大的馍里插小铁针，谁知老大一点一点掰开吃，随手把铁针拣出来。小东西又试着半夜里给老大堵鼻孔、借着为老大挖耳屎捅他的耳膜等等，都没有伤着他。不过日子久了，谁也保不住要出事。小东西在街上跟焊铁壶的锡匠买来了一瓶镪水，放在老大眼药水瓶旁边。一天半夜老大摸错了，一个眼窝上滴一滴，接着满炕蹦呀，喊呀，去洗眼，洗出血来才停手。老大就这么成了个双眼瞎。照理说该作罢了吧？不哩。小东西大白天冲着哥哥做出凶煞样儿，哥哥也看不见。小东西就可着劲儿折腾他。他走路要靠兄弟引，兄弟就故意把他领到石头墙根，让他头上落个紫包；还在冬天把他领到冰窟窿里。老大说：‘兄弟啊，怎么我净吃亏呀？’小东西捂着嘴笑，说：‘让你侧着身子走，你不听。’老大说：‘怨我，怨我。唉唉，我是一个累赘哩。’小东西接上说：‘瞧你说的，还不该吗？’老大感激得流出泪来。他让人捉弄得差不多了，瘦得只剩下几根筋了。小东西琢磨事情该做结了，就在一个早晨把他领到一个枯井跟前，说一声：‘哥哎，松手哎。’然后从后脑窝那儿戳了两指头，老大就一头栽了进去。下面的嚎声弱了，小东西又把井边备好的石头一块不剩地推下去。从那以后啊，那个大院就成了他一个人的了，这个人长了蛇蝎心肠。他来世上一遭是专做恶人来了，他就是我要说的大院那个主人，那个为一口狼奶害死三条人命的活阎王。”

三个桅灯火苗一齐闪跳。场里的老婆婆张大嘴巴哭了，一个接一个把手巾扯出来。“天哪，让雷打了他呀！老天爷你行行好吧！睁睁眼吧！”她们边哭边嚷。年轻人泪花闪闪，他们彼此观看，都承认这大概是一辈子所能听到的最可怕的故事了！万恶的旧社会呀，万恶的旧社会呀！他们一句连一句呼起了口号。场上拳头如林，泪水滚滚，大人小孩都在控诉。胖婶最终统领了呼出的口号，她伸出右手，跷着脚，衣襟下的红腰带都露出来了。大家都举手，连曲婆也跟着呼喊，脸上一串串泪珠滑下来，娘儿俩哭成一团。她一边哭一边说：“小金米我孩儿呀，想想落到什么人手里了吧！想想你姥娘怎么在井边上哭喊：好孩儿听话，你拿刀给妈妈，你拿绳儿给妈妈呀！我孩儿，别忘了呀，别忘了那时候穷人的事儿——苦啊！苦啊！”大家都跟上喊：“苦啊！苦啊！”曲婆端坐着等待人潮的平息。她说：“接下去讲啥个哎？我接上要告诉你们，那从山岗上下来的爷儿俩就落在这么一个狠人手里哩！”

一句话出口，人群又是一阵混乱。老婆婆说：“天哪，怎么该着呢！”“雪上加霜呀！”小碗忍不住站了，大声叫着她那几个姊妹，说救救那个外乡姐妹呀，救救女娃吧！她又转脸问曲婆：“你怎么让她落到那个大院子里哩？你给她换个人家不行吗？”曲婆连连摇头：“不行不行。这是随便能换的事吗？”一场人有的唏嘘，有的大声责备小碗。

“爷儿俩跑呀跑呀，庄稼叶儿划破了脸、手。急死人了呀，女娃好比一条肚子鼓胀的鲢鲅鱼，真的要产子儿了！眼看要收秋粮了，接上天会变冷，爷儿俩还没找下个窝儿呢。野地人的心不坏，只不过嘴里说话难听，他们掰下了生玉米、扒出了花生地瓜给爷儿俩，这才保住了命。女娃儿对爹说：‘爹，你听我肚里咕咕响，是鱼趴在草里产子儿那声音哩。我快熬不住了。’爹说：‘好孩儿说什么也得熬住哇，你看见平原上那些青砖红门了吧？那又是个大主儿，咱还得去碰碰运气。’就这么他们到了老地主那儿。这会儿的院主人已经是五十多岁的人了，他那个大媳妇早拄上龙头拐了。东家收留下他们，让女娃去灶间剥葱捣蒜，让女娃爹去牲口棚里炒豆子。两个人都不冷不饥了。他们住下没有多少天，女娃就生了。生了生了，生了一男一女 —— 东家让丫鬟报告大媳妇，大媳妇让人把哇哇哭的两个小肉蛋抱走了。女娃要亲手抱抱心尖上掉下来的肉哇，她伸手去要孩子，大媳妇就用煤铲子拍她的掌心，骂：‘没脸没腚的东西，还有脸哩！让奶妈喂着去，你奶水盛在这盅儿里。’一个紫铜盅子一天满一次，女娃奶水旺着哩。有人按时端到老东家屋里——那个挨千刀的那会儿正凑十二样奶哩！原来他收留他们是为这盘算哩！多么毒的人哪，打外乡人主意伤天理哩……什么苦都让外乡人吃过了，天哪！女娃生过孩子两个月了，央求大媳妇抱来孩子看上一眼。人家说孩子挺好哎，头发黑皮儿白。女娃哭啊闹啊，大媳妇用龙头拐杖打她。又过了两个月，女娃说俺要走了。老东家听说了过来瞥了一眼，一眼就算把她给坑死了。我还没说女娃的长相哩，她怀孩子那会儿破衣烂衫不成人形儿，这时节身子利落了，皮儿光亮，才十七岁，天仙一样啊。那个狗狼养的一眼就生了歹心，把她收做了偏房。女娃儿那会儿受罪没法说，一天到晚哭。那个东家是驴托生的呀，女娃吓也吓死了。她半夜里跑去找爹，爷儿俩要逃走，刚出了村子又让巡夜的逮回来。巡夜的不敢揍女娃，只好有气往她爹身上出。女娃爹给打得头破血流，又被绑到了大院里。那顿折磨呀，那不是人受的滋味儿。老头子临死那会儿见了女儿一面。他扯着女娃的手说了一句话，然后闭了眼。他说的是：爹糊涂哩，爹不该拉你来平原上。爹只知道山岗上等死的滋味难受，爹不知道平原上的死法也不轻松哩！爹害了娃儿哩！女娃哭哇哭哇，哭晕了。她一天到晚受老东家和大媳妇的气，他们想出了一万种方法捉弄她。她长得身架小，像眼泪汪汪的小羊。眼见得她快给折磨死了，老东家捏住她背上的松皮儿，噗一下扔到窗外去。她只当是放生了，抬腿就跑。她跑到门口那儿，见一个黑衣女人手拄拐杖叉腿站着——

大媳妇笑笑：‘怎么这就走了？我平素待你不薄哇。这么着，你再侍候咱两天吧，到时候你一手扯上一个孩子走，带上金银细软。我给你香粉擦脸，金丝带系腰，一脚穿上一只莲子鞋儿。’女娃恋着孩子，就跟上她回了。谁知道这回是从雪窝掉进冰窖，从狼爪滚到虎口。大媳妇把她送到一个小孤屋里，让几个穿紧身衣裳的男人把她脱光了拴到两根柱子上。她的手脚都给分在了两处。大媳妇说：‘你不是想要孩子吗？问他要——你身后那个大汉，是他抱走哩！’黑汉子侧过脸笑笑说：‘俺抱了不假，抱了两个野种走到野地里，一下扔进了井里。’女娃这才知道孩子的下落，疼得昏过去。大媳妇让人泼水、掐人中，把她弄醒过来。火盆中烧了两把小铁铲，大媳妇拿起一把，照准她腿根就是一下。油烟糊肉味呀，撕心裂肺地叫呀，小屋子快塌了呀！这就是穷人遭难啊，穷人被活活烧死了呀！谁来救救她呀，谁拿个矛枪捅死狠心的大媳妇吧！再不捅死女娃也行啊，别让苦命人零星遭罪了吧！老天爷睁睁眼吧，发个雷打死那个挨千刀的吧！不打死她，海也得枯，石也得烂，日子长绿毛了呀！老天爷老天爷，听俺苦命人老姊妹一句话吧！”

“苦啊！苦啊！”

满场的人一齐喊着。曲婆奋力扬着手臂：“苦啊！苦啊！”她的泪水早已流干了，这会儿去喝水，捏一粒玉米嚼着。大头老人伸手问一旁的老人：“还有公理吗？还有王法吗？真是衙门口儿朝南开，有理无钱莫进来！”老鲁脖子上的青筋凸着，附和：“莫进来！莫进来！”一个老婆婆低头咕哝：“苦命人不如鸡狗啊。富人大年三十吃猪耳朵，穷人吃糠！”另一个摇头：“糠也吃不上哎。吃白土末末，噎死人。”“天下乌鸦一般黑！一般黑！”

“金米我孩儿呀，切莫忘记血泪仇，切莫忘。我不说你老姥娘是谁你也该知道，你是苦藤上结的瓜儿。你有朝一日不听娘的话了，忘了本了，你只想想那把烧红的小铁铲吧！你闭上眼，你要是个好孩儿，做梦也嗅得见糊肉味儿……她给活活烙死了，疼死了。那时他们用个破苇席把她卷了，扛出大门，想扔到庄稼地里喂狗去。谁知活该好人有寿，早晚有人助哩。她的小身子在席筒里，被一个护秋的野地人看见。野地人是个满脸胡子的老光棍，脾气比老虎还暴。他解了席子一看，见是个女人就蹲下来。他半辈子一个人在野地里转，不怕鬼。他原想扒下几件衣裳走，后来见这女人小脸儿怪疼人，就端量起来。不瞒你这些人，他还抱起来亲了嘴儿。他抱着她，抱着抱着觉得这身子在活动。他扔也不是拿也不是，就晃着拍着。她也就睁眼了。野地人说活了就好，快说说实话。她说不出，野地人就抱到他的草棚子里去了。热汤热水地喂着，她能走了，能哭了，野地人就要和她成亲。她说成不得，俺不是个干净人了。野地人说你当俺就干净了？说着哧拉掀了衣衫给她看，让她看这全身上下的陈灰污垢，没有一处露出真皮哩。小女娃知道她遇见了又一个苦命人，取来一桶水为他洗了一遍，又用茅草擦了身子。野地人一辈一辈都给那个大院护秋，在这片平原上活动，好比天上的游隼。他们说给东家护秋好哩，打死人不偿命！不过他们还没打死过人。他先给女娃补身子，煮豆棵给她吃。她想这辈子可算熬出来了，再也不缺吃物了。野地人什么都吃，他说这样惯哩！他逮了蚂蚱用酱油腌了，吃一个冬天。刺猬、獾、长虫，还有鼹鼠，他都烧了吃。他胳膊上的肉一棱一棱，能把石砘子举到头顶上。女娃福日子来了哩，一天到晚在庄稼棵里跑，身上全是草籽儿。后来另一些野地人知道了，想合伙把她偷走。有一天她去沟边上采艾子，让一些野地人抱住，偷走了。他们把她藏在窝棚里，一个一个出去弄些好东西给她吃。她还吃到了野兔子肉、狗肉。她想那个窝棚呀，想那个男人。这些野地人说：‘莫哭了莫哭了，那个人还不是和俺一样！’女娃哪里听，一天到晚哭啊，说俺这辈子完了，受的苦楚大船也装不下。她用手砸门，手都砸出了血。天哪，人逢到了绝路上了。看看吧，谁受过这样的苦啊？”

怎么办哪怎么办哪！场上的老婆婆搓着眼，你我端量，又去拍大头老人的胳膊：“她怎么熬得出呀！她也算命大的人呀！将身来把自身比……”大头老人流出了泪线。他从衣服夹层里摸出了一个脏腻的小酒壶吮了一口，擦擦眼又放回，说：“我真是借酒浇愁哩。”老婆婆哭着去摸酒壶，饮一口，清清嗓子。胖婶看一眼老鲁，见他只顾听呢，连酒味儿都闻不见。曲婆叙说的节奏慢下来，一口接一口喝水。她的鼻子最先嗅到了那种甜丝丝的味儿。她不愿将脸转向大头老人，只仰向桅灯说下去：“那些势利眼哪，那些自顾自的人哪！那些自管自己享清福的人哪，他们喝酒穷人流泪啊！”大家都跟上曲婆叹喟，后来才觉出与女娃的事儿不相关。有人催问：“女娃后来咋了？咋了咋了？”曲婆没好气地哼一句：“你还记得受苦人？你的心还长在中间？我只当你有酒有菜自己低头吃呢！”

“金米我孩儿，你听个端详！谁要说他受的罪比你老姥娘多，那他是胡诌。你割他的舌头。你老姥娘穿过的短裤让上级锁到柜子里去了，逢年过节才拿出来给城里人瞧一瞧。他们开了眼，忘不了过去的苦。还有盛饭的泥碗，上吊的绳子，作孽用的小铁铲子，一遭儿都搁在展览馆里了，罩在包金边的玻璃罩儿里。多少人为你姥娘、老姥娘哭呀，他们才知道多少？他们知道野地人偷走她那一节儿吗？那一节是只有享不来的福，没有遭不来的罪，有泪都往肚里流了。后来她——就是女娃儿，半夜里见野地人一个一个都睡了，这才钻到秫秸墙里，就像钻草垛子一样。要知道窝棚的门儿是上了锁了。女娃儿一溜小跑窜在庄稼地里。她的心噗噗跳着回到了自家窝棚，一家伙扑到那个野地人身上。野地人说她一连多少天不见了，身上一股青草味儿。两个人恩爱啊，一天到晚不分离。野地人把女娃的小手按在身上，女娃搂着大男人。女娃长得真小哩。这都怨小时候山岗上没东西吃，她身子架也就小了。野地人啊，一天到晚去护秋，窜来窜去有使不完的劲儿。他吃鼹鼠吃长虫的嘴一下接一下亲小女娃，小女娃也不恶心。那是一对好人儿哩，心贴着心。他对那些护秋人说：‘以前那会儿偷去女娃不作数；谁要再敢碰她一手指，俺就用土枪揍出他肠子来！’护秋人都知道这个大胡子说得出也做得出，远远躲开。女娃肚儿圆鼓鼓，又该产崽儿啦——野地人说：‘产吧产吧，产出来还长成野地人。’她产下了，不过又死了。她哭啊哭啊，野地人陪着哭。第二年上她又要产崽了，她说听见肚里又有咕咕的大鱼叫唤声了。她想起什么？她想起那些年和爹手扯手急急奔跑的事儿，流了泪。爹是望不见俺的好日月了。她接下去生了，是女孩儿，全身白生生，刚下来就俊哩！野地人欢喜疯了，掮着枪直蹦直蹦，说哎呀老婆，哎呀哎呀，你给野地人留苗儿了。你今后要个星星我也去摘下。女娃儿听了咬住牙，不吭声。野地人晃她，问她咋了？她说只怕你不应。野地人说我应我应！女娃说那好！我只求你替俺做一件事情。野地人红着眼问什么事儿？女娃的泪一串串流下来：'杀了东家。'

"野地人腿抖。'你不应吗？你不应？'女娃儿步步逼。野地人说：'应哩应哩……'从那儿起小窝棚里没笑语了，只有落生的小女孩儿哭。野地人一天到晚摆弄土枪，铸铅弹。嘴里咕哝：'我要杀东家，替孩儿娘报仇哩！'女娃大双眼里干干，半晌望上男人一眼。她心想你嘴里说说不作数哎，我等你把铅弹弹喂到那人肚里哩。孩子满月了，会笑了，野地人搂住娘儿俩亲又亲。他背上枪走了，上身还捆了一块野狸子皮。他在离那个大院不远的玉米地里趴了一整天，静等老东家出来。有一回老东家出来了，他的手就按到了扳机上。只要一用劲儿就行，可他哟，偏偏这会儿心思转起来。老爹的话又在他耳朵根下响：'孩儿，记住，老东家对咱野地人有恩哩，一辈一辈咱都是护他的庄稼。记住，你生是他的人，死是他的鬼。'他的手一颤一颤，闭了眼。他睁开眼，见老东家从轿子上一撩大缎子衣襟下来，大白脸上两眼滚滚，额上泛光哩！他是天生的东家，天生的野地人的恩人哩！他收了枪，掮上，不知为什么摇晃着出去了。他想干什么也不知道。反正他走到轿子跟前，大张着嘴巴。老东家一转身看到了，喝一句：‘不到地里去，跑这儿干什么？你不知道你该待在地里吗？’他的腿那个抖，不成句地说：‘老爷，我……刚才，该死哩！’说着又上前一步。老东家瞪大眼：‘狗东西啰唆，快回地里去，讨打吗？’他吓得一愣，鞠个躬扭头就跑。他一脚插到玉米地里才算安静下来，眼睁睁看着老东家进了院门。回到窝棚里，女娃儿一看就知道他空手回来了。他搓手，顿足，说再没有机会杀那个仇人了。女娃问怎么了？他说枪出了臭子儿。夜里他睡不着，直翻滚，女娃就搂住他，告诉是他女人哩；又拖过他的手摸摸小孩儿，告诉那是他的骨血哩。野地人第二天又背上枪走了。这一天他卧在玉米地里一整天，每时每刻都在骂老东家。他只怕一停了嘴就消了力气消了恨。他骂老东家是个两条腿的驴，越骂越恨，汗水一滴滴从额上滚下。如果这会儿老东家出来了，那一准给打个仰八叉！只可惜从早等到晚，人影儿没见。云彩红了，野地人要杀个人了。他的手不沾血就对不起娇妻娃儿。杀人杀人，火药在膛里开水一样翻滚，野地里人急得要死了！就在这会儿，一匹花斑马不知从哪儿溜出来，野地人勾响了土枪。轰隆一声，天摇地动。要知道这是积了好久的火药呀。花斑马倒下去。野地人被自己弄出的声响震醒哩，他转身跑回家，一进门就嚷：‘老东家……打死了！’女娃儿哭了，泪水洗得脸红，一下下亲男人。男人扔了枪，一屁股坐了。他张着大手说：‘我是说，我是说我把老东家的花斑马打死了。’女娃儿抱着孩儿摇晃，出门去看一片一片的庄稼。她从外面回来，说：‘野地人，你给我弄杆土枪好吧？’野地人说：‘那好哩！’他从别人那里用火药换上一杆就行了，他可不想女娃要枪干啥哩。几天工夫过去了，野地人真弄来一杆小土枪给了女娃，还说：‘谁敢来欺你，就开枪打哩……’这夜里野地人梦见了一个红色小狐狸，它俊煞！小脸凹凹着，双眼儿眨一眨，一会儿变成了女娃儿！天哩，先人托梦哩——野地人记住了梦中情景，相信是老辈人深夜开导他。他半夜里一锅烟一锅烟吸，又去推醒女娃儿，谁知女娃亲亲他，又搂孩儿呼呼睡下了。看看吧这迷惑人的东西多么会装，看看她一心一意要蒙住我的双眼哩！老东家呀，野地人祖祖辈辈的恩人，你小心再小心，有什么东西在借我的手算计你哩。那会儿野地人的恩人危急哩！肠子要流出哩！嘿嘿，嘿嘿，俺野地人幸亏半夜里明白了，不过俺也不祸害她。为啥哩？就为她招人疼哎，为她那小眉眼儿，恩人心粗不知哩，她半夜里伏俺胸脯上，猫儿狗儿一样。她白得像雪绒哩，俺是土捏的。半夜刮风她害怕，搂俺大粗胳膊在怀里壮胆哩。俺不赶她走，俺舍不得她哩。俺只记得是老东家的人就是哩：野地人一辈一辈都捧您老饭碗哩，您老待野地人好比自家的物儿，从来不断他们草料哩。福星高照吧，俺为您老把一辈子铁门。您老放心……嗯！野地人暗影里祷告了一个时辰，天快亮了才睡过去。女娃天天摆弄枪，野地人说小心，走了火呀不得了。不过他还真教孩她娘放枪，让她打玉米秸上的麻雀，说：‘你就打麻雀好哩。’女娃说俺要用它打大物儿，打个大兽。他说胡诌。”

“哼哼，多么糊涂的人儿……”老鲁听出了机关，这会儿打断曲婆的话。“要放血了，要放血了！……”一个男人抱起膀子，头颅往前探着。“一个不争气的男人哪，啥事儿不得女人自己去做？其实女人生下了娃，剩下的事归男人了。”老婆婆们吵架一样。曲婆盘腿坐着，双目紧闭。

“秋天剩下没几天了，这你看看焦干的玉米叶儿就知道。树叶儿也开始哗哗落，地瓜的红皮从土缝里鼓出来，麻雀胡乱吵闹。女娃把孩子搁在草篮里，自己和野地人去打猎了。土枪压得她直摇晃，她腰上用瓜蔓儿系了。他们转来转去，找不到大兽。后来不知咋的就转到靠近大红门那片庄稼地了。野地人一来到这儿就慌，他想让女人快些离开。女娃死也不肯，她说你闻不见一股畜生味儿吗？你听不见有野物的喷鼻子声吗？一会儿门前空地上出来一帮人。这些人走过去，就是老东家了。他手里的拐杖玩似的乱转，正高兴哩。女娃咬一绺头发在嘴里，没人声地叫一句跳出去。野地人也跟了去。女娃放响了枪，枪打偏了。老东家往玉米棵这边跑，女娃抡着枪托子追赶。野地人端着枪迎上来，女娃说：‘你快呀！’老东家脸一板骂道：‘狗东西，快把她给我打下！’野地人的枪口离东家只有几尺远了。‘狗东西枪指哪了？快给我打下！’老东家一跺脚。这会儿女娃扑上来，迎着老东家去抡枪托。枪托子还没落下，野地人扑通一声开枪了。女娃一下子倒在血水里。枪口离她太近哩，她给打得稀烂。野地人扔了枪，哇哇叫，一头扑在女娃身上。他昏过去哩。”

“天哪！哦哟哟……俺不敢信哪。”场里的人怔了片刻，呼叫起来。曲婆伏在了白木桌上，一声不响。“妈耶。”金米过来摇晃她，她不抬头。“妈耶妈耶，哦呜……”儿子痛哭起来，绝望地看着人群。曲婆抬起头来也是满脸泪珠。她抱起金米，像看一个陌生人一样眨了一下眼。她喊：“听话吧好孩儿，快拿刀给妈呀！快拿绳给妈呀！”场上的人发出了抽泣，老头子们张大了嘴巴，像抵挡寒冷一样抵挡悲恸。“好生生的人儿打死哩！替他生娃儿的人给打死哩！挨千刀的野地人哪。”人们终于等到曲婆平静下来，问，“后来咋了？咋了？”曲婆说：“后来东家是老死的，野地人自己守着孩儿过了。孩儿长大了，天底下也找不出的美人儿。野地人把她藏在草窝里。他不跟她讲妈的事儿，她是自己设法儿知道的。她后来越长越大，跟上另一个野地人跑了。这个窝棚里的孤老头子一个人熬日月吧，他一个人等着去死吧。那时候他哭啊哭，眼泪把胸口的棉衣都洗透了。有一天起了大火，他给烧死了。也有人说是他自己亲手点的。死的那当口他使劲搂了枪，一块儿烧成灰。这是报应啊，是他自己还报啊，女娃在地底下也望见火光呢！”“妈耶妈耶！我想姥娘想老姥娘……”金米细小的身子抖着，老去揭曲婆粗破的衣襟。曲婆一遍一遍吻着儿子的额头，使他安静下来。她仰脸向着场上的人说：

“可怜的外乡人哪，不该离开那山岗。这都是产崽儿引出的故事——他们都害怕在山岗上产崽儿。他们恋平原哩！可这里是怎么折腾外乡人的，你们刚才亲耳听了。外乡人啊，蜓鲅在草里产子啊，咕咕叫了！别往平原上跑了，别跑了，别离开祖祖辈辈的窝儿呀。那个窝儿是先人的汗水儿泡透的，能免灾祛难。做个外乡人，产了崽儿，再后悔也来不及哩！一辈一辈都是外乡人了，根不在这块土上——红土黑土黄土，血呀汗呀泪呀，一种汤儿泡一种土儿，混不得哩。先人不让啊，先人一恼，咱就全完了。咱悔不该出去野性哩，没有守着先人的坟。过清明了，过大年了，坟上空空的连个压纸的人都没有。天长日久了，风把坟堆吹平了，谁也不知地下有什么了。再后来犁地了，犁头插进深土里了，天哪，这就从根上毁啦。外乡人战战兢兢的日子没有头，没有头，深更半夜睡不着。刮大风了，房子顶上打雷似的，你想起什么呀？你想起风在一千里外的坟堆里打旋——旋出的响动传了来，在屋顶上滚，要入你的屋里、入你的梦里，让你夜夜不能安生呢！先人要管你和你的下辈子，让咱快些回去，秋天里起程，赶在春天里回去产崽儿。那边的水儿盛满了沟沟壑壑，水草一团又一团，像云彩似的，正好躲住大鱼哩……”

场上人静得没有一丝声音。玉米秸垛子尖上的白雪耀眼。槽上的马细细咀嚼，好似思索的声响。雪粉在月光下滋滋化掉、板结。看不见的小冬蝇在秸秆之间跳荡。不远处的大碾盘子好像被夜巡的精怪推动了，骨碌碌响……星星掉了一颗，落在雪上，溅得满滩遍野。鼹鼠一群群在雪下钻着，不时探出头来倾听。哟哟好静，这个热闹的月夜啊，这是怎么了？嚓嚓嚓，嚓嚓嚓，一只生了褐毛的老鼹鼠领着它们游动起来。场上的人静默一会儿，开始三五成群地相互诉说了。老婆婆对身边的人讲起了不幸身世，老头子难过得拐杖捣地。“地主的斗，吃人的口。”有人说。“那时俺爷爷给地主扛长工，吃不饱，穿不暖。地主吃大白面馍，俺爷在边上看，还要斟酒。”“讨饭走在冰碴上，十个脚趾头，冻掉了九个……”他们的声音只有对面的一两个人才听得清。“俺奶奶没有衣服穿，光着膀子推碾哩。地主老财吃的白面是俺奶奶磨出的。俺奶奶饿得不行了，低头吃一口，狗腿子就打她。”“穿了什么衣裳了？补丁叠补丁，再破了没布补，就用牛皮纸缝上哩，用树叶儿粘裤洞。没有被子，睡在热沙里。”“不如死了好呀，真是那么回事。地主家的鸡、兔子，什么都比咱过得好。它们穿得也比咱好哩，身上的毛皮冬天也护住冷。”“最苦是女人家，坐月子，有什么吃？水沟里摸条鱼，拇指长；地瓜软软和和，吃了一个冬天。男人哪个不揍老婆？他们的手狠起来，女人身上就有青了。有一年上，我最前边那个男人——大婶子你知道我这辈子找了三个男人，一个比一个坏——他嫌我能唠叨，说要用针缝了我的嘴。我还只当他说说气话，谁知一转眼麻绳和针都准备好了！我给他跪了，他这才罢手。第二个男人是个麻子，你知道大婶子，他不务正业，不是个老实人。他会偷东西，花猫、柜子、铁锨，还有女人的小夹袄，什么都偷了家来。村上民兵把他打死了，死那个惨。他们用一根猪腿骨敲他的头，几下就敲死了。第三个男人好，脾气也好，就是犯了喘病急死了。大婶子哟，俺嘴对嘴给他送气，他的脸一憋就青。俺寻思他早晚得死在这上边，谁说不是。那天天刚亮，他正和俺亲亲热热地好，说话儿，那些心窝里的话够一辈子听的了。正说着院门一响，有个粗嗓子喊了句‘大叔在家不？’他一口气没上来就死了。他死在俺怀里，是给突然的响动吓死的，死得冤哎。俺八十岁了，俺想他呀，再续个男人，能赶上他一小半儿俺也就知足了。”“还是不续吧。你知道俺倒是续了。他哪儿都好，就是有一桩：一想到俺先前的男人就骂俺、打俺，说为啥一开始不是嫁他了？我说那会儿不知有个你哎！他又打俺。俺身上的皮儿没法看了。他正和俺好着，一想到俺前一个男人气就来了！俺找明白人问过，想给他调理调理，人家说不行，这是一种病，病名叫‘气先’。”“嗯哪，我寻思也对。比如说俺两口儿原先就挺好，你疼我我怜你。他去翻地，一锨掘出个大豆虫，舍不得烧了吃，回来送我哩。自从有了娃儿就不行。你知道做妈的哪能不抱娃，哪能亲得够？男人不高兴了，拉长脸说俺只会抱着孩子哼哼。他看俺不顺眼了。他怨俺一天到晚抱个娃娃。这也是一种病，病名叫‘气怀’。”“‘气先’哪‘气怀’啊，反正都是男人的毛病。女人家一辈子要遭七七四十九难！什么都是男人的理儿，他们怎么都行，女人翻不了身了。”“翻不了，翻不了……”这些话有几句大头老人听得清晰，他摇头：“不能这么说。男人受苦也没有数，要看是谁家男人。”他的双眼瞟一下一旁的老伴，“我不是说自家，我是说有那么一家 —— 嗯，就是有哩，谁听了不顺耳就是谁哩。她呀，我敢说打老辈起，也没见这么俊气的大姑娘呢。她浑身喷香，和自家男人心贴心。男人喂一口她吃一口，装小孩哩。她会做地瓜馍，一掀锅盖裂开花的大馍。她那两个奶子有多大，地瓜馍就做多大。男人累死不喊累，天天下地有劲哩。两个人恩恩爱爱，谁也不欺负谁。她还给男人辣椒吃，辣得男人呼呼吹气，就说‘快咬馍快咬馍’，变着法儿让男人多吃饭。真是好女人，又水灵又爱笑，一笑俩酒窝。男人逢人便夸，满村里男人都想和她好。你知道小村里光棍多得数不完，这家人给扰乱得没法过日月了。男人在墙外下了绊绳，在院里挖了陷坑——他可是做这个的好手。折腾了一年多，总算过得太平些了，谁知道女人开始变脸哩。她为啥变脸？男人心里怀疑哩！她一遍一遍自作主张去掉墙外的绊绳，不过又亲手帮男人挖陷坑。你说怪不？她不高兴了，脸儿木木，飞快坏了一个牙，又去镶了金牙。她不理男人哩，男人想亲近她，得挨拧哩。男人身上一块块紫瘢印痕，还得听她骂。她骂人花样数不尽，老腿老胳膊了还想打人。男人是疼她哩，不愿揍她。好男不和女斗啊，让她尽个性儿疯吧。一年年过下来，两个人不能通通知心话儿。这是人过的日子吗？女人过得也不舒坦，你看她一天到晚绷着嘴，锃亮的金牙也不让人看，脸上起皱了。她头发白了，梳得光溜溜，后边挽个白球哩。男人半夜摸摸她脚，凉手哩！她身上没火力了，老了，靠男人暖着才活得长久。这些理儿她知道吗？我一村的老姊妹们，有谁去开导她呀？眼瞅着数九寒冬来了，两个人抄着手，一间屋一个，坐大牢一样。苦啊！苦啊！她就忘了年轻时候的事儿，忘了谁一夜一夜抱着她，爬树摘枣给她吃。她忘了谁跟她生下娃来，生了个多好的娃！世上人哪个又不是从年轻时候过来的？忘本哩！她像变了个人，那件青大襟衣裳遮了的身子不是她哩！我寻思是黄鼠狼呀什么的野物附了身。老姊妹们哪！话不说不明，灯不挑不亮，男人的苦处说不完，你们可是亲耳听了。我没有半句瞎话儿，要不，让我今后酿酒酒酸，做醋醋臭。”老婆婆啧啧响，有人去抹眼睛，说：“老天爷，天底下真有这样的坏女人哪？想不出哩！”大头老人的老伴歪过身子：“林子大了什么鸟没有。有些坏男人，不打不骂女人，可就是恶心人哪！老姊妹们知道，要有这么个男人趴在咱炕上，咱还不如死了好哩。”老婆婆们点着头：“老嫂子说得倒也是。”大头老人从衣怀里掏出小壶饮酒，咽下一口，咂咂嘴：“咱外乡人哪，来路不一样，都要在这块土上扎根哩。那些坏女人跟男人闹别扭，还不是反对扎根？她们生下娃儿也悔哩，悔不该在平原上产崽儿。天，这平原是俺男人自己的哩？不哩！男人上几辈儿从天边走了来，路途远着哪！老家在哪儿谁也不知道，天生是些无根的人哩！说不定咱在这儿住不久又得走——三十年河东三十年河西嘛，谁说得准？走哇走哇，外乡人就是这个命，外乡人不能停闲哩！也许女人对哩，她们不让男人在一个地方扎根。她们心里有说不出的一句话，她们在催着男人上路哩！看看咱小村吧，一色的小泥屋子，扔在身后也不可惜，这是打谱跑哩！这就是鲢鲅，一辈子找不见一片好水湾产子儿……”大头老人说着哽咽起来，引起身边好几个人的抽泣。“真哩！真哩！他说得不错！”老婆婆们抄起衣袖。

一个矮小的、白白的女人一个人坐在那儿，静听别人讲叙。她大睁着眼，有时从人空里望一眼唾沫飞溅的男人。她有时伸出小拇指挠一挠发痒的脸。她真像个局外人。过了一会儿，一个老婆婆望见了她，就插着人隙钻挤过来，坐在对面。老婆婆握住她的手一下一下拍打：“孩子，心里有苦楚就说吧，俺知道你心里屈着哩。说吧说吧，大婶要听哩。”矮小女人摇摇头：“俺没。”老婆婆一板脸：“咋没？都说你有哩！莫怕，说吧。点了三盏大灯，不能白费了油啊……你听听人家，没有闲嘴的哩！”“大婶啊，”她拢拢头发，“俺是他的人哩，俺跟他亲，没他一句坏话。”“他发狠打你哩！”“那是俺有过错。他打俺，俺哭过了也不恨他。幸亏俺没落到野地人手里，要那样俺还不知死几回呢！他解下腰带抽俺，还捆了手足，如今想想换了别人还不知咋样哩。我也吃过那些畜生的亏，我可不点他们的名儿。比一比，还是俺男人好。跟上他那天到如今，我没有饿着！冬天，他用草屑儿烧炕，全村数俺家炕热。北面小窗的缝儿也糊了，小屋里热烘烘，有老鼠有猫儿。俺对不起他的只有一桩，没为他生下个娃儿。刚才曲婆说产子儿产子儿，俺听了心里好难受。不说啦不说啦，你有这事儿的偏方？”老婆婆闭上眼想了想：“使红布腰带扎腰好些。还有，吃地瓜馍不吃盐，三个月……”小女人低了头。老婆婆还要说什么，老鲁站起来喊了：“莫乱吵莫乱吵，听曲婆一个人说哩。金米妈，你接上说说自己的事儿吧，天不早哩！”

曲婆把桌上几颗金色玉米摸了一遍，说：“金米爸早早走了，他撇下俺娘儿俩呀。俺拉扯上一个孩子过，不易呀。夜间俺搂着小金米，把他小脚丫抓在手里，捏弄着，一遍一遍哭。俺哭什么？俺想起了俺这一辈子，想起了小金米爸呀。孩儿睡了，摸摸他脑壳，他眼窝，觉得是他爸的根苗。乡亲们，俺的指望都在孩子身上，俺得为他守住瓜（寡）儿才对得起地下人。”曲婆的语气缓下来，双目夹出一溜睫毛。“就是呀，就是呀，守住瓜儿吧！”老婆婆们的应声此起彼伏，一场人都激动起来。曲婆用衣襟擦擦眼：“我说哪去了？哦哟，我是说俺没遇见金米爹那一截，没过一天好日子。俺是没娘的孩儿，爹让俺藏在窝棚里，日头照不着。我脸上一层白茸茸，皮儿也细嫩嫩，谁也没碰咱一手指。我是一朵花儿，露水气儿没散，花芯上没招一个蜂。窝棚不透风儿，香味别想传出去。那时两天洗一回身子，爱干净，衣服上没有一丝灰气哩。爹啥也不让俺做，小手养得软绵绵，比猫爪还规矩。俺倚在窗上，隔着眼皮儿望庄稼。豆子地里有野物跳腾，它们几时老实了？俺十几岁了也不晓得男男女女的事儿，也没人告诉俺。不过我那会儿知道了依恋什么，老想把头拱在被子上不起来。俺觉得大厚被子真好哩，盖住俺的身子脸儿，和俺贴着。有一回俺哭了，哭呀哭不停歇。我不晓得身形儿怎么样，是后来金米爹告诉我哎。我觉得那时爹把俺当个宝贝猫儿养了，让俺好吃懒睡在炕上。日光照身上了，我才爬起来。我想妈呀，没见她的模样——不记得了。我哭妈妈，爹就躲到庄稼地里去了。爹是什么人我不知道……快来呀，好样的小伙子，快别让俺一个人守住瓜儿了！快来呀，快把俺抢了跑吧，抢出去一下扔到井里也行啊！俺等不得了，俺不活了，俺用白布条子上吊了，到那时谁也找不见了！”

曲婆的右手在天上画了个半圆儿，热浪滚动到场子里去了。“快来呀，快来呀！……”谁家姑娘趁乱呼叫了两声。“那时呀，爹打个鸽子炖了俺吃，咱连锅儿扔出去。他发火，我咬破了他手。‘疯哩，疯哩。’他这么说。那个情景里金米爹来了，我爹想拿枪打死他哩。我要有杆枪，就把爹打死了。我跟上男人跑了，一头钻到庄稼地里再没出来。从那以后俺过上了好日子，日日欢笑哩。金米爹把俺揣在胸口上，天冷了就用衣襟把俺包起来，风雨都别想沾身。这个大男人是个赤脚跑南北的汉子，肉硬得像石头，俺咬了咬没咬动，他哈哈笑哩。夜里他抱来一团茅草，推巴推巴做个窝，和俺拱进去。小老鼠半夜跑过来，俺俩也收留它过一宿。他搂着俺，俺在他身上没哩！那时俺长得小。金米爹亲亲我，我看不见他的模样儿，可我的小软手儿摸得出他。鼻子多高、眼多大、是不是双眼皮儿、多少胡子、脸颊骨……俺心如明镜。他身上的味儿再好也没有了，那是水蜜桃开花第二天、让雨洗了发出的那种味儿。我一辈子离不开这味儿。我让这味儿把我包起来，像被子。我数九寒冬不会冷，临死也会唱歌儿。我问过金米爹：你不嫌俺这眼呀？他说不光不嫌，还老想亲它哩。说着他就亲起来。他说有一种生白茸茸的甘甜毛桃，就和俺一样。俺是甜的吗？他说是呀是呀。呜呜呜，俺那时一天到晚流泪，泪水在他宽胸脯上小河一样流。天哪！苦啊！苦啊！可怜我这没爹没娘的女孩儿家吧，可怜俺这丢了男人的女人家吧！好孩儿你听话，快拿刀给妈吧！快拿绳儿给妈吧！好孩儿你千万听话……"

"苦啊！苦啊！"老老少少都呼喊起来。

"我说金米爹呀，你把俺抱到河里吧，抱到井里吧，俺不行了。俺偎在你身上还想你哩！俺跟你是天生一对儿，生是你的人，死是你的鬼。你呀，你把俺打得皮开肉绽，俺也不骂一声，还是合天底下第一福人儿。叫声大姑娘小媳妇、兄弟姐妹呀，你们要听就听端详，俗话说'瞎子摸的也比这好'，要紧摸个好心性人儿啊，他能让你哭一辈子。要信得过俺，看不准的男人领我这儿。我能摸他的后脑勺儿骨头节儿手指肚，猜透他藏在后背上的心眼儿。金米爹啊，俺是小鸡，趴你胸口上做个窝。你从庄稼地里衔草，衔小绒毛来，俺为你生下蛋来。你用衫子布包扎俺，把俺包得只露出一个头。夜深了，豆子棵里窜出的野物有一百种，它们都不怕你。它们在咱四周跳哩，跳一会儿叫一会儿，你对它们哈哈笑。野物跳到你身上，那股子野花味儿刺鼻子。它们粘满了花粉才到这儿来，怕俺两口子嫌弃哩。有一对野物就在俺的窝子边上生下小崽儿，一天到晚打食喂奶哩。金米爹啊，野物馋人哩，咱也该有个娃哩 —— 那时金米还是天上的云彩，还没有变成雨点落下来。他说莫急莫急，瞧这土多么肥，攥一把流油哩，你没见地上生了多好的庄稼、野藤蔓，生了多少青草，多少兔子呀青蛙狸子呀！它们疯长哩活蹦乱跳哩！有这样的土，咱扔上种子就行，你甭担心啦。我说你说到哪去了，你要羞死俺呀？我捂住他的嘴，一大把胡子又扎了我的手……有了小金米是后来的事，是进了小泥屋的功德。庄稼地里湿气重，大寒哩，不利于生娃。今个俺和金米爹又睡在大火炕上了，他又抱住我不歇手了 —— 我和金米睡到半夜，金米爹就摸索着脱鞋上炕。我说：他爹，你不是去了吗？你又回来，不怕吓着孩子？他不吱声，照旧躺下。这不是魂灵哩，是实实在在的身子。俺告诉他：他爹，俺为你守着瓜儿。他的下巴抵我胸口上，一点一点。我说他爹你高兴吧？他又一点一点。他高兴啊。我一生一世的男人哪，你到底舍不下俺，不放心我一个人熬日月，深更半夜跑回哩！他骂自己没有陪伴我一条道走完——俺俩都觉得这一辈子是在庄稼地里跑哩，赤着脚。俺不愿让日头露脸，就这么紧紧相依哩，叫一声孩子他爹，心里蜜糖流！小金米睡一边，不知道冥间的爹又赶回来了。他的手凉呀，想孩子又不敢去摸。你大伙儿明白，这是暖不透的手啊。小金米说梦话，一下一下翻身子，小嘴儿一动一动。俺亲着孩子，和金米爹一块儿哭，心口像掏出一团乱草，多舒坦！天哪，一夜一夜没有头啊，我一夜握住冰凉的手啊！我的手再也不是软绵绵了，它生出黑口子了，变了铁又生了锈，像粪叉一样了。日月飞快飞快呀，小金米快快长吧，来，先亲亲你爸，亲亲你这个剩了一把骨头的先人吧——他把周身的力气都给了你，他才变成这副模样，你千万莫忘他。天哪，天就快亮了，日头就快出来了。好孩儿你听话，快拿把刀给妈妈！好孩儿你听话，快拿根绳儿给妈妈！……”

呜呜的哭声达到了高潮，大家一齐站起来，盯住身子不停摇晃的曲婆。金米伏在妈妈身上，曲婆开始扒拉儿子黄玉米缨似的头发。黑影里，小碗再也坐不住了。她先是使劲咬着嘴唇，后来就一抡辫子站起来，贴到了玉米垛子上。一个接一个的年轻人都顺着垛边跑开。他们看见在垛子的另一边，小碗正剧烈地喘息呢！这边的月亮更亮，白雪像绒粉一样软。小碗这样站着，突然一蹦一蹦跑开了。大家呼呼地跟上去。小碗坐在了大碾盘子上，用手搓着石砣。没有一个人说话。小碗抽了一下鼻子："俺爹逃荒，让狗咬下一块肉来。妈十八岁那年还没有像样衣裳哩，她跟她妈要瓜干吃，她妈打了她。俺七岁就下地干活，老鲁嫌踩坏庄稼。谁看得起俺呀，那年秋天刨地瓜，有人故意把土扒在俺身上，骂你不该吗？你哩？你怎么比画的？没娘教的！你别当我看不明白！还有你，大姐大姐地叫，头上顶着麦草抱过来，你装做抱麦草来抱我。我哪点对不起你啊？你们叽叽喳喳，有什么背人的话？这些平时我都不愿说哩……”她用手搓了一下眼。几个小伙子姑娘赶紧叫起来，说“小碗姐千万莫生真气呀！”小碗耸着肩膀，一个小伙子去摇她。有个胖胖的姑娘半天没吭声，后来挨着小碗站了。她说：“平常我不说呢！有的人眼里还有谁？他只有爸妈！我跟你一块儿多少年了，咱拔猪菜、割草，干什么都一块儿。我哪里不听你的？你什么都忘了？我说你哩！你妈在院里喊一声你就跑回去了，心里哪还有俺。我再也不理你了，你自己晃悠吧……”胖姑娘高高的胸部在月光下再明显不过地起伏，一个小伙子看了一会儿，用手去碰了碰。“坏东西，滚去！别再挨我。”她抱起膀子。小碗喝斥他：“光知道傻笑，还不给你姊妹赔个不是。你想想你自己平时怎么做了吧！”小伙子一愣：“咱可从来没吵啊！”“我没跟你吵 —— 你倒想吵！你把刺猬捆在树上，说看哪看哪，捆住你了！是吧？”小伙子冤枉地哼叫：“那是逗你哩。”“那也看出你心里想些啥了呀！俺从家里偷炒玉米给你吃，杏子刚熟了就摘给你，你真好意思啊！俺祖祖辈辈都是受人气的，俺爹告诉，他十岁上去林子里砍柴，地主把他捆在树上打……他们把他打得满脸是血，还要，罚他，栽十二棵树，死一棵，就再补栽十二棵……”胖姑娘到后来是抽泣着说的。小伙子不语了，垂着头。另一个小伙子瞥瞥一边的一个姑娘：“有人别看又白又胖，心硬哩！

大伙儿还记得我鼻子受伤那会儿吧？疼煞痒煞，爹跑四十里弄来药面撒上，俺满地打滚。谁不可怜俺？就有人为一点点事儿打俺的鼻子，它第二天肿老大……狗日的！”那姑娘立刻转过脸：“你骂谁？我打你了，活该！你怎么不说为啥打你？你压俺身上了，使劲儿压，掀也掀不动，还有脸！俺就该受你欺呀？俺爹早早没了，他是饿死的，他撇下俺娘儿俩。妈说：孩子你争口气，别让人瞧不起，孤儿寡母的，难哩！我是照妈说的做，我怎么了？我就该谁见谁欺呀？……”小碗推了身旁的姑娘一把，几个姑娘又挨在她身上，悄声说：“听说了吧？外村有的姑娘穿了一双锃亮的高筒胶皮靴，搽胭脂，牙上包了金纸，不敢吃苹果……”“小碗姐，谁也没你长得好，你真俊呀。”“你腰多细，俺去年试着乍了乍，正好两乍儿。”小碗抚摸起她们的头发、脖儿，一双手滚烫滚烫。她把双手压在身后，看了一会儿在月光下泛亮的雪地，然后往前走去了。“你上哪儿？”“小碗姐你等等……”几个人叫着，她只是走，头也不回。一个小伙子看看她，又看看大伙儿，喊道：“哎哟，大姑娘不合群了！不合群了！”

大家踏踏地踢着雪粉跑起来，去追赶小碗。收获了庄稼的冬野啊，无边无际被雪覆盖了。一只孤单的鸟儿从雪层上走过，走到远方，把一溜儿小丫痕划得直直的，像一条指路的长线。大地真安静，风一点也感觉不到，月亮给雪粉细细擦过，成一轮莹光瓷器。“大姑娘好不合群呀？”大家终于又围在嘘嘘喘的小碗四周了，小伙子冲着她嚷。“俺憋闷死，俺想跑跑。”小碗的脸上渗出了小汗珠，嘴上呼出的气又直又白——“像小马喘呢！”有人说。“跑啊跑啊！”小碗刚歇一会儿又蹦起来，又撩开了长腿。“好孩儿听话，快拿刀给妈妈啊！拿绳儿给妈妈啊！……”在这旷野中苍凉的呼喊下，大家蓬蓬喷气，往前跑。月亮的磁力把他们吸向南方，他们怎么变动方向最后还是向南。跑了一会儿，有谁担心道：“回呀回呀，要遇上狼怎么办？那只狼——跟老东家交友那只？”大家笑起来：“它早死了。多少年了。”正说着前方出现了一个个游动的黑影。狼吗？大家吸一口冷气。怎么办呢？在原地踏动一会儿，最后还是小碗带头往前冲了。她一边跑一边领人呼起了口号，那几个黑影立住了。昂起头颅，最后竟欢跳着扑来——原来是小村里几只不安分的狗！它们又见到熟人了，后蹄沾地直立着与他们亲热。他们一只一只呼唤它们的名字，逗着，用雪球去打。狗跳了一会儿，就往一边跑去了。小碗朝它们消失的方向打了个响哨。冷气被赶得一干二净，全身都开始冒气了。小碗招呼了一声，抱住身边的伙伴，一下子把她们撩倒。大家哈哈笑，互相扳着摔跤，在雪地上一溜溜地滚起来。好痛快的滚打，雪粉把周身糊起。有人捏一个小雪球放到小碗衣领上，她像被烙铁烙了一样叫，抓住他，按住他的脊背跳过去……胖姑娘一直被小伙子抱住，她的身子都被硌疼了。“小碗姐！”她呼救似的喊着，与他一起往小碗跟前滚动。

半夜里，一帮浑身沾满了雪粉的年轻人又神不知鬼不觉地溜进了牲口棚前的场子里。人群有的站了有的坐了，不断响着零零星星的口号。曲婆坐在那儿，温柔极了。场上的人沉浸到一种事物之中，伸长了脖子，大口呼气。年轻人看到大头老人在众目睽睽之下跃上前去，将壶嘴儿轻轻插到曲婆嘴里。曲婆咚咚饮下两口，伸出又白又长的手去桌上摸炒玉米，说：

“我这辈子啊，把玉米看成了金子……久后就靠好孩儿小金米啦。金米！金米！妈这一辈子就抱着你，金米！金米……”

“妈耶妈耶妈耶妈耶！”……

小金米大叫着扑进妈妈怀里。

一九九〇年秋写于龙口

瀛洲思絮录

徐福雕像

齐人徐市（也作福）等上书，言海中

有三神山，名曰蓬莱、方丈、瀛洲，仙人居之。请得斋戒，与童男女求之。于是遣徐市发童男女数千人，入海求仙人。

——《史记·秦始皇本纪》

秦始皇大悦，遣振男女三千人，资之五谷种种百工而行。徐市得平原广泽，止王不来。

——《史记·淮南衡山列传》

徐乡城，汉县，盖以徐市求仙为名。

——《齐乘·古迹卷》

第一章

……

在漫长无边的徘徊中，在经年累月的沉湎中，人会认梦成真，呓语不息，以至于手记自诵，分不清是我还是徐福，乘楼船登瀛洲，宽袍广袖，从此一别卞姜（齐人徐福的妻子，东莱人），挥泪而去。

徐福为秦王采长生不老药一去不归，携走三千童男童女。斯人离去三千年，历史传奇或已渗入几代人的血脉。我们已渐渐不再满足于此岸的遥想，于是转而倾听彼岸的诉说。

……我一度非常谦卑，以便遮掩内在的顽皮和狂妄。只有极少数人知道我的底细、我内心的隐秘与曲折。我常常在深夜、在一人独守时让思绪任意飞翔，放纵心猿于九霄。那时我已过而立之年，开始学会了息声敛口，极少诉说和相告，哪怕是对挚友、对爱妻——我与她已不能分离。我对其何等疼怜。多少年了，她因我而历尽坎坷，我们真是相濡以沫。她总是无望地期待，直到最后。万般愁绪都连着一个"走"字一个"逃"字。无言的长夜，卞姜吻我不止。

她原是商人之女。黄县这个地方出了不少巨贾，贩桑麻、粳米、丝绸，去临淄、泰南，西走鲁国、远涉长安。她的家世颇有来历，算来还是滑稽多趣、大名鼎鼎的淳于髡的表侄女。

我们都深藏了一句话，都知道秦吏不会让我们同登楼船——随着那个时刻的挨近，夫妻二人都缄口不言。午夜青杨细语，南风徐徐，此岸在赠予我们最后的温情。

后来一切果然不出所料……

儿女情长，英雄气亦长。几年光阴转瞬即逝，我成了一个小心翼翼、四十岁两鬓皆白的俊男。我离开了她，我们从此永远只能隔海相望。我的故事太多了，如今都留在了那个海角、那片大陆。我也远离了对手。遥望彼岸，此时依稀可见阿房宫里烛光辉煌。这让人衰老的光，这让人迷恋的光。而今我足踏凄凉蛮地，正可以像春生野草一样茂长。

当年，我在百无聊赖、无计可施、等待和观测之时，几近绝望。经验和苍老的皱褶都掺在其中了。人在疲惫中成熟。懒得行动中的行动往往也可举大事。

我三十八岁那年的一个黄昏，发现持简之手颤抖不已，视物昏花。一阵惊惧之余，心生万分急切。它催人奋力，又加剧人之萎颓。我常常也只有让顽皮的畅想来稍稍滋润，等待来年如期萌发之青杨。

长期以来，海角上只有少许人知我酒量，也知我身世来由。他们都是守秘的命友。如若不是一介草莽，那么放怀狂饮者可能正预示了他的顽皮。而在秦王的那班臣僚眼里，世上的顽皮者或可不必提防。这自然是个小小诡计。

能够一走了之的人，都是旷百世而一遇的妄徒、圣人、色鬼、术士，是从不兑现的大预言家，或者是个酿私酒的人。我后来被看成了他们当中的一个。我最好沉默。

那是一场庄严的赌。本钱很大，押上了身家性命。我一直悄悄埋藏着使命，后世人却要一再地发掘，并将其放在阳光下照晒。可是他们不会知道这使命的青苗萌发在什么根须上。他们怎么也弄不懂，因为终究与我隔开了十八重的冥界。我很爱后来人，爱他们的鲜嫩如花。但爱又极易埋没理性，我镇定下来时，却不由得生出阵阵悲凉。

他们往我身上涂抹难闻的垢物，比如把我说成一个绝望而无义的骗子，尽管并没有多少依据。这种涂抹与我当年做过的事情性质相似，所以说等于应了“吾之初衷”。可怕的倒是另一些人的相反的举止。

那些人是些虚荣的地方主义者，所以又会施予我双重或多重的误解。古怪的推测，小肚鸡肠的盘算；连船队航行之迹都茫然无知，更遑论其他。他们的虚情假意于事无补。地方主义者从来睥睨精神，却又企图依此挽救萎缩的经济，甚至公开无耻地宣称要以之骗取物利。

他们奉我为“伟大的航海家”。“伟大”倒谈不上，因为东渡瀛洲者我既非第一人，也不是最后一人。那些黄县沿海和周遭岛上渔人，不止一次在风暴中抵达这片无名的荒凉。与他们不同的是，我将这片荒凉派上了更好的用场。对于一个人而言，关键是要有超凡脱俗的眼光，那一瞥之间的识别、鉴定，以及心中生出的奇思妙想，往往是凡夫俗子一辈子都难以企及的。

我说过自己曾经狂妄而又顽皮。有人会直盯盯地看着我两鬓的白发，怀疑这种“夫子自道”。其实他们不懂。智者就在游戏中衰老。有时游戏也很麻烦。

嬴政王可视为我的游戏伙伴，而非雠仇。我当年甚至多少喜欢上了这个目如鹰隼、鼻如悬胆的西部人。他的衮袍与冕旒都遮不去那一身顽皮相。有游戏能力的人即便尊为帝王，也未能免除这一特征。嬴政当年长我许多，一举一动颇为敦厚，步履迟缓。他像一切热衷于游戏之道的人一样，乐于忽发奇想，筑长城建阿房，拜月主求仙药，愈到老年愈是迷恋起这些玩意儿。

作为东莱故国的贵族后裔，我的仇雠是齐，而非秦。秦为齐之仇雠。这之间的交织参错真是奇妙。齐灭莱夷，而秦灭六国。齐是莱夷人的直接毁灭者。虽然齐人后来乐于说齐莱一度交好，化莱为齐；但实际上那是齐人灭莱，空取渔盐之利。齐人做梦也想不到的是，“螳螂捕蝉，黄雀在后”，齐国很快重蹈莱夷的覆辙。这即便不是通常莱夷人所说的“报应”，也算是命数。

国与人的命数一样，神渺变幻不可推测。

我自有一个预感，它关乎秦王嬴政：这个“千古一帝”身后也隐隐追踪着一只小小的“黄雀”，这恰是他始料未及的。他已疲惫，而那只千娇百媚的“黄雀”正当青春，在三月天里翻飞嬉戏，以逸待劳。我预感到他也“快了”。

谁身后没有一只小小的“黄雀”呢？

午夜走上甲板，从海湾里望去，到处是密挤的楼船。这在荒凉之地的土著看来，无异于一场梦魇。飘忽游移的灯火与水波互映，流动闪烁，神妙难喻，在我看来也是五千年未曾经历的奇观。

这正是我的一个首创，一次得意的杰作。从闪亮的船灯上判断，赖在船上者大有人在 —— 我已三番五次令全部人马分营逐日登岸，一月内筑屋垒城，安营扎寨，船上只留少许守备……看来经常返回楼船的不仅是“童男童女”，还有弓弩手和方士。他们像我一样，需要经常嗅一嗅船上的气味。舱里满载了莱夷的气息，彼岸的烟熏。

我曾把他们频频返回船上视为怯懦。因为土著时常劫营，较之岸上新营，船上毕竟安全多了。现在看是我在妄断：能随我穿越茫茫浪涌叠嶂、穷十万水路者，哪有这么多怯弱之辈！

像我一样，他们这是最后的徘徊。……看着这片摇荡的船灯，我心中渐渐生出一个残酷的决定。

这个夜晚，我仿佛看到彼岸的卞姜潸然而下的泪水。捧起你纤纤十指，抚弄你散发着丁香味的柔发，吻去这满脸晶莹。我在这午夜异乡为你祈祷了，同时也告诉你一个惨凄的决断：十日之内，我将下令焚烧所有楼船。

这就切断了退路。

同行挚友纷纷设问：如若秦兵征讨，我们将无楼船水上对阵，岂非死路一条？答：吾辈身后是平原广泽，即时必引秦兵于陌土，决一死战。又问：若土著倚仗土熟势众，群起而攻，无楼船周旋，又复何为？答：借土求存，蒙恩在先，非万不得已不可与土著纠战；即便生死攸关之刻，也只能背水一搏……

如上场景反复对演。吾虽言之凿凿，心中却不免愁伤。

午夜的茫海，闪跳的灯光，在送达和预言什么谶语？我自知不可自恃自负，听任冲动，信从匹夫之勇。可是与我同行者有所谓的“方士”，他们是流徙多年、越过荒原和城邑苦苦寻觅的学人罪臣；有痛别故土父兄、稚嫩如花的三千童男童女；有勇气过人、历经十二次死灭的弓弩手；有冶炼打造、修筑测设、技盖天下的百工。这些人不仅需要“落地”，而且需要“生根”。

这一行人与秦王嬴政展开的游戏，是千年不绝的、冤鬼一般的纠缠。

嬴政王的死灭尚可期待，但与他面貌迥异、神髓相同者却会衍生不息。如此一来，一切将未有穷期呢。

我与卞姜这二十余个春秋，有多少分离聚散。她一开始既知我的来路，也深知我的去路。随上我，就好比乘上了颠簸之车，忍受长旅饥渴，挨过寂寞冬夜，还要经历绝险的危崖。我们遍尝苦汁的煎晶，真是九死一生。一般的男儿忏悔已经轻若鸿毛，她不必再听一声一字。对命的感知和彻悟使她的双眸漆黑如子夜，美丽如祥云。在后来的日子里，我们常常相对无语。要说的似乎又太多，那就来世再说吧。我是宁可相信有个来世的。我也许将人生看得太奢侈了……

这习习海风让人想起那次齐都临淄之行。当年我立刻被这座东方最繁华的都市给迷住了。不消说，我们莱夷故国的城邑是无法与之媲美的。可是莱夷故国有着另一种庄严气象。临淄街头熙熙攘攘，那一片有光泽的脸，还有身上叮当作响的饰物，都给人难言的感触。这是无法表述的。

在一个富庶敦实的国度里，一再地言说自己的亡国之忧显然不合时宜。我那时一刻也没有忘记，正是齐国的刀戟折伤了莱子古国。可是我已经在那个秋天扑扑落地的叶片上，看出了此地的不祥。

那个秋天，强秦于中南部连连得手，还远未迫近齐国。这里还是一片升平。齐国依仗自己强旺的兵源、巨大的无可匹敌的财富，还有独特的文化上的优越感，傲视于东方和西方。强秦对齐国之恐惧已尽在不言之中。作为一个莱夷人，一个隐名埋姓行走在齐都的莱子国贵族后裔，我必得深深藏起那种嫉恨、羡慕、焦思和惆怅……各种复杂难言的心绪。我踯躅于临淄街头，回顾了莱子国长达五十年的历史，两手生满汗粒。

难忘第一次听齐乐。那是使人心魄荡动的享用，超过了一场盛宴。以前传闻孔丘闻齐乐而醉，以至于长久“不知肉味”，这次亦有同感。我深知一种艺术植根于一种文化，而一种文化又植根于一种土壤。时间的隐秘、命运的隐秘，都掺和在如泣如诉之中了。相当完整和周备的物质与精神的历史、老大倨傲的自信与慵懒，都能从中隐隐地感到。我不知当时热衷于展放“大言”的孔丘是否要暂时敛声失语？反正在我看来，一种成熟的、独特的艺术，必会传递出无法言说的压迫力 —— 它在让人赏悦的同时又悄悄地折伤一个异邦人的自尊。

当然，如果我是个“世界主义者”，那时的心情又当别论了。可惜无论那时还是现在，我都未能升华为那样的一个“主义者”。我的血脉在作祟，我不得不向自己投诚。尤其是在当年，我只懂得遵循莱夷人奇特而淳朴的义理。

长期以来我都在苦苦求索齐国灭亡的根源、它在更早时候所出现的颓败的端倪。这种求索当然包含了更根本也是更重要的探究——我们莱夷人自身的命运。这在我的先辈那儿，已经做过了许多。但这种探究是无有止境的。今天，一个人不能因为一场亘古未见的大迁徙而中断这种探究，不然就是对自己民族的亏欠。

卞姜，我的至宝，我的露珠和羔羊……夜深了，我尚能在这楼船上滞留多少时日？舱室里有你的气息。你和孩子在船队驶离黄水河港的前夜还伴我留在船上。只是在最后时刻，在那个黎明，秦吏宣谕，将我们生生分离。那是个令人不堪回首的时刻、一个人所能经受的最惨烈的场景。那才让人明白什么是“骨肉分离”。港口上，子与父、妻与夫，慈母与娇儿，哭成一团。我亲眼见号啕之声催动了尘埃，一霎时遮去了霞光……

我令手下人展开一庞大工程，沿新营周边山麓筑墙。有人立即指斥我重演秦王筑城之苦。此言或许有理，但却是不得已而为之。从长远计，此岸也需要一座“长城”，当然会比秦王的小多了。从营地北侧二十里之山麓修起，沿山脉蜿蜒西行一百六十里。此工程不可谓不浩大，但可以分别施行，按急缓分段修砌，并不求一朝一夕之功。真正拒敌者既非砖石，也非利刃，而是人心。筑城的紧迫当唤起悚悚之心。

焚船大火直烧了三天三夜。这火光会让我一生谨记。所有人都呆立岸边，泪水不断。最后有人跪向彼岸喃喃祷告。我得用力忍住。

大火引来三五成群的土人。他们站在山岈呐喊，后来又惊慌疑惑，久久不语。

有人担心他们四散逃去后会把这消息分布开来，给营地引来新的劫难。这种担心极有道理。我已让各营加强戒备，值勤兵士增加一倍，同时加紧武器打造。随船带来的铁料终有用尽之日，百工开始在四周山上勘查铜铁矿源。

土著大致使用石器，尚不晓织造冶炼之术。他们携带的武器只是木杖、弓箭和石擂，身上裹缠的是草叶树皮、兽皮茅荐。为首的头人只在额上添一羽冠，看去倒也威风。可怜他们勇武有余，马匹也像主人一样峻烈，只是不堪一击。他们射出的箭镞都是一种黑色硬石琢成，除非近射瞄准，不然很难致命。尽管如此，营中仍有数人中镞而亡，原因是箭镞上抹有一种毒液。邪毒到底如何解法，医士们也束手无策。

如何对待土人，内部争执极大。有人断言：疆土之争从来是战而胜之。他们例举秦与燕赵、齐与莱夷。也有人指出我们面对的并非强虏大国，而是土著草民，乌合之众，切勿赶尽杀绝；再说浩浩楼船蜂拥而至，实在也够他们惊惧的了：以前未必就没有较文明先进之种类出现，那些人带来的极可能是欺凌和鲜血。最不能忘记莱子国破城之惨，莱夷人移居、遣散、灭绝。那时强悍的莱子国不可谓不勇，简直个个视死如归，但面对人多势众的齐兵还是落个战败。今日土著之处境犹让人想起昨日之莱夷。

营地遭受的劫掠越来越频，新坟叠叠 —— 所有坟碑都面向彼岸，愿漂泊他乡的鬼魂得回故土，至少是能够遥望。

对土著的征战趋于激烈。

我面对流淌的鲜血，滋生了前所未有的惧慄与痛苦。我决心用尽一切办法制止战争，无论付出何等代价。弓弩手言词锐利，悍气正盛。营中谋士们抓耳挠腮，莫能果决。我令兵士后撤一百里，然后与土著相机议和，并赐予布匹、盐块、草药……

此番举措就像当初下令焚掉楼船一样，遭到群起而攻。为防万一，我让近身卫士日夜巡视，并混入百工武士之间，将一切谋变危厄翦灭在萌动之中。半月已过，战事稍息，营中尚未出现大的变故。但这期间有五个伍长被撤换、三个方士受到严斥。

土著把刚刚成熟的粳米掠走，并一度用马匹践毁水田。众人激愤。在我看来这宛若顽皮的孩童，可恼之余尚有可爱。我料定他们在抢掠与毁坏中也会学到不少益处呢。

深夜，除守卫的兵士而外，营地一片酣睡。独步帐外，仰望空中星光闪烁，难以平静。至下月初六我将度过四十六岁生日，每想及此就使我一阵惊栗。倏忽已近五十，对莱夷人而言，五十将是一道大坎，能否安度还是未知呢。我到底与空中哪一颗星辰对应？这也使我颇费心思。尽管属下有过肯定的指认，但我只当成猜谜一般的意趣，内心里并不认可。

作为黄县境内最权威的一个“方士”，我不可能荒疏了简单的占星术。不过我在摆弄那些罗盘、龟板、谶文之类，心中常常泛过一丝苦味。我不敢说自己是一个蔑视神灵的人，但却不能不充满了疑虑。这种时而临近时而飘逝的大胆念头在我二十岁之前就产生过。当时我认为这是诸种罪愆中最重的一种。

我发现此岸望到的星空与彼岸竟是同一片。这不禁让人猜想天宇之阔大，俗世之微小，想到人间巨变、漫长历史、种族的演化生灭，也尽是时光长河中短短一瞬。这让人不寒而栗。而个人的荣辱愁苦又如同山峦一般沉重。看来人的功名业绩直到最后也是想象生成，本质重量微乎其微。

如此而言，我将如何评价这场惊天动地的海路迁徙？

像追究莱夷人的神秘历史一样，我将去悟想自己的命数。我还没有愚蠢到不信命数的地步。我后来简直随处都能感知它的存在。是的，今夜此时它也仍然伏在身边。它将伴随生命的全部里程。我想行至五十岁的那一刻，也该对诸种莫大问题有一个圆满回答了。

手下人早在登岸之前，大约是船行中途时，就扯下了桅上的“秦”旗。随行秦吏兵士半数被杀，半数归附。这些秦兵几乎全部从西部入齐，口音怪异，与之相处多日竟不能辨析语义，完全倚仗别人转述。他们比起东部沿海人种，显得粗粝矮小，但更狡灵。作为征服者，他们简直没有什么自知之明，差不多个个倨傲自大，目中无人。西部人的优长与陋习，他们一无所遗地携来，并悉数贯彻推行。这些人固守秦地一切观念，顽强抵御齐莱风俗的熏染。东部人视为不祥的黑色，他们却尊为高贵的颜色。辛辣的烈酒，酸气大发的粥食，都是他们特别喜好之物。几乎个个厌恶腥味，对海鱼和贝类有一种本能的反感。而莱夷人素有生食海鲜的习惯，喜芥末面酱，这是必备的佐料。此地饮食习俗为西部人所不齿，他们斥莱夷人为“蛮兽”，而忘了自己的祖先曾在很长一段时间被称之为“蛮狄”，视为野蛮恃武、尚未文明开化、至少比齐鲁落后五十年的种族。事实证明人类极不善于记忆，而失去记忆的结果总是先使自己受辱。人类的不同群落在文化上应有的个性与骄傲，往往让位于武力和强权的征服。似乎有了后者就有了一切，尤其是有了文化上的优越感。这何等荒谬。

船上人早已在暗中准备好了“徐”字旗。记得那个风平浪息的夜晚，几个人带着神秘的眼神将它展放在我面前时，令我何等紧张。汗粒生满额头，我竟顾不得擦掉。“君房（徐福字君房），不必再犹豫了啊，是时候了啊！”他们声声劝导，一片至诚。我只问半途事变，问制服秦吏后的善后事宜。这是自我安定的缓解之机。他们回答了什么我并未在意。但也只是在那一刻的海风吹拂中我才突然醒悟。我声音轻细、却是异常坚定：“把这几片布绺扔到海里去吧。”

几个人大为惊愕，面面相觑，唯不搭言。终于有一老者双手大抖叫道：“君房！天赐良机啊，再犹豫不得，日久必会众人躁动，心无归宿……”

我望着半隐半露的银月。船上总得悬点什么。我忽然记起舱内有一面绘了阴阳鱼的八卦旗，看来只得悬它了——我不得不说，我这样决定心中忍住了极大的厌恶。

他们再无反驳。看来没有几个人愿意说出心中的厌恶。或许多年来的“方士”行径，阴阳鱼的腥风已熏进心扉，早已不存厌恶。

我当然不敢睥睨阴阳，尽管它不是东莱的国学。我曾经求学稷下之门，亲耳聆听阴阳五行家的宣讲，对其深奥渊远大为叹服。我承认齐人邹衍集阴阳五行之大成；他最能吸引我的即是批驳儒墨的

“中国即天下”。何等痛快，淋漓尽致！它与我心中某些期待和畅想正悄悄切合。他说“中国”仅是整个天下的八十分之一，有九个州，此可谓“小九州”。而天下类似中国这样地域宽阔者共有九个，每个都有小海环绕，这可称之为“大九州”。

邹衍的“大小九州”思想是我有生以来所接受的最大恩惠。我承认后来的一些奇思妙悟并非一人向隅而生，而是植根于很早之前稷下之士的“大言纵论”。当时闻其言思其理，犹若石破天惊。

既然每州皆有“小海环之”，那就不得不想到船。

至于后来频繁的祭祀、宣道、各种法术的演示、神仙学说，就不能不让人烦腻。可是舍此就无以生存：既不能取信于秦吏，更不能诚服于草民。在这个海角，在莱子国故地，一群“方士”已将邹衍之说推到一个极致，而且在形式上已走向了更为神秘荒谬的地步。阴阳旗下这种荒谬是如此巧妙地得到了掩饰，简直是庄严而神圣地大行其道。在当地人看来，世上一切皆需求问“神仙”，事事莫得逾越“道法”。

我知道自己终有一天会将阴阳八卦旗挥手投入海中，现在还不是时候……

城邑筑起，“长城”也蜿蜒西去四十里；土著们渐渐相邻为安，而且多有欣欣来者。他们得益于医药之术、五谷种植、器物打造、盐铁工技，百日之间飞跃了一千年。

诸事顺遂之时，人会滋生难言的愁绪，正可谓孤独寂寞。常常回想昔日的紧张与峻急、那稍有闪失孟浪即毁于一旦的历险。一般的游戏没有这样的历险，所以也仅仅获得一般的、微小的快感。要有灵魂震荡、根性漂移的大快感，就不得不冒绝大风险。

如果游戏的对手是秦王嬴政这样的鹰鸷，其快感也就可想而知。奇怪的是我在面对他时，阵阵泛起的恐惧与惊栗中还掺杂着一丝同情和怜悯。那时他就很像一个老人了，用力挺起的脊背已无法掩饰地驼下，咳嗽声较一般人更为粗浊；他那把卢鹿剑仍像传说中那样悬在腰际，不过却更多地让人想起一把竹箫或其他饰品，并无寒气环绕的威力。

我知道这些莫名其妙的情愫的滋生，远非一个智识人士出于文化上的孤傲，而有着更为隐蔽的深层动因。它源于生命的奥秘。我当时对他明显的老态感到了快意，进而产生了同情。

任何人都无法阻止那一天 —— 让后来者内心滋生同情的一天。可悲之至。秦王并非像传闻中长得那么高大，在近处看去，他甚至有些羸弱。我想这多少也因为他那奇怪的、远非健康的脸色所致。很显然，他身上的华丽服饰已显得有些滑稽，与枯槁的形容反差太大，而且过于宽松。我注意到，他在端详我的时候，有几次是故作威严了，双目在努力闪出冷光。他在寻找"皇帝"的威声和感觉。他太疲累了，后来说话就颇有些家常气了；有两次他甚至免除了我的跪拜礼。

嬴政虚弱的身躯一半因为操劳、酒色过度；一半因为那些可怕的丹丸。进入齐地之后，他所能得到的各种丹丸较往日多出了十倍。

有什么“赤丹”、“黑丸”、“玛瑙红”和“金粒”，其实五颜六色皆欺世之徒所为。

当年喜好神仙异术、生长不老药者，多为功成名就的人。他们就此了结一生，有些于心不忍。他们的长生之欲甚至不能简单斥之为贪生怕死、谋求更多世俗享用；因为其中的确有一些义务和责任在。他们建立和贯彻的功业，自认为刚刚行进中途呢，就此撒手未免轻浮。他们在大口吞服丹丸的同时，也未必不对其充满怀疑。大概在深夜的宁静中，他们最为嗤笑的恰恰也是自己。这大概也可以称为“自知之明”了。不过这还不足以阻止他们自己荒唐的举动。

我深知嬴政王的远虑近忧，所以能应对得体，进退有节。对其既不能虚言敷衍，也不能如实相告；有时要表现得疑惑重重，仿佛对命数惴惴不安；有时却要列举说明，言之有据。倾听者不仅只一个帝王，还有阴郁狡猾的丞相李斯，有左右一班文武。他们皆不是等闲之辈。

回想月主祠莱山下，秦王东巡营地那赫赫威严、重重冠盖旄节、彤云雾雨一样的幔帐……巨大的、生来未见的长营铺满厚毯，上面绣有五色菊花。所有这些都需庞大车队驮送，劳累无数草民。嬴政东巡三次，气势一次比一次浩大，身体也一次比一次衰萎。他作为一个治绩卓著的人物、一个好色之徒，都同时给我留下了深刻印象。秦都掠集了六国的财宝与美人，一霎时粉黛无数，让老嬴政在其间步伐踉跄地奔走。

我仍怀念那种奇异的对话 —— 盖世帝王与莱夷贵族的对话。

一个雄居一统中国，一个心怀亡国之恨。秦灭齐丝毫不能引起我的快意，反激起我更大仇恨。我当时恨的不仅是暴秦，还有宿仇齐国。齐王拱手交出的不光是齐地膏壤千里，也包括泱泱莱夷。这一切暂且压抑，以持续一场奇异的对话，倾听异地君王那衰老粗糙、如同枯木折断时发出的“咔嚓”声。

他实在是老了，百疾缠身。我亲眼见他在短短一会儿工夫就起身去后帐三次。那显然是去解小溲这类，不消说肾气虚羸。丞相李斯对嬴政多有奉迎，诸事皆百般怂恿，可恶复可笑。李斯之流，我已无法在内心为其寻一丝辩词。而在其他功过人物身上，我皆能将身比身，量人度己，生出许多原宥。

秦王，就此别矣。

今天大概是我登上瀛洲以来最为欣悦的一天。我照例到了深夜仍未能入睡，轻轻抚摸一天来的感知与记忆。

历时两个多月，派出的绘图勘查者终于归来。他们此行至少受到三位土著头领襄助，不然一切都无从谈起。他们将把瀛洲山脉河流、环卫岛屿，一一绘上丝巾。眼下所勘的只是“大尖山”一带，约莫方圆三五百里而已。整个事项全部完成至少需要两到三年。“大尖山”是视野内最显著之山脉主峰，在我看来也是瀛洲的标志，因此我为之命名“蓬莱”（今日本富士山）。

绘图者言及一路见闻，令人神往。待一切就绪，营地内外给以闲暇，我将亲自率人游历。瀛洲山河之美，以我所见所闻，并不亚于莱夷之邦。时下大部区域仍是刀耕火种，渔猎方式殊为老旧。一些见闻在我听来常常忍俊不禁。他们崇尚一些奇怪的神祇，举行特别的仪式，这在来自彼岸的人眼里简直就是愚傻疯癫。但我还是奉劝左右：不可轻率布道，不可妄言尊卑，一切皆由土著心性。如此日久，事情自然会良性演化。

我一度非常推崇“无为而治”之道，但又自忖一切皆有限数，“无为”当中遵从的“义理”又是什么？须知一切都会在“义理”中运行。这个念头折磨我许久。那时我还是一个顽强的“莱夷复国主义者”，一心所念之，就是尽一切努力恢复莱子故国。于是我不能不更多地研琢治国之道。在总结先人行迹治功时，我常有一些痛苦的发现。这些发现与后来所经历的一些困厄一起，动摇了复国的决心。

世上一切荣枯兴衰都消长有序。一个民族有“向上”与“向下”两种积累，这种积累虽然有时出奇地缓慢，却有极大的韧性和不可逆转性。他们一旦发生，非得有强力而不能终止。“向上”即健康与生长，即走向开阔与永恒；“向下”即萎缩和消沉，即逐步结束的过程。它们有时又颇难辨析，一时的假象也可能遮掩本真，使人得出完全相反的结论。

无论是东莱国、齐国，都曾经引起世人的许多误解。曾几何时人们还以为它是无可摇动的泰岳，想不到西风吹过，顷刻间土崩瓦解。

一个统治者不可不爱“人事”，但更重要的是爱“山河”。令人遗憾的是，我从历史典籍中倒看不出古人对此有多少深刻的认识。

他们过于热衷于权变、武功，结果白白耗失了许多生命。生命之伟力往往潜隐不显，统治者误以为将其调动起来，比如秦王的修筑长城、楚国的泽国大战，即充分利用了它的伟力。其实这更多的是耗失。生命的伟力主要表现在“创造”上，“创造”即不可重复之生长，一如生命本身。给生命以自由，让其焕发“创造”之力，并加以引导和积蓄，那么这个民族才有不可限量之未来。

“山河”即四境之内，即流动之水和凝固之山。爱“山河”不是一味争抢，不是占据，而是栖居之权获得之后，与之发生的依恋之情。人不能将“山河”据为己有，再神圣的统治者也仅仅能够做到“栖居”。体悟生命与山河的关系，即体悟“子”与“母”的关系。大地生殖不息，从小小昆虫到赫赫巨兽，从微末苔痕到参天大树，何等神渺难测。以拘谨之心对待“山河”，去看守与卫护，敬若神明，正是栖居者的本分。

人世之间，除了“山河”能让一个民族获得伟力之外，其余皆不可信托。齐与东莱之毁灭，可以从中找出一万条依据，但有一个共同的征兆却从来被人忽略，这就是：两片土地上的栖居者早已不爱“山河”了。他们已经在不知不觉间“反客为主”，妄自尊大，对大地失去敬畏。这样的结果就是在一切方面的为所欲为，没有节制，最后耗尽生命的伟力，迎来衰败的结局。

由于这个过程是漫长的、一丝一丝完成的，所以谁也难以察觉难以挽救。

耗失生命的方式是各种各样的，于是这又成为一个十分复杂的话题。剖析这一切，分条梳理，也许要费去我这个漂泊者的下半生。

这确是我最愉快的一天。因为这一天我伸手触及了心中美好的悟想——“生命”、“人事”与“山河”之间的关系。我凭直觉揣摸到了什么，所以才对勘查绘制如此重视，视瀛洲寸土寸金。我深知它是滋生万物之母。每一片“山河”都有自身的力量，无可匹敌。对它的信任，是走向健康与强大的开端。我常常端坐帐外，一动不动地凝视“大尖山”——蓬莱山。它碧绿的基座、苍蓝的山腰、白雪积叠的尖顶……真是美丽如画。它让我想起黄县中西部的莱山。

第二章

每天需要亲自料理的事务繁复杂乱，如浪涌山峦般堆积。左右一二位伴随多年的挚友戏言：功莫大焉，开国之君！被我严厉制止。我的口吻之重、声气之粗，事后连我自己也稍稍吃惊。有什么拨动了我之心瓣，一下下楚楚难忍。

我恐惧于走进那个结局。它像一个难逃的围网，正将我牢牢罩住。我变为一头喘息的动物，已经挣扎了许久。待这动物喘定，精疲力尽之时，我大约就要称“王”了。

我未曾见过几个能够“挣扎”的王。他们都丧失了那种能力，然后被左右移入殿阙奉供起来。王在高座上休养生息到声气粗壮时，再发出几声吼叫。但那已非人声。

他们时下正急于把我变成那种人人畏惧的稀罕动物。这是残忍的预谋。令人心寒的是预谋者正是我的一些挚友：我们曾共赴危难，咬住牙关忍了几十年。他们问我还等什么？这连我也难以回答。因为我自知离那个完美之境、那个长久的想念还尚为遥远，还待描绘；比如说它该有神思一样的随意和自由，有纵横驰骋的辽阔和旷远，有既不自囚又不他囚的安定从容，有日月巡回般的美好节奏，有四季轮回那样的变幻斑斓。

这都是在漫长苦难之中形成的梦想。它也许永远是个梦想——

但我不能去亲手毁坏破碎它。

它还能存在多久?

面对左右，我已无语。他们说：君房已经变了，变得难以揣测。我想告诉他们，迅速蜕变的恰是你们自己，而非君房。我在固守和持续那个梦想，而你们正在告别它。自从庞大的船队驶离彼岸，一粒心籽即开始霉变。那一刻岸上旌旗高扬，秦吏吹响螺号长管，你们唇边只藏下一个讪笑。船队与秦王维系之纤弦正在断掉。记得我当时登上后甲板，凝视船后束束白浪，心中何等快慰。我知道这个时刻，历史上最奇异难解、最隐秘也是最易招受误解的伟业，已经进入了峰巅状态。

那个时刻我就稍稍预感到，尔后向我们这些人逼来的，也许将是比秦王还要难以规避的什么。它无以名之。它的力量无可匹敌，因为它就出自我们心中，是从我们自己命性之根上萌发的叶芽，它饱含的毒汁将使我们自身丧尽青春。

这也等同于死亡的威胁。一个人震栗恐怖之余会产生不尽的愁绪和痛苦，还有悔疚。这种死亡比起肉躯的毁灭更其可怕。因为后者是自然的、谁也不能逃脱的。另一种死亡则是先于肉体的，那就分外悲凄。它会粉碎我们的全部希望。

在四十七岁生日的前夕，我极想把一切重要思绪廓清。哪怕先让其清晰起来、疏朗起来也好。这太难了。眼下正有无数烦琐，每天至深夜还有诸多呈报、重大事务、消息。因为事关城邑和营区安危，我不能漠然置之。这期间给我巨大震惊的是，前一个月营内有人谋反，领头的竟是随我多年的“方士”！他在暗中笼络了三个伍长，甚至不惜使用叛心不死的秦吏。

谋叛在数天之内即被平息。那支小小的队伍逃向蓬莱以北，妄图与一支桀骜不驯的土著汇合。他们携走了大批武器，还有草药、丝绸。可怜这干人马还未能与土著合手，就被淳于林将军率领的护营兵士围困起来。战斗结束之快大大超出我的预料，待我得到消息与一队卫士赶到，那里已是一片狼藉。

叛者头目，那个十余年来一直忠心耿耿的方士太史阿来，在最后时刻畏罪自杀。随他自杀的还有两人，一个是三千童男童女的领班，那个面皮有些浮黄、生着一对硕大乳房的女人。此人年届三十，颇有姿色，一对黑目灼灼有光。另一自刎者是归附的秦吏，四十有二，面皮黝黑，平日里闷声不语。

所有叛者都被缴械，此时一一缚起双手，全身大抖。我让身边人传话淳于林将军，请他为这一拨人松绑。我的命令被执行了。

自刎者皆给予厚葬。他们的坟头都留在蓬莱以北地区 —— 一班人出逃之地。我想他们既然慌悚逃离城邑，想必是心生厌恶，于是就让他们安息在远一点的地方。

此事件让我产生的惊惧久久不能消逝。我一度放弃了一切事务，在帐中独思。

头脑一片混沌，而且伴阵阵剧疼。医士赶来为我号脉，煎药扎针，用木槌击打穴位，料理半晌。可是周身仍疲累无比，常常涌出虚汗。我不得不卧榻休息，倾听自己的呼吸。我抑制着不去想“太史阿来”

四字，可是总也不能。我还能记起两人一块儿去乾山（在黄县徐乡古城东侧）大祭的场景，仿佛仍能嗅到燃过的香木气味，看见他手扯袍袖，悉心摆放祭器的模样……秦王第二次东巡登临莱山，我携几位方士前去拜见，其中就有这位黄脸疏须的男人。

思絮飘到碧波涟涟的海上。那是船队驶向中途，秦旗纷纷扯下之后。自上船以来，我一直保持深夜到后甲板踱步的习惯，即使风狂浪大也要勉强去站一会儿。那一天风清月朗，我从舱中出来。护卫的兵士通常把住通向后甲板之路；在楼船的最顶部舱口还有一个值夜者，他从那儿可以瞭望大半个甲板。

我仰望天空，像往常一样久久凝视故乡之月。尔后就是去看那神渺难测的夜海。记得那海极为平静，颜色苍蓝；靠近船体处，不时有一二跳鱼飞起。后来我听到通往楼船底舱的木梯在响，声音迟缓，不像是我熟悉的脚步。月光下一个身影出现了，是个女子。她身躯略胖，那长长的、在身侧悠动的一对长臂让我一眼就认出是女领班。我心里立刻有些不快。

她在那儿停留了一瞬，后来还是大胆地走来。我伫立甲板，觉得落在她头顶的月光有点怪异。其实这女人一直引起我的注意。我在船队尚未出发时就观察过她，从那对黑得发紫的眼睛里看出某种神秘意味。她的面色像胡萝卜那么红润，裸露的双臂像被河水长久浸过之后，又经太阳炙烫，熟得如同刚刚出笼的发糕。

“我的先师！”她垂下头，在离我两步远的地方低声呼叫。

“为何深夜不眠？你有什么要紧事情禀报吗？”

她双臂按在心口处，实际上紧紧地抱住了自己硕大的双乳："先师！我睡不着。我被奇怪的灵光照着，从上天传来的声音进入耳廓、心中，让我喜悦又害怕。我激动得疯癫一样在舱内走。后来我觉得必得把所知所闻一一禀报先师了……先师，我一直瞒着您的是，我是一个'通灵者'……"

她的声音在冰凉滑润的月光下显得阴郁低沉，让我心中一动。我不自禁地发出"哦"的一声，她立即抬起头来。

我看到她满眼里都是晶莹的泪花。出于感激和怜惜，我的手动了一下。那只是一种下意识。可是她却猝不及防地靠在我的胸前。我清楚地感到了她那一对巨乳是何等温热和柔软。但我的头顶像被一只冰冷的重锤敲击了一下，浑身一震，我立刻把她扶正，让她好生说来。

"我真是个'通灵者'。这样许久了，在夜深人静之时，我能够与天上的声音对话。那是无声之声，只有我一人清楚……"

"哦！那声音说了什么？"

"那声音告诉我，新王率领我们踏上的，将是鲜花遍地的极乐之地。我问谁是新王？那声音说新王即在后甲板上踱步……我的先师，我若有一个字的编造，那就是欺君之罪了！"

她跪下来，浑身抖动。

我这一次并未立即将她扶起，而是害怕地退开。我在五步之遥看着这个胖胖的女人，强抑着说不出的震惊。这样许久我才轻轻吐出了几个字，自己也首先感到了它的威严和重量：

“你回舱里去吧。”

“我的先师！”

“回吧。”

她抖抖站起，泪水哗哗流下。她嗫嚅：“我永远是先师的奴婢，永远……先师可以把我扔了，像扔一只小虫，可奴婢的心是不会变的……”

她消失在通往下舱的梯口。

一种得意而又厌恶的复杂情绪攫住了我。那个夜晚我睡不着了。在后来很多日子里，我都想把那个噩梦般的场景遗忘，可是不能。一个人的时候，我只求助于对卞姜的回忆，想让她来帮帮我。

那天，在蓬莱山北，几具血肉模糊的尸体让我从惊愕恐怖中镇定下来。我仔细看了太史阿来最后的面容，发现他出奇地安详。我又看了那个“女通灵者”，觉得她比生前美丽，甚至有些娇艳；只有眉梢那儿，留下了明显痛苦的痕迹。

因为新建的城邑经受了第一次谋叛，无形中比过去显得肃穆和沉重，简直有了一点古城的端庄和神圣意味。淳于林将军未经我的许可，自发决定了诸多事项，城邑内更加戒备森严。我的居所有了双倍的护卫者，我将其驱散，他们就在不远处游弋。

淳于林是个英俊的中年人，少我七岁，具有无可置疑的莱夷血统，而且还极有可能是卞姜的族亲。我们有十余年的友谊，他曾随我多次远游密访，是一只藏而不露的莱夷利剑。他给予我的则是双倍的安宁和双倍的痛苦。我不认为自己这一生还会像倚重他一样，去倚重任何人。

我在五年多的时间里，毫无来由地为一种感知而痛苦。它折磨着我，一度甚至超过了任何其他忧烦。我莫名地觉得他与卞姜深深相爱。这种爱好像无法言说，也无从考查，因为它仅仅埋藏入心。有一段我曾暗自留意，观察他们在说起对方名字时，或可出现的特异神情。没有。其他蛛丝马迹更是难觅。我只是有一种感知——可惜我从来都相信自己的感知。因为在其他方面，这感知总是被一再地验证。

大约是秦王第二次东巡，在琅邪拜见这位黑衣帝王之后的第三天深夜，我一直毫无睡意，而且悚悚之感越来越浓。我仿佛感到说不清的危难正在逼近，如闻巾帛裂断之声。我一遍遍坐起。四周皆无声息。我知道帐外有游动的士兵，戒备森严的秦王大营自不必提心吊胆。我又和衣躺下。只是一会儿工夫，那种极大的危难逼近感又出现了。我再无犹豫，起身取剑——也就在这一刻，我看到两个黑影闪身入帐。我猛喝一声，举剑迎击。混乱中一人被我刺伤，另一个很快蹿去。

类似场景还有三次，都是我的预先感知能力救了我。

淳于林对我忠贞不贰，这无须怀疑。而卞姜是患难与共的夫妻。我们一起挨过了血泪交织的日月，也有欢畅忘我的时刻，我们生下了两个儿子，一个早夭，一个现已长成，就是与母亲从不分离的“小林童”。卞姜怀念我们一起居住徐乡北面丛林小屋的日子，故而给孩子取名留下一个“林”字。可如此一来又占了另一个人的“林”

字。类似不着边际的胡思乱想还有许多，都合在一起折磨，让我徒添皱纹。

我甚至认为，淳于林对我的忠诚至少也掺和了一点对她的挚爱。我也相信淳于林正因为这爱而经受无法表述的巨大痛苦。因为爱的确是一种奇怪的物质，性欲、拥有、冲动，它们与爱还是有所区别。爱之不能忘怀、不能摆脱，就像不能赶开自身形影。只要日月星辰不灭，这形影就不灭。我深深地领受和经历了，因此我不仅懂得，而且无力责斥淳于林。

只是我无法战胜深埋深处的嫉恨。它如毒蛇一样缠裹，又如火焰一般焚毁。

对于这次叛乱，我深信不疑是太史阿来与“女通灵者”的一次绝望的合作。他们是一对通奸者、妄想狂、浪漫的信徒、走向极端的追随者。我还毫不怀疑，他们这十几年来对我都一片忠诚，这忠诚浓得无法剖析和定量，也许只有死亡才可以与之相比。他们都可以为我去死。至于死的方式，倒是各种各样，他们会仔细选择。眼下的结果仅是方式之一。

如果说他们的叛乱是为了加害于我，那还不如说是在寻找死的方式，是匆匆走向殉道的结局，是铤而走险地表达对我的忠诚——最后的一次表达。因为他们想加害我，完全可以把握更好的机会。这种机会真是多得俯拾即是。比如与秦王及手下鹰犬的周旋历时十载，还有选童男童女、打造楼船备五谷集百工，随时告密构陷，都可以置我于死地。他们那时睡着了吗？当然不是。

我重温往昔，一个个场景历历在目……太史阿来登临瀛洲以来，曾屡次劝我称王，几乎每次都声泪俱下：那个月夜船头，鬼迷心窍的“女通灵者”—— 我突然明白，那个女人听到的“天上的声音”，其实只不过是他们簇拥一起时的谵乱之语。

他们太性急了。他们感到了时光的无情催逼，觉得有点来不及了。他们大概不会自信成功。因为他们都知道我手中有一把莱夷利剑，出类拔萃、超出想象地锋利。至于那三个随同的伍长，本来就是几个愚人武夫 —— 他们的愚蠢和胆怯到了这种地步：直到最后也未随新主自刎。

随我登上瀛洲的各色人等多达四千人。但我还是对太史阿来和“女通灵者”的死亡感到痛惜。

这痛惜是真实的。伴随他们一起死去的，是一生再不能重演的岁月，是彼岸的时光，是莱夷之地的烟火气……愿他们安息。

整整三天的时间，我的思绪都围绕着太史阿来与“女通灵者”，渐渐生出疲惫，我再不愿想他们，于是打开大门步出营帐。我想到那些作坊里走一走，那是百工们一显身手之地。城邑内分设“六坊”：丝织、炼铁、锻造、制简、物器、盐工；还有“三院”：经卷、缮写、大言；至于士兵操练、防卫布置，除了我定期参与筹划而外，差不多全部交予淳于林将军办理。军机大事从来是一国一城之首务，关乎生死存亡。但我对这性命攸关事体却越来越厌倦。如其说我一概推给淳于林是出于极度的信任，还不如说是为了规避，为了免除烦扰。我最喜欢去的地方是经卷、缮写和大言三院。

不消说这三院的设置是受了稷下学派的影响。当年稷下学宫的盛况令我倾倒，至今想起仍是如此。我决心让彼地萎褪之花在此岸灿烂盛开，而且有过之而无不及。经院是贮藏经典宝籍之所，并蓄有至佳学问者、随船而来的几十位“方士”——这些所谓的“方士”大半一踏此岸就扔掉了原来的营生，再也不“言必称神仙”了。他们分别来自六国。经卷院称得上是整座城邑的心脏地带，我视为手足。缮写是抄录经典之所，为防万一，从彼岸携来的宝典文书四千二百一十六卷册，要逐一抄写备份，并分别存放，以避水火兵乱；其次，学士每有崭新著述，皆由经卷院议定，也必由缮写院大录数卷，或存起或传阅。大言院是学士诸人每日辩论之场所，设有讲坛、边座、听席、记录；邑内一切有益之思、深邃之想，都不必忌讳，大可一一放言。所辩论者，题目愈大、愈远离俗务，即愈被珍视。所言皆大：大境界、大气度、大念想。愈是如此，则愈受尊崇。

三千童男童女分布在六坊中。他们与年长者不同之处，是每人每月要进十二次学坊。学坊授课者皆为名士，分别讲授义理、算学、天文、农耕、渔盐、武事、文书，共七项。每半年考试一次，优异者给予奖赏。七项中的突出者，则特予鼓励，以备后用。我常常走入作坊或学坊，只见童男童女或繁忙纺织，或朗朗诵诗，心中大喜。

三千童男童女，灿烂如花。

我不由得愈加思念起儿子小林童。他今年该是十六岁了，正如这些孩子差不多的年纪。他如今怎样，正是我日夜牵挂之处。母与子相依为命，我孤儿与寡母！唯担心哪一天秦吏对他们母子下手。秦吏绝望中不会放过他们。我叮嘱卞姜：如骨肉分离那一天真的来到，一家人不能同船启程，那么首要一事就是携小林童隐入民间，远离徐乡。我把民间密友一一道出，卞姜哭成了泪人……

我从不记得她号啕大哭过。她总是无声地流泪。这不是一般女子的泣哭，不是一般的悲伤，而是面对宿命的无望。她熟知莱夷人的全部历史，对来路与归路有明晰无误的洞察。她为人生的短促、虚妄、怯懦、无能为力而哀恸。她从这不可逃脱的分离和撕裂之命运，看到了为人的全部隐秘。她已经无话可说，只有让那一双溪水潺潺而下。对于小林童，她已经付出和将要付出的，是我的十倍。我从未看到一个母亲像她那样携带自己延长的生命。那不仅是无微不至的呵护，还有面对一个新鲜生命所表现出的震惊诧异、巨大的喜悦 —— 而一般的母亲在自己的孩子面前，一切都淹没在疼爱怜惜之中，即所谓的母爱之中了。神秘的母爱是无须区别的，可是一个女性面对自身分离出来的又一个生命，面对这人世间最大的奥秘，仍然有忍不住的惊奇流露出来。她对世界充满感激，这感激使她一次又一次热泪盈眶。

她感激的泪水与绝望的泪水掺在一起，流到了我的唇边。我品尝了天下最苦涩的液体。我长达几个时辰拥抱着她，唯恐这芳香温暖的躯体转瞬即逝。她在最后的时日里表现了过人的温柔。我想这是世上一切最优秀最聪慧的女子才具有的德性和灵悟。你纤纤十指滤过了急促无情的水流，把漂来逝去的游丝挽在掌中。无言的抚摸啊，默读了几十年的辛酸与欢娱。没有一个人 —— 他或者是今生的挚友，或者是来世的智者 —— 能够稍稍体味这午夜里的恐惧和哀愁。这都属于我们两人了。

可是在这个蛮荒之地的午夜，却必须由我一人面对这恐惧和哀伤了，还有其他。我必须面对人生最怯于面对的东西：背弃。我尽可能不去想这些，可是它总是不由自主地来打扰我。对爱、对一个约定、对无与伦比的信托和念想……这一切的背叛。它伤及灵魂，让人几度绝望。我的至宝，我的露珠，我的羔羊！你明白我在说谁吗?

当然，我首先想到了太史阿来，这个十余年里的挚友、追随者，还有那个如影似幻般闪动在身侧的“女通灵者”；甚至还有淳于林，这个让天下君王都会心生嫉羡的美将军；接着就是你了……我想我是疯癫了，一个人在最孤单无望的时刻，也许会滋生一些疯迷无稽的幻念。如果是这样，那么我也是一个罪人了。

我只确凿无误地知晓，我无比地思念你，还有我们的小林童。

我问淳于林将军：太史阿来和“女通灵者”为什么会自刎?

淳于林将军奇怪的眼神看着我，一时未语。

我觉得他的目光威严之中透着温情，确是魅力无穷。即便经过了几个月的风浪颠簸、一年多的疲于奔命、常人难以想象的百事操劳，他还是这么英气勃勃。这使我心里稍有不快。我记起他比我年少七岁，大卞姜一岁……我的目光从他脸上移开。

“先师，他们犯下了弥天大罪，死有余辜，也只能这样了结自己。”

我没有说什么。很清楚，淳于林的意思是他们死于恐惧。有一点儿。从彼岸过来的人熟知对待叛乱者的各种刑罚，车裂、肢解，甚或更为可怖的处置。不过他们在最后真的想过了这些？我浑身一震，悚悚之感涌过心头。不过我将努力从中寻出别的因由，更深的因由。那一对血肉模糊的躯体让我不敢凝视，但最后还是走近了。我惊异的是，太史阿来与“女通灵者”都大睁着眼睛。

死者的眼睛闪出一层萤光，那光浮在上面，即将消失。我极力想从这大睁的双目中看出一丝愧疚或其他什么。没有。但我相信总会有的。除了愧疚，还将有深深的斥责，但唯独没有仇恨，这是我能够肯定的一点。

淳于林说：“如果不是追剿及时，他们一伙与那些土著合到一起，从蓬莱山撤走，祸患也将无穷呢！”

说得极是。这些人对于刚刚立足的城邑而言，必将构成心腹之患。他们送给土著的，不仅是精良的武器，还有可怕的计谋；除了这些，更令人生畏的将是无法探测的心之伤痕。这些我都反复想过了一千遍。可是我一直未能说出的感觉是，除却这一切而外，他们那对死而未冥的眼睛呢？透过那层虚虚的萤光，我看到的是动人肺腑的忠贞，甚至还有爱 —— 他们爱我，这正是他们用生命回告我的！我知道他们绝望地爱我。这种爱有时是难以表述的，人与人常如此。为了这困难的表述，有时真的是需要生命的，尽管生命对于每个人只有一次，它异常珍贵……

正是这最后的念头重新泛起，使我再无心与淳于林谈下去了。我们最后草草议了一下筑城和防务，就匆匆分手了。他有些意犹未尽的样子，壮实的肩部拨开幔帐，无声离去。

他离去很久我还沉浸在思索里。因为我发觉自己的头脑从未像现在一样清晰明朗。我突然明白太史阿来与“女通灵者”精心策划的叛逃，竟是一桩连他们自己都不相信的荒唐之举。以太史的周密与远谋，以“女通灵者”的狡狯，他们不难看到最后的结局是什么。他们会像无知的儿童一样接受这无聊的冲动、热迷于致命的游戏？或者是几十年的困厄坚守、与秦吏捉谜般的斗法使其疲惫不堪，踏上此岸仍看不到个终点，伤心之至？而他们心目中的“终点”只有与我一起才能到达，离开了我，他们将是无能为力的，这我从“女通灵者”甲板上的那场倾谈中已略知一二。

他们在逼我走向那个终点，以死相谏。

我从未像现在一样怀念亡人。我在整整多半天的时间里紧闭屋门，想过了与他们在一起时的一切细节。特别是太史阿来，我们确是一对难友；除了他满脸细密的皱纹让我不能忍受而外，我差不多喜欢他的一切。他足智多谋，老成持重，不像我这个游戏者，总也进入不了角色。他有时甚至与我一起，构成了一枚钱币的阴阳两面。我那时总也不敢设想在失去他的那一天，我及我的事业将会怎样。因为他大我十余岁，会先我而去：每念及此就让我一阵伤痛。最想不到会有眼下结局。

自我们相识以来他差不多一直是我的提醒者。秦王第二次东巡，我们一起拜见始皇，归来后就由他筹划了一场祭祀乾山活动。那一次声势浩大，费尽心机，围观者不仅来自徐乡，还有黄县境内千余笃信神仙术者。秦王嬴政登莱山拜月主已有十一日，浩浩车队先锋已抵芝罘，却不断有秦吏将乾山盛举禀报上去。这博得秦王极大兴趣，也使黄县一带秦吏不敢妄为。尔后祭祀活动连绵不断，我们借此邀集了八方挚友、沦落民间的百十位学士，让他们成为清一色的“方士”。这些人历经摧折，分别来自六国。秦王悍暴，一扫六合，名扬天下的学士纷纷隐匿。他们如同溪水一样从西部高地流向东方，自鲁入齐，再入莱子故地，在一块巴掌大的海角驻足。这块海角小得难以承受如此重量和巨大光荣。终有一天这海角会因不堪重负而坍塌。

太史阿来当年脸上还没有这么多细密的皱纹。他的脸有些苍黄，望去仿佛涂了一层蜡油。他说话时总发出拉动风箱似的“呼哧”声，走路摇摇摆摆，又让人想到他会不久于人世。可是那一天的夏天，当一个秦吏贸然闯入几个正在密会的“方士”中时，他突然挺剑而起。秦吏剑术颇精，且呐喊不断，步步进逼，气焰嚣张。其他“方士”中有持剑者，立时出鞘相助，却被太史喝退：“别让这狄戎的血污了你们！”他面无惧色，沉着应战，平时的剧喘也消失了。随着一声霹雳般的呼叫，太史阿来挺剑一击，刺进了秦吏左胸……从此再无人将他视为孱弱之辈。

登瀛之后的第一要举是焚毁楼船。此举惹得一片斥声，特别是淳于林将军，简直面红耳赤；就差没有恃武护船了。赞同者凤毛麟角，其中即有太史阿来。此场景让我日后不断记起，感佩交叠。所以后来频繁议事，凡营中机要，无不与之商定。修长城、建城邑，都得到他的强力赞许。但我觉得其贡献至大者，还是帮我设置了“六坊三院”。

回忆像潮水般涌来，难以自持。我先是默念太史的名字，后来竟至大声呼起。护卫兵士被惊动了，营外一片急躁的走动声。我镇定下来，推门出营，看一片围拢的暮色。远处，城垛下游动着几个荷戟的兵士，太阳的余晖把他们身上的铠甲映出闪闪铜色，煞是壮观。我又听到了战马的嘶鸣，这让人想起那个叛乱的凌晨……一切都消逝了。他们作为一座城邑、彼岸迁徙者的叛逆，自绝于蓬莱之北；曾几何时，他们还与淳于林将军一起，成为我心中的麟凤龟龙。

几千年后，当我那些彼岸的亲戚经历了几番极度的繁荣和贫困之后，将会一再地想念我，苦苦寻觅我的踪迹。他们越来越确定无疑地相信我是一个航海家、探险者、术士，甚至是一个巧言善辩的江湖骗子——只是出于自尊和其他原因，他们才不好意思把后者出口罢了。其实真正的“航海家”是我募来的周边渔民、海上老大，还有个把通星相辨潮汐的“百工”。留给我的真实角色就只能是一个“骗子”了。他们说的并没有错。不过历史分派给我这个“骗子”的倒是一个大角色，让我去骗骗那个自视甚高的“千古一帝”。我正因此而心生得意。世上一切心怀叵测的“小人”都时常会涌起这类得意，尽管我最终还是扮演了一个大角色。

我说过自己的顽皮、狂妄，那是骨子里的东西。有时也并非如此；人们看到的只会是一脸的端庄。祭祀、祈祷，我所做的一切都需要端起架子。我的顽皮只不过使我独自一人时，面对铜镜做一二鬼脸。那是我至为愉快之时。想象中，有不少载于经传的“大人物”都有偷偷做鬼脸的癖好。我因此而喜欢他们，也喜欢了自己。

我终有厌烦自己的那一天，到了那一天，我将设法结束自己的生命。现在还不到时候。面对一片狂窜疯长的青草、杂树，日夜嗥叫欢鸣的野生动物，哗哗奔涌的河与溪，与水汽中蓝黛变幻的蓬莱山，我的喜悦非常人所能体验。像那个令我倍感尊敬和厌恶的人物嬴政一样，我也有非同小可的自尊自大；所以我也偶尔说一句“非常人”云云。因为我有了这个资格：是我把三千年来最杰出的一些人物搬运到了这片偌大陆地上，又将其像羊群一样放开。

仅仅有率众出逃之举，还仍有点“常人”味儿。能在一片“平原广泽”上“放羊”，就不是“常人”了。但我告诫自己千万不能做个“牧羊人”，不能有栅栏，更不能有鞭子——我之“非常人”说，是因为“放羊”之后，“牧者”自己也化而为“羊”，欢腾跳跃于绿草白云之下。他、他们，与一片土地上的诸多生命一起，或咩咩唱，或啊啊唱，应和着海浪千顷。

我深知那班挚友要把我变成“牧者”。他们不自觉地让我把“羊”迁地而“牧”，自己宁可做“羊”。他们希求的不过是饲喂的精细，而不是奔向大野的流畅。他们只是面对那个嬴政莽汉的宰杀之危，才奋而登舟。这正是我的恐惧与悲伤。我悲的是同类挚友。因我转眼已近五十，大限将至，无法预测未来的一天。我所要做的，也许只是赶在这一切来临之前做下些什么。

于是我力主设“六坊三院”，特别倡立“大言院”。彼岸膏壤千里，竟无处吐放“大言”。人无大言，必类虫犬；国无大言，气短如雀。“六坊”与“三院”互为支持，缺一不可。淳于林等喜“六坊”，厌“三院”；殊不知它们好比躯与首的关系。失去“三院”，“六坊”中的丝织坊会织出长丝勒围自身；炼铁坊会锻出利剑戕绝肉躯；盐工坊堆出的盐山也会把莱夷的三千童男童女腌制起来。其他几坊，亦是同理。

不必讳言，我最爱去的场所即是“大言院”。不仅如此，而且还鼓励和率众前去那里。一杯清茶，席地而坐，倾听辩家们“辩理驳难”。我敢说这里容聚了各色学问，举凡儒家、道家、墨家、法家、名家、阴阳五行家、小说家、纵横家、兵家、农家等等各派，都有倡明主张的机会。他们据理力争，吐言锋利，几次让我感动得泪湿双眼。我想起了少年时节远去齐都稷下的情景……有人轻扯衣袖，原来是最年长的“方士”。他是父辈，我该称他“先师”，但他和左右对这一称呼坚辞不受。他们只维护一人的尊严，只将我称之为“先师”。老人此刻口中喃喃，后来浑身颤抖：“君房，大言误国啊！”

我不敢应。我只能婉拒，并引经据典，排列史实。我倒举齐宣王齐闵王时期的稷下名家学派的田巴 —— 此大言高手，千余年后人这样记载他的行迹：“齐之辩士田巴，服于狙丘而议于稷下。毁五帝、罪三王，訾五伯；离坚合，合同异。一日而服千人。”那是何等的辩才！又是何等的狂放不羁！齐王如何对待？“齐王聘田巴先生，而将问政”。齐王恭敬地称其“先生”，齐国非但未亡，而愈加昌盛。反过来，到了齐闵王后期、及至齐王建时，稷下学日渐衰落，齐国也走向了末路。

“君房，他们所言对你多有讥讽，真是口无遮拦啊！”

我笑答：“君房又算得什么，区区亡命之徒！稷下学士尚可以‘毁五帝、罪三王’！”

一言既出，四周再无议论。但也只是数月，又有人愤愤然：“君房设置此院，原为扩言路，促思辨；可今日听辩家驳难，所言皆掷地有声，批驳无情，长此以往，势必言出一家；众人恐之，何能放言？”

我反问：“批驳无情是放言，大言是放言，说‘大言误国’是放言，‘众人恐之’也是放言；自古放言者未能禁言，而持兵器者才能禁言；既如此，何忧之有！”

他们一时无语。他们应该明白：“大言院”如果不允许其“辩理驳难”，那也只好改名为“颂诗院”或“礼赞院”了——可是这类院所只嫌其多不嫌其少，自古如是。

从大言院出来后，几天时间让我心中不宁。回味一番才明白过来，我也刚刚放过一番“大言”啊。想到此不禁有些耳热。

不久淳于林来舍，面有难色，吞吞吐吐。我让他有话直说，怎可如此期期艾艾？他说很久了，城邑中有些议论，只觉得不便言于君房，现在想了想，君房知道了也好。我催他说吧。他于是说：“城中人议，君房也不是个实在人啦，简直是……是虚伪！想想看吧，逃离秦王，到这边儿又是筑城，又是修长城，操练兵马；有军机，有政议，令行禁止样样俱全，他不是‘王’又是什么？可他就是不称‘王’。这反倒别扭，何不干脆点儿？不是‘王’的王让人见了更作难，跪也不是，不跪也不是，礼法无处尊行，‘万岁’也无处喊得；类似尴尬也实在太多，城里人都觉得无法做人了！……”

我感到一颗心在加快跳动。因为这些议论有几句不免切中要害。可是我正在渐渐笃定。我想，筑城、护营、修城、操练兵马并非是只有“王”才能做的事情。如果登瀛后不加紧去做，不仅秦兵追剿之日必定灭亡，就是土著扰乱也不得安宁。如此这般只为生存。生存之虞不除，又何谈其他？只是这样想，并未说出。

第三章

如果她们当中有一个在身边，也必会减轻我之痛苦。近来，说不清的误解和扰困，让我心情沉重，体态也沉重。我再无力像往昔那样顽皮。这是可怕之兆。人心不会顽皮地跳动，就是衰败颓丧的开始。我的爱人曾在过去给我诸多战胜困厄的勇气。她们有如此奇力，总使我大为惊骇。我有时不愿、也不敢正视她们的力量。

现在我又想求助于她们了。可是我顾虑重重，万般虚伪。我窥视过那些如鲜花吐放般的“童女”。如今这些孩子都一一长起，面色姣好，有了娇嗔的眼神和婀娜的形态。不止一个男子武士、方士和百工犯有强暴之罪，皆被处予重罚。我觉得自己有绝大的责任保护她们，只是这种保护的方式令我三思。

她们如今和那些抛家舍业的武士、方士学子一样，都需要婚配了；还有那些长出了茸茸胡须的“童男”，都到了婚娶的年龄。城中人丁不兴，衰者亡故，新儿不增，长此下去将不堪设想。我原有个设计，并在船上与左右复议：让三千童男女年及十七即捉对婚配，不得拖延。可转眼他们已是十八九的青年了，仍像原来一样独守。我像是已经遗忘了什么，迟迟不愿将许诺兑现。我已看到了诸多责备的眼神。

昨日又有一男子（一个年过四十的炼铁师匠）被捆绑起来。他平时腼腆少言，目不斜视，想不到而今也会胆大妄为起来。禀报称：该匠师借送取缝补衣衫为由多次进出丝织坊，而且磨磨蹭蹭久不离去。有一天为其缝补的女工 —— 该女工上个月刚满十八虚岁，相貌甚为娇美，只是略胖，坊中人呼其“水胖” —— 忙误了工时，日落后尚在苦做。可怜“水胖”正穿针引线，该匠师即扑将过来。“水胖”虽经剧烈反抗，但终因势单力薄，于事无补。

整个事件再清楚不过，禀报者却扯三挂四絮叨许久。我已有些疲倦了。对方仍在愤愤然：“更可气的是，我等将奸犯捆了，正欲押走，‘水胖’却哭叫挽留，为匠师求情呢。要不是她衣衫撕破，之前又有几声呼救，我等必把她当成奸犯一同捉将起来！”

我制止他再说下去。

“先师，如何处置呢？”

“哦，不必处置啦。”

“这……难道、然而……嗯？！”

“请下去吧。”

他极不情愿地僵在那儿，像肚子疼似的，右手使劲挤弄了一下小腹，咬着下唇退出。

我深知此事不加处置的后果是什么。以前对此类事件颇为严厉，至少需断其右脚小趾，并在额上留下刺记。须知这是在秦吏酷刑下减免数倍的结果。如在秦地，奸贼被乱棍打死、石头砸死、劓睾除势，皆是平常处置。如果匠师之事漫传开去，城邑之内必会风气败坏，暴行叠起，最后硕果也将不存。我放弃惩处匠师也是遵从了那个受害少女“水胖”的请求，因为这请示之中蕴含甚多，她对匠师心生欣悦也未可知。但无论如何，从大业计，此事仍不可荒疏。于是我急忙摇响手铃，让卫士复送定夺：对匠师罚三月薪奉、施杖二十。

卫士应声而去。我仿佛看到那二十杖纷然落下，匠师疼得满地滚动。还好，将养十日又可以去炼铁了。

我的命令总是得到很好的执行，这不能不使我滋长一丝自负。如果说在徐乡、琅邪、黄水河港附近的船场，我十分懂得使用嬴政赐予的权威规划行程、征用物器人口的话；那么在这之后，嬴政的权威已丧失殆尽，我完全无所依托，没有权杖，也没有武备。我虽是莱子故国的贵族后裔，但说到底只是一介书生。我在长达四十余年不屈不挠的求索中只获得了自己的信仰。这才是坚实无欺的，在我心中日夜燃烧得火烈，冶炼得纯洁。它最终又成为淳于林、众“方士”与挚友们共同求索之物。淳于林拥有兵权，可是他与众伍长、那些悍强的将军们一样，唯对我失去反抗之力。这就是信仰的力量。信仰也有显而易见的“专横性”。随着事务的增多、年纪的增长，我习武时间越来越少，有许多次出门时甚至将剑遗在室内。卫士们已经习惯于在十步之外护卫我，而我却常常忽视他们的存在。他们在信仰和思想面前已化为无情的物器，仅仅取代我遗在室内的那把短剑而已。

我珍视信仰如同生命。正因此，我必得警惕它的变质、它弥散和辐射出的蛮横和乖戾。我同时视无信仰者如草芥，却又爱惜每一株草木，因为它们是蓬勃的生命……我到了检视自己内心的时候了。

我知道蛮横无理地强加于人的，无论以怎样美好与圣洁的名义，都将在未来被视为不义、或是罪恶。每想到此额头一烫，豆大的汗粒滋生出来。

我发现在内心深处，在幽闭的角落，有一颗隐秘而阴暗的种子。它非常苛刻与嫉恨。它阻止了我更敞亮愉悦地行动，而只让我阴郁地徘徊。我知道，三百艘楼船启碇之时，一个铁定的冷酷也就形成了：几乎所有年长的百工、方士和弓弩手都失去了岸上妻儿。秦吏让他们不得不有一个留恋，以便早日归来。他们当中只有极少一部分知道此行将一去不归。而三千童男童女中，男女数量恰好相当。也就是说，这些茁长茂盛的少年已成天然婚配；而当他们一一结对之后，年长者将永远失去了人生的机会。

我也是一个年长者。我为此深深地哀愁。

诚然，我有办法做成自己的事情，可那样既是不义，敢将冒触犯禁忌的风险。

我终于在政议之日提出了婚配问题。我当时尽可能使用平淡的语气，内心却极为紧张。我留意了一下，发现至少有三个老者、两个中年人手指抖动，其中一个脸色蜡黄，吐言混乱。关于三千童男童女、遗在彼岸之妻、夫妇之道、天地伦常，一时费尽了口舌。没有一个人能够统一他人观念。对三千童男童女的婚配虽无人反对，但有人却提出若干限制条款，比如说女子须小于男子三岁以下——初看近于常理，细推敲却大有曲折。因为所有童男童女当初择选都在十四五岁之间，就是说年龄大致相当；如果依此建议，势必有大批童男童女失去婚配——女子本无妨碍，因为有大大长于“三岁”之差的男子在等待；苦只苦了一批童男。

提出这一建议显然荒谬。可奇怪的是它很快得到多数人的应和。此事令我颇为苦恼。最后我只得将该条款搁置，留待大言院辩论。这一来又使参与政议者大失所望。

经过大言院三日辩论，又是几日复议，好不容易才将条款一一拟定。关于“男子需年长女子三岁以上”的条款自然废除，但又附加了不得已的另一条款：婚配关乎城邑存亡之要，所以望全体慎之又慎，年长者优先择偶。我知道这一附则实施的结果会是一场剧烈争夺，惨剧必将生成，于是又添一款：“强制婚配者严惩。”

值得欣慰的是，尚有为数不少的男子拒不婚配。原因是对彼岸妻女日夜挂念，有时呼其芳名泪水不断，发誓终生等待团圆一日。此情此景令人悲酸难忍。我不得不告诉他们：团圆之日只是来生的事了。但他们置若罔闻。

我对这些苦念者有说不出的敬重。他们昏愦之处不难察见，但我也宁可信赖这些“愚夫”。我自诩顽皮，却唯独不敢对心爱的女人游戏。我的目光一转向她们，拘谨与诚挚、依恋与乞求、自尊与敬慕……一齐生出。我永远感激她们所给予我的一切。我在这几十年的遭遇之中甚至发现了一些神奇的原理：无论是多么博学多才、心气高远的男子，在特定时刻，都会领悟到一个心爱女子的深邃与博远，领略她那颗明净而尊贵的灵魂。只要这女子温柔和煦，就会生出难言的深刻与尊贵。她在德行方面，永远是男子的师长。我常常惊异万分地注视着这一发现，坚信不疑。即便是未经雕琢者，即便她不识一字，也仍然不失其深奥绵长。她们舒展和缓的眉梢会透露出人生的全部恩惠与从容，那令人神往的自信，一个男子何曾有过！

我不得不承认，我越来越恐惧于失去她们的援手。她们的支援之力，巨大到无法形容，这些，愚钝之人无论如何也难以感受。由此我又想起了那位滑稽多趣的远亲淳于髡，他与大儒孟子的一场有名的辩论。人问："男女授受不亲，礼与？"孟子答："礼也。"人又问："嫂溺，则援之以手乎？"孟子答："嫂溺不援，是豺狼也。"如今有灭顶之灾的不是女子，而是男子。他正忍受思乡的痛苦，疾病的折磨，事务的缠裹，孤单的煎熬，再加上对未来的茫然……这一切需要多么坚韧的毅力才能战胜。我一直未对他人透露的是，近半年来时常感到左胸不适；还有折磨人的脚气病。我未求助医师，而是自己小心翼翼地治疗。长期以来我都是一位好医师，曾在三年多的游荡期间为人医病。我当年以善用大黄出名，百病皆求之于泄。人之虚弱萎靡，是为毒火攻讦所致，欲扶体必先驱毒。可是多半年来自我医治并未奏效，疾病时好时坏。特别是脚气病，夜间痒得不能入睡。这反倒使我多了忆想的时间。

我与卞姜多有分离。我们的婚姻既早且好，算是最为完美的姻缘。她嫁我时刚刚十六岁，身体纤细颀长，双目柔煦如同春水。我一想起这一生有可能伤害于她，就感到战战兢兢。这伤害会是难忍的、无意的或不得已的。反正我总担心会有那些伤害。她最初的痛楚和哀哭令人一生难忘。我曾暗下决心，用一个男子的忠贞和强大、迎接万千烦琐和操劳的双手，像捧起一个婴儿一样，小心地照管她。我会让她一生免除饥寒之苦，身体丰腴硕胖，容光闪烁，双眸明亮。后来她的确变成了一位高贵华美、体态丰盈的夫人。她从来不曾浓妆艳抹，因为她的资质太优良了。

我爱她到寸步不离的地步。我因这过分沉溺之爱而一度变得孱弱。她的款款细语足以支持我长久的热情，她对情感的洞察细微又使我愈加贴近。心与心的紧密难分，生命的知遇之恩，让我们共同拥有了一段最珍贵的岁月。我甚至因为她而减少了对淳于髡的厌恶之情。

我并未见过这位先人、徐乡城的奇才。他理应博得后人的尊重。我生得太晚，但我出生后他仍健在，而且是齐闵王手下一个最为特殊的人物。他活跃于诸国之间几十年，得到的爵位和赏赐数不胜数，几代齐王都与之过从甚密；就连傲慢的梁惠王也对其敬佩不已，两人曾有过三天三夜的长谈。这对于家道衰落的贫儿、一个入赘者，已经是个奇迹了。我从小受过母亲教诲，嫌其“忘族卖才、取悦雠仇”。我开始甚至不愿娶卞姜为妻；先是她娇美逼人的容颜攫住了我的魂魄，后是她过人的睿智和德行战胜了我的心灵。

我们一开始就有许多相似的话题，其中之一是关于淳于髡。她认为与其说淳于髡服侍了强齐，还不如说他襄助了庶民。其理由是她这位远亲运用自己的睿智与勇气，来往于齐鲁燕赵之间，直谏于帝王诸侯之中，避免了多少战乱，革除了多少积弊：这正是男儿的良知作为啊。

我并未立即赞同。不过她的话让我不得不去思虑一些至大问题。这一切常在脑海中纠缠不清，让人痛楚忧烦。民生与社稷比较，民生至上，社稷次之；可是社稷即民生啊 —— 我对这长久以来的思路开始怀疑了。这也是我对卞姜的爱所促使，让我有勇气去触碰这个绝大的命题。也许淳于髡超越了社稷，走进了民生。可是我却因为他而耻辱而愤懑。他折损莱夷的是什么？即非自尊，又非物质；江山固在，人民固存。齐灭莱夷久矣，莱与齐的疆界只能刻在心中。莱齐混血，共抗暴秦；可秦统一之后的齐秦之恨呢？此恨绵绵无绝期吗？

我哪一天才会真正原谅那个足智多谋的远亲？

权衡忠勇道德的至高原则又在哪里？

这一切我终会探究个清楚。现在我只是沉浸于往日的温馨，寻求于彼岸的幸福。我在这难以摆脱的纠缠之中，忆想和愧疚，兴奋和哀痛。我在无法解脱的矛盾蛛网中挣扎，为了你和她——为了你们……这种种难言之苦愁、之焦思，即便“日服千人”的田巴再世也说不分明……

一切缘起于那次远游。完婚半年之后的卞姜为我打点行装。我将要去齐都临淄。这是第二次临淄之行，心中说不出地兴奋。第一次去临淄我还是个孩子，稷下学宫的老先生们说我是“一个娃子”。

那次受了母亲的鼓励，她说那里聚集了天下第一流的学问家，金碧辉煌的厅堂里日夜辩论激烈，声音洪亮，手掌翻飞。我仿佛望见一个个诸子们目光炯炯，面红耳赤。母亲话语中对淳于髡多有指斥，但又认为他是莱夷人所能贡献的最为聪慧的人物。“你或许能见到他，不过他也该老了 —— 他比我还老呢！他二十多岁时我见过，那时他穿得可真寒酸。”

第一次去临淄没有见到那个名声不佳的老人。当年稷下学宫已隐隐露出败象，虽然看上去一切依旧。最老的先生相继去世，只剩下了荀况。齐襄王雄心勃勃重修稷下学宫，提稷下后学为“上大夫”，但稷下学似乎再也没有了往昔的沉厚宏阔。我一意追寻那个姓淳于的老人，却渐渐被齐都的繁华弄得头晕目眩。这是真实的情形，我作为莱子国的后裔，有时是羞于袒露真实心情的。我好像在极短的时间内就明白了莱夷何以灭亡。在更为强大和开放、自信得近乎松弛的邻邦面前，那个严谨而粗犷的游牧人的城邑是难以抵御的。我承认在齐都三天之内看到的洋玩意儿，抵得上莱地十几年的观览。这里才称得上世界之都，车毂击，人肩摩，连衽成帷，举袂成幕。大街上美女如云，身上的各种饰物叮当作响。我像一个迷失了旅途的人，久久伫立十字街头。

卞姜叮嘱我早些回返。我们已经难舍难分。我知道强大的思念会阵阵催逼，让我无法忍受。是什么吸引了我在这样的时日远行？是华丽的齐都吗？是母亲的目光，是她的目光指示之处。

她让我从齐人的陌土之上寻觅一颗种子。它被我的祖先遗失了。

齐人用弓与马征服了莱夷，可当年莱夷有世界上最好的弓，最快的马。莱夷人织出了天下最绚丽的锦缎，锻出了天下最锋利的长剑。然而这些都未能延缓它的消亡。关于民族之谜是最有诱惑力的，我一生都会致力于这种破解。我心底常常滋生出悲凉彻骨的、奔赴和投入的勇气。

那次去临淄并未如想象那样简单。我在异国徘徊得太久，耽搁得太多。直到那个早晨，我与荀况的学生亨话别——这是荀况最小、也是最有才智的弟子。亨中等个子，气宇轩昂，说话时明亮的目光总是紧紧盯住对方，鼻翼翕动不停。亨当年刚刚十八九岁，坐时身躯挺得笔直，服饰洁净简朴。世上再也没有像稷下学子那样嗜好辩论的了；而在后学中间，再也没有比荀况这个最小的弟子更好地承袭这种风气的了。他在即将分别的时候也抓住一切机会与我驳辩，使我不得不认真对待。

好在这次辩论刚刚开始即有人敲门。进来的是一个女子，神情出奇地平静。与这位小弟子一样，她也穿了简洁的服装，但细看起来做工却讲究到了极点。与其他女子不同的，是周身上下没有一件饰物。这在上层女子中是绝无仅有的，就连我对面端坐的亨，身上还挂有闪闪的玉佩。我以前见过她的侧影，只是一闪而过，知道她是一位史官的女儿，叫区兰，饱读诗书，是城内闻名的才女。这次近在咫尺，我的目光刚刚抬起，立刻就有一种灼烫的感觉。

她那对圆圆的、漆黑的眼睛至为特异。她似乎只是不经意地瞥了一眼……她与亨是一对挚友，还极可能是一对恋人。这我完全凭一种感觉。可是那轻淡的、一闪即过的目光却使我脸上留有长久的烧灼感。我差不多没有听清他们在说什么，只是后来才发觉两人的声音渐渐激烈起来。原来亨又不失时机地与区兰进入了新一轮驳辩。与之形成鲜明对比的，是区兰那平缓而执拗的声音。这声音可真美，柔和得能融化坚冰。她义理清澈，驳难析疑中透出别样的温情。也许这就是让我产生那种判断的依据吧。对方却毫无通融，步步进逼，言辞愈加锐利。区兰笑了。

这一笑使她显得何等妩媚。我再没忘记这一笑容。我想这是一生中所看到的最美的笑容之一。

可是她这一笑却激怒了那个驳辩对手。亨立刻气恼站起，嘴里发出“呔”的一声，拂袖而去。

区兰不愠不怒地待在原地。后来她缓缓转身。那黑漆漆的目光又掠过我的脸颊。我这一次发现她的脸倏地红了。她好像叹息了一声，垂下了长长的睫毛。当她重新抬起眼睛时，那目光闪出了双倍的明亮。

我说，我被她阐述的义理给深深打动了。

她并不急于谦逊地表述什么，只是略有好奇地看着我，认真倾听。她不自觉地微微张开嘴巴，让我在不经意间看到了那白玉一样的牙齿。

我无法将其忘掉……

后来，当第三次去临淄城的时候，我发现自己心里正装满了特异的急切。真害怕这种心绪如河水般将我淹没。我深知母亲的目光蕴含了什么。这一生，唯有母亲，让我一想起就满面羞惭。使她失望之处真是太多了。可是有些命定之物人是无法回避的，这是我后来才明了的一个玄机。我终于得知遥远的临淄等待着的到底是什么。

许久之后，当我们可以无所禁忌地相互倾诉之时，才知道这真是无可逃脱的命数，它融合了人的全部欣悦与悲伤，还有那沉重如磐石的、注定要落在肩头的使命。

区兰说她那一天像被一只手推拥了一下，不由得要迈进亨的房间。而这之前他们之间刚刚有过约定：每个月只相见一次，各自研修。这主意当然是亨首先提出的。她谈到这个荀况晚年百般宠爱的小弟子时，立刻满面羞红。看得出他们之间既有过热烈的爱慕，又有过难言的龃龉。对后者区兰闭口不谈，偶尔触及即颇不自然。她只说亨原来绝非如此，他是过于执迷老师的义理了，对先生“天地者，生之始也”“天地合而万物生，阴阳接而变化起”倒背如流。先生仙逝之日，是他悲伤欲绝之时。从那时起他就不通儿女私情，却愈加精于研琢。先生的学问在他那儿几经打磨，已经光可鉴人。他抄录著述可以几夜不睡不饮……区兰说他们从小一起求学、研习；他之与她，已像同胞兄妹般熟悉和亲近。她说得泪花闪闪，把脸转向窗前。她说那一天她是无论如何不能安坐案前了，总有一个无声之声在心底提示：快些去吧，如若耽搁就是一生的惋惜了。她于是不顾那个约定匆匆而来……跨进门，一切如旧，亨身躯挺直与人驳难。可是她感到一种异样的重量落在身上，“哦，原来那是你的目光！”

我们紧紧相拥。我可能一生再无悔疚——这奇怪的感念在与卞姜最初时也曾产生过。我多么幸运又多么轻薄。可又的确找不出什么虚伪之处。我真实地感知了；她们都是流进我心头的泪珠，让我有了终生的润泽。

就像对卞姜的感觉一样，区兰是我生命的一部分。她一连几个时辰在我身边，久久伏在我的胸前。她后颈上金色的茸发让人无比爱怜，我伸手轻轻抚动，领受那种滑滑的、丝绒一样的触感。这又让我想起猫咪颌下的温暖与光润，想起它们那柔顺可人的一切。她的耳垂、手指甲、下巴，都能使我涌起阵阵感激。我甚至急于把这一切告诉另一个人——母亲不在了，这人世间最亲近的也就是卞姜了。我的极度幸福和欣畅必须与她分享。我已经不能支持了。

冷静下来我才知道自己多么荒谬。卞姜会伤心以至绝望的。她有过人的悟性和宽广的胸怀，可是她仍将无法承受。她爱我容我，首先只是爱我 。

区兰承袭了家学，是当时唯一一个出入稷下学宫的女子。齐王在她十一二岁时听过她驳难析疑，大喜，第三天传话要蓄为宫妃。她那个史官父亲踉踉跄跄奔得家来，泪水涟涟抱住女儿，女儿得知了原委，马上跳出父亲怀抱："给孩儿一把短刀吧！"父亲问何用？她说到了那一天用呢。

齐王只得放弃这一念头。不过在临淄街头，每当齐王华丽的车子驶过她的身边，总要停留片刻。齐王在车内发出一声长长的叹息。

也许就是那声叹息吸引了我。我极想见识一下齐闵王。传闻中这是一个爱士如命的角色，只要听说有士自远方来，必放下手头的一切驱车远迎……当然这只是开始的情形，及至后来，那些士们口沫横飞，他就斜着眼瞧他们了。我通过亨和区兰的父亲见到了这位齐王。原来他是一个瘦削的中年人；与别人不同的是，他通体瘦削，唯独小腹高高鼓起。这种特别的体态让我不太舒服。

齐闵王把我视为境内之“士”，一会儿热情一会儿冷漠。他也许寂寞了，竟然想与我讨论义理。我只把他当成亨一类辩驳对象，出言犀利而无所顾忌。齐闵王从座位上起立三次，最后又沮丧地坐下，发出长长一声叹息。

我想说，这叹息真是很美的声音。

最后闵王挽留我长住临淄，并许诺赐我田舍。我坚辞不受。

我对区兰复述了那声叹息，她笑了。我们一次又一次拥吻。那个紫玉般的夜晚我们几乎一夜未眠。诉说太多太长，今生也难以收束。我们只能相互揩掉感激的泪水。

我周身都充斥着她的气息。这气息已渗入血流，又从毛孔溢出，风雨和时光也洗它不去。我渐渐害怕与亨对坐 —— 而他却抓住一切机会与我驳辩。过去我们辩论互有胜负，而今我却节节败退，使亨得意中又有些手足无措。他终于对我失去了兴趣，斥为“毫无长进”。看着他那翕动的鼻翼、秀美的眉梢，我无论如何不可思议：不爱美人爱义理。

而我从区兰、还有卞姜身上，却感知了深刻的义理。原来它们共为一体，同物异形，只在不同的时刻闪射出不同的色泽。

原以为临淄之行只是短暂的分离，想不到如此之久才回返莱夷。卞姜在迎候我。

我不敢迎视她的目光。她吻我，泪水湿了面颊。“说了吧，我的君房！”

我就说了，我的卞姜……

如果在海角，像我一般的人物没有三两个妻妾倒也不可理解。可是我曾对卞姜信誓旦旦：今生只与她厮守。轻若鸿毛的誓言，男儿的誓言。她哭过了，最后催促我接回区兰吧。

至今犹记齐闵王那声长长的叹息。可惜的是后来，是他对稷下学子的背弃。几乎所有出自稷下学宫的言策义理，都被他视为虚言妄义。而这之前不久他还说“寡人甚好士”。他原来只想模仿先王，并期望做得有过之而无不及。之后，他那叹息代之以威厉的斥喝，稷下学士四散奔逃，游学他方。这使我特别关心荀况老先生的小弟子亨。每念及亨，我的心中就有难以抑止的亏欠之感。我的关切是由衷的。因为后来我与临淄渐渐疏远，与亨的朋友也难得谋面；关于他的消息只是道听途说，难以确证。有人说齐闵王与学子闹翻了之后仍与亨少有交往，并借机打探过区兰； 也有人说齐闵王在五国合纵伐齐、燕人攻入齐都时逃奔莒地，稷下学士中唯一追随他的就是亨了。也有相反的说法，说亨在这之前很早就与齐王分道扬镳，当时亨心情恶劣，一方面因为齐王对稷下学士虚与委蛇，另一方面是区兰的离去。他出走临淄，再无音讯，而且多半是“小隐于野”。

后一种说法更能令我信服。我深知一个男子是不可能漠视区兰的。

齐闵王治下的齐国由盛而衰。他自视甚高，却无力抓住历史赋予的良机。随着齐国军事上的节节胜利，他再不提“寡人甚好士”了，忙于对外扩张，利令智昏，对稷下学士的一切谏言都视为迂腐不通。结局即是后人所载：“南攻楚五年，蓄积散；西困秦三年，民憔悴，士罢弊。北与燕战，……而又以其余兵南面举五千乘之劲宋。”

齐闵王的残生竟至如此：五国合纵伐齐，燕攻入齐都临淄，齐闵王逃奔莒地，复被杀身亡。齐国遭到空前惨败，几近亡国。

齐闵王被杀的消息传到徐乡之后，立刻引起了震动。莱夷人普遍感到快意，认为这一结局是对连年扩张、倨傲凌弱者的最好回答。而在我内心却是复杂的意绪。起初我和卞姜、区兰都同样震惊，之后是唏嘘不已，是或多或少的追忆和总结。区兰来徐乡已有三年，算是明媒正娶。她与卞姜亲如姐妹，融洽之至，已传为美谈。当她听到闵王被杀的消息时，正在剖一条青鱼，手一抖，割伤了左手拇指。殷红的血立即染了垫板。女仆惊得大呼 —— 她们一直反对夫人下厨，可是夫人坚持要亲手为我煎一条青鱼……区兰顾不得包扎伤口，僵在了那儿，直到我和卞姜跑来……

我眼看她的颊上两道泪水流下。我的惊讶并不亚于听到齐王的噩耗。我再一次体味了一国之君的崩溃给予人臣的强烈震荡。我知道区兰对齐闵王的藐视和不屑，她甚至多次背后取笑；对他后期的荒谬无道，更是愤恨交织……这其中似有不解的奥秘。如果说她为身亡的闵王而流泪，还不如说是为自己的母国而悲伤。她凭直觉理解，即便是一个无道之君，如此的结局也预示了社稷的悲哀。对于她而言，这真是来到了国破家亡的十字路口。

她的父亲已到迟暮之年，还在忠心耿耿服侍王室，这一次生死未卜。战乱之中已难觅准确音讯，区兰直到最后也未见父亲一面。

她的死是我终生不解之谜。她虽比卞姜大一点，比我则小两岁，如此稚嫩的生命却要提前熄灭。她长期以来承受了多少沉重，可她从未呻吟；直至最后，对我流露的都是最美的笑容。时光何等匆忙，一切宛若眼前。她因爱而远离母国，告别了年迈的父亲，回绝了才华横溢的亨、能够发出长叹的国王。多么毅然果决的女子。她那一双颀长笔直的腿，一开始就让我心生惊悸。我总是小心拘谨地触动这双腿、这润滑的肌肤。一股犹如三月椿芽般的气息把我围拢裹卷。她的永不褪萎的端庄也使我感到莫名的困惑。我从不敢奢望在漫长而短促的有生之年会遇到区兰一般温馨典雅、纯美甘冽的女子。在她面前，我一再地感到了自己的污浊不洁，还有起伏不安的浮躁心情。她则一如既往地热烈着、沉静着。

可以想象莱夷给予她多少难言的苦痛。她终生都在努力适应、融合，最终也未能如愿。她不服水土，无端地消瘦，还有过三次流产。她做梦都想像卞姜一样获一娇子，结果还是事倍功半，空受摧折。她不爱莱夷的一切，土地、山河、风俗，还有其他；她仅仅是爱我一个，只为“这一个”而来。她因我而获的痛苦，真是太多太多了。

有许多的时间我既不能待在她身边，也不能顾恋卞姜母子。我要与强吏周旋，要迎接从临淄和六国远涉而来的学子。他们先后来到徐乡城，这座所谓的“百花齐放之城”。游学的人越来越多，当代大儒在此皆留足迹。我陪他们祭乾山、登莱山、拜月主，梦想重塑稷下。未曾想它短暂得转瞬即逝。区兰生前最厌恶的就是那些“言必称神仙”的方士，像孔丘一样斥拒“怪力乱神”。我对方士们热衷谈论的邹衍“大九州”“小九州”，及由此派生的航测与占星术仍给予认真对待。我同样不能消受方士们的装神弄鬼，他们团制的花花绿绿的丹丸；他们甚至散布长生的谎言，玩弄起死回生的把戏。这一类妄徒倒在一定程度上迎合了官家，其时几乎没有一位官宦不热衷于方士之说。

区兰病逝在那个秋天。肯定是因为灵性的哀伤感怀，庭院一棵盛开的木槿一夜间全部垂落。卞姜哭干了眼泪，抚着我的额鬓：那里陡生许多银丝。

我默然注视着邑内这场巨大操作。婚配通令颁布十日，街道场所各处尚无异样。但我早已不存侥幸，对可能出现之任何骚乱都预防在先，嘱淳于林将军加派游动卫士，并对“三院六坊”给予重点护佑。淳于林显得英姿勃勃，仿佛比往日精神数倍。

第十三日，“三院”中一位须发皆发的老者请求晤谈。他是经院元老，多有沉默，一月间说不了几句话，常令后学敬畏。这一次他突然踉跄进门，刚刚坐定就抱怨起来，说闻听外面已沸沸然，各色男子皆携一女子而去，正所谓各得其所；他潜心经卷，无暇他顾，事已至此还请先师特别选配，以成不才之美……我耐着性子听完，惜无良策。如此踌躇半天，也接着他的话头抱怨下去，说自己忙于城内事务，更无暇为自己寻一女子，又难以对下启齿，正想找他这样的资深先生搭一援手……

老者直眼瞪了我半晌，口中“啊啊”，颓然而去。

我却毫无幽默快意。我明白自己正经受前所未有的苦厄，心中再清楚不过，我与离去老者有同病相怜之虞。我觉得自己真的老了，腰弓，双腿出奇地沉重。我发出了一声长叹 —— 这声音让我想起几十年前齐闵王的那一声叹息。

每日都有人来按时禀报。我不满足于他们的照本宣科：某人于何日完婚，年龄家世籍贯，自愿婚配云云。我总是打断他们，所问之事又无足轻重。我察觉自己的脾气在无端增大，于是让其一一念来。这种禀报烦琐之至，三千童男童女，外加他人，要开列一长长名单，似乎究之过细。后来我令其择要报来，只需将伍长、三院先生以上者逐一禀报，其余略可概说。

令我大吃一惊的是淳于林将军：他已择得十八岁少女，且为莱夷籍人，父母皆为桑农。

我大声追问一句：“自愿婚配吗？”

“正是。”女子甚为畅悦。

“嗯……”

接着我就有些疲倦了，于是禀报终止。脚气病在不经意间发作，不得不唤来医师。他为我抹一些暗黄色的药汁，散发出一股硫黄臭味儿。

为了抑止双脚的奇痒，我在暮色中奔出营帐，一阵疾行。卫士大为诧异地跟在不远处，相互观望。我从“六坊”转到“三院”，但并未驻足，又急急奔向城北；在城门四周徜徉片刻，又复返城。我在铺了砖石的东西大街上走过，低头看着车辆留下的浅细辙痕。它在刻记这座新城的历史。街道上行人稀疏，他们不断抬头观望。大概城内没有几个人不认识我。偶尔也可以见到几个土著，其衣饰已与他人无大差异，只有神色与肌肤、五官身躯等标记了自己的血统。这些土著入城日久，大多已能操作六坊工艺。向土著开放城邑是我的一个重大举措，我深知此举实是利大于弊，不仅可补城内百工劳力之缺，而且可加快向化；土著居此有五代之久，对本地脾性奥妙所知甚多，正可传授，此为紧要之需。

暮色中的街巷仍然寂寥。可见新生繁衍再不敢拖延。双脚之痒似有缓解，我往营帐走去。

淳于林已在帐外等候多时，我邀他速速入内。几日不见，这位将军愈加神采飞扬，眉宇间全是喜气。我除了致贺之言，别无他辞。淳于林将军谢过，接着颇为严肃地说出两件大事急需禀报。

他说三千童男童女中的女子已将全部婚配完毕，少有越过禁令者，总之皆大欢喜。偶有违禁者，已给予严惩。我忽然记起一事，打断他问：

“那个叫‘水胖’的女子呢？”

“她自然去寻那个铁坊的匠师了。”

我感到宽慰。淳于林继续说下去：“只是女子少而男人众，如此一来平添愁苦；土著女子中多有愿嫁者，又恐血源不同，禁忌固大，想请先师定夺……”

我明白此事关乎重大，一时难以决断。我让他再说第二件事。

淳于林吞吞吐吐：“这第二件嘛，是关于先师您的……婚姻！那女子原在丝织坊，先师见过，不曾留意而已。她倾心先师日久，只是不敢。这一次几经择婚者催促也毫不动心，焦虑中对我吐露心事，说愿服侍先师一辈子……君房，这是天意啊！”

我的心跳有些加快。我不信会有哪个少女甘愿如此。但我忍住了，问是哪个少女？

“她叫‘米米’。”

“不可。再不能有第二个‘区兰’了。我有爱妻，她在彼岸……”

“谁没有爱妻？”

我仍旧摇头。

第四章

闲下来的时候，我愿一一比较那些有意思的人物。这些人物曾在不同的方面执掌重权，正可谓“炙手可热”。人世间执掌权力的方式和兴趣原是各种各样。我不能将其一股脑地混到一起，而只愿分类比较。我不相信人的兴趣是一样的，而只能说人在某些方面的兴趣是一样的。

对于有些人物，不消说我有点爱恨交加，喜厌参半。而另一些，我在激赏其才华与谋略的同时，简直要生出深深的憎恶。有一些人虽让我信赖和依托，给我人生的温暖和安全，可也正是他们让我产生出长长的嫉妒。这后一种奇特的情感妨碍我与之更加亲密无间，并滋长真正的痛苦。这种心情是有害的。

秦王嬴政对我而言真是魅力长存。我承认私下里琢磨他的时间最长、也最有兴味。较之另一些同样贪婪土地、人口和骏马兵士的野心家，如齐闵王、楚王、梁惠王之流，秦王倒要有趣得多。直至晚年，他的顽皮劲儿还是十足，迷恋于各种不成体统、其实也并无多少指望的实验。这些实验像儿童闹剧，来得快去得也快；这与他盛年的一些颇为严肃工整的决策相比，既草率随意得多，也有趣得多。当年他修万里长城、缴天下兵器以铸铁人、统一度量衡和文字，每一件都做得惊天动地。于是他博得了“大手笔”的美称。只是后来，当他听到了身后那一只时间的“黄雀”在振翅，这才开始把目光收缩回来。回视往日的伟业，他感到自己何等幼稚与可笑。

我深知，人也正是在“幼稚与可笑”的时候才会有伟大之举。人在感悟了天命之后，就会表现出疯癫般的好奇和令人难以置信的顽皮。

嬴政竟能如此荒唐，违背人人皆知的常识，将纵横征战、日夜操劳的疲惫之躯投入三千粉黛之中。他误以为亲近青春必获得青春，青春也像流感和脚气病一样，能够相互传染。

失望之余就是贪恋丹丸。他不仅求助于术士异人，而且还亲手搓制起五颜六色的药丸。好在嬴政颇有心眼，他兴之所至弄出来的丹丸总不愿第一个品尝。伴他左右的尝丹宦官忠诚而蛮勇，可以大口吞食。他们不止一次手捂肚腹在厅堂乱滚，哀号不休。但为了观测药力，医士通常并不援手，或等待缓解，或眼看气绝身亡。试丹者死去，秦王总赐以最好的棺木，加以追封。于是竟成美差，宫内人踊跃补缺。

天下最有名的术士不断被引进咸阳。秦王也由此大开眼界。他第一遭见到东海人时，对他们光滑的肌肤、炯炯发亮的双目感到好奇。他甚至推测东海人食鱼日多，且祖辈出入海屿，混生出铤亮浑圆的鱼目也未可知。最令其惊诧者是黄县人氏。该县为秦王天下初定后第一批钦定的郡县，管辖范围颇广，囊括了临淄以东的大片沃壤，属东海重镇。黄县人头脑活络，长于经商，身材颀长，口音怪异如同鸟鸣，过于喧哗。秦王对其多有异趣，特别喜爱他们携来的贝壳、珍珠、鱼骨，以及用此类物品研琢的玩器饰物；其中有一种异香扑鼻之植物，名曰“𤿼草”，可悬置厅堂。此物原产于东海，在碧波万顷之仙岛，其地扑朔迷离，幻化无尽，常有仙人居之。“𤿼草”仅是黄县沿海一带渔人偶然迷失方向漂至仙岛所获。该宝物不过是海中万千珍品之一耳。

秦王惊喜非常。他突然记起李斯为其演示的“大小九州”之说——当年丞相李斯来秦不久，异端颇多，将六国学说一一道来，给秦王印象至深的即有孔丘、荀子之说，再就是邹衍这一奇论。东海仙岛想必是“九州”之一，欲登洲必得求助舟船。妙哉奇哉！从前齐国也多有美女饰物玩器传来，除齐都宫廷使者馈赠，大多为商人所携。咸阳城内有人戏言，说齐之商人手眼通天，除了不能摘下月亮，什么都能搞来，只要获利丰厚就成。

自从齐闵王问政以来，秦王从齐国获得了不少好处。此人极重名利，对文治武功心向往之 —— 这也是古今来所有人主未能超越之处。齐闵王一生可分为三截：一截求士，二截重商，三截耀武。求士是问政之初，因为临淄城以“稷下学宫”名闻天下，齐闵王决心发扬光大，将稷下学宫搞得轰轰烈烈。可惜学士们议而不治，大言刺疾，终于令其不能容忍。于是转而重利，笃信商可强国，名商巨贾一时宛如国之栋梁。结果商贾远去鲁、燕、楚、秦，愿为厚利而冒各种风险，全无禁忌。

秦王于是得知，咸阳城内充斥齐之物品，更有稷下学宫游说之士、落魄政客，有商人贩卖和拐挟的美女……不少齐之重卿甘愿归附，出言献策。这也是丞相李斯用心网络的结果。以李斯之见，天下齐国至强，齐国灭则天下得；而时下齐国实属几十年来至混乱至无法度、上下贪婪奢华之秋，正是秦国大有可为之时。一时齐之幕僚纷纷来秦，大量稷下学士游来咸阳，商贾重金一掷长安。

齐闵王的耀武时期，齐国已近尾声。商业的畸形繁华遮掩了国力虚脱，一度真正强大的齐国已堕于谵妄混乱之期，底气虚羸。这时的齐闵王颇沉不住气，十分任性，疆国之争若姑嫂斗气，动辄举兵，终惹得周边怨怒，结果换来一场“五国合纵”，齐闵王逃亡莒地，被杀身亡。尔后虽经齐襄王、齐王建倾力为之，偶有振作，但毕竟大势已去。公元前二二一年，秦王寻得一个时机，自燕国南下攻齐，虏齐王建，齐灭。

几年前，巧言善辞的齐国巨贾来咸阳，献齐地奇巧予秦王，博得嬴政赞叹；巨贾立即不失时机再度邀宠，说秦王英勇盖世，名满天下，何不去东海一游？秦王大笑曰：大王足不出秦，留待来日吧！

这一天说来也真是快啊。

当秦国疆界远达东海之后，这个荻戎之王未食前言，立刻准备第一次东巡。他带着极大兴趣走出咸阳。对于东方，他心中充满了神秘感，还有无尽的渺茫。神仙闪现出没之地在齐国之东，那里是古莱子国，接连了碧波万顷。他让史官找来所有东海卷宗，认真研读了莱子国史，对这个骑马民族的迁移史、兴衰史好好琢磨了一番。

这些可从对答中得知。我在第一次拜见始皇时，就为这个帝王的渊博所震动。他对莱夷的始祖、孤竹与纪两个氏族的分合、莱夷人定居海角的一干旧事无所不晓。我在暗暗惊诧中有了一个决意，于是并不讳言自己是莱夷后裔，但却掩了三去稷下的行迹；我欲强调的是这样一种民族心理背景：莱夷为齐所灭，于是不能不耿耿于怀；莱夷人臣服秦国，是因为秦惩暴齐。我特别流露出自己土生土长东海，自小追逐神仙术，传得衣钵。

秦王大喜，命人赏赐玉帛。于是一场游戏、一场亘古未有的艰难斗智开始了。秦王做梦也没有想到对面的“方士”会成为他最后的对手。比较这个对手而言，他知道对方的东西实在是太少了。我在这场斗智中一开始就处于有利地位。我在暗处，并且是有备而来。比如说我曾花费几个月的时间研读秦史，对秦王所有重臣，特别是赵高、李斯一干人物的履历也不陌生。自秦王东巡以来，浩浩车队所经之处，我都派人打探，一路风声皆入我耳。

这个鹰鸷般的暴君必遭报应。东巡前三年咸阳城内已发生过“焚书坑儒”的重案。秦王焚千年典籍、坑天下名儒，蛮愚之恶闻所未闻。其残暴逆行迅速传至东海，所有学问家、政议家、名士儒生，一时皆隐民间海角。徐乡城的“方士”之多，术士之盛，都达到一个极数。这是不幸之秋的一个奇迹，是莱夷故地最神圣的一页。也许只有它才能稍稍挽回一点莱夷的亡国之辱。我作为一个贵族后裔，在连年颠沛流离、游学思虑的痛苦之中，走入了连自己都陌生的精神之旅。我开始稍稍收敛那种顽劣的游戏之心。我在不自觉地改变自己，由一个复国主义者变成为一个充满疑虑的探求者。也正是这些年，我对心爱的区兰之死越来越感到惋惜。

勿庸置疑，她死于亡国的忧伤。莱夷早已化为齐的一部分，但在她心的深处，唯有临淄才是齐的象征，正如同徐乡是莱夷的象征一样。我敢设问：如果齐国在齐闵王的掌握之中，举兵四邻，民不聊生，齐国再强固再威赫，与他人幸福又有何益？不仅无益，而且只有灭顶之灾。国内权族交织，弱肉强食，富贾官家沆瀣一气，即便葆有社稷之尊，与民又有何益？

盲目而昏愦的民族主义者实为不义。狭隘的爱国者总在国君、国土、国民……之间陷于迷惘，丧失为人的大悲悯。这其间关乎人的大自尊大义理，尤其不可糊涂妄议。社稷其名也恩重，于是就尤其不可借其名而妄其行。离开了义理去讨论利益，必有妄行。区兰在为齐之灭亡洒下悲悼之泪的同时，也该为齐之新生给以祈祝。朽木已崩，新生未成，妄行背义的齐闵王哪值得区兰如此同情。

比起她的齐国，我的莱夷，我想还有一个更为尊贵之物，那就是应有的义理。它当然要包含对母国的忠贞，可是真正的忠贞总是对义理本身无损无污。比如说我不能因莱夷之利而损伤齐民，更不能为它的千秋永立而使万民涂炭，虏掠四方。

对这一切的索源驳难确是精严到不可想象，非得面壁功深之人而不可得。一般的“爱国者”唾手可取，他们可以一任性情；而那些大爱国者何其难觅！他们除非有大眼光大境界不可；他们的挚爱之心不可稍稍剥离至真的义理，二者总是并行不悖。他们将终生为之探究。所以我衷心倾慕的，就是这些为至理不辞辛苦、不畏艰难、游走四方之士。他们当中杂有名利之徒也原不为怪。这一类人嗜名利如性命，趋之若鹜，也恰是士的死敌。他们与鼠目寸光的历史投机者一样，是战乱、饥馑、倾轧之源。他们没有义理的热情，而只有权变之术和苟且之巧。

秦王焚书坑儒的讯息传来，莱夷人如闻哀声，如见烈焰。这个愚蛮残暴的狄戎之王一举焚毁了所有典籍，随之又屠杀了儒生学士。火与坑焚毁的，不仅是记载和生命，而是人类的信托和希冀。

我跪拜秦王之时曾在脑海中闪过：我与齐王之恨至少也掺杂了“私仇”；而与秦王之争，却完全是面对了一个“公敌”。

恨到一个极处，人也将沉静下来。我与嬴政的周旋看似稚儿游戏，实则沉静深远。我之追随者有方士三千，挚友两百。他们言说神仙，巧言善辩，祭祀、丹丸、道法样样皆备。他们一致推我为“方士”之首，大肆吹嘘，说我有呼风唤雨之功，移山填海之力，上通神灵，下达冥界。总之我平生最为厌恶之物，一时却无不招揽自身。

秦王身边有一形销骨立的男子，即丞相李斯。皇帝东巡须他相伴，可见此人之重。他面色萎暗，目如蟒珠，闪射紫光。一股阴凉之气从其身上生出，散射到四周，让人有悚悚之感。这是一个真正厉害的角色，属暗拨乾坤之流。略翻史册可知，此类人物总是威重半世，最终却未必逍遥。我愿给予至厉之诅咒。李斯首先对稷下学士背逆；其次又辅助和借重暴戾。早在焚书坑儒前数载，他就构陷害死了天下最杰出的人物韩非。他与韩非同属荀子高足，当年韩非来秦也为投奔学兄。秦王与韩非畅谈痛快击节，即引起李斯嫉恨。其时他已非昔日可比：当年从上蔡西投秦，在吕不韦门下做幕僚；后被秦王拜为客卿，言听计从，擢升廷尉，终于跃居相位。韩非之死，李斯难逃罪责；焚书坑儒，李斯当为学奸。

我回李斯话时格外小心。此类卑鄙人物素喜言辞贿赂，我即转而大谈其书写之美、学问之深。李斯得意地发出几声干咳。因为第一次东巡赵高并未随行，所以他更无所顾忌，吐言放肆，对前来拜见的方士随意侮辱，以泄胸中莫名之愤。开始我略有不解，后来渐渐明白：咸阳儒生全部杀绝，左右只剩下一班臣僚，无人与之谈诗论文，更没有智力较量，于是也心生寂寞。方士们唯唯诺诺一片颂词，终于使其不再耐烦。他想挑逗方士与之辩论，但终未如愿；焦急之中自己放言无疆，大谈先师荀子，还有孔孟、儿说、宋钘，直说得额头汗迹斑斑。他后来猛然转身盯住我："你等怎不发一言，嗯？"我忙施礼："在下只晓得些神仙事体……"

李斯咆哮几声，再不出帐。

秦王兴致高时去琅邪、成山头，并让我与几个"方士"随行。真是天赐良机，我一路未曾停止宣讲"神仙"，并多次出示能够"长生"的彩色丹丸。这种丹丸只不过用鱼骨粉搓成，吞服无碍。

从琅邪归来十日，有人报黄县北岸海中出现幻象奇景。因为快马来报，路途又短，所以当秦王一队人马赶至海边，海市蜃楼正演示清晰，闪烁迷离愈加生动。如此情景直延续一个时辰，秦王看得大醉。我当即指出这是神仙所为，所演示者即为仙人境界。

秦王那对细长眼稍稍瞪起，盯得脸上发疼。

“欲求长生不老之药，必得抵达仙境！”

始皇瘦削的双肩抖动起来，脸上肌肉阵阵牵动。这是我第一次、也是最后一次看到这个千古一帝兴奋成这等模样。我默默等待。

“那你与我速速取来！”

我摇头：“谈何容易。仙境遥在天边，其间又有恶浪巨涌，非巨舟大舸、人众粮丰而不能至……”

“朕为你备下一切！”

秦王一声令下，船场即开，黄水河湾一片斧凿之声。我被封为始皇寻仙船队命官，船场、征粮秦吏和兵士也由我统辖。一切想必不会顺遂，因为李斯很快布下自己耳目，名为辅助，实为监督。我不得不将一部分精力耗在李斯身上。有几次李斯甚至公开对寻药一事斥之为“大谬”，我都冒死力谏方才挽回。秦王未必对海角方士笃信不疑，只是奢望日盛。

李斯无法解释海上出现的奇景，于是一连多日在海边游动，踽踽而行。侍从高举冠盖为其遮风蔽阳。海市蜃楼本无预测定时，李斯终究空手而归。齐郡守在十日内竟数次来船场督查，并伏设无尽麻烦，可见若不是秦王旨意，他可以轻易取缔船场。寻仙药、长生，眼下还只是秦王一人之事，无论李斯还是其他人，都不过阳奉阴违。他们只把嫉恨与仇视撒在方士身上。李斯与齐郡守将使我在船队出海之前就精疲力竭。

比较而言，李斯及其同僚不太相信“仙人”居地，也不奢求“长生”之药。但他们认同邹衍开创的“大小九州”之说。同是百艘楼船入海问路，李斯企盼秦之武威远播“九州”，而嬴政王更多想到采回仙药。看似荒谬的嬴政比起丞相李斯更像一个“醒者”。李斯博学，也更贪婪功名，为此可以舍命。嬴政则与之相反。扫平六国之后，尽管天下颇不太平，危机四伏，始皇帝还是顾不了那么多。他以一己之躯面对整个天下，深知命之不存，九州尽取又有何用？既然“朕即天下”，那么朕不存则天下不存。

李斯则要多情一些，对社稷山河、对嬴政王，皆自作多情。“千古一帝”都在全力准备自己的后事，一个丞相又算得了什么。

如上是我对李斯一伙的苛刻。比起一个学士的叛卖、以同类鲜血换取荣禄者，更厉的诅咒也都使得。入夜我在船场巡察，心中苦痛非人所知。我对丞相灰暗的面色略有吃惊。我想这是阴毒之火、殷勤低贱的操劳加在一起的折磨，他不会有更好的面容了。人的心绪性质会浮上仪表，嬉戏、荒唐、庸俗者，或者是端庄整严、缜密不苟、求真自省者，都会在眉宇间留下痕迹。我曾震惊于自身面部微小而明晰的变异——我不止一次恐惧于铜镜，深感在其面前暴露无遗。每当自己过于嬉戏，不思过取之时，面部即有轻浮之色；而当我精进不懈、心怀辽远之间，铜镜即映出正气充盈之态。我对此观测许久，简直无一例外。人若颓唐，故作端庄也徒劳无益。人需慎独、内守，长此以往方可敛住正气。正气可以逼退淫邪，反之亦为同理。如同李斯一类阴郁者，心绪必会对其长久滋蚀。

我不想因李斯这样的叛卖者而为学人羞愧，正像不必为那些残暴之徒而为人类羞愧一样。在这个繁衍不息的神秘时世上，圣者逝而再生，渣滓涮而复聚。闻所未闻的妄徒凶暴、触动神怒的凄惨酷烈，也将会一再生发下去。若此，人将以韧抗暴。

后人将对我东渡时间和地点、航行路线兴致渐高。特别是我那些彼岸的亲戚，面对各方猜测，必多愤懑。其实这也情有可原，因为时隔两千余年，一切皆无踪迹。有人将我东渡之日定为“农历十月十九日”，并由此而生出一个“徐福节”。我心中感激有之，感慨亦有之。本人率众三次渡海，时间地点皆有变更。但“农历十月十九日”显然是个错误。秦代以农历十月为年首，我未在年首出海，因水流季风不合。三次出海时间分别为农历六月、七月、八月。最后一次即为秦始皇二十八年，即公元前二百一十九年的农历八月。

那次原打算自黄水河港启程。船场即设于此，因此地处良港，而且丛林茂密，整个海角西北部和东部山峦皆有韧硕大树。历时六个月造起大船七十余艘，又费时两月征集粮草人工。秦吏随船者甚多，多为齐郡守所遣，其用心不言自明。启航时逢六月，天水一色。然季风水流并不相合，船队本欲取道海角北湾，经庙岛群岛达辽东南之老铁山，东驶高句丽半岛，入鸭绿江口。此路缘海岸而行，沿岸陆上丘陵连绵，山岭凸立，陆标甚明，海内则多有岛屿，港湾锚地不绝。因在近海徘徊多时，西风仍盛，后不得不取道琅邪。

琅邪自春秋起即为半岛东岸良港。而秦王东巡时多次于此泊船，又经整缮。船队入港后大事休整，避入琅邪附近的利根湾。秦吏恐有异变，兵士遍布利根湾陆上十里，殊为可笑。这一切动作皆由齐郡守策划。齐郡守原为齐王建时一官吏，公元前二百二十一年引秦兵自燕南下，后得迁升。叛逆奸贼，其恶尤甚。

利根湾口介于大珠山嘴与斋堂岛之间，为避风绝好去处。斋堂岛本一荒芜小岛，我曾在休整闲暇率几位方士登岛，实行斋戒，沐浴更衣祈祷，故名之。十日后起锚沿岸北上，进入灵山湾；此湾东南可望灵山岛，足为海上屏障。船队泊灵山湾，经五日休养，充补淡水，继续沿岸北行。至此达成山头，亦即始皇帝登临之地。一线沿途山脉连绵，水礁碍厄甚少，小湾遍生，可随时行止。

船队驶出成山头水域，即见茫茫无际之渺。船队开始东航，直驶高句丽半岛。此时西风吹拂，间有微弱南风，一帆风顺。船行三日后，无奈南北走向海流愈盛，且自成山头至高句丽半岛的海上跨径远达几百里，渐渐偏离航向；五日后，我与驾船人及众方士商量，改航路向西南，尔后绕路西行，驶达另一大港芝罘。该段航程虽遥远曲折，但天然港湾及避风锚地随处可觅，山深水阔，不失为最佳路径。

如此盘桓日久，丧失时间，及九月风向遂变，船队只得回返黄水河港。齐郡守亲临问罪，出言狞厉，命秦吏封查船队所有物品。我强忍愤激，述说航路险要曲折，并让随船秦吏一一佐证。我着重申明：为始皇帝采仙药、抵九州泽国，乃天地间第一伟绩，岂能一蹴而就？更何况船队海上周旋搏击三月，艰辛非常，劳绩俱在，犹可为再次出航探得正路，何罪之有？齐郡守见声色益壮，言之凿凿，只得悻悻而退。

我奏请重辟船场，打造坚固楼船，一切再加周备，等待良机出航；同时择莱夷地方最精良之船夫渔人，并携船场领班、我的挚友淳于林，备好一切必需之物品，随时轻便出海。

临行前我与卞姜泣别。她自知凶多吉少，再三叮嘱淳于林一路辅佐。淳于林是莱夷护城将军，曾秘密联手数名尉官反戈，起事前二十日秦入齐，乃罢。船队初航淳于林即充作百工登船，原手下尉官也随之成行，只待船至中途相机事变。卞姜泣哭不止，尔后一向刚强的淳于林将军也流下泪来。这使我稍稍吃惊。

我与淳于林几人只驾小船三艘，但装备精良，人手绝佳。俟一切准备停当，季节已近农历七月。此时风水正合，据渔人言传，七月间水流改向，可凭借天时沿北部海岸绕行，一直漂流至庙岛群岛。该航路已被渔民走熟，他们多次由黄水河口启航，先抵南北长山，再砣矶岛、大小钦岛、南北城隍岛，穿过老铁山水道，抵达辽东半岛。下一段路程即是由辽东驶往高句丽半岛东南，去对马、冲岛、大岛，登北九州沿岸。至妙之处是船航至高句丽半岛约一月余，正可赶上瀛洲海域左旋海流的单向自然漂流。如此只消半月余，即可登上瀛洲。

三艘航船于七月上旬如期出海。

正如渔夫所言，航路颇为顺畅，自长山列岛至北城隍岛水路曲折，然全无风险。最为可怖的是横穿老铁山水道，水色苍黑，流急涌大，令人毛骨悚然。至辽东后稍事休整，补填米水，再打足精神驶向高句丽。一路艰辛难叙，几度绝望。好在自高句丽南岸募得一本地渔夫，施以重金，答应驶船。渔夫熟稔水道，尔后几经风险终算如愿。山光水丽之处可为瀛洲，然船帆只在周边小岛徘徊，难以登临。

从小岛远望瀛洲，可见沃壤千里，峰峦碧秀。淳于林恃武气盛，勇力可嘉，但临近陆地又不得不速速退却。陆上土人颇多，身着树皮兽衣，语言浊怪，持弓携棍，似不可近。

尽管如此，一干人还是喜不自禁。

在小岛上流连半月，天气渐冷，不得不尽快归去。归路风险依旧，只是较来路坦然；船至高句丽北五十余里处一船触礁，船上五人只救得一个，其余皆被急流卷裹、巨鲛吞噬。淳于林曾用弓箭射中一鲛，然其身带箭镞依旧悠游。余下一月之里程有惊无险，唯随船一渔夫年迈不胜劳顿，暴发热病，挽救无效死去。归路上我与左右挚友再三议事，最后意见归一：此次迁徙为亘古未有之大举，必得成全；所计划步骤，不能有一毫闪失；择人谋事，慎之又慎。为堵塞疑迹，约定登陆后不得言说瀛洲真实，只可敷衍水路凶险，有巨鲛阻碍，不得近前云云。考虑到此一去将永生不得复返，几人齐声叹息。有老者献策云：蛮荒之地人疏土寒，区区百人不胜孤寂，日后也不得蕃茂繁华；若能一举携来数千人口，久远之未来方有大业可图……

老者所言甚是。所有人都长久不语。有人想起莱夷之南部蛮地古俗：河妖与海妖兴风作浪之际，常抛童男童女祭之。于是议定：

为求得仙药，抵达彼岸，必射死巨鲛，童男童女奉与海神。

归来后未去船场，也未急于搪塞郡守和秦吏。我只将极多时光留与卞姜和小林童身边。她与稚儿望眼欲穿，思我心碎。我未曾讲叙风浪险绝下的死亡生还，只轻描淡写掠过。凭卞姜之聪慧颖悟，不难理会其中的艰辛。眼下她全是欣悦，简直有些大喜过望。历经几月的海上腥咸，此刻我们紧紧相拥，只觉得她周身都散发出春草的清香。小林童轻咬拇指，我把他们母子吻过又吻。

余下的日子我一人藏入后室，杜绝一切来客。后室仄逼，但有一隐蔽通道可达草堂。草堂从来无人问津，四周有密密围篱，中间是一二亩菜田。草堂内有书简三五籍，笔管一二支。这是我一人静修之地，也是我舐伤抚疼之所。在长达三年的时间里，我曾在此览阅无数简册，抄经四十二卷。思远古辩义理，沉浸痴迷不知回返。卞姜居于十步之遥，我却把无数柔肠埋于幽思。夜深我尚无睡意，轻轻踱过通道，寻找呼吸之声。

母子二人已经入睡，小林童枕着母亲手臂。母子何等安详。一样的鼻翼、嘴角、眼睫，甚至是同样鲜润的肌肤。满室洋溢着槐花的香气。我听到细微的、异样的呼噜声，原以为是小林童发出，后来才看到他们身侧有一只鼾睡大猫。它肥胖浑圆，毛色闪亮，小小鼻子精巧绝伦。可见我离家后母子寂苦，养育起这可爱的生灵。

我蹑手蹑脚走开，想到最后撤离的日子，无论如何不可遗下这只美猫。

草堂离船场尚远，仿佛可闻当当斧凿之声。与母国分别的日子即在眼前。一场剧烈艰苦、难以预测的较智较力也将开始。我不止一次细细想过嬴政那细长的眼睛、李斯那灰暗的面孔。现在我是沉然笃定、敛起精力之时。我必须把一切都想在前边，不得孟浪。妻与娇儿给了我特异的力量，还有对区兰的珍贵忆想。我渐渐加强了一个理念：作为人子，我已赢获全部幸福，蒙恩盈足；剩下的只是对上苍的回报了 。

我欲施行的绝非一般的善，而是大善。这必使我蒙受巨大痛苦，它们会竭力折磨我、伤损我，使我不时临近绝境，全凭一己勇气挽回。我还会遭受几千年的大误解，牺牲之后又要裹糊污浊。我必得对这一切全数有个预料，然后再迈出致命一步。属于我的全部时间只有六十年左右，而这之前已相当啬吝地花掉了多半。

接着是再三筹划。

对秦王、李斯、齐郡守的禀奏要点；楼船数目、童男童女数目，兵士、弓弩手……淳于林着手起事，缜密周备，万无一失。太史阿来则负责运藏经卷简册。我亲自选择随行“方士”。其中一部将同淳于林暗置的伍长一起充作“百工”。事变地点择在穿越老铁山水道之后，“同舟共济”会使秦吏松弛警觉，加上疲惫惊险，正可动手。淳于林说一旦事败他即自刎，大局尚可挽回。为最坏打算计，起事筹划细节只由他一人与各伍长传布。

入草堂六日，齐郡守派人来传。卞姜依嘱说我渡海染疾，已去民间求治。秦吏三番五次寻来，卞姜依旧将其挡开。

第十一日，我脱去宽松袍衫，身着徐乡城方士祭祀之衣，面容肃穆踱出草堂。齐郡守一行人马正在官邸迎候，我登上饰有金色冠盖的华丽之车。经过几天静卧滋养，我自觉底气充盈，面色尚好，唯在前额留有一处淡淡艾草炙印。

郡守官邸煞是威严，左右幕僚偶尔低咳，垂目视下。我施礼朗声禀奏。我用徐缓清晰、确凿无疑的口气，提出包括三千童男童女在内的一揽子计划，并强调此一行非同小可，势在必得。

郡守立身起座，大为惊骇。

秦王嬴政第二次东巡即在我拜见齐郡守不久。这实在出乎意料。始皇帝不顾远途劳顿，进入齐地之后直接取道琅邪，可见求取仙药之切。郡守不敢稍有怠慢，一面追随迎候，一面命我火速前去琅邪。

我出海求仙的庞大计划看来早日禀报上去，因为我从嬴政眼里看到了异样神色。那是一对沉重衰老的眼神，可是这一次闪出了再明显不过的微笑。在这双眼睛面前，我感到了自己的恐惧。这一次李斯并未随行，而代之以中车府令赵高。赵高微胖，肤色甚好，慈眉善目，口音清纯。只是他常常发出一种怪笑。这笑声令任何自尊的男子丈夫都不能忍受，我真为之捏了一把汗。可是秦王未有丝毫愠色，看来早已适应了这古怪的声音。我发现赵高对采药一事出奇地感兴趣，详细问过了一切细节，连船行海上的大小解诸事，都一一问过，鼻子里发出满意的哼哼。

秦王几乎毫不犹豫地应允了我提出的一切要求，并嘱身边几个文武官员和郡守全力督办，不得错过八月出海佳期。接着就提出一个令我胆怯心寒的问题：他将亲自陪我去海上射杀大鲛！

我于慌乱中不知摆手说了什么。众人大笑。我终在这笑声中镇静下来。我说："大鲛只在水深浪急之处，未必马上寻得；再说皇上至尊之体，怎可出入水浪涛涌之险？"

秦王哈哈大笑。

第二天五艘楼船自琅邪湾入海。秦王左右皆是弓弩手，我被邀至身边。他青筋暴起的大手持弓待发，令人焦躁又可笑。我祈求大鲛快些出现，以了却这场煎磨。郡守一干人马都在最后一艘楼船上，所有随行者都被告知，一俟巨鲛出水，不可慌张，立马禀报大王，由大王亲手射杀。

船队在海中游弋多日，未见大鲛，只发现了不少鸥鸟。焦愤中秦王一连射杀了十余只鸥鸟，其弓上之力令人叹服。

第十六日，船行至成山头南侧，寻觅巨鲛不见，又去芝罘、黄县。在黄水河港造船场巡视一番，复又登船东去。船行过芝罘不久即发现一巨鲛，全体大呼，恐惧兴奋交织。追逐约一个时辰，巨鲛隐匿。秦王大畅，令船队火速搜寻。船行至成山头北侧，巨鲛终于又现。这一次，秦王命左右不得喧哗惊扰，只耐心靠近，然后连发数箭，大鲛血水遍染一片海浪，渐渐不支，翻转肚腹。众人山呼"万岁"，压过了海浪的呼啸。

第五章

登临瀛洲已近四个年头，再过几个月我将满五十岁生日。在我的生命中，我一直恐惧于“五十”这个数字。按莱夷人的平均寿命计，我已属侥幸之人了。近日来左胸痛疼频仍，脉象有变。我知道这是万事入心，思虑过甚。可是正像人无法遏止日之起落，也无力抑制驰骋游思。除了心病，脚气病也日见嚣张。若不念万事开端未有结局，我也许早已了结了自己。在心病和脚气病猖獗之前，腰骨和颈疼曾把我弄得痛不欲生。我一贯对那班医师不太看重，后来也不得不请其为我诊视。一看到他们灰暗的面庞、那三绺长须和长长的手指甲，我的气就不打一处来。可我还是忍受他们号脉、用一片铜板压住舌根、特别是伸手翻我的眼皮。最后开出的是几付熬煎得棕黄中泛着墨绿的汤药。他们照例让尝药人尝过，然后让我喝下。三付药用过后病疼似有缓解，于是，我就把为自己备下的东西暂且藏了——那是几颗断肠草配制的药丸，吞下后只需片刻，一切也就结束了，并未有多大痛苦。这种剧毒药丸自从齐都最后一次归来就一直带在身边；秦王东巡时，我甚至把它存于贴身衣兜，以备不时之需。一旦面临暴君的惨刑、疾病的折磨、无望的绝境，我都给自己留下了这条出逃之路。只是这一可怕的怯懦没人知晓，无论是卞姜、区兰还是淳于林诸人，都只看到我的另一面：忍辱负重、胆大果决。

眼下我又在彻夜不眠的煎熬中琢磨那几粒致命的丹丸了；有一天，约莫是三更天里，我憋气爬起，在灯下直盯着三粒丹丸看了许久。那真是一次绝大考验。我身上遍生汗粒，等待巨大诱惑丝丝消褪。后来我总算胜了。

每一天黎明我都显得神采依旧，经过梳洗、饮用提神的汤汁，两眼闪出光亮。卫士们已在营帐外换了三班，在门前来回踱步，曙色映着身上的甲胄。他们见到我总是略有慌乱地行礼，我则轻拍其肩以示谢忱。

淳于林禀报：自城邑北面五十里山岭修筑的城墙，至这个夏末已砌四十里；至秋冬两季将砌完中段六十里。砌城之伕多为城内征用，土著为换取粳米、织品，多踊跃投入，故进展较前大增。下则设以排污水道，如此将杜绝蚊蝇脏臭漫延滋生。我听后大为快慰。特别是铺设排污一事，本由我大力倡议，然建城之初却未能实施。百工中的“建造长”自恃名高艺精，径自设计。其实此举非我独创，而是从临淄得来。临淄作为天下数一数二的繁华之都，一切皆有条理，地下水道纵横交织毫无紊乱，清浊有序，出入分明。本城因未设地下排污水道，三年来山洪溢入，污水涨出，恶臭满城，几处疏畅出口都被石砾堵塞。

除了筑城诸事，我更关心的还是兵营体制、操练防卫等等。淳于林在这方面无需催促，总是新奇迭出，日日精进。三年来由原来的十五营扩展至二十六营，且器械愈加精良，火器品种多达十二种；抛石机、炮、飞箭、冲锋车、登城云梯、火擂，都迅速增置。兵士盔甲添置数种，金甲由一年前每营四十二件增至八十余件，整整多出一倍。三年来与叛贼交火一次，击退和剿除土著劫匪十余次。兵士严格遵守我的旨令：对土著的打劫围拢以驱除打散缴械劝降为主，不至万不得已不准伤其性命。此类尤在我一一督查之列，所以三年来未曾逾矩。

淳于林一年前欲改变兵士建制，变各“伍长”为“总兵”，并由“总兵”下辖“三伍”，配以全部各类兵器，以单独完成大战项目。此事项之提出，主要为提防秦兵来剿；其次闻东部土人血统颇杂，混有辽东人、高句丽人，甚或有秦地船民也未可知。他们安营扎寨渐成气候，时常劫掠。淳于林多次准备东征，以扫东部灾殃，皆为我劝止。我认为一切尚不到时机，时下坚固城邑强兵自防为要，东部流寇草贼若不犯我，暂且可与之遥相安处。

我在交谈中特意观察了这位将军。有人说淳于林自从与娇女完婚之后更为俊拔；娇妻甚得宠爱，心手皆巧，从当地土人学得制作海鲜三法。莱夷人也有生食海物之俗，但与此地有所不同。淳于林衣饰也好于往日，简直是风尘不沾。在我缄口不语时，他的脸色略有泛红，叫了一声“君房”，再无下文。我并不追问。其实这位将军也有苦不堪言之处：所带兵士、总兵伍长，常有骚乱发生，有时还颇为严重。上个月有两个携带武器逃去，至今下落不明。有人发现他们曾与土人女子一起，于是十有八成是到土人处“入赘作婿”去了。我不知土人风俗，也不知他们时下可否无恙。总之，两个年轻人必是忍无可忍，方才取此下策。淳于林在报告此一叛例后议论：

“如果开放与土人通婚的禁令，一切也就迎刃而解！”

他的话令我不得安宁。因为自开始择女完婚以来，未得婚配者不在小数，这一部分义愤填膺。可是事关血脉种族诸等至大事体，我却不敢轻言可否。最后一次提交政议，并将这一难题送至大言院。我密切注视大言院，发现一片沉默。原来大言院有三分之一学士尚未婚配，他们就此难题不敢轻率，正抓紧时间出入经卷院。其结果必是引经据典，一发而不可收，一举促成心愿。

一切不出所料。大言院终于展开辩论。辩论终了无非是“可”与“不可”相持不下。令我惊讶的是，并非所有未曾完婚者都是同一种言论，他们当中有人竟坚持反对与土人女子通婚，认为如此一来无异于“亡国亡种”。驳难者反问“国是何国、种是何种？”结果又引出万般烦琐，从炎帝黄帝上溯，说到盘古，最后又大骂“狄戎”，说西部蛮夷入齐后一切都不成体统，一塌糊涂了。

大言院的辩论至少使我想到：既然七国混一、古今混一、四方混一，为何城邑之内不可混一？此莫非作茧自缚？我私下将种种想法议论于“方士”之间，他们当中年老者愤然，而年轻者则合掌而歌。问淳于林，他稍稍赞赏，并借机提出织坊中那个要“追随先师一生”的女子。

“她叫‘米米’。”淳于林大概怕我已将其遗忘，故意提醒一遍。

其实我从未忘记她的名字，在脚气病猖獗之夜，我甚至喃喃吐出过这两个字。我认为这是两个至美之字，是再好不过的莱夷名字。

莱夷稻米当为七国之首，而且引种时间早于南部泽国，与桑织并为二美，炫耀于世。“米米”也会炫耀于瀛洲吧。想到后来自觉心口灼热，隐隐不安。我曾决意不再有第二“区兰”，只身一人度过暮年。“暮年”二字何等凄凉，不过也多有悲壮。脚气病、左胸闷疼，都使我不能入眠。在这不眠之夜，我特别渴念一个诉说之人。

有几次，也许是不经意间，我又走入了“六坊”中的丝织坊。所有女子皆自顾忙碌 —— 因为这里已成规矩，无论何人查看，皆不得慌张起立耽搁操作。我在织机前走动，像往日一样不时伸手在光泽的丝巾上拂掠一二。我对这些女子名字一概不知。她们个个垂目，并不看人。偶尔有人抬头，旋即又去操作。时下这些女子已非昔日，她们皆已婚配，满面红色，娇媚胜过常人。

有一女子颇瘦削，纤弱然而妩媚，皮肤微黑。她在片刻间三五次抬头望来，待我注视又匆忙低头。灼热之感从胸口掠过，我在心里念道：米米 ！我从旁走过，禁不住再次端详，双脚如石块般沉滞难移。女子旁边一人小声嘀咕，全是熟悉的莱夷乡音。惊喜中我终于听到那人呼她“米米”……这时才注意到米米穿了件深绿色手编绠衣，内衬粉色丝缎。腰上束的是水红带子，颈上饰有小小玉贝。她长了微微上吊的凤眼，额头鼓得像鹿；后来我发现其眼睛也闪闪如鹿。她太瘦小，两只羞惭的乳房像秋天的桃子。

米米原来如此之小。我开始深深怀疑起许久前淳于林的传话。我怕她是听从别人授意，认命般地耽搁了婚姻。如果她在童男中尚有自己的意中之人，那我就是一个蒙羞的罪人了。

从六坊踱出，四周光色仿佛一齐笼罩，无数目光盯视过来。卫士照例在几十步处走动，我却宁愿他们远在视野之外。有人从大言院和经卷院走出，至近前恭敬施礼，呼一声“先师”离去。

他们敬畏的声气使人振作一些，将我唤回眼前的时光中。举目四望，一阵无法忍受的孤寂泛上。我一瞬间明白，之所以在深夜难以拒绝那几粒要命的丹丸，除了疾病的纠缠，也还有其他痛苦。

我及挚友、百工方士童男童女，整整一座城邑的人，都是一些漂流者、从大陆母体上分离出来的孩子。一旦分离，也就丧失了顽皮，从此要直接面对人世间的风霜雨雪了。截断回返之路，剩下的一条路就是继续前往，愈走愈深，走入自己的未知。

我向卫士做一个召唤的手势。他们飞快上前。“传我的旨意吧，我已决定让各色人等，土著人、秦人、莱夷人，此岸与彼岸种种，自由婚配……”

卫士张口结舌，脖颈伸长。我再复叙一遍，他们才应声而去。

听了几次大言院的辩论，令我追思很多。我在百忙中不得不多次出入经卷院，翻动那透着特异气息的卷宗。有些简册已非常陈旧，字迹脱落，韦编绝断。我对经卷院的管理者颇为不满；但对方辩解说，这些经卷大半由七国辗转汇集，经多处匿藏移动，才运至楼船；登临瀛洲之后，经卷院中所有人手——其实也只有区区十几人——全力抢救古籍经典，有的已断断续续转交缮写院抄录；几年来差不多已无暇研琢攻读著述……翻动经卷时腾起的淡淡尘埃，又让我强烈地怀念起老友太史阿来。

对于我和我的左右而言，他是友谊与学术之链上断绝的一环；对于整座登瀛者的城邑而言，他则是完整历史之页中漏掉和滑脱的章节。对于他，我一时不可能有再多透辟的分析。他与那个“女通灵者”的行为够独特的了。他们既不是一般意义上的叛逆，又不是蓄谋日久的贼子。他们的忠贞与诚恳简直人人皆知。

我以前曾想过，他们的死亡之中埋藏着对我的深爱，也遮蔽着对自己的绝望。没有人站在历史进程之外向他们指明：殉一个无冕之王远非值得；他们自己也还不到绝望之时。他们的忍受力太差了，他们过早地吞服了自戕的“丹丸”——当然与我的“丹丸”不同，那是冰凉的剑，是金属所制。人在忍受中会发现奇迹，历史和人心会发生出乎预料的逆转。人总要违背自己的意愿行事，走相反的轨迹。人的最初意愿只是一种动力，它只负责把人推向一定之轨。然后这意愿就失去了定力。人在自己的轨道上滑行，滑向固定难易的方向。太史阿来与“女通灵者”性急到不能等待；他们在嚓嚓作响的滑行中竟然一无所察，认为人和历史命运之车已然停滞。

仅仅为此，我又洒下一把同情之泪。

我不想回想在中途事变不久的甲板遭遇。“女通灵者”在月光下热气腾腾如同烤红薯般的双臂、高耸硕大的乳房，都给人强烈的感觉。特别是在挨上我身体的一刻，我即真实无误地感知了她的肉体，那种特别的温煦和弹性、一个人在极度兴奋中的震颤；那天，她散发着夏天第一批熟杏的气味。在刚刚笃定和历险之后，长达一月的海上之行使我精疲力竭。我在这位女性放肆而颇具勇气的刹那依偎中，获取了他人无法理解的安慰。尽管接上去我出于各种考虑疏远了她，心中也还仍然残留着某种谢忱。

她显然并非一个浅薄可笑的女子，这在其后来的选择中即可见一斑；但她突兀冒险的举止 —— 甲板上的冲动 —— 简直又让我无从解释。像她这样一位年纪略大、富于冒险、体态丰腴的过来人，也许更适合我一点。我从来没有将其当成一个“通灵者”，而只看成一个潜在的肉体伙伴。尽管她颇为精心地构筑描绘了其“通灵”的异样功能，我仍然没有留下过深的印象，而只有丰富强烈的肉体记忆。总之她是一个奇妙的、不可多得的女人。

比较而言，“女通灵者”比米米更能够吸引一个逃亡者。她的死差不多像我的多年挚友太史阿来一样，让我深为震动。我正有许多话要与之交谈，想不到她走得如此匆忙。

太史阿来在多大程度上令其臣服、并支配了她甲板上的行为，如今已无法查寻。我知道太史阿来是一个诡秘异人，常常做出一些不可解之事。记得我与他从乾山祭祀完毕第二天，一同去黄县归城、莱南，然后西行临淄 —— 后因事耽搁未至临淄，与三五“方士”一起经东海沿岸一线返回徐乡。行至一渔村过夜，太史阿来与房东女主人交谈甚多，并应她之请作了道法。第二天一早启程时，女主人尾随不舍，泪眼蒙蒙，令太史颇尴尬。我一再让其劝止，女人仍随。我只得亲自劝其返回。女人泣哭不止，说随太史抛家舍业在所不惜，“他是人世间第一个让人舍不得的男子，只与你说不清细……”我只得令太史了结此事。太史于是只消片刻私语，那女子就恋恋不舍地回身去了。我总设想他正以相似方式使“女通灵者”追随。

太史阿来从来睥睨婚姻，自称杜绝酒色，又在徐乡一带常有风声。一寡妇受雇为其浆洗做饭三年，尔后事发。族上严加追问吐露详情：太史阿来行为极其乖戾，而且十分沉溺，举止怪异到意想不到。寡妇曾向族人展示身上数处印痕，叙说一二，听者大为惊骇。族人合伙缉拿邪癖之徒，我只得令人藏匿，转至黄县北海桑岛。寡妇在族中再无颜面，数次寻死，终究投井自溺。加上“女通灵者”，太史阿来此生已携两女走入冥界，可悲可叹！

自秦始皇第一次东巡至今，我与同伴结识、相聚、流失，不知有多少人次回合。我已疲惫。秦王二十八年之前更是令人慨叹不止。历经多少险境，再背负出卖之绝情凶恶，心上愈加冰凉。

我如今可由几字概括：多病、疲惫、麻木、多疑。麻木是多次挫伤摧折的结果；而多疑却是存活的必须。在内心深处，我不敢让这样一些触角收束伏下，而必须大张开来。我并不相信这里是一片最后抵达的精神陆地，正像我不信三百艘楼船装载了同一种义理一样。人可共赴危难，但这说明的也仅仅是“共赴”之特殊、固定的时段。人生危难瞬息万变，“共赴”者将会不断组合、聚拢和分离。韩非与李斯同为荀子弟子，一个却死于另一个手中。他们之间的差异不仅是“义理”，还有世俗之益，还有血源之异。我不相信李斯之流，首先是不信任他的血脉。他是远在彼岸的背弃者、出卖者，双手沾满学子鲜血的罪孽。

太史阿来忠诚于我的，只是我身上的一部、生命中的一程。时过境迁，我即让其感到陌生。我们寻找的“义理”原是如此不同。踏上瀛洲，漫漫长路又将启步，能够伴随者不知尚有几人？我警惕的竟至于还有自身！我害怕意念与肉体对抗、害怕灵魂的遗弃，害怕无谓的迁徙。

太史阿来留给我强烈震撼的不是死亡本身，而是生之嬉戏、邪癖、私欲 —— 这一切相加都不能剥夺的“意念”。他这一切曾与我心魂深处的一部悄悄吻合。但也仅是一小部分和一个阶段而已。他曾在徐乡的某一个深夜，声泪俱下地言说那个“意念”。他牢牢记取的是莱夷人的祖先和业绩，并自始至终是一个“伟大的复国主义者” —— 仅由此而论，他也是一个纯粹者，一个高尚可敬、然而却又是害莫大焉的妄人。

他在莱夷人的自尊和威严、利益与机会面前可以丢弃一切。为了那个“意念”他可以丢弃怜悯、道义，而且永远没有罪恶感。我实在看不出在这一点上他与李斯、秦王和齐闵王之流有什么本质区别。当然这些人很容易在狭小的层面上找到狂热的颂扬者，但这也丝毫无助于他们。

在太史阿来为自己激动之时，我却为自己而悲伤。我发现年届四十，却来到了人生的十字路口，对以往滋生深切怀疑。我怀疑一个消失于彼岸的故国能否存留于他乡？我怀疑世上许许多多东西，包括社稷，有时真的会是一去不再复返。这一切当时并未说出，一方面因为还没有梳理清晰，另一方面也为了回避剧烈论争。太史阿来收集了所有关于莱夷故国的经卷，哪怕是只言片简。他对自己的来路与去路毫不怀疑。我不知该怎样评定和判断这位迅速衰老的、一度是相濡以沫的兄长。我发现源于内心的炽热火焰已将他烤得枯干。他脸上皱纹细密如同灰尘。

我渐渐不能支持他的“意念”以及这种“意念”的方式。那是一种极其世俗化的精神提摄，至为现实又至为明朗。比如说它支持一部分人索要土地、城邑、特权，以及其他种种好处；它并不排斥这样的思路：为了这一部分人的获取，可以向另一部分人掠夺，可以造成另一部分人的莫大痛苦，直至死亡。

我于是渐渐恐惧于太史阿来。

但我也曾被其误解为源于同一种思路和目的的狂热。我深知他今后会由我身上产生出长长的悲凉绝望，直至仇恨。他会以另一种方式表达对“旧我”的忠诚。他需要我的“回返”和“归来”。但这已不能够了。

我常常想起在徐乡城的一次对弈。那是从临淄稷下来的几位弈人——他们闻听徐乡是一座“百花齐放之城”，诗书琴棋之风甚盛，特来切磋商榷。我率众士大礼迎之，并安排对弈析难。对弈中，徐乡一方对稷下一方，十六局胜九局，费时七天七夜。观棋者甚众，气氛热烈，有人兴奋得不能支持，手舞足蹈，甚至口吐狂言。其中最为活跃者乃太史阿来，他并不参加对弈，但每局都牵动神思，败则神伤痛楚，捶胸顿足；胜则啊啊呼叫，忘乎所以。最失礼处，宾客未走，他即与一班方士在驳辩中讥讽起来，并由弈技引申到莱夷与齐人种族优劣之比较、国势之衰盛轮回、齐人之不义 —— 鲜廉寡耻、勾联蛮戎，必沦为亡奴等等。双方愈吵愈盛，无法止息，最后太史阿来竟愤然而去；当夜，太史阿来又率人围困宾客馆舍，呼喊叫骂。幸而有淳于林一干人前去解围，方才了结一场尴尬。

事后太史阿来不以为耻，余气犹盛。他说莱子国怎可负于齐愚？幸好略胜一筹，若蒙羞，他愿舍命一博！我问他，仅此之一命，博一局之输赢，岂不太亏？谁知他听后青筋暴起，拍胸噗噗有声，曰：“大丈夫视尊严若性命，士可杀而不可辱”！我再无言。我觉得徐乡人以对弈定荣辱，已蒙辱在先。

齐国宾客离开徐乡三日，我犹在苦思之中。除对弈而外，驳难、甚至比试剑法、骑射，徐乡之士都常有出色之处，令我喜悦畅快。这是至朴素之情感，皆由水土培植。不爱水土，极为荒谬悖理，犹如疏离背弃生母。但不能以对弈竞技，轻言社稷之尊。我在这畅悦狂热中感到了危兆。

种族和社稷，此二者太重了。

她容不得轻薄肤浅之徒的无忌无度。她不容各种各样的损伤。她的强大雍容，即在于蕴含、沉然，还有肃穆。一己之心往往难以度测，她的尊贵、挚爱，都应潜于血液与不言之中。

她总是通过显示深厚而彻底的义理，来表达自己的尊严。一切离开这一基柢的表达，无论多少热情炽烫激烈，都会造成相反的结果，使其长久蒙羞，伤及骨髓。它支持下的热情将不会耐久；它赢来的富强也不会长远。

在一种虚妄的热情支配下，一个部族的大部甚至全部都会踏上岐路。岐路即是末路。昏愦狂妄的君主恃民族之众，幻想着不受追究。其实一个民族既可犯罪，也就难辞其咎。昏君相信“民众是永远不会错的”，“君即民众”“君即社稷”——实际情形则是：“民众”既会犯错，“君主”也非社稷。无论有多少诱因，民众的行为仍是一种集体行为，即多数人在某一前提和某一心绪状态下达成的一种妥协一致。太史阿来的“忠贞”与“热情”相当通俗明了，众人尚来不及思虑也就拥赞了他。对他一度不能质疑，犹疑就要受到唾弃。

我至尊至贵的莱夷之母啊，我有何言？

如果正道换来的是唾弃，那就将我唾弃吧。深夜人声四息，我甚至想，就让我忍受这一代一世、甚或永久的误解吧，就让我拿出不可思议的巨勇吧！谁来给我这勇这力？谁来给我这心这志？没有，只有我自己生得获得，然后才用得。

我坚信在后来的一切艰难时日中，甚至是后来人一世复一世的无涯之中，每个人将忍受的最大艰辛，都是这追思寻路之苦、这自问自答之苦；此苦无边无际，伴人一生。

回想从莱夷徐乡到临淄访学、民间长达数年的游荡，我都在一种质询、矛盾和纠缠中活着。有时我顿觉豁然开朗，有时又四无通路，步入绝境。意象通明，脚下阻塞；脚下畅然，义理全无。沟通虚与实、言与行、动与静、远与近，即让人耗失全部体力。有时我极想寻一个大致不错的通路行走，比如访学苦思和抵抗蛮暴。但后来发现这条“大致不错的通路”又将人引向大相径庭的异方。同是访学，纷纭的义理也会把人缠裹；同是抵抗蛮暴，却会让人援引各种手法。其结果将不堪设想。看来寻一个“大致不错的通路”也远非易事。

随着强秦东渐，四水归一，我的悟想纷乱匆忙。去临淄、访稷门、入民间、集同道，无非是寻一个简便可行且不可耽搁的途径。我反复思虑：在此非常之时世，我要做与必做之事到底是什么？拒秦已不可能，复莱更是遥远，归附即是罪孽。吾欲将何为？

这个时世有多少人像我一样心怀哀伤。他们从西向东，仿佛七国之崇山峻岭渗出的涓流，汇入了底层，化入了民间。他们各怀念想，一颗心并非分属七国。这都是时世的哀伤者和寻路者，都在痛苦地想念。秦王统一七国之后，更大的野心是要统一人的想念。于是繁杂而众多的想念也就没了去处。

想念是至为重要的。给众多的、如春日繁花般绚烂的想念找下一个去处，也就是时代的大善。

这个路径在心中渐渐明晰起来。我终于认定：它即是“大致不错的通路”！

我于是谨依心示而行，不分门派，不穷义理，只为保存想念；我引众学士儒生东去海角、再入徐乡，尔后同做“方士”。一时徐乡成为名副其实的“百花齐放之城”；地远心偏，鞭长莫及，加以秦王喜好神仙之术，热衷不老丹丸，齐郡官吏也多多效法。一时间对“神仙”存疑者为吏甚难，对“丹丸”摒弃者几近愚傻。惟“方士”大行其道，优哉悠哉。太史阿来第一个尊我为“先师”，我每每拒之，他即勃然变色，结果也只能勉强为之，对这一称号逐日习惯。

其实就“方士”的道法与礼仪事项而言，徐乡本土有一些真正的“先师”，而今在这座城内却成为末流；一个个愤愤不平，又莫名其妙；他们出示典范，太史阿来就斥为“大谬”；日久之后也只得臣服，以“先师”之礼待我。

太史阿来常以焚书坑儒之凶警示“方士”，以激发抗暴之心。这原不错，只是失于浮浅。日久，已有多人不能见容。我甚为苦恼。我多次想与之深谈，又不知缘何谈起。我巍巍然以“先师”自守，他总是温顺肃穆，甚至诚惶诚恐。于是我渐生疑窦，发觉有进入角色之辱。这角色的规定者即太史阿来与一班追随者。也许仅仅是在我进入角色时他才如此谦卑。我且忍耐，因为时下也只能如此。我发现太史阿来以及周边为数不少的方士，因过于迷恋自己的角色而达“忘我”境地，渐渐将命性与角色混而为一。我只在内心认定他们的激愤、焦思和痛心疾首多少有些自欺和欺人，但无从找到戳穿的切口。

如上想法往往是一闪而过，是我独自一人的悟想，并未道出。我太需要他们，正如同他们太需要我一样。我亲眼看到来自七国的儒生名士、各色人等在经受如何痛苦。他们正进入另一囚笼。这囚笼无形无影，却紧紧相逼，使一切违背莱夷的义理都隐退消匿。这个囚笼给人以肉躯的安全，却又给人以灵魂的戕伐。

半夜出了一身汗粒，胸跳如鼓，伴以阵阵痛疼。我挣扎起来喝了一口水，吞下三粒医师的药丸。这些治胸疼的药丸都按验方制成，呈墨绿色。接着再不能入睡，心慌胆怯。脚气病也屡屡冒犯，时下虽被扼制，但不知何时又会嚣张。颈骨像镶了一块陌生的木节，麻胀刺痛，有时真要令人破口大骂。我知道这样下去终不是办法，事情总该有个了结。作为一个略通医术的人，我明白自己身上的所有疾患都将不治。那几粒致命的丹丸仍在诱惑，我正小心而缓慢地走近它。放不下的是此岸彼岸的牵挂，一座城邑的未来。我对身边一切事业的明天不敢设想。强烈思念卞姜、区兰、小林童 —— 这个夜晚我突然觉得他的那一对微微上挑的眼睛有些异样。

这样一直挨到黎明，开始洗漱、用餐、晨读。接着是一件连一件的禀报，于是胸疼和颈部疾患全部无影无踪。我发觉自己最喜黎明到日落这一段光阴，深惧夜晚。我想寻一个伴寝之人。我让守夜卫士夜里陪我说话，如果困了则歪在榻上歇息一会儿，醒来续谈。这样我觉得略可忍受长夜。

陪我的卫士已跟随两年，以前似乎未曾多言。他十九岁，家在徐乡南边村落，自小随父捕鱼，十六岁入城做织工。他当年作为划桨手上船，登临瀛洲后被淳于林选作卫士。所有卫士都经淳于林亲自审定，从五官举止到身世亲戚，一一验过。这个叫“甘子”的年轻人眉目极为清秀，身体细长，手足柔软，开始回我话必挺胸昂首。我让他随意些，自己也斜倚榻上与之对谈。所谈皆莱夷旧事风俗，如观乾山祭祀典礼、春天渔夫祭海、婚丧礼仪……甘子渐渐没了拘谨，笑声朗朗。夜半之后，有时我不知不觉间睡去，一觉只是片刻，醒来却见甘子睡得深沉。他睡相甚美，双目夹出长长一溜睫毛，让人想起安眠的羔羊。

我有时长达一个时辰站在安睡的甘子旁，屏息静气，唯恐将他惊扰。我想起了小林童和其他。在这样完美无缺、蓬勃向上的青春面前，我有一种难言的羞愧和感激。有好几次我莫名地流出泪来。甘子吐纳的气息含蕴了芳香，那面庞如丝缎一样闪亮，又如七月之果。后来我出了帐子，见有卫士在不远处踱步。仰望星空，又展望紫黑色远山，心中颇为安然。朦胧中觉得帐中正睡一顽皮温驯的孩子。

这一天政议结束时，两个长者留下，未曾开口即跪倒在地。这使我大为惊骇。自来瀛洲，除了几个捉回的叛将伍长惧死而跪，还极少有人行此大礼。我慌然搀扶，他们好不容易才站立了。我说："这万万使不得！这会折杀我也！"老者泪水在深皱中闪烁，尚未开口先仰天长叹。我一再请求赐教，他们才直言不讳起来。

原来他们所求者有三：一是立即收回成命，禁止城邑中人与土人混血通婚；二是来瀛洲日久，欲图大业久远，实不可无君；三是从社稷子嗣计，先师必须择娶，万不能再有耽搁。

三者都在一再禁言之列。我料定二老的确是鼓足了勇气。连我也觉得欲做成这三条颇为容易，若不做倒是极难了。他们反复强调此乃全城人之心愿，只不过别人没有胆量直言；而他们年事已高，早无挂碍。

我只能婉言应对，答应仔细斟酌。他们离开后，我愈觉从未有过之沉重。船队驶离黄水河港那一刻，我望着船尾翻起的波浪，心想一切刚刚才开始。我想得不对了，此一行既走向了开始，又走向了结束。

我将像拖延自己的生命一样拖延下去，对三项要求未做一丝变更，并坚持不列入政议。我知道二老的勇气来自多方支持，其力量恐难预料。我也知道自己处于特异危险之中，也许使命已经完结，从中途事变甚或更早时日就该由另一个接替了。这个人会是谁呢？

这一夜甘子久久未来。

大约三更时分有人笃笃敲门。我以为是甘子，上前开门。门前跪着一个女子。她伏在那儿，但我从瘦瘦的肩头一眼就认出是米米。

“请站了吧。”

“不，先师！您答应让我服侍才能站起……我知道这是命定的。”

我没有愤怒，只有压抑了的一丝狂喜。我问：“谁告诉你是这样？”

“不知道……我只知这辈子不能离开先师了！”

“那你站起来吧！”

第六章

我想简明扼要地追述一下莱夷人的历史。这颇困难，但我还是想努力寻觅一个“原来”—— 我知道任何类似的企图都会大有争议。比我更为“好事”的大有人在，他们引经据典的能力并不逊于我。不过这在我也是必做之事。长久以来我都疲于奔命，几乎没有时间做出这些梳理。而关于一个民族的任何追忆，都不可能不影响到时下正在形成或遵循的义理。也就是说，我及我的同道走到了时下一步，是必须如此的。

只要稍稍回眸，就不能不为自己所从属的民族而自豪。这是一种源于血脉的情感，它并不能淹没清晰的思路，尤其不能淹没至善的义理。我的莱夷族是后来中原大族所蔑称的“九夷”之一。“九夷”后来的变故多到不可言说，其名称由于时间的久远、复杂的演化，已大致不可据信。但“莱夷”肯定在“九夷”之中。夷族居于东方，黄河下游、濒临大海，拥有当时天下至为发达的文化：发明了陶器和文字。历史上记载的“孔子欲居九夷”，即是这位游说访学之士最后的选择。他的选择当然出于物质和精神两个方面的考虑。“九夷”在漫长的历史演化中几经变迁，分化瓦解到惨不忍睹。他们经受了来自西部强敌的进逼，不断向东退却，最后全部缩居于一块不大的滨海地区。这个过程不堪回首，灭国的灭国，迁居的迁居，降附的降附，其中大部已融合得无有踪迹。

莱夷族是“九夷”之中最为强大和倔犟的一个部族。它由若干个胞族组合而成，其中最有影响的又是其中的两个胞族：孤竹和纪。他们好比是“莱夷族”两兄弟，在纷纭复杂、酷烈壮阔的时世有令人泣下的行迹。我不得不说，像所有英雄部族一样，他们的悲欢离合、从兴起到衰亡的真实历史，就是一部动人心魄的史诗。

莱夷族起初是一个游牧民族。它在遥远得无法追述、几近淹没的历史年代里就定居在东部海角，其中心地区即黄县莱山北麓；距莱山二十余里的归城故城，那高大的夯土城墙屹立风雨，千年尘埃也难以淹没。许久以后的考古学家对待复杂的历史往往会有眼花缭乱和犹疑不决之时；比如说他们会把归城莱国故地误为齐灭莱之后由临淄一带迁移。其实归城故城是莱夷人最初也是最重要的一个城邑，在长达几千年的时光中都是莱子国都。远在夏代甚或更早，它们的势力范围已达泰山以南地区；黄河西岸的大片土地也属于莱夷人治下。这是当时天下最为富强的东方大国。

莱夷人在东部海角定居的时代，老铁山海峡还没有发生陆沉。从海角到辽东半岛的遥远路程可以骑马穿越。所以这个游牧民族自从远古时期就自由来往于北至贝加尔湖南岸、东至高句丽半岛、南至胶州湾这样一片不可思议的巨大陆地。从当时的地理版图上看，其国都定位于后来的海角地带是颇有远见的。当时看不出地理意义上的狭窄感；而后来由于打通了海上通道，地理上的偏僻和局促就更不存在。至于这个骑马民族如何缘起，又经过了哪些更早的分合衍化，已难以追述；人们只好无一例外地求助于神话。从有文字可稽的历史中可以看出，莱夷族是生存于黄县海角一带的“土著”。他们擅长骑射、冶炼和丝织，发明了文字——直至西部狄戎、鬼方、白狄族东侵，再到秦统一文字，历经了几千年的融合演化，文字仍源于莱夷的发明，并能跨越八千年风烟，直接呈现于后人。丝织业的繁荣传统在八千年后也不会堙灭。其时的“现代人”将会在半岛地区看到最为华美的丝绸。至于冶炼，那更是无可驳辩地直接记载于文字：“铁”字的“失”部即由“夷”字转写。由于莱夷人的国都位于老铁山南部，铁矿资源极为丰富，莱夷人就在海角地带建立了庞大的冶炼的基地。

我认为莱子国在西周以前时期达到了强盛的顶点。这是不同胞族合力开拓的结果。孤竹与纪这两个胞族起到了中坚作用；而纪族又是最强大繁荣的一个胞族。莱子国自西周之后走入了低潮期，但这个过程极其缓慢，远比后人认为的要缓慢得多。有人把莱子国的衰变完全归之于纪与孤竹的分裂和相互背叛。这是非常荒谬的。两个胞族间有过龃龉，但尚不可以称之为“背叛”；“背叛”不能让整个胞族承担。莱子国的衰败萎颓是不可挽回的运命。

令人一直费解的是，历史上为什么一再发生这样的事实：比较落后的民族取代了比较先进的民族聚居权。这已是一个不变的结论。中原以及东部生活比较优越，当文化落后的民族取得了聚居权之后，往往又会被更为落后的民族所驱逐。那一段的历史图表几乎无一例外地可以做出这样的阐释。以莱夷人为代表的诸夷创造了灿烂的文化，却在最后没有能力保护自己的社稷，有的甚至几近灭族灭种的悲境。

莱夷人有一个强大对手：周。周的势力从中原一带扩展到黄河以东，终于主导了泰山以东广大地区，迫使莱夷人迅速东撤。其实周人的族居地也并非中原。周之后人总乐于说自己的始族为轩辕氏黄帝，完全是出于一种虚荣；另有一说为“东海人”，也出于同样原因。周氏族其实是源于比较落后的白狄族；白狄族与犬戎、鬼方等都是古代同以“犬”作为氏族图腾的北狄族，他们的居地最早在西北部。远在夏代以前，白狄族的一部就沿黄河来到中原地区，他们是姬、姜两个胞族。有人说姜太公是“东海人”，自然非常荒谬。白狄族因其落后而在中原颇受歧视，所以后人总是抹去自己的血缘痕迹。他们把姜太公说成“东海人”，又说成是中原土著（河南汲县人），显然都出于这样的目的。

姬和姜姓的婚姻，使两个胞族结成了更为紧密的部落。周氏族在中原立足之初与夷族有过极为美好的合作。其莱夷族的孤竹一部即在泰山以南、黄河中下游一带与周人过从甚密。孤竹曾不无争议地将一块富饶的属地划给了周氏族，这其中的代价是什么一时还难以明了，但的确是一个重要的历史事件。周氏族与莱夷人值得怀念的合作期当是这一阶段。“鱼族”作为周氏族中的一个胞族，也属于姜姓；而“嬴”姓属于另一胞族“黾族”。他们都是白狄族的后裔。秦始皇姓“嬴”，也不难寻其血缘流脉。有人称其为“狄戎之王”，并不显得多么唐突虚妄。

周氏族中的“鱼族”曾是中原地区的一个“大族”。在历次复杂的战争和兼并、融合之中，后来已被消失得几乎杳无踪影。在悠远的古代，它显然经历了一段极为痛苦的时期。这当然不排斥后来越来越强大的周氏族的内部分裂。当年与孤竹合作最好的就是这个鱼族；同时也可以预想，这种亲密无间的合作的结局会是什么。它导致了周氏族内部的分裂。有一个时期——想必是至为艰难之时，鱼族人的足迹遍布东部，这显然是莱夷人对其施予的特殊恩惠。再到后来，当莱夷人与周氏族彻底决裂、发生了所谓“东夷四国结盟反周”的事件时，鱼族倾向并参与了夷族的行动。这是一个重要事件，是不同的氏族溶血的过程。

所以面对复杂难言的史实，我渐渐已不满足于以族划界，一味排斥狄戎。那将是狭隘和浅薄的做法。因为在漫长的演化融合过程中，有时血缘的关系远非是第一要素。不同的部族可以在不同的物质文化环境中寻找共同利益，共赴同一种运命，完成同一种义理。我提出了这种推论，虽依据了强大的史实依据，却遭到了太史阿来的剧烈反击。他是个“血缘至上”论者，在不顾基本史实、歪曲历史真相的基础上抛出了一整套谬论妄言。后代人强作攀附、无中生有地寻找某些血缘佐证以求得结论的做法，简直与之如出一辙。

后来人不止一次地得出“万族归宗”“万世一系”的结论，说华夏大地诸色人等差不多皆出于“炎黄二帝”；有人甚至画出了“黄帝像”，这就更为可笑。因为无论“黄帝”还是“炎帝”都不是一个人的名字，而只是氏族的名字。传说仅是传说，不能认虚妄为事实。如果根据正史的记载，黄帝乃少典之子；而少典乃炎帝神农氏所生，这又把黄帝族与炎帝族合二为一，此说本身也就彼此矛盾。

真实的情况显而易见要复杂得多。无论是“黄帝”还是“炎帝”族，也无论是“九夷”还是源于“白狄”的“鱼族”及其他，在漫长不可考据的演化之中都经历了地理与血缘的巨大演变；因自然灾变和战争而造成的迁徙：混合、分化以及融血，其具体渊源已完全难以测知。因此我即便极为重视“血缘”，即便赖此寻觅和确定自己的情感脉络，那也只得无可奈何地去做一个“世界主义者”了！

无论如何，历史上的周氏族与莱夷族之争是至为遗憾的事情。类似的遗憾在古今历史上尽管屡见不鲜，我也还是感到了十分痛心。这当然不仅因为它导致了莱子国的衰败。这场争端引发了剧烈的战争，并产生了莱夷族内部——孤竹与纪的反目。两个兄弟胞族的失和也是一个氏族衰颓的重要动因。

曾有人认为孤竹与纪的争吵不休以致最后分道扬镳是对族上遗产的争夺；还有传说认为仅是为一件具有象征意义的甲胄、一匹日行千里的宝马发生口角。这皆不足信。他们矛盾之不可化解，必定与莱夷和周氏族的历史性争斗有关。关于“孤竹的背叛”更不足信。在激烈复杂的氏族战争中，彼此的俘获、降诚常常发生，但就整个孤竹而言还是至为清白的。他们与纪的和解过程也将有助于说明原由。

早在殷人入侵莱夷的时期，孤竹就曾与纪分手，远途跋涉穿越老铁山海峡北上；但那不是反目，而是与殷人斗争的需要，等于是一场战略转移。当时的周氏族尚未成气候，他们倾向于孤竹，所以才有了后来的合作，有了孤竹分割属地，让来自西部的白狄一支有了栖息之地。当时殷与莱夷人的战争甚为酷烈，莱夷一度丧失了西部大片土地。迫于形势的严峻，莱夷人北上寻找新的栖居地也完全必要。大约是几十年之后，北上的孤竹立足已稳，同时莱夷与殷人的关系也趋于稳定，这时孤竹的大部才重新沿老铁山海峡返回海角。

后来的周氏族对莱夷人的反目为仇，使两个氏族间的关系大为复杂化了。起因颇为曲折难索，但必定与周氏族内部的强大胞族鱼族有关。鱼族是一个强盛而慷慨的白狄族分支，他们与莱夷族中的孤竹曾有过精诚合作。这就在客观上损害了周氏族的利益，于是先产生氏族内部斗争，接着又是周氏族与整个莱夷族的长期战争。这场战争中鱼族的一部进一步融入莱夷，而另一部则归于他们的血族。孤竹在战争初起时就受到纪的追究和指斥，但并未达到分庭抗礼的地步。当时的西周步步进逼，莱夷族似乎也没有可能再分化了。他们唯一的出路就是合力抗敌。

莱夷族倚仗强大的国力击退了西周的侵入，领土范围大致恢复了战争初期的规模。这时孤竹与纪的矛盾才重新突出起来，冲突日益加深，于是孤竹一支人马重又沿殷人入侵时北上的路线穿越老铁山海峡了。他们最北达到了大小兴安岭，甚至是贝加尔湖地区；往东南则到达高句丽半岛 —— 这些地方素有孤竹人的后裔，其时大张双臂欢迎来自故国亲人的悲喜之情可想而知。孤竹此次北上当然不同于殷人入侵时期，大有一去不归、分土而立的意思。但他们仍视黄县海角的莱子国为母国。

也就是这个时期，暂时平静的周氏族与莱夷族的局势重又紧张。本来西周面对强大的莱夷无可奈何，但由于孤竹北迁，莱夷族自身的荒疏，周氏族又开始了新的图谋。战争一开始就非常激烈，周人重新越过泰山和黄河。黄河中下游的土著过去曾受惠于莱夷，为了表示对莱夷的忠诚甚至更换姓氏为“纪”，而这一次却迅速转向了周氏族，并作为先锋进攻莱夷。莱夷军队撤过黄河，又东撤四十里，最危险的时刻甚至撤到了莱州湾。

纪不得不派出快马北上求援。而差不多与此同时，远在北方的孤竹也得知了海角的危急，正披星戴月马不停蹄赶赴故国。这是至为紧张动人的一个历史过折，可惜史书上绝少记载。孤竹人过于慌促的回返因季节不合，大约有三分之一兵员战马冻死在大雪冰封的迁徙之路……及至春天，孤竹人终于赶到了海角。一场空前酷烈的故国保卫战开始了转机。

莱夷国因此而得以生存。但他们付出了何等惨重的代价。

早在孤竹第二次率众北上时期，居于西北方和西方的狄族、犬戎也开始了东移。他们与周氏族有着血缘关系，同属白狄族。狄族与犬戎族的东侵路线颇为曲折，大致一支来自北方，一支来自西方。虽然入侵的白狄族与早已在黄河中下游定居的姜姓和嬴姓同属一个血族，但如同当年“鱼族”的分化融合一样，其间也经历了兼并、战争、妥协求存等相当繁复的过程。他们最终共同面对的是一个强大的莱夷部族，一个拥有灿烂文化的莱子故国。不难想象狄戎东侵对于正在进行的周氏族与莱夷族这场战争的巨大影响。结果是长期的平衡和对峙被打破，强大的莱夷族不得不割地东移，退居于胶莱河以东地区。这是莱夷人历史上最感屈辱的一段；可是历史的悲惨演变并未止于此。

战争的结局是莱子国领地收缩，版图大变，土地仅剩强盛期的三分之一。而从西部、西北部东下的狄戎族却获得了极大生存空间，不仅获取了中原，而且雄视东部和南部。他们实行了新的分封，划定了更为明确的势力范围，半岛西部地带产生了一个“齐国”。这是周氏族派生出的一个强大的东方之国，日后它将有世人瞩目的作为：它与西部狄戎的另一分支也将有复杂的合作与对抗的历史。这盖出于新的利益关系，其结果又是新的战争，新的分封，新的一轮吞并和灭亡。在此期间，遭受更早、也是更大不幸的，乃是莱子古国。

周氏族在取得了对中原和半岛地区的控制权之后，对以莱夷人为首的众多氏族实行了严厉统治。这在今天看来仍然令人震惊。没人能够设想一个文化落后、至为野蛮的氏族，能对包括像莱夷族这样先进氏族在内的一些部族实行如此有效和有力的统辖。这说明在长期的土地争夺、侵入和氏族兼并的过程中，有一些部族是专于探究的。周氏族以永久统治者的气魄，在很大程度上打破了血缘的局限，而遵从全新的、合乎历史与时代的义理行事。比如同属白狄血统的鱼族，虽然在战争初期就有了分化，归附于周氏族的并未受到文化上的限制；而今也许出于对一种背叛的后怕，即便是归附了的鱼族，周氏族也给予了严厉而冷酷的惩罚，大有扫除鱼族一切影响的企图：凡与鱼族有关的所有铭文、刻记、简册，都一律毁弃；而且还进一步将鱼族迁至遥远的西部。对待其他氏族也采取了类似方式，尤其是对于莱夷族留在黄河中下游的痕迹，全部彻底予以扫除；对于那些散居的异族则统统迁移：或西部，或南疆；而中原和半岛西部则迁入其他居地的繁多胞族和部落。

大约在短短二三百年的时间内，来自西部和西北部的狄戎族完成了至为艰巨的文化与政治的分割兼并、混合统一。如此而来，一些氏族也就很难以血缘的力量重新集结了，从而也就免除了历史上曾经发生的那种“四国结而叛周”的事件。当然许久以后又会滋生新的问题，因为没有了血缘的纽带，也还有物质的、义理的、政治的、地理的……各种各样的纽带。新的纷争可以一度缓和，但不可以永久消弭。这即是人类悲剧的奥秘。为消除这一悲剧之源，需要的时间也许要久远得多，也许远远比狄戎改造和夺取中原花费的时间更多；它所需要的时间，可能抵得上人类有生以来的全部历史。

齐国产生之后，与莱子国的相峙期并不太长。莱子国已尽全力振奋国家，曾经采取了军事、农工等各方面的诸多新策，但终因不合历史大势而归于灭亡。最后的居地失去之后，莱夷人一部分沿孤竹与纪开辟的路径回返北方，一部分被迁移、流散四方。齐人不像周氏族最初对付鱼族那样严厉，但也相当苛刻。莱夷人的最后一部分固守海角者不得不沦为铁盐丝织百工，成为强盛齐国“渔盐之利”的一部分。

莱夷古国毁灭的悲剧，带来了永远不能消除的遗恨，而这遗恨又派生了其他。它造成的历史之回响，将会产生可怕的、多方面的震荡。王室沦落，庶民流失，走上了令人不忍目睹的悲命亡路。余下的、潜隐不彰的、更久远更揪心的，是绚丽逼人的莱夷文化。天下人的技巧、富庶、文字简册，盖无出其右者。但也正像后人多次指出的严酷现实一样：在古代，往往是比较落后的部族取代了比较先进的部族。这种取代一方面造成了新的交流和新的进步；另一方面先进文化的被淹没、不被完整地传承，又不可避免地造成了历史的倒退。这种代价也许才是人类的大哀伤，令人类难以承受。

人类的这种替代、战胜与被战胜的方式，曾让我久久伤怀。我不能理解的是，为什么物质极大丰富、文化极为发达的莱子国，尚敌不过处于野蛮时期的狄戎？当时的莱夷人衣着天下最华丽的锦缎、手持天下最锋利的宝剑，却要败于手持棍棒铜戈的敌军。天下最好的骑兵也属莱子国，人口虽略居弱势，但由于鱼族及黄河中下游诸多夷族的联合，也非致命弱项。莱子故国灭亡的原因到底是什么？

我相信它终有化解之日。不仅是莱子国，还有其他种种历史变数，也似乎可以从此一窥端倪。我将由故国之悲索开去，直至穷穿义理。在此我早已失去了顽皮之心，而代之以满腔的庄严。我无法游戏于历史和人类的至大悲伤之中……

我不得不承认，我的祖先一度 —— 不，而是在长达千余年的漫长时光里，陶醉在自己特有的文明之中。他们丰饶的土地，辽阔的疆界，最先进的冶炼织造技术，特别是相当周备完美的文字，都足以使其有自豪的理由。作为一个民族，他们过于强烈地记取了一种优越感；他们既不能从一种特定的感觉中走出，也无法超越这种感觉。这就可以让整整几代人陷于一种盲目，而丧失起码的分析。历史的进步和发展常常借助于感觉，但并不完全依靠和倚仗于感觉；它更为倚重和凭据的倒是分析。分析就要冷静笃定，要有“定量”。我的祖先往往在一种陶醉中首先给自己“定性”：自己最先进最优越，文明程度最高；既有强大的物质，又有卓越的文化；从现实的双边和多边安定上看，也拥有武装一流的军队。“性”已定，“量”的分析也就不屑于去做了。一个傲慢的民族常常是极不喜欢麻烦的。

如果嫌分析麻烦，那么更大的麻烦就会接踵而至。

先进科技在军事上的应用对于战胜当然是至关重要的。但它不是唯一的决定因素；它总是受其他因素双重或多重的制约。还有一个可怕的现实，那就是时代的局限。由于处于刚刚挣脱野蛮时代的阶段，莱夷的锋利宝剑、射程更远的弓弩，比起西部狄戎和其他部落的棍棒、铜矛和弓，尚没有更本质的飞跃。这种先进和优越的距离尚不足以起决定作用。另一方面，由于物质的迅速积累，莱夷人的生活已经相当舒适了。在与其他部族的交换方面，铁、盐、织绸这些对于中原和西部南部最具诱惑力的商品，莱夷人是唯一的出产者和制造者，它可以用较少的劳动量换取其他部族极多的劳动量。

这种巨大的反差一方面使莱夷的财富得到更多积累，另一方面又促进和刺激了享用。

大概今天很少有人相信，当时的莱夷人已经如此奢华。上层人物自不待言，仅是城邑之内的平民，即在节日里穿绸衣系玉坠，身携宝剑；饮食讲究，烹调师已得到尊崇；每个村落都有自己的酿酒师、制陶师；莱夷人的音乐即是后来齐国音乐的发祥地；有人甚至估计，从强盛之时的齐都临淄的情形也大致可见莱子故都的繁华。其城邑面积，齐都显然要大得多；但它的城建、街道规划，特别是它的服饰、饮食、音乐、文字，差不多一一承袭莱子国都，并无多大改变。莱夷人当时已有了宴饮伴以舞乐的习惯，当然这只局限于上层。但即便是普通人家，起居也相当讲究。他们可以烧制各种陶器用以建筑；房屋有的已做瓦顶、铺以方砖；墙壁用烧制的灰粉涂得雪白；室内总是垒了火炕，炕上铺了芦苇编成的精美席子和毡；席上摆一做工细致的小方桌，以供宴饮之需。

莱夷人当时的渔盐业至为发达，几乎不亚于丝织、种植和冶炼。黄县东西部的大盐场已是举世闻名。渔民拥有当时最大的船，可以顺风顺水驶往辽东和高句丽半岛西端；除了捕鱼之用，莱夷人还造出了供游玩的车船。船由普通的舢板式更新为三层楼船，由顶楼、中楼和底舱构成，且中楼和顶楼舱间皆由细白苇席和毡毯铺就，舒适非常。至于车辆，独马车和牛车基本在城内绝迹，而代之以更为豪华的四马彩绘大轿车。车上丝绸冠盖，并带有水具和酒具，有暖手炉。

由于农业和盐铁丝织业的发达，商业交换在边境和邑内活跃空前。后来的齐国曾以天下贸易之都的美名流传于世，也在很大程度上承接和发展了莱夷商贸的结果。专事交换、脱离劳作的邑民大批产生，有的专事于物质集散，而且成为巨富。整个城邑、甚至大半个国家，都游走着商贾的车子。模仿者层出不穷，昼夜不舍的运货车辆把盐与丝绸、粳米、干鱼、石灰、铁制品、陶……运达泰南广大地区；有的还远达西部高原地区，更不用说长期以来即在莱夷势力范围之内的辽东、更北的黑龙江流域了。这些商品的散布也伴随着文明的散布，极大地诱惑和苏醒了尚处于石器陶器时代的西部、西北部的狄戎，以及其他游牧部族。这使许多部族以神秘钦羡的目光注视东方，亲临宝地之念也油然而生。

齐国是建立在严重削弱莱夷的基础之上的。此时的莱夷颓像已显，虽然自身还仍然处于想象的优越与辉煌。但也毕竟好景不长了。她正忍受着割地之辱，一边舐伤口，一边努力振作。可惜为时已晚。早在周氏族与孤竹交好时期就埋下了灾祸之根。长达几十年的边境交流，周氏族已非当年。他们已有了自己的百工制造，自己的剑和战车。当然直到周莱战争初起时，周氏族自己尚不能炼铁，也织不出光亮滑细的丝绸。但他们总在这种时代的交流之中获得了关键性的进取。于是在战争中期，由于大批狄戎的东进，莱夷渐失优势，军事上一再失利；大约又过了十年时间，齐国灭了莱夷。

显而易见，正处于鼎盛期的莱夷人已被物质所累。丰饶的土地、渔盐之利、先进的文明，这一切都促进了翻涌奔腾的物质之河，它终于一泻千里，淹没了一切。尽管她拥有第一流的军队，但军队在特定的历史时期并非是国土和人民最有力的保卫者。一支在物质之河澎湃水流中沉浮冲刷的军队，将会发现自己是多么无力。

莱夷人曾经有效地管理了自己的国家，在一切方面几乎都做出了当时最完美的、典范式的设计。但当时西部、中原、泰南，还有北部，甚至是黑龙江西北部地区，都发生了沧桑巨变。这看起来离半岛和海角地带相当遥远，几乎是音讯不通；它们一概影响不了莱子国的生活，属于天外之变。不过这些变化会由远而近地渗透，还会直接逼近，化天外为境前。这时候才会察觉周边的围拢如此坚厚无摧。天下之大，奇迹丛生，演化无常，谁也不知道一个角落在几十年时光中会产生出什么奇迹。莱夷人看到的只是境内之变，而无视那广瀚之数。其实世上原本不存在永恒的城堡，也不存在至高至善之物。莱夷人常以自己的铁骑自豪，自诩举世无双。可是忍耐力、英勇、沉着性，在这些方面达到一个极数的民族，天下已不在少数。

莱夷人在变动最巨的年代没有静观思变，吸纳改良；她太满足于自己的往昔与今朝了。令人痛惜万分的是，她没能伸手抓住自己的历史。机会一旦丧失也就再不回返。其实当时周氏族与殷人、内部的鱼族，还有与其他氏族部落的争端及联合，与西部及西北部的联合与斥拒，更有与莱夷本身的一系列交往和摩擦，其中都包含了诸多可以研讨、可以吸取之处。战争的历史已有千年，变数甚多，当年无敌的莱夷铁骑在今天面临了什么尚是未知。而军事装备上处于落后境地的狄戎却常年征战，经验丰厚，而且蛮勇超人。这一切都藏在莱夷之师的盲角之中。我的祖上在相对优厚的物质文明的滋养下，已失去开拓之师的泼辣与生猛，面对蛮勇莽悍的骑射海潮一般涌来，必感恐惧与陌生。敌手之今天，从许多方面看正是莱夷之昨天。

这或许不仅是莱夷人衰败的原因，而且是古代一切先进民族被落后民族驱赶和取代的原因。看来任何民族，在物质与文化进一步发达繁荣之后，切不可遗忘了昨天，不可放弃了吸纳，尤其不可放弃体魄与思想的操练。失去了这“操练”，后果可怕之极。一个被物质所累的民族就不会产生有竞争之力的最现代的思想，就会变成一个鼠目寸光的庸常之辈。这种人周身挂满了珠宝，但就是不堪一击。少数上层莱夷人曾经以筹划国策、御敌和富强为己任。但他们已然忘记：社稷之重不可以仅仅托付几人几代；再说一国之流习总会随风气荡动，无孔不入无坚不摧，它不可能对国君大臣王公贵族毫无影响。

我不能说对于自己祖先毁城灭国之由全部了解，但起码可以若有所悟。我谨记：一个民族一不可为物质所累，二不可固守虚荣。其他呢？我想除了所能察觉的原因，余者就实难测知了。因为一个民族与一个人是一样的，一切皆有命数。天命若此，即无计可施。我如果如太史阿来一样，做一个顽固不化的复国主义者，即是违背天命。除此而外，人的敬畏血缘也该有个限数，切不可一味痴迷鲁莽。因为历经了八千年之久的演化，莱夷、黄帝、炎帝诸族，已然混血交融。我们已无法更具体地指斥狄戎。我们只能一齐听命于土地，去做土地的奴仆。土地也等于庶民，庶民为土地之草芥，是土地之生化；为土地的奴仆，即为庶民的奴仆。

有如上觉悟，并能以身试法，固然需要勇气。我又何尝有此巨勇？

无法回避的是母亲的目光。这目光让我在安静之时一再记起。母亲的目光慈爱沉重，让人无力迎接。母亲的眼中包含了太多亡国之恨，她嫌亲手注入下一代血液中的尚不够浓烈，仍用这难逝的目光将其倾注。这只使我一遍遍自责与哀伤。我年纪渐大，不得不从母亲的目光中走出，走向自己的远途。

与太史阿来和那班挚友不同的是，我在一遍遍对莱夷历史的追思中，已经淡泊许多又急切许多。我不再一味地咀嚼狄戎之恨，而代之以深长的悔痛。这悔痛属于莱夷的后人，也属于狄戎的后人。我将社稷、民族、血脉、民生、义理……诸种因素混而合一，心绪复杂得无以表述。任何试图完整无误的言说，都会换来更大的误解。这误解之可怕，是因为总有人不惜抓住一切机会来曲解，以达到自己的目的。目的之卑劣常常即决定手段之卑劣。我对其充满了怜悯。

我有时不知自己代表了谁？代表了什么？我又是谁？站在了何方？我不知自己在代表社稷还是民生？忠诚于血缘还是义理？向往于母国故地还是环宇苍茫？不敢细究。因为这心中的悟想、这伸手即可按住的善之心跳、这潜而未发的勇力、这柔弱可人与猛烈无敌……我仅仅是我，是一粒一籽一尘，是稍纵即逝的一闪一跳一声。

我自知只有瞬间的明了，并倚仗这瞬间而顽抗。我将在无言的反驳中坚持自己的怀疑。那些不能予众生以幸福、以希望、以延续、以完美的，无论假借了多少吓人的名义，我都不会跟从了。

我只想把这些告诉自己冥冥中的慈母，只可惜她再无闻。我还想与那个苦难不幸、又是野心勃勃的太史阿来畅谈一次，可惜他已永诀。我想与区兰、卞姜，甚至是那个“女通灵者”逐一深谈，可惜也都不能够了。这些辩论与畅言，这些回告与相诉，大多也无用无益。可我仍需诉说。我自己需要这诉说。

第七章

那个夜晚我费了不少口舌才让长跪不起的米米站了。微弱的灯光里我第一次如此细致切近地端详她。像在六坊中见到的一样，她仍是那么娇媚瘦小柔弱；只是这一夜我离得太近了，又闻到了彼岸野地之气息、那雏菊与铃兰混合的香味。这是她身上散发出来的，是她的体息。我许久没有过这样深长的感动，但毕竟年事已高，一切都不易流露了。我不由自主地叹息一声。

她在这叹息里大睁双眸。我又感到了她鹿一样的鼓额与眼睛，仿佛听到一声询问："先师为何叹息？"……她仍旧穿着以前那件手编墨绿色绠衣，腰上还是那条水红带子。她在刚刚站起的一瞬有些晃，我就扶了她。她的体温与记忆中那个"女通灵者"的体温一样，有些灼人。我赶紧放开了她。后来我不止一次想去抚摸她那披撒下来的长发。这头发根根爽直，黄绒绒的，蓄满了神秘的生气。我扼制了自己。尽管我感到这两只欲将抬起的手臂有着父亲般的温和，但同时也具有父亲般的色泽；是的，它已满是皱褶，手背上有了早生的斑点。我一再地管束了这双手。

我请她还是回吧，并许诺：终有一天我会召唤她、请求她的帮助；但现在还不能，现在一切皆能自理……最后一句出口，我觉得喉头那儿烫了一下。

米米坚持这个夜晚留在身边。我发觉她有一种恐惧。我的疑虑促进了勇气，接着略有严厉地让她离开了。

米米走开那一刻，我觉得心上有什么东西破碎般地难忍。这粗暴首先伤及自身。我发现自己滥用了某种权力——是的，只有获得至高无上权力者才有类似粗暴。我的虚荣在那一刻真是表现得淋漓尽致。“米米！”我小声呼唤着，盯着她离开后留下的空虚。

这一夜几乎没睡。无比疲惫、孤单，还有说不清的焦灼、愤慨、企盼……混合一起的情绪。之后是更多的沮丧笼罩了我。有好几次我想让人去唤甘子前来陪伴，但最后还是忍住了。我小声地叹息，呼唤，发出连自己都感到陌生的琐碎言语。我想让自己的声音远达彼岸，让另一个人的耳廓捕捉。我生来经历了多少磨难、绝望，可是极少落入这样的寂寥，寂寥得简直有些不忍。我知道卞姜不会拒绝米米，可是眼下有说不清的禁忌在阻碍我走近。

天近黎明时分仍未入睡，而且发出了愈来愈大的呻吟。这声音惊动了卫士，他们笃笃敲门，我未理睬；又停了一会儿，我的呻吟使卫士们胆怯了，他们和医师一起破门而入。我对脸色乌紫、手指甲长长的医师从来反感，这时就粗暴地对待了他。他并未介意，而且比往常更殷勤地施礼和问诊。他说脚气病、胸闷、颈部疾患，这都是折磨人的东西，除了不得不施以重剂攻伐之外，恐怕还要请巫师帮助驱邪——一切顽疾都与邪魔有关，医师说前一天还为一个重症患者祛邪，那人现在已满脸喜色、笑声朗朗了。我打断了他的絮叨，并让其尽快离开。

帐内重新恢复静寂时我踱到了窗前。我心里明白，我而今已走到了一个坎前，眼下只有两条路供我抉择：或吞下那两粒致命的丹丸，或有一个全新的开端。这二者抉择都非心愿，只是前一个充满了更大诱惑。

夏天不知不觉地来临，我一连几天都到海边戏水。年轻时我在黄水河湾可一口气游出六里之遥；有一次我甚至不顾他人劝阻，只身一人游向桑岛（渤海湾中一小岛，今属山东龙口市）。这在当时成为奇闻，于是许多人都知道了我的水性。随着年纪的增长，世事压上心头，人在水中就难以浮起了。登瀛后也少有这样的松闲。医师说长时间海水浸泡有利于脚气病的康复，这也为我寻得了一个理由。有几次因为去海边耽搁了政议，引起了不少抱怨。

我仍坚持我行我素。淳于林将军为安全计加派数名卫士，大部分散在周围岸边，只择三五壮汉与我一起下水。他们驱走了城内出来游水的人，无论是土著还是他人，一概赶到了礁石的东岸去了。第一天下水我对纷纷围拢的年轻卫士颇为不安，后来干脆让他们统统上岸。他们上岸后似乎更为紧张。我于是请他们到更远一些的地方吧，只唤来甘子与我一起。甘子水性极好，这一来卫士们才舒了一口气。

其实有一多半时间我们只是躺在热乎乎的沙子上聊天。甘子找来一柄遮阳伞为我撑好，自己倒暴露在阳光下。他仿佛不怕日炙，身上呈黑红色，油光光的，让人想起鲛鱼。他尽情翻腾拍水，总在我周边游动，但距离恰好，并不妨碍我。他一口气潜到水底，有时直滑翔到我的身边才猛然钻出。这一刻顶出的水花、发出的哗啦声，都使我一阵喜悦。那一头浓发被水流均匀地涂在额上，愈发像个孩子。我想小林童在这个季节也会去海边戏水的。

我们近在咫尺仰卧沙岸。我知道这是人生中难得的快意和松弛。这是双脚皲裂的苦命奔波者赢来的清福。记得初临瀛洲，当第一眼看到黛色蓬莱时，心中就涌过一个念头：我寻到了此生的清福。其实一切又是一场开始，而每一次开始都接续了一次结束。我实在走过了太久太远，也该歇息了。看着对面的甘子，我不能不为身上松皱的皮肤、大大小小的斑点而羞愧。我在不自觉地往身上涂抹沙子，以遮去这难堪的痕迹。

甘子在我无意间发出的呻吟中颇为感动。他想减轻我的痛苦，为我按摩。一只又小又软、然而却是充满力量的手掌给予我极大的享受。我想像这是小林童在为我按背、松动筋骨。有好几次我流下了泪水，只是甘子毫无察觉。

因为迷恋于戏水而多次耽搁政议，使几位老人愤愤然，影响所至，三院的先生们也都知道了他们的先师正有些怪戾。我发觉整个城邑内的人都为我痛苦。淳于林将军两次出现在海边，转悠了一会儿复又离去。我仿佛听到了他的嗟叹。因为我已下达命令：在我来海滨的时候，任何人不得打扰。我只与甘子漫无边际地闲谈，偶尔下水玩一会儿，或者让他给我按摩。

我们在几天时间里，已经不知不觉用问答的方式回顾了长达四十年的彼岸生活。我一开始就鼓励他大胆提问，不必忌讳。我首先问了他拉拉杂杂一干旧事，如小时是否喜欢打架、何时停止尿炕之类。甘子涌起强烈的思乡之情，好几次哭出了声音，使我不知所措。但我们渐渐又重新平静下来，笑声朗朗。我对他多次谈到小林童，发现甘子不知哪里真有点相似 —— 这极可能是他们的神气。甘子听得出神，像个孩子一样微张嘴巴，露出闪闪发亮的整齐细密的牙齿。他嫩嫩的细唇就像蜀葵花的瓣朵；那双黑白分明的眼睛偶尔一眨，一会儿合拢一会儿分开的双睫，让人想到夜合欢的叶子。

我疲累时就仰卧遮阳伞下，只让他自己下水。他不想扔下我，但又忍不住。他往身上扬一点沙子，欢快非常地蹦跳几下……那细长绵软的身体简直是世上至美之物，阳光下泛着光泽；那脊沟柔和的曲线、翘翘的臀部，都使人迷醉。他跑到水边时从来不忘回头瞥我一眼，然后像飞鱼投水……我这时总是泪眼模糊。

这是再好也没有的天气了，午后太阳把所有浮云都赶到了遥远处，海岸的沙子和海水一起散发出诱人的气味。卫士们照例在远一点的地方游动，只有甘子伏在浅水处，头颅转向这边。他在引我下水，常常发出呼叫。我总在这欢快的叫声中兴奋不已。连日来不仅脚气病和其他疾病大为好转，而且觉得年轻了十岁。我在远处卫士们惊讶的眼神下，尾随甘子在沙滩上蹦跳，又和他一块儿故意半路跌倒。他在水中喊我，我终于下决心随他游一会儿。

海水暖气可人，波浪全无。有小飞鱼在四周跳荡。甘子潜水、仰泳，有时还和我比试游水的速度。我现在虽不是他的对手，但飞快划动的手臂却让自己惊讶。大约在水中游了半个时辰，甘子发现有鱼群从身侧逃过，接着又是跳起的鱼，嗵嗵落水时测起的水花拍到了我们脸上。正在诧异，我们都看到了水中有一巨大阴影在蠕动。我大声呼喊，伸手去拽甘子。我马上想到了巨鲛。

甘子喊一句："先师！快啊！"猛力推我一下……只是一眨眼的工夫，整个人就沉入水中。我觉得那个阴影呼啸掠去，像一个巨大的浪涌一荡而过。我听到有火花在脑子里噼啪爆响，一时不知置身何处。甘子再未出现，我急急潜入水中……什么也没有，四周死寂。我浮出水面，马上看到胸前十几尺处有一片血水……

我不记得这一生里曾这样痛哭。我坐在沙岸，再无力站起。前方海水在我眼里全是血色。淳于林率几十个弓弩手迅速把一大片水岸围拢，可是一切皆无结果。甘子不回，我只求他们射杀那只巨鲛。天渐渐到了黄昏，弓弩手们还在沙岸游走，淳于林一会儿到我身边，一会儿往远处叱喝。我不知不觉倒在热沙上，后来什么都不知道了。

醒后已在帐中，身边是医师和大大小小的先生。他们大喜过望，嘴里发出惊叹。"先师，这就好了！"淳于林紧紧抱住我。由于过分紧张，他的嘴唇不停地痉挛。我闭上眼睛，后来听到了拖沓的脚步声。像过去一样，在最困难的时刻，我总愿一人去慢慢对付。

十几天未离帐子。有两次想站到窗前，都没有成功。十天里有过三次晕厥。身上最后一丝鲜活被甘子携走，我自知末日真的不远。对此我已确信，不想再延宕犹豫。我此时极乐于追随那个美丽的孩子而去。我又想到了那几粒致命的丹丸，抖索的手抬起又放下。我把那个奇妙的时间从早晨拖到中午，最后决定是晚上……

我随着黄昏的降临而激动。这一次不再迁就和通融，至深夜，我就要亲手打发自己了。这之前还要做些什么？我一一盘算，头脑出奇地清醒。我知道身体早已破衰不堪，加上这十余天摧折，已经没有任何指望了。没有谁能够历数我自十几岁起经受的颠簸磨难，难以言喻的苦痛只有自嚼。在极度的身心疲惫煎熬之中，我多次怀疑自己能否再看到第二个黎明。身心各处无一完好，能够活到今日真是一个奇迹。天终于要黑了。该结束了。

卫士们在门外焦躁地走动。我突然想到一会儿他们在我挣扎时不小心发出的响动中会破门而入，那时必会呼来医师折腾，让我徒增苦痛。于是我立刻吩咐：今天不必守夜，只可放心回去安睡。卫士说无命令不敢撤回，我说那就散到四周好了，离得太近我难以安眠。卫士们将信将疑退到远处，我马上关门。心跳阵阵剧然，不得不重重按住。天黑得很透，一会儿即将进入午夜。我站起来……因为长期小心谨慎的习惯，我总是在完成一个重大举动之前一再思虑检点，唯恐有所遗漏。这时我突然想起了两个人：米米和淳于林将军。前者曾对我私托了终身，我不能不让人对其多加照抚；后者则关乎一城之重，又是最忠诚的兄弟，我们最后不能不再见一面，并有所委托。我特别想把米米托付给他。想到这里不再犹豫，立即开门让卫士传唤——他们还站在门前，原来刚才退开只是应付。

那个可怕的夜晚至今想起仍非常神秘。它让我明白了上天的旨意。在重大事变的一些关节上，我还是没法违抗天命——卫士跑去，照常理只消片刻淳于林将军就会赶到；可是一会儿卫士却独自返回，说将军有事走不开，还需先师少待片刻。这使我大为惊异。城邑内竟然还有比我的传唤更重要的事情，这是从未预料的。

大约等了一小会儿——这是多么难熬的一段时间。我正在千金难赎的光阴中挨与靠，一生中从未记得有如此急切焦躁的时候。淳于林会永远为这一次拖延而悔恨的。有好几次我觉得再也不能等待，几欲先走一步；可是巨大的好奇心还是阻止了我——我想看一看淳于林将军在这个夜晚到底忙些什么……终于响起了那个熟悉的、有力的脚步声。门扇轻启，进来的果然是我的将军。

“先师！让你久等了！我实在……实在不能马上离开。”他一进门就奔过来，一手抚在我的肩头，一手托住我的后背。这是他的习惯动作，因为多日来他都听从医师的话，不让我久坐，常用这个姿势让我平卧榻上，这一次我把他的手推开，我让他坐下——“坐吧，不必太慌急。我们还有点时间……”

“先师！”他声音低沉，但非常急促。我觉得他今夜比我还要急不可耐。我立刻对这种反常的急躁有点厌恶。但我并未表露出来。他搓手——只有我知道他这个动作表明了最大的焦灼。“先师，我本该马上赶来，可是，可是我真是气愤哪！”

“哦？！”

“我们正在政议，几位老先生口气颇急，我据理力争……”

我怀疑自己的耳朵听错了，大声问一句：“你们开始了政议？”

“是的。已经三次了，都是在先师病重昏迷的日子……本来政议必得先师主持，可前几次请先师，先师都说：“‘你们议去。’城内诸事纠缠，刻不容缓，先师有病……”

“我说过‘你们议去’？”

“是的，先师忘了。这也是我亲耳听到的。”

我却无论如何记不起。这是我在甘子遇难前后说过的话吗？似乎……我决定不再纠缠，只想知道他们议了什么。

淳于林接着一开始的话头说下去，“有人也太峻急，恨不能立刻就把一切做个稳妥。他们以土著近日滋事为由重提东征；还有人要废止秦人莱人与土著混血，把以前的通行婚配一一改动；更有人说时下财粮使费过大，要将六坊三院中的三院合而为一，理由是三者性质相近，何必分立铺张，空耗财力……我提出一切更动决不可行，他们即搬出先师以前的话来回敬，说先师亦主张‘不能有一成不变之义理’。总之我有些动肝火了。”

我不得不承认，那一刻我恼怒了。我不得不用尽全力才遏制住什么，问：“那你是何意见？你对哪些同意或持异议呢？”

淳于林不假思索：“先师刚刚定夺过的，像与土著通婚、暂不东征等事体是绝不能变更的；至于合并三院嘛，如先师同意，我看倒也没什么大不了的……”

我一下站起来，但后来还是坐下，“你，接着说吧。”

“也就这些了，先师！我就是如上的意思。”

我们面面相对，长时间无声。这样耽搁了一会儿，淳于林说：

“今夜看先师的身体比昨日好多了！这真是一个天大的喜讯啊，城内人一连多日都在打探先师病情，六坊三院都有人为先师泣哭，他们都想前来探望，皆被我阻止。先师康复即是城邑福分！先师……”他说着眼里闪出了泪花。

我在屋内踱步，自语道：“是的，我的病的确较昨日好多了——是的，好多了。”

淳于林突然记起什么，急问：“先师，您唤我来有事吗？”

我转身，尽量使语气平缓清晰：“你告诉他们，从今以后，我要参加政议了……”

经历了那个惊心动魄之夜，我十几天里第一次变得平静。我决定抛弃那几粒可怕的丹丸，杜绝它的蛊惑。我明白：像我这样一个人，已经失去了自裁的权力。短短十几天我就弄懂了许久以来模糊不清的一个问题：这里究竟在多大程度上需要我。仿佛城邑内的这一拨人还没有下船，还在激流之中挣扎、在雾霭和风暴中乞求。记得船队穿过老铁山海峡时，汹涌波流打毁两船。其余船只一片恐慌。那是何等险绝！原来一直传言的大群巨鲛也于风平浪息的第二天出现，蜂拥而至，绕船三匝，最后向海峡对面游去。船上人未费一镞，可谓有惊无险。那两只折翻的楼船尽是秦国兵吏，可见也是天意。虽经全力搭救，但因风大浪疾，大部仍被卷去……我自知船队离梦想之岸尚远，仍需诚惶诚恐，未敢懈怠。

好不容易从甘子遇难的厄境中走出。我出营第一件事就是赶赴政议，心里早做好了激烈争吵的准备。很可惜，那些热衷于推翻旧议者并非预想那么执拗，而大抵妥协在先。他们呼叫“先师”的声音与往日并无不同，施礼时似乎腰弯得更低了。我详细询问各项事宜，特别对城防、区域勘测和筑城三项给予特别注意。禀报者的罗列令我极为满意，同时也得知，所谓东部土著部落的滋扰远非传言那么严重，只不过有两三个原来分立的部落正在融合 —— 有人敏感地将其视为即将开始的西犯图谋；而我却宁可认为是土著 部落对城邑的恐惧。至于少批来犯者，也与较大部落无干。于是我更加肯定自己往日决断，再一次否定东征。

康复后第一次政议中我就洋洋洒洒宣讲了一个时辰的莱夷历史。这其中不可避免要插述若干其他部族的演化繁衍、国家兴衰之概要。这样做的目的是为了回迎那些对自由婚配、与土著人融血感到痛心疾首者。简单之回述与追溯即可看到，所谓的血统纯净论是多么虚弱无力、不堪一击。史实或可佐证的倒是，凡宽宥大度、晓理顺时的民族，那些与其他部族结合而获得壮大新生者，才有焕然一新之势。我们绝无必要将迁徙此岸的秦人和莱夷人、其他六国人皆局限于狭地，这等于自我囚禁；而以此求得完美纯洁仅是一种梦想。

结束宣讲时我提出两个议项：一、派出使者东行，联络最大土著部落，说明城邑主张，并邀请尊贵酋长来邑议事；二、从长远计，为繁荣延续彼岸诸学，倡明义理，立即着手扩充三院，并加强学坊，从三千童男童女中择取优异者充入三院。

我的提议立即得到了几个人的赞同，但约有一半人沉默。淳于林对第一项颇为积极，对第二项则未置可否。其实我并非急于实施，只是倡议在先，容人三思；若日久不能达成一致，则按惯例提交大言院——其辩论结果当然会是一片拥赞。我对第一条被采纳早有所料，重点则是第二条。它是我固执的内心所萌生。围绕淳于林在那个夜晚的复述，我震惊之余陷入深思。我对于一些人如此急不可待地合并三院感到迷惘。这与前几年有人去大言院旁听之后惊呼“如何得了”如出一辙。但邑内尚无一人对六坊提出异议。因为六坊所施皆为实务，盐铁经济缺一不可。骑马民族自立足海角之日起就倚仗的东西，今日仍被牢牢记取。可是莱夷海角繁衍至今，几千年漫长之日遗失之物却没人深究。

只有人为齐的灭亡而庆幸，没有人将其灭亡的因由想得更多。谁如果将齐灭亡的责任多少也归于莱夷，则必定引得莱夷人大为恼火。其实这种认识才稍稍与真实契和，并非虚妄到不着边际。因为齐灭莱夷之后，即承接了她的巨大遗产，特别是渔盐之利。繁荣之科技与丰饶之物利使齐国很快强盛；加上诸子之学盛行，生气勃勃的齐建起了稷下学宫，即成为第一强国，临淄作为天下第一名城而当之无愧。其时的临淄民富而敦，莱夷人讲究排场之风即被延续，最精巧的物器与最时髦的娱乐都涌入都城，名商巨贾皆出自齐。伴随其甚嚣尘上的，是日益扩大的稷下学宫。每日里名士往来，宾客盈门，论辩通宵达旦。稷下学自齐闵王末期开始走上了盛极而衰之路，因为早已为物质所累的莱夷，其物质主义对齐国的腐蚀又一次达到了一个极数：齐国人在经历了几百年稷下学的巨大精神奇迹之后，后来对于“思想”实在是疲惫了。

对思想的疲惫即必然导致对物质的狂热；接下去的结果则可想而知。

我深知自己的使命到底是什么。它也许一时难以尽述，也许因烦琐茫然不得要领；但一个人追思不绝的时刻、度过了难忍的悲伤、挨过了死亡的诱惑之后，沉静下来，也就不得不进一步认定：我的使命就是永远不允许他们表现出对于思想的疲惫，无论是何时、何地。

为贯彻这一念想，坚守如此使命，我将不惜一切代价。

甘子遇难的沙岸上垒了一个坟堆。其实仅埋了他那一天脱下的衣衫。他没有留下至为完美的躯体。我时常踟蹰沙岸，无论是深夜、清晨或其他时候，只要是悲酸难忍之时，就不由自主地走到这里。在坟前滞留片刻，很快就仰望万里碧波。因为他消融其间。那个阴影只是一闪，一切即结束。我晚年唯一的欢乐和依托，就这样消逝得无影无踪。因为他的失去，我的存活已非常之牵强；我究竟需多少勇气和毅力活下，只有自知。深夜，多次迷蒙中在他那张卧榻上抚摸，直到最后一刻醒悟。不止一次有人劝我搬开这空空卧，都为我拒绝。我大概今生都要面对原封不动的同一张卧榻了。

我在沙岸踯躅，两眼湿润。淳于林将军从远处走来，在旁稍稍迟疑片刻，转到对面。“先师，您大概忘记了吧，再有十天，就是你的五十寿辰了……城内人准备为您好好张罗一番。这是大事啊！六坊三院这两天都在谈论先师，他们都说该做了……”

我忘掉了这个可怕的日子：五十寿辰！心中马上鸣响起喃喃之声：“五十了，五十岁了……”好不容易才听清淳于林接下去说了什么，就问：“‘该做’什么？”

“该做……该完婚了！”

我一言不发。

“先师太苦了！先师，这可不是你一己之事啊，你永生永世都是此岸之人了，为此岸计，也不该再固执下去了！”

将军眼中闪烁着泪花。我的手沉落在他肩头，像耳语一样问了句：“近日见到米米了吗？”他点点头，同样耳语一般：“她前不久为你的疾病日夜泣哭；后来又为你的康复欢声大笑。她差不多天天都为你祷告呢。她只说先师答应了：在最需要她的日子里会召唤的……”

我看着淳于林：“什么时候才最需要她呢？我也不知道了……”

将军字字确定地说道：“就是您五十寿辰的那一天！先师，让她一起走进这个日子吧，这是至为吉利的！”

…………

剩下的事情就是全力以赴迎接那个“至为吉利”的日子，我也认为这是一生中最为重大的事件之一，而在整个余生中，恐怕再也没有任何事情会比它更重要了。我暗中叮嘱淳于林：关于五十岁庆贺的一沓子烦琐尽可简化，因为我已是五十岁的老人，没有那么多精力。淳于林这一次心领神会，人概知道我只想聚精会神地完成这次婚姻 —— 要知道这对于一个五十岁的老人而言，已经是勉为其难了。

随着那一天的到来，我发现自己越发紧张和怯懦，甚至羞于见人，不愿出门，政议之类事务只得全部停止；就连按时接受的禀报也一度终止。我甚至从卫士的目光中看出了什么。这期间我接待最多的一个人就是淳于林，我好像比往日更能无所顾及地与之交谈，事无巨细都一一商定。结婚之事不仅对于当事人，即便对于操办者也是相当烦琐的。我主张此次婚姻尽可能做得不事声张，越隐蔽越好 —— 淳于林说已不可能，因为城内所有人早就翘首以待了，他们准备到时候好好热闹一番。我的心扑扑乱跳，连说不可。这使将军颇为作难。最后他终于想出一个万全之策，就是将庆贺之类与婚姻分成不太相关的两沓子 —— 也就是说在他们喧哗之时，我将与自己的新娘躲到一个不引人注目的地方。

最后淳于林提到了米米近况：她闻听先师的决定已感动得不能支持，在长达三四天的时间里不思饮食，整个人都消瘦了。这真难为了一个本来就如此娇弱纤细的人。他又说米米几次提出要见一下新郎，我立刻摆手："万万不能 —— 我不能在婚前再见她了。因为既然时间已不太长，那就一切留待婚后商量吧 —— 那时我们的时间将非常充裕。"

淳于林一离开我就重新陷入莫名的紧张。这对于我是不可忍受的窘况。我在屋内踱步都蹑手蹑脚；我极力想振作一下，结果发现非常之难。

在离那个日子仅有一天的时候里，淳于林总算为我在城邑最僻静处找了一间新房。那是一个透风漏气的茅屋，不仅是屋顶，就连墙壁也由植物秸秆搭成，上面的泥巴斑驳脱落。淳于林领人将内壁用布遮了，又准备了灯盏之类。卫士问为什么要这间破屋。他回答有一个年迈的方士要在这里研习一下过时道场。

第二天黄昏逼近。我开始手足滚烫，额部和颈部发热难忍，最后甚至怀疑这次完婚无法如期举行 —— 不是待在新娘身边而是被医师围拢；但等太阳完全落下之后，四肢又有点发冷。手冰凉冰凉，牙齿也发出磕打声。但我明白：身体的危机总算过去了，我可以到那座小茅屋中去了。我穿了一件斗篷；出门前想了想，又携了一把短剑。淳于林在屋外等我，卫士依旧在四周徘徊。远远近近都有人点起蜡烛灯笼，有人还唱起彼岸喜庆的歌子。我在屋外伫立片刻，望着灯光闪闪、歌声四起之地，忍不住流下了泪水。

淳于林把我送至茅屋前就退去了。 卫士们这一次被严格限定在百尺之外，也不知道卫护的人是谁。自从将军退走的那一刻起，我马上又陷入了紧张。有长达一刻的时间我在门前犹豫：进还是不进？我觉得手足渗出了冰凉的汗粒。

屋内透出微微的灯光，我依稀听见她小心的咳嗽声。笃笃敲门，门马上打开。米米穿了盛装，这使她看上去比往日胖了些。她费力拂一下衣服下摆，跪在地上，“我的先师！”我把她搀起，喉咙热得说不出一个字。我的手搭在她的肩上，她则靠在胸前。那股熟悉的气息浓浓淹来，整个人都要窒息。我张大嘴巴，仍然说不出一个字。她喃喃不休，我则一个字也听不到了。我的双耳也被那股浓厚黏稠的气息所堵塞，尽管用力推开、疏通，也仍旧无济于事。

时光一点点逝过，到了深夜。她不知何时褪去盛装，像一只乳燕一样蜷在我的怀中；在全无知觉之中，她吻着我的面颊。我很快得知她是一个温厚而顽皮的孩子，双臂环在我的颈上。我的手被无形地牵引，抚过了她的全身。但我一直闭着眼睛，这样感知得更为详尽。我自信没有误解和遗漏每一个毛孔。我总是叮嘱自己，我在拥抱故地的一个孩子。我发觉她每一根骨骼都长得精巧圆润，结实而丰满的肌肤又将其一丝不苟地包裹。她周身上下像桃子一样，长满了细密的绒毛。

整整一个夜晚她都在喃喃叙说，但我一个字也没有听清，同时也没有回应一个字。我们都没有合眼，也没有分开。但只是簇拥。这一夜我未曾感到一丝的脚痒及其他不适。约莫是下半夜，不，肯定是黎明了，她想为我脱去衣衫，我阻止了她。后来窗户真的透出一点曙色，我看了看，在她的照抚下睡去。

整整一夜、一个白天，我都没有离开卧榻，但也没有说一句话。我在全部时间里都处于弱小无依的状态，只觉得她那般强大，简直是足可依恋的成熟。我觉得自己的余生真的有了依靠。半晌左右我醒来了，她先小心地为我擦去了眼屎、不觉间流出的涎水，又用温温的毛巾为我擦了脸和手。那一刻我真的觉得自己是一个婴孩。但我发觉自己更无力说出一个清晰的字了，喉头不仅烫痛，而且完全堵塞。

这样又到了黑夜。我毅然熄灭了灯火 —— 因为她在为我脱去衣衫。我在内心里祈祷，忍受，感知了赤身裸体挨近她的那种奇异。她悉心照料，就像一觉醒来时为我做过的那样。她不停地照料我，不辞辛苦，不喂艰难。我后来剧烈喘息，但仍未发一言。她不厌其烦地照料我，真的像对待一个婴孩。 后来，许久之后，当安定下来之后，她认真地、无比温柔地吻着我的额头，叹息了一声："我的孩子！……"

这一回我听到了她的声音 —— 新娘的声音。这会儿我才如梦初醒，总算度过了新婚之夜！羞涩的潮水开始微微退去 —— 它将在今后的几天内完全退去……我知道，我刚刚经历了人世间最羞涩的一次完婚。

第三个白天，不知何时醒来。我是被一阵杯盘碰撞声惊醒的，抬头一看，见到她正为我准备早餐；我看到的是她仅仅穿了一件内衣的纤纤背影。一阵怜惜从心头涌过，我不得不再次闭上眼睛。"我作践了青春！……"

第八章

派出的使者归来后，携回东部最大部落的友好讯息。酋长赠送一些美丽羽毛、两块难以辨认的花斑兽皮。我让使者带去一对玉璧和两只金匙。使者复述：那个胡须茂长、身材矮小的酋长看了礼品，像捏住一个活物般，小心地移至榻上。

这次出使是登岸以来至为重要的举动，从此可以略略避免那些可怕对峙，起码能让城邑有一段休养生息。这也为勘测绘图者带来极大便利，以前每次出去必得带大批护卫，而且不能远行。从长远计，勘测之事比什么都重要；我不能容忍自己居于一片蛮野，对周边境况一无所知。那样居者本身也将很快沦为蛮人。

我的倡议正一一得到施行，而且比预料的顺利。因从学坊中挑选十位年轻人进入三院，所以邑内上下均十分重视学坊；负责修筑的百工长提出为学坊加建十间厅堂，立即在政议中得到确认。以前那些坚持反对与土著混血的先生而今再无烦言。新一轮筑城正在展开，城邑扩至三年前的两倍，又着手准备建第二城邑，因为不久将有新一代生出，而且土著来城日增。

每一年粳米丰收季节我都亲率众先生出城，一为共享喜悦，二为协助稻农。这是一年中最为欢乐劳碌之日，举城吉庆，也吸引了大批土著。土著耕作习俗已变，与城内人同播同获；食稻穿织成为一大时鲜。不断有人在指点中向我凑近，想一窥“大王”模样。我让人宣示：此地没有什么“大王”。他们以为我即相当于“酋长”一类人物，有人又告诉：“也不是”。这令土著甚为困惑。淳于林将军和几个卫士一直陪伴左右，以防不测。其实自登瀛以来，除几次土著袭扰之外，几乎未遇危急。

此记忆中难得之秋日，我觉得身体真的有些康复，无论是脚气病和胸疼、颈部疾患，都得到了大大缓解。身边人都说我气色较前大好，颊有红润，走路不再呼呼喘息。他人观测与自我感觉略略相符，因为我不再恐惧于那一个又一个漫漫长夜。那些失眠或充斥噩梦之夜好像是许久以前的事了。这当然要感谢米米。她无微不至的关照让我获得了幸福，她几乎可以在我身上创造无所不能的奇迹。我在她身边的时间大约只有晚上，于是常常不舍得睡去。她为我讲述无尽的莱夷往事，或多趣或伤感，令人神往。她思念父母与兄妹，讲叙中泪水潸潸。她靠在我的胸前睡去。我觉得她的呼吸至美，喘息之声伴着胸腹起伏，让人想象那些可人的动物。我握住她软如猫蹄的手掌，看那在脸部打一个漫弯的精巧鼻梁，觉得一起返回了四十年前的莱夷河畔。

一个煦日融融的下午，米米一溜风跑进房间，笑声朗朗报告一大喜讯：城内出生了第一个婴孩，一个男孩。我听后放下一切事务随她出门。她告诉孩子在两天前出生，她是刚刚听说；孩子的母亲就是叫“水胖”的女子……我们一起看那个新生小儿，半路记起未带贺礼，于是差米米返回一趟，取来一块腊肉、一方丝巾。

尚未进入院落就听到了美丽的啼哭。米米在这声音中渗出了泪花。院内正有几人贺喜，他们大多是水胖和炼铁匠师一起的人，此刻一齐慌慌跪下……我让他们立起，然后又进内室。令我吃惊的是水胖原是这般漂亮一个女子！她虽然刚刚产后，头上包了一块布巾，可那圆润的脸庞上一对漆目细眉都给人难忘之印象。她要伏跪，米米将她拦住。匠师从外边匆匆赶来，未及阻拦就跪在地上。他说："先师，我们今世也不忘您的恩德！"

从水胖处出来我仍不解，问米米："我对他们有什么'恩德'？"米米低下头："所有人都蒙受了先师的恩德……"我越发惘然。

一路上不断看到卫士在四周巡视，有好几次他们阻止了行人通过，待我与米米走过才放行。类似情景以前也有，总被我阻止；看来他们并不听从。米米也几次引我走向另一巷子，这使我发觉城邑大得足以使人迷路了。几年前我常常一人在黄昏或夜间出门，那时觉得何等空旷凄凉。

也就在这个秋天的最后一次政议中，发生了一件令我大为震惊的事情。由三位老先生发起、尔后得到一致拥赞的议项称：事已至此，"先师"该是改做"陛下"的时候了！一股愤怒的血流当即冲上额头，我站起又坐下，最后发现自己突然间顿失全部力气。我此时一定是脸色苍白，大口喘息着表示了一以贯之的执拗："不可。你们不可……"

一句出口后是片刻的冷场。淳于林将军颇不冷静地站起："先师！你太固执了，你只由自己性情，耽搁的却是众人的前程 ——

所有事项皆可依你，唯这次还望先师再思！”我从他的口气中马上听出了陌生而严厉的东西。我镇定一下，回应一句：“那你们大可不必如此，从今起去为自己寻一位‘陛下’吧……”

说完我转身步出厅堂。身后死一样沉寂。

我也不知怎么走回，像踩在软软的絮上，心中好长时间近乎空白。米米和卫士一块儿把我扶进室内，饮下一口姜水。在辣辣的气味还没有消失的那一会儿，我终于记起了政议中的全部场景，特别是淳于林将军那冷肃的面容。我闭上双眼，对米米的询问不予回答。这样一直到了黄昏，我毫无食欲。深夜，米米在我怀中小声抽泣许久，我只是一下下抚摸她的长发。这样过了一会儿，她突然跪了。

米米跪坐一旁，眼神与鹿毕肖无二。我让她躺下，她拒绝：“先师！到底怎么了先师？”这一夜只在临近黎明时才睡了一小会儿，而且还做了一个怪异的梦。 梦中那个老游戏对手又出现了，就是秦王嬴政。他在梦中与我会面，奇怪的是绝无原来那般猛厉，倒是笑嘻嘻的。他仍穿黑色衮袍，浑身上下水淋淋的；他说早在我离开那一年就去世了，这一次是跨越冥界、远涉重洋来看望老友；他在吐出“老友”二字时，面部颇不自然地抽动两下。接着他说：“怎么样？如今你也是王了嘛……”

醒来后我把梦境告诉米米，她合不拢嘴巴。我又一次看到了那精巧细密的牙齿。

这一天我没有离开卧榻。因为夜间的失眠致使浑身无力，左胸一阵沉闷；还有颈部，简直像针扎一样刺疼。除了脚气病还在阴险潜伏，其余宿疾一齐攻讦。米米在一旁宽慰，后来还是有些紧张，不止一次商量去请医师，皆为我拒绝。这样坚持两个时辰，一阵刺疼使我失去了知觉。

醒来首先看到泪水糊脸的米米，接着又看到围在旁边的淳于林将军、几位先生和那个指甲长长的医师。医师在淳于林耳边咕哝几句，淳于林好像不屑于听，只专注地看我。我闭上眼睛挥了挥手。米米说：“先师想自己静一会儿……”

室内极为安静。我睁开了眼，看到淳于林并未离去。我马上有些恼怒。米米呵气似的说：“最放心不下的就是将军了，他昨夜亲自为先师守卫，一夜未眠……”我闭上了眼。从那次政议之后我即在心里告诫：你身边只剩下了一位将军，死去了一个兄弟！

我肃穆威武的将军啊，莱夷人的利剑！你挽救了多少危难，而这一次是刺中了我的左胸——所以它才如此刺疼。我似乎明白了，这座城邑已形成某种难移的怪力，它无影无形，又至为强蛮。每个人都将无从躲避。淳于林只不过是一个被征服者，他在梦幻中即走上了跟随之路。莱夷的利剑啊，昔日的兄弟！

我听到脚步移动之声，知道将军即要离开，就咕哝一句：“总算离开了……”谁知道马上传来低沉温和的一声：“先师，我永远不会离开您的，永远不会。”一只大手握住了我的左臂，轻轻抚动。这是淳于林的手。多少年来这只手与我一起做了不少事情。我听任它的抚摸，一动不动。我料定他还会说什么——是的，那是突然变得沙哑的嗓子："先师！是我错了，我们太性急 —— 都想不过是早晚的事，拖延日久又怕生出别的枝节。大家以为这也像您的婚姻，开始总要推脱的……"

我忍不住笑起来，但笑不出声音。

"先师！您惩罚我那一天的无礼吧！"

我仍闭着眼睛。我想说：是我无礼。但我已无力与之讨论，直到他无奈地离去仍未吭一声。后来我睁开眼睛，米米马上激动地喊了一声，把脸伏在我的左掌中。我抚摸她的脖颈、后脑，那一缩一缩的肩头。我小声说："他们想让你做'皇后'呢……"

米米无暇思索应一声："我只要先师高兴。先师只要快活起来，我就快活起来了。我是你的，你也是你的……"

最后一句有点蹊跷。"你是你的"—— 难道这还要怀疑吗？"多么傻的孩子！"我长叹一声。

渴望已久的东部酋长的访问终于得以实现：本月十五日月满之夜他将在一干人马的簇拥下启程，至第二天月夜到达。这个时间的选择真是完美无缺，它让人得以窥见土著人精细而浪漫的情怀。他们原来远非城里人想象那么粗蛮。这个消息让我无暇生病了。我仿佛突然抛却了全部不快，随淳于林将军和三个卫士一起出门，商量接待酋长的具体事宜。因为来自瀛洲最大部落的友谊非同小可，这对于整个城邑的历史将是重要一页。就此也正式结束关于东征的内部争执，最好地佐证了我非同一般之远大眼光。对此我颇感欣慰和得意。

酋长的使者先行到达，传递部落意向。其中稍稍令人尴尬的是酋长提出要在拜会“大王’时亲献厚礼。禀报者说到“大王”二字面有难色，我则不语。禀报者又说：“我等对使者回复：此地并无称呼‘大王”之风俗，如今只是称之为‘先师’。他怕届时称谓有错，特意让我等再三重复念出……”我几次想打断禀报者，但还是作罢。看来要解释“先师”与“大王”之别已非易事。我只能咽下一腔苦笑。禀报者又喋喋不休说了若干，我都未置可否。尔后他终于要离去。待他走到门边的幔帐那儿，我突然大声说了一句：“我平生最讨厌的就是‘大王’了！”禀报者惊惧中立刻转身。我此时的额头一定是青筋暴起，因为对方惊愕万分。我对他摆摆手：“去吧，没你的事了。”

我终于在满月之夜见到了可爱的酋长。他比传说中的还要矮小，但胡须发达，双目尖亮，举手投足间透出过人的灵捷。那一对高颧骨和深深的凹眼使人想起什么。他称我“先师头领”，我则顺从恭敬地接受了。酋长身边除了一些打扮与他大同小异的男子，还有几个女子。无论男女都穿皮衣饰羽毛，身上有海贝和石块做成的饰物，脸上则有彩色涂描。这一干人最为突出的部分就是那对尖亮逼人的目光。只是看得久了，这目光才会泛出热烈光彩。我为他们安排了最好的饮食起居，高大漂亮的馆舍令其大呼小叫。淳于林和众先生与我一起陪伴酋长，细细观看六坊作业，又去三院。酋长对六坊极感兴趣，看了三院则大为茫然。他伸手抚摸一卷卷经册，转身去看同行的部落中人，脸上仿佛是马上要泣哭一场的表情。步出经卷院时他突然提出要一卷经册带走 —— 这使我大为惊讶。原来他把经卷当成了玩赏之物，准备带回去来复展放，倾听“唰啦”之声。

酋长一行在城邑盘桓三日，甚为畅美，第四日月亮升起时即要回返。他面向远处的蓬莱喃喃不停，一时全体肃立；待他转身时，所有人都看到了他眼中饱含泪水。接着他向传话者咕哝几句，然后直眼看我。传话者告诉：他的部落要与这个城邑永世修好，酋长将每年来此一次……如果“先师头领”能够容许他重返这条满月铺就的路径，那就娶下他的妹妹“乌阿”。我听到最后一句有些发怔，幸亏有人把它重复一遍。我看到月光下走出一矮矮女人，由于头上挂满饰物，已难以辨清眉眼——她正款款走出，在酋长身边安立。酋长对她咕哝几句，又对传话者说了什么。接着我听到如下的话：“为了能重返这条月光铺就的路径，请尊贵的‘先师头领’决断——如不嫌弃，就扯起他部落的至宝、年方十九的‘乌阿’……”

那一刻所有的目光都落到了我的身上。我不由得去看那个“乌阿”。她正垂首站立，像一只夜鸟倚在兄长身边。我没有再想，一直向她走去。我看到酋长轻轻拍打她之肩部。她同时抬头，张开嘴巴咬了酋长的手指，转身向我走来。我们的手拉在一起。

酋长踏着月光之路走去，留下了“乌阿”。当夜她被人领至馆舍，只待一个吉庆之日完婚。那天夜里米米是目击者，她似乎像我一样无声地承受。第三夜，我与米米一起，在辉煌的烛光下第一次如此清楚地看了我的又一位新娘。原来她也有深陷的眼睛、高高的颧骨，那皮肤真的像红薯；她的眼睛圆得像鸽子卵，睫毛密长。她身上散发出茼麻的野生香气。我和米米都承认“乌阿”是可爱的——“妹妹就像一只小鹌鹑！”米米临离去时说。

婚礼隆重地准备，届时还要有东方部落的几位老人参加。要不是因为又一场突然袭来的疾病，我在当月就要度过佳期了。那天米米正在为我缝制一件新的丝绸衣裳，拉手试衣时，我突觉一阵头晕，接着胸疼泛开，豆大汗粒涌上额头。我在米米的呼叫声中卧下，一会儿一拨人围住。我的嘴里又含满了医师的丹丸。这一次我吞咽得可真费力。

这次可怕的疾病缓解之后，所有人都夸奖我的气色。他们误以为疾病也会被众口一词的声势给吓退。我知道剩下的时间不多，有许多事情已不容迟疑。胸疼刚刚过去，我又忍着脚气病发作的折磨，尽可能神态自若地参加了那一场必将载入史册的盛大婚礼。东方部落的酋长派来了五位年长功勋人物，同时又馈赠了大批羽毛和兽皮、海贝、干肉之类。我满怀谢忱收受了这批厚礼，不知如此之多的羽毛该派什么用场。

在令人伤心泣下的新婚之夜，“乌阿”与我语言不通，疼怜有余，彼此只用浅吻和无伤大雅的抚摸应答。深夜，我疲劳的躯体已非两年以前，只得安卧榻上歇息，连陪伴新娘坐一会儿的力气都没了。“乌阿”却替我脱去衣衫，又大胆地为我褪去内裤，接着发出了让人不再遗忘的“哦哟”声。她像突然之间发现自己寻了一个多么衰老的异族新郎，充斥心身的巨大惊骇无法隐藏。她无比怜惜地抚摸了我的周身，洒下了同情的泪水。

这个新婚之夜由于过分地疲劳 —— 这疲劳随时都可以熄灭我微弱的生命之火——连脚气病的骚扰都未能阻止我的昏睡。天不知何时大亮，“乌阿”坐在榻上看我，待我一醒立即为我穿衣，又服侍我洗漱。一切做过之后即按原定计划出门，因为米米正站在门口，要领我回去早餐。我像个依靠两个看护人的大孩子一样，哼哼呀呀地她们之间来去，由她们穿衣、喂饭和抹嘴巴……

待我神气略好一些时，我也像往常一样走上街头。可是因为城区扩建、车辆行人增多、更因为我的衰老，我不得不听从米米和几个卫士的照料。通常我去看六坊三院，再转到那个暮年得而复失的儿子 —— 甘子墓前。我的泪水已在此洒完。在这里我想过了爱妻卞姜、区兰，我更小的儿子小林童；我甚至还想过了那个老友太史阿来和“女通灵者”。我相信，如果尚有余力的话，我会直直走到蓬莱山北的墓地上痛哭一场……如果时间还早，我就踱回三院，去抚摸热乎乎的经卷，去大言院。

大言院的辩论一如往日；或由于增添了年轻辩士，其声势较往昔更大。只不过凭我直感，声势固人，义理却并未因此而更加透晰精辟。我坐下倾听一会儿，既不打扰，也不被打扰。但有一天似乎是个例外：辨认中涉及“开国”与“称王”之义。我不由得屏息静气起来，米米几次催我离开都被阻止。一个老先生引据“名实”之论：“‘名’不存何以有‘实’焉？然‘名实’之‘名’与‘实名’之‘名’又有何异？是无‘名’之‘实’与无‘实’之‘名’矣！”另一先生也大说一通，引起激烈争辩。我不得不承认自己老了，思维迟钝，已经难得明了如此深奥的义理。头脑阵阵发胀，我也只好离开了。

我在路上喃喃说：“他们在辩论，可见……”米米搀着我，为我擦去莫名的泪花，说：“先师，您得体谅大家了。时至今日，除了找一个皇帝，他们实在也想不出什么更好的办法了。”好像只是不经意的一句，却让我一怔。我再不移步，定定地看她。她叫着：“先师！我不该乱说，我再也不说了……”她慌得连连后退，竟顾不得搀我。

我却再未忘记这一句话。

想起大言院中的“名实”之争，似乎于混沌中晓悟了什么……无论是谁，眼下都“想不出更好的办法”。留给我的时间不多了，他们在我之后很快会寻到那个人的。我这些天一直回忆着甘子遇难前后那些可怕的经历。那时我一息尚存，他们却可以径自开政议、破陈规，险些将城邑引入歧途。也许我今天真的手无缚鸡之力了，真到了寻求和借助王冠之威的时刻了。仰望到处飘荡的阴阳旗，实在对其感到了厌恶 —— 悬起它的那一天我就打定主意：总有一天要亲手把它抛到海里。这一天终于来到了。

一连三天躺在卧榻上，全身燥热，不停地饮水。除了脚气病在加倍折磨之外，其余尚能忍受。米米误以为我又到了危急时刻，几次去呼医师都被阻止。经过连续四天时眠时醒的折腾之后，全身轻松，如同一块顽石从背上刚刚滑落。第五天上，我让卫士去传淳于林将军。

整个城邑充斥着喜庆的喧哗，这隆重非常的节日才有的特异气息掺在空中，使人无可逃避。我不得不让米米严闭屋门，并垂下所有幔帐。可是那种气味仍要无所不在地涌入。米米也在兴奋之中，但她因为我的不快也只得压抑。满城都传出“先师”即将称“王”，开国典礼正在紧张准备中。听说六坊三院极为激切，消息得到确认的当天彻夜不眠，各大门前边都扎起了彩带，悬起了特大灯笼。淳于林将军及十余位先生一起筹备大典。他们开始每日禀报，我让他们尽情弄去，一切决断事项皆不必禀报。我只与米米静处，大半时间卧于榻上。我想整个庆典该多么烦琐，且这班人中又无亲历类似场景人物，也真难为了他们。这必定是一次艰辛漫长的劳碌，但愿我不要在这期间不合时宜地死去。

米米偶尔将“乌阿”接来，三人同处在一起。“乌阿”每有一点时间就抚摸我的身体，总无法不为我的衰老感到惋惜和惊讶。她的小手抚摸我，大概想用青春的小熨斗抹平我苍老的皱褶。我对她和米米感谢的方式也只是在一天内三两次吻过她们的额头。

可是后来我连这种可怜巴巴的礼物也不能奉送了，因为颈部又痛疼起来，而且伴剧烈咳嗽。为不让外人打扰我们仅存的一点宁静，就用颤抖之手写下药方，让米米为我熬制止咳药水。一连服了几日煎药剧咳才勉强止住。但这场折腾已使我愈加精疲力竭，好长时间目色恍惚。接下去的几天，我几次把即将开始的盛典当成了正在准备的又一次婚礼，糊糊涂涂流下泪水，哀求米米和“乌阿”：“我已经有过四次婚姻了，再也不要参加这样的仪式了，你们去告诉他们：饶了我吧！”

她们对我反复安慰。她们的温柔让我在来生也报答不完。我知道远离故土的女子除了用尽柔情，几乎没有任何办法来排遣自己的思乡之情和无依无靠的空寂感。她们一遍又一遍地托起我无力而刺疼的脖颈，像对待一个发育不良的婴儿一样，小心地擦去我的口水和泪痕，还有进餐时洒下的米汤。她们像看自己一件得意的刺绣似的，横竖端详我无神的眼睛、疏疏的眉毛，多皱的面孔以及花白的胡须。我闭上眼睛，真分不清两只纤手有何区别。但我嗅觉灵敏时，却能够准确无误地分辨：“乌阿”有一股檀木和艾草混合的气息；而米米则是雏菊与蜀葵的味道。当我分辨出来时，就叹息一般叫出她们的名字。她们白天吻我时总是小心谨慎，生怕磨损了我的毛孔似的；而一旦入夜，特别是夜半三更之时，我正好被脚气病折磨得疼不欲生，呻吟不已，她们就不顾一切对我亲吻。她们那唇与舌带着令人惊恐的一丝粗野在我脸部搜索不止，直到最后让我在黑暗中老泪纵横 —— 因为这时我竟想到了米米说过的一句话：他们实也想不出更好的办法了 —— 她们此刻对于我、一个行将就木的人，也同样想不出比亲吻更好的办法了。

真是由衷地感谢她们，在她们双倍的温暖体恤、以及无形的鼓励之下，我奇迹般地挺住，竟然在淳于林喜悦而激动的禀报中能够侧耳倾听。当然我仍卧榻上，一是体力不支，二是一个即将被扶上王位的老人已对这类禀报彻底乏味。淳于林将军告知：经过一班人全力忙碌，各种事项均已周备：宴会、典礼、贵宾、仪式、祭祀、阅兵、颂诗……几乎无所不包；另外，由大言院贡献的一座厅堂已改建王宫，如今装扮得富丽堂皇；美轮美奂；届时将鸣放火炮六响，十二支铜管一齐欢奏；城邑外贵宾除那个最大的亲戚部族之外，还邀请了七八个小部族……我听后暗自惊喜，因为一些闻所未闻的礼仪事项、第一次听说的奇怪名堂，他们竟可以在二十多天内弄得一应俱全。这除了极高的办事效率之外，也实需渊博的知识；而据我所知，城邑内所有人等，均无这方面的奇异人材。出于好奇，我不得不问几句原委。淳于林将军的回答则简洁明了：

“先师，在我们彼岸来的这班人中，对这类事是不会有什么大难为的。”

淳于林最后告知大典之日，使我又是一阵惊讶。因为时间过于仓促了。我借口还要备下一些好的行头，想拖延几天；淳于林马上说：“先师不必过虑，一切已悉数弄好。王冠是纯金的，我掂了掂，比一张弓还要沉呢。衮服也做得考究，共三件，式样尺寸都再三琢磨，不会错的……”

我再无言。

三天之后就得放弃“先师”的称号了。这竟让人产生出特异的恐惧。

第三天夜，我再无法在榻上躺卧，对身边的“乌阿”和米米说：“扶我出去走走吧！这脚气病非把我提前打发了不可！”我在她二人的搀扶下往街巷走去。到处是浓烈的喜庆气氛，灯红得让人发腻。我让她们引我远一点，躲开这喧闹与红色。她们问到哪里去？我想

二〇〇七年五月十八日第九届徐福故里文化节

了想，说就到沙岸上去吧！

我又伫立在甘子墓前了。这时我比以往更加清楚，在这些年里，我爱任何一个人都没有超过甘子。他是我暮年里真正的安慰，他是一切……海浪哗哗作响，不急不缓冲涮沙岸。星星繁密，然而无月。黛蓝的海水荡着星辰，多么神渺难测。我仰头看去，目光掠过一片苍茫。再往前，无尽的远途即是彼岸。那是我的故地，居住着杳无音信的亲戚。他们几千年后也难以遗忘我这个不肖子孙。

那时候他们会对我指指点点。他们议论起我来会说：看，一个在逃犯！或者说：看，一个羞羞答答做了皇帝的人！

面对这片茫海、比茫海更其难测的历史，我一个人能有什么办法？谁来见证和记录这一切呢？有些隐秘将随肉躯埋葬，永无回应永无诠释。谁知道呢？我在最不适宜于做新郎的时候却不止一次地完婚；在最厌恶皇帝的时候则戴上了王冠；今后大概还要在最不愿意死亡的时候死去！

看看吧，命运就是这样捉弄了一个老人。

“今个是几日了？”我像在询问夜海。

“先师，第三日了，明天一早就……”她们一块儿回我，声音小得如同鸥鸟悄语。

一九九二年八月八日至一九九六年六月十日于龙口－济南－龙口

狐狸老婆

二〇一一年八月在悉尼

引 言

爸爸不知犯了什么大错，最后不得不与全家一起离开原来生活的地方，来到这个半岛上。当时我还小，什么都不记得。妈妈说我是被装在一只篮子里携来的，这让我想到了一只猫。

我们家从此就定居在海边林子中，没有一户邻居。我现在可以从地图上指认我们的半岛了——它就像动物的一支犄角伸入了海中，细细的尖尖的！可是我们住在上面的人丝毫没有觉得它狭窄，相反还认为它大得无边无际呢。

我们的小屋筑在丛林的边缘地带，不过离最近的人家也有一公里远。这儿到处是吵吵闹闹的各种动物 —— 爸爸叫它们为“哈里哈气的东西”。我知道这是指它们跑动和打闹时发出的喘息声、喷气声。

后来，当我那些贪玩的同学和伙伴们来了，晚上躲在窗外黑影里等我出来，不小心弄出了声音时，爸爸就会咕哝一句：“哈里哈气……”

我听了想笑，在心里说：林子里的各种野物、还有我们这一群，都是“哈里哈气的东西”！

一支队伍

大海滩丛林茂密，里面有大大小小的河汊，有无数稀奇古怪的动物和人。这里发生的一些奇奇怪怪的事情，是永远也说不完的。

“不玩不知道，一玩吓一跳”，没有在林子里好好玩过的人，有些怪事是无论如何也想不到的。

毫不夸张地说，我们在林子里经历的那些事情，有时真的像大人们说的那样，要“硬着头皮干”，也就是说要冒点生命危险——不要说我们，就是他们讲起大海滩上发生的一桩桩奇事，还免不了要龇牙咧嘴，一看就知道他们当时是吓坏了！

正因为危险，所以我们只要深入林子深处，少不了就要结成一帮一伙的，而绝不能是单走独行。那些敢于独来独往的家伙，大半都是满脸凶气的猎人，他们仗着肩上有枪，身上有杀气，所以胆子忒大。

人如果一辈子在林子里转悠，那肯定会知道许多秘密，有非同常人的经历，连看人的眼神都不一样呢。比如那些常年住在林子里的看林人，他们和古怪的野物精灵交往久了，打眼一看就不是一般的人。

这些人个个都很怪，反正和村里人不一样。他们当中，有的其实早就在暗中和野物结成了一伙——这个秘密以后再说。

不过只要我和好朋友老憨在一起，只两个人就敢往林子深处钻。

但这要是大白天，一到了晚上就不行了 —— 那时候树影一簇簇把星月遮住了，黑咕隆咚的什么都看不见，就等着出事吧。

所以无论是园艺场还是周围村庄的孩子，哪个都不敢轻易到林子深处去，他们总想找我们这样胆大的人结伴儿。

老憨说："学校一放假，咱就把队伍拉起来吧！"

我明白他的意思。每年夏天，周围的矿区村子以及园艺场，一群群孩子都要结成一帮一伙的，这就形成了不同的队伍，成天活动在林子里、大海边上。

队伍之间动不动就冲突起来，有时打得可凶呢。

可见夏天是最危险的日子。可能因为太阳火辣辣的，人给晒得心痒手也痒，总忍不住想干点什么吧。打、打，打上一个夏天。关于打架的故事真是太多了，说也说不完。有些打斗是要动家伙的，所以头破血流是常事，过了很久以后回想起来还要后怕呢。

不过尽管是这样，我们最喜欢的季节还是夏天。

一到了夏天，家里大人就变得提心吊胆的。爸爸妈妈总是担心我在外边弄出什么事。妈妈一遍遍叮咛："好孩子，千万不要招惹人家，不要出事啊。"

"不会的，肯定不会的！"

我的回答总是十分干脆，这反而让爸爸生疑。他盯着我，像要把我心里的诡计盯穿。我赶紧吹起口哨，逗弄一下猫和狗，装作没事人一样。

其实我那会儿想的是：我和老憨就要带起一支队伍了，这事儿可不能耽搁，因为我们绝不甘心让这个夏天白白溜过去。

跟我们关系最铁的就是破腚和三狗，他们二人是老憨的崇拜者；还有园艺场老场长的外甥李文忠 —— 这家伙斯斯文文，有点呆，不过最听我的话。

另外有几个家伙，他们到了夏天要和海边拉渔网的人在一起，但偶尔也会加入进来。

这样，我们的队伍人数最多时就能达到十五六个，它虽然不是海边上最大的一支，但也算最强的一支了。

老憨背了一杆像模像样的枪，可惜只是个放不响的摆设，所以尽管看上去挺威风的，但日子长了也就没人当回事。

去年夏天我们与一支队伍冲突起来，对方倚仗人多，让我们吃了一场结结实实的败仗：老憨的头给打破了；三狗的屁股本来就疤痕累累，那一回又挨了十几棍子，肿得不成样子。

队伍之间动手厮打的原因很多，如掏鸟捉鱼逮野兔时，难免就要撞到一块儿，磕磕碰碰；就连唱歌吹口哨这类小事，弄不好也要惹恼了对方。反正大家闲着没事，随便找个理由就能打起来。

有了队伍就要打仗，不打仗要队伍干什么？打完了仗再和好，这也很有意思，反正一点都不难做。

怕就怕真的积起深仇大怨，那样麻烦可就大了。比如同伴受了重伤、因为参加打斗被家长狠狠揍过 —— 一旦发生了这样的事，两帮人整整一个夏天都难以和好，而且十有八九要相互盯紧，变成海滩上的一双“对头”。

夏天里，还是应该有个“对头”才好，因为这样一来也就热闹了。这时候虽然危险了一点，但是整个假期会因此而变得轰轰烈烈，绝对不会白过。

眼下这个夏天有点怪，它从一开始就懒洋洋的。也许是去年夏天打得太凶，家长管得太严，所以不少人也就缩回去了。看看吧，直到现在，小半个夏天都快过去了，还是找不到一个像样的“对头”。这事看来有点麻烦。

老憨试着挑衅过邻村的几个孩子，他们的反应都不太起劲儿。真是怪啊，大家的脾气都变得比以前好多了。这也够烦人的。

“可能是他们有别的事，再不就是家里逼着他们一天到晚干活，没工夫好好玩一场了。”老憨说。

我却认为主要原因是对方给打怕了——去年那次交手，最后一仗动了粗棍，老憨一时火起，把人家领头的鼻子给打得血糊淋拉的，结果不得不背到园艺场门诊部去包扎……

过了那样几个夏天，老憨也就成为海边上一个出了名的坏人，不少家长都叮嘱自家孩子：不能走近、更不能招惹那个粗黑的家伙。

其实我们这些朋友都知道，老憨是个义气人，他的心眼一点都不坏。

大人们一般来说要比孩子们愚蠢许多，他们想出的计谋总是不顶事儿。比如他们故意分配给孩子一大堆活儿，想用这样的办法缠住他们的手脚，让他们无法跑到远处去、不能拉帮结伙儿。

其实我们只要心里发痒，还是会撒开丫子跑走，谁也关不住。

我们好比一群野羊，到时候就会咩咩叫着冲出来，一路上撒着欢儿。

我们几个当中，总有谁的家长要他采蘑菇割草，做一些老掉牙的烦心事。大家通常不管这么多，总是先跑到一起再说，先痛痛快快玩上一场，直到天快黑了才一齐动手帮忙，把那些烦人的任务草草完成。

每年夏天的玩法都有点不一样。如果有了强大的“对头”，那么每个人都会精神多了，那要一天到晚动心眼儿：研究计谋、加强武装。

我们曾经用竹条制作了一批弓箭、用细长结实的木杆做了长矛。这些武器的实用性非常一般，不过每个人手里只要有了一件家伙，胆子就大，而且看上去也像那么回事。

今年夏天比较一般，好像一直没有战斗的迹象，所以大家也就提不起神来。

破腚是掏鸟的能手，他因为干这个上瘾，频频爬树，不止一次把屁股划伤。他常对老憨报告一些鸟的消息，什么橡树林里的花斑啄木鸟叼虫子进窝了——这说明小鸟孵出来了；哪里发现一只百灵窝了，他已经仔细做上标记了，等等。

三狗对捉鱼入迷，这家伙至少掌握了五六种捕捉河鱼的秘方，而且大大方方地贡献给了老憨——老憨又将其中的三种私下里传给了我。

李文忠与护园工人是朋友，所以他总能将早熟的苹果带给大家。有一种叫“五月红”的苹果，一入初夏就长出了红色的花纹，咬一口甜得全身发抖。李文忠的口袋里总是少不了几个“五月红”。

我们这支队伍通常由老憨领头，发号施令。不过如今失去了“对头”，眼瞅着要过一个最没意思的夏天了，所以他就懒懒散散的，最终也玩不出什么新花样。

有一天他在河湾那儿洗澡，玩了一次装死，把我们吓得不轻：他靠惊人的肺活量潜到水下，然后闭着眼浮上来——大家惊呼着，七手八脚把人弄上岸时，发现他的一双眼睛已经斜刺上去。三狗吓哭了。

还有一次老憨躺在沙滩上晒太阳，一转身将破腚的裤子扯下来——破腚越是叫唤，老憨越是按紧。我们都希望看到一个破烂不堪的屁股，结果却让人大失所望：

上面只有三两道像样的疤痕，其余都是浅浅的，不太明显。

吓人的计划

老憨作为我们一伙的头领，个子粗大，力气如牛，火了能一口气骂出一长串吓人的粗话 —— 骂人当然说不上好，不过人有时候被逼无奈，不骂还真的不行。

在海边什么气人的事儿都能遇到，这时候实在忍不住了，老憨也就开骂了。他是这方面的能手。

我们大家在一块儿时，老憨常常装出说一不二的样子。这在战斗期间很有必要，但在平时也就不行了。他除了偶尔能听进我的一点意见，其余谁的话都不听。

去年夏天老憨算是够威风的：背着一支放不响的黑杆长枪，还在腰上别了一把韭菜刀子。

因为一旦遇到了“对头”，两边真的开始对垒，他就是司令。那时无论谁向他说什么，都要先喊一句：“报告司令！”

这些事儿现在想起来多少有点好笑。不过那时要打仗，一帮人在一起总得有个头儿，有个说话瓮声瓮气的人，这方面非老憨莫属。

可惜现在是和平时期，打打杀杀的机会少了，平心静气讲道理的时候多了 —— 而讲道理是我的强项！还有，老憨在海边的一些作法越来越荒唐，比如装死和捉弄破腚这类事做多了，威信也就不如从前了。

有时候大家会静静地听我讲。因为我的心眼多，遇到事情比一般人沉着，所以更加靠得住。而老憨毛毛躁躁的，常常拿不定主意，最后不得不说一句：

“还是听听老果孩儿的吧，他的心眼多。”

他最早在我的名字前边加个“老”字，让所有人都模仿起来——有时老师走神了或高兴了，也那样叫起我来。这对我并没有造成什么实际性的损害。

老憨勇敢胆大，这是公认的。他除了夜间不敢一个人到林子深处去之外，其他事情样样敢做。

无聊的夏天一天天过下去，闷得人身上长满了痱子。老憨终于忍不住了，有一天突然找到我们——可是他一开口吐出的那个古怪念头，简直把我们给吓了一跳！

他提出的是一整套吓人的计划：打劫“狐狸老婆”！

我们愣愣地看着他，真不敢相信自己的耳朵！

当大家最后听明白了是怎么一回事、他到底在说什么，很长时间没有一个敢应声。

于是老憨就用挑衅的目光看着我。我也没有吭声。

因为这个“狐狸老婆”不是什么动物，也不是一般的人——要说清楚这件事情的前前后后，还真要费不少口舌。

简单点说，这家伙一开始也算林子里的一个老户，不知从什么时候起独自待在莽林深处，五冬六夏都不出来。可他既不是猎人，也不是采药的人。

这个家伙啊，不要说我们，就是村里人，熟悉他的也并不多——只知道他是这样一个怪物：身子长得像麻秆，又细又高，瘦得皮包骨头。就近与这家伙打过交道的人，说起他来都是惊嘘嘘的模样。

有一位猎人吓唬我们，说他的眼睛像铃铛，牙齿像钢钉，看人的时候死死盯住——目光一扫到你的身上，你就得瑟瑟发抖。

我们问："如果他一直盯着你看呢？"

"那就得吓得尿裤子了，最好还是趁早躲开——撒腿快跑！"

他还说：招惹了他的人总是遭殃倒霉，因为你就是跑开了也不行，他会穷追，一口气追到底，别想半路上饶了你。你还能跑到哪里去？他在这片林子里住了一辈子，随便一棵歪脖子树、一条小路，都是他的密友，它们帮他不帮你。

他最后说："谁要是得罪了狐狸老婆，那也就完了！"

关于这家伙，海边上越传越神、越吓人，那些话都和猎人说的差不多：与狐狸老婆作对的人从来没有一个赢的，往往还没闹清是怎么回事哩，就被糊里糊涂地捉去了，然后就任其折腾了。

那家伙折腾人的方法不知有多少种，讲起来吓死人。

不过他究竟怎么折磨人，都只是一些传说，没人将亲身经历仔细讲出来——可能因为他们一个也没有活着离开过吧……

那些故事让人听了又害怕、又好奇，总觉得怪有趣的，让人一辈子都忘不掉！这样的凶险怪事就像有毒的宝物一样，平时就存放在林子深处，只是没人敢伸手去摸一下。

不管怎么说，平时我们只要进了林子，总是远远躲开那片黑

乌乌的地方 —— 那里由一片密密的槐林和杂树林子组成，密不透风，从里面常常传出各种怪叫：像鸟叫，又像什么活物受刑时发出的惨叫。

那声音谁也没法模仿，谁也说不明白。

有时候我们正在林子里玩着，突然会感到一阵害怕，那大半是因为那片黑色的林子 —— 都知道它的中心住了一个魔鬼一样的、半人半妖的家伙。

我们平时不光要远离那个地方，而且谁也不敢开口闭口提到它。

不过事情怪就怪在这里：我们进了林子，越是害怕，就越是要往那个方向打量。一些鸟儿从那里飞出来，一些怪叫从那儿传过来，我们都在默默地看和听，长时间驻足观望。

传说中，那片黑乌乌的林子早就被狐狸老婆搞成了一个王国，那地方要多怪有多怪，里面什么都有：千面鸟、百足虫、长大红冠子的蛇，还有南方才有的孔雀、水桶粗的巨蟒……

总之那里尽是一些千奇百怪的、吓死人不偿命的危险物件。这些物件平时既供他玩耍，又用来防身，都是他王国里的成员，个个都按他的眼色行事。

如今的狐狸老婆独身一人，早就习惯了在自己的王国里称王称霸，这家伙说一不二，过着花天酒地的生活。

比如说那里有一个园子，里面有花生地瓜、馋死人的无花果、各种瓜果梨桃 —— 特别是有一种拳头大的蜜杏，咬一口甜得人满地打滚……

我一直在琢磨老憨——这个人如果不是疯了，就是被狐狸老婆园子里的好东西给馋坏了。

可是我们无论怎样胆大、怎样嘴馋，总还不至于打狐狸老婆的主意；不光是不敢接近他的王国一步，即便是私下里闲扯到他，也多少有点提心吊胆的。

我们都觉得老憨真的疯了！

我最后终于憋不住，提醒他说：“咱还是忍一忍吧，最好玩点别的——就是狐狸老婆请咱去，咱还得躲远点哩！”

大家一齐应和我的话：“就是啊！这可不行！这可不是乱来的……”

老憨翻翻白眼，做出一副嘲弄的样子，说：“是吗？这么吓人啊？你们真的尿了裤子？”说着故意来摸我们的胯部，我们赶紧闪开了。

“你们不敢我就自己去了，到时候再后悔可就晚了！”

我们不会后悔。他会讨来大蜜杏吗？让人多少有点难受的是，这位好朋友和鸟儿一样，早晚要害在嘴巴上。

那个狐狸老婆啊，还是让我们远远地躲开吧！

狐狸老婆

关于狐狸老婆的各种故事，我们主要是听打鱼人讲的。其中说得最多的，就是看鱼铺的那个老玉石眼了。

这个老人与狐狸老婆的年纪差不多，两人是不共戴天的仇人。

一说到狐狸老婆，玉石眼就恨得咬牙彻齿，说："怎么不让海滩上的滚地雷打死他？"

"这个藏在黑林子里的家伙，他到底是仙灵还是妖怪？是动物还是一般的人？"

海边年轻的打鱼人总要问这样一些问题。玉石眼听了，马上吐一口说："啊呸！他什么都不是，他是不得好死的家伙……"

也有人说玉石眼的话不能信，因为仇人之间说话总是往狠里来，怎么吓人怎么说。他们私下里说："玉石眼与狐狸老婆有大过节！"

"什么是'大过节'？"我们问。

那些人答："就是有说不清的大仇，两人结下了解不开的'疙瘩'。"

"什么是'疙瘩'？"

"就是大仇大冤……"

他们越说让人越糊涂。我们最想弄明白的是：好生生的一个人，特别是一个男人，怎么会给一只狐狸当起了老婆？

他们讲啊讲啊，我们还是听不明白，问："他是男的，怎么就成了狐狸的老婆呢？这恐怕是弄错了吧？"

"不会错，这是海边上谁都知道的事，怎么会错呢？"

后来听得多了，这才多少弄明白其中的一些复杂道理——

因为海滩实在是太大了，林子又密，里边的古怪事情就多，多到了让人怎么也想不明白的地步。人啊，哪怕将这里的秘密弄通了一点点，也要花上半辈子的时间，而且还要敢于相信才行。

那些脑子死板的人，比如说那些外地的傻孩子——这主要是指不开窍的城里孩子——就是别人说破了嘴，他们也搞不明白的。

这实在也是没有办法的事。我们就常常为城里孩子的白痴相犯愁。学校每隔一段时间就要来一两个城里孩子，我们太熟悉他们了。不要说狐狸老婆这样深奥的奇事，就是一般的事，要让他们弄懂也实在是不太容易的。

还是说狐狸老婆吧——一个老男人，怎么就会给狐狸当起了老婆？

这里面的秘密可能真的是太大太大了，大到了谁也说不清的地步！

据玉石眼说，狐狸和人有许多不一样的地方，比如人，男的总要找个女的做老婆；而狐狸就不一定了，特别是一些老狐狸，它们年纪一大，免不了就要糊里糊涂的，所以有时也就分不清男人和女人。

还有一个原因，就是在它们眼里，村里的男人女人原本就差不多，脸儿光光的，于是一不小心就会弄错。

雄狐找雌狐做老婆，而雌狐看中了村里的男人，就会扮成一个女的来找他 —— 这方面的例子多得不得了，是海边的人都听说过的；只是反过来的故事就没人说了 —— 雄狐看中了人又会怎样？

据说雄狐年纪一大，也就分不清男女了。事情就是这么怪！雄狐年纪越大办法越多，差一点的只是眼神：它也许会把看中的男人掳走，压根不听他的分辨，也不管他愿意不愿意。

结果有的男人哭哭啼啼，最后还得跟上它们过日子，为它们忙一些家务。

狐狸和人一样，也有家务。做了它的“老婆”，虽然不完全是洗衣做饭这一类事，但也差不了多少。总之还是要伺候雄狐的吃喝拉撒睡，就和女人在家里做的一模一样。

老雄狐对抢来的“老婆”格外恩爱。它恩爱的方法外人不知道，只有被抢走的男人自己知道。

就这样，有一只老狐狸在海滩上活了一百多年，反正老得很了，办法当然也多得很。它有一天看中了林子里的这个瘦高个子男人 —— 可能它觉得这样的身材实在是好吧，就抢来做了自己的老婆。

开始的日子这男人不愿意，喊啊叫啊，连死的心思都有了。后来迫于老狐狸的威力，只好胆战心惊应付下来。他反复说自己是个男的，不适合做它的“老婆”，可是那只老雄狐不光听不懂，还觉得他这样推推拉拉的，越发显得可爱了。

原来狐狸和人有许多不同的地方，看对方的眼神以及标准，都大不一样！在一只老狐狸看来，这个瘦高个子男人模样好，性格也好！它对抢来的老婆要多恩爱有多恩爱……

男人也试着找机会跑过，只是老狐狸很容易就把他背回来了。

最后看林子的男人不得不接受狐狸的恩爱，一起吃着大鱼大肉，渐渐也就有了感情，终于不再急着离开了。

反正日子一天天过下来，由跑不成到不愿跑、再到留恋对方，多半年的时间也就过去了。

一个男人只要给狐狸做了老婆，日子长了，性情也就全变了。比如说他从此再也不对别的女人好了 —— 传说看林子的男人过去也有妻子，后来再也不愿见她了。

那女人自己留在看林人的窝棚里，很快就委屈死了。

从此看林人更是一心一意给狐狸当老婆了，与它和和美美过起了日子。狐狸对这个瘦高个子男人喜欢得不得了，一有工夫就给他洗脸：狐狸洗脸从来不用水，只用舌头舔。

它每天都把看林人细细地舔上一遍，把他的一张脸舔得亮晶晶的。

前边说过，在老狐狸眼里，人与人之间男女分得不太清楚，在它看来，人的眉眼都差不多！照理说看林人有络腮胡子，只是在老狐狸看起来一点都不明显：它自己脸上全是毛，胡子也比他长多了！

它对比着看来，觉得这个男人的小脸儿已经很光滑了，跟女人没有什么两样！

看林人吃它的用它的，也生出了很深的感情，最后再也不愿分开了。

可是海边的人都知道一个老理儿：两口子如果好过了头，那就麻烦大了，因为“恩爱夫妻不到头”！就这样，这只老狐狸和抢来的看林男人一天到晚恩爱，结果还没过上两三年好日子，老狐狸就没了。

它是累死的，也可能是吃东西噎死的、生病死的，反正后来看林子的男人又变成了孤单单的一个人，只好重新搬回了自己的那间小屋。

探 营

老憨一旦打定了主意，除了我，谁劝都没有用。可这次连我也劝不住了。我说：

“大家都舍不得你啊，我们还要在一块儿好好玩呢，你怎么就不想活了呢？”

老憨先是做个哭丧脸，然后又说：“那我就一个人去吧！本来大家一起行动，有个三长两短也能互相帮一把 —— 可你们几个这么胆小，我就只好自己去试一试了。”

我很长时间没再说什么。因为已经无话可说。他不光不听我的劝告，还要反过来埋怨，这就没有办法了。

看来老憨这个夏天真的是凶多吉少了！

因为忧心，也为了尽上最后的一点朋友情谊，我经常在老憨出没的小路上溜达，以便找机会做最后的一次挽留。可他一直没有出现。我心里一阵欣喜：大概他在最后的时刻终于想通了，打消了那个冒险的念头！

可是当我再次约他去海边玩时，这才发现一切都没有改变，对方只是做着更加精心的准备：制作了一把强力弹弓，还在身上藏了一把锋利的小刀。

“尽管这样，还是不抵事的，你太冒险了！”我说。

老憨看看我，只把小刀掖紧了一些。他大概不想再跟我费什么口舌了。

出于友谊和责任，我又说：“连村里和园艺场的民兵，都不敢去招惹他！”

老憨这才哼了一声：“算了吧，那个狐狸老婆最早也是村里的人，不过是藏在林子里久了罢了，怕他什么！民兵，那又怎样？我爸年轻时候也是民兵！”

“可他是狐狸老婆啊，你连这个都不懂？”

“哧！等着瞧吧，我就是牺牲了，也不要你们管，不要你们为我报仇！”

他已经开始说气话了。想想看，如果他真的牺牲了，我们会待着不动吗？说什么也要和狐狸老婆斗个你死我活！到那时候，就不是我们和那家伙斗了，而是整个学校、整个园艺场与周围村庄的一件大事了。

老憨在我的反复劝说之下，最后答应先不去招惹他，而要设法去那个神秘之地侦察一番再说——

“这总可以了吧？”

他为自己的周密计划而得意。我还是阻拦他。不知怎么，我心里有个预感，就是这个夏天要出大事儿了——他真的着了魔，说不定这次就要有去无回！

没有办法，一切都是命啊。

我们大家只好等待那个结果：有一丝丝侥幸，更多的还是不安和悲伤。有一种大祸临头的感觉缠着我们。

这样过去了一个星期。

周一早晨老憨找到我，一副蔫蔫的样子，眼角里却藏了一丝得意 —— 没有比我再熟悉他这一套的了，所以我只一眼就看出有什么事情发生了。

果然，老憨待了一小会儿，故作平淡地吐出一句："我去了那里一趟。"

"你说什么？去了那里？可是……你怎么就囫囵着回来了？"

老憨揉揉鼻子："你还指望他咬去我一条胳膊、一条腿？"

我不知道。事实上倒有可能是更坏的结果呢。我没有说。我总觉得他不会像原来一样地、毫发无伤地从狐狸老婆那儿离开。

难道他只远远看了几眼就跑回来吹牛？这也不可能 —— 仔细些看，还是能感到他的神气变了。

老憨不想一下子讲出全部的经过，而是像过去一样，总要拿捏一下，吊吊我的胃口。我偏偏不问。

这样僵持了一会儿，他再也憋不住了，叹了一声："老天爷啊！"

他惯于耸人听闻，所以这样的开场白也在意料之中。我听下去，不动声色。

"那家伙，我是说狐狸老婆，不过是个好老头儿 —— 也许装成了一个好老头儿吧。反正他没有把我怎么样。咱走进了那片黑林子，啊呀！原来是这样！原来……"

老憨说着抬头望向远处 —— 那正是黑林子的方向。

我催促他："说细发些，到底怎么回事？那里有千面鸟和百足虫、有大蟒蛇和孔雀吗？"

老憨挠挠头："别问了，我干脆领你去一次，那不就什么都明白了？这叫'探营'，只要打仗就得这样。"

我有些犹豫。我在想他的话有几分是真、几分是假。我看了一会儿他的眼睛，最后不再怀疑了——他骗人时不是这样的眼神。

接下来他一直在商量、引诱，还使用了激将法。我怕他小看我，嫌我胆小，后来心一横就同意了：一起去探营！

这是一天下午，我和老憨去了黑林子。依照老憨的建议，我们这次准备了一点礼物：一小包烟末。老憨说，据他观察，那家伙嗜烟如命，这方面一点都不比玉石眼差。

"他一口接一口吸烟，烟瘾特大哩。"老憨说。

老憨从哪儿找到这样一包烟末，让我感到好奇，因为他爸对烟末从来管得死死的——烟末在海边和酒差不多，只有在代销店才能买到一点点，而且贵得要死。

"是从你爸那里偷的吧？"

他点头又摇头："你就好好猜吧！"

这谁能猜得出。抽烟这种事儿，我们从看鱼铺的玉石眼那儿试过，除了辣得连声咳嗽之外，还留下了许多想念：想那种辣劲儿、那种奇怪的滋味。玉石眼当时说："抽烟最好了，所以烟叶才贵。"

老憨从兜里掏出那包棕黄色的烟末，说："好看吧？等从狐狸老婆那儿回来，我再告诉你这是怎么回事。"

这家伙总喜欢搞出一些秘密，其实在他那里，真正算得上秘密的几乎没有。

深入老穴

一踏进这片黑林子，我的呼吸就有点发紧。说真的，如果不是和胆大包天的老憨在一起，谁也别想把我引到这里来。林子太密了，几乎没有阳光，到处又阴又湿。

四下里好像都藏了狐狸老婆的密探，它们一直在暗中窥视我们。一些“哈里哈气的东西”暂时停止了吵闹，在树隙里探头探脑。

脚下不一定什么时候发出“吱”的一声，那是被我们踏中的蘑菇在叫。一只只大鸟给惊飞起来，它们飞去的方向就是狐狸老婆的老穴。

狗叫声紧一阵慢一阵，野鸽子在远处大声吵嚷。说不定什么时候就有一条蛇从近处蹿过，让人头皮一阵发麻。

我亲眼看见一只黄鼬在一棵老榆后面瞅了我们一瞬，然后飞速跑回了林子深处。

我们走了多半个钟头，这才看见一道黑色刺槐扎成的篱笆，上面缠满了蓝色的牵牛花。老憨站在篱笆跟前，对我使个眼色，小声说：“好好看吧！”

这是一片篱笆围起的园子，里面有杏子树，大部分都摘过了，只有一两棵上还闪着红色 —— 那就是让人心里发紧的大蜜杏啊！我差一点流下了口水……

杏树旁边是樱桃，可惜这种更加馋人的东西早就摘完了。

四周是西红柿和黄瓜、各种甜瓜，一股诱人的气味一下扑进鼻子……

老憨挨近了我，使劲捏了一下我的手。

我们绕过园子，又来到另一个园子：到处是地瓜和花生，一看黑旺旺的秧子，就知道下边结满了果实 —— 它们有不同的吃法，找个地方拢堆火烧得香喷喷的，那该多来劲儿!

烧新鲜花生和地瓜的滋味，没有尝过的人就别想弄明白。

我知道老憨心里在打这些好东西的主意，这会儿肯定是这样 —— 像我一样，他已经在想象中点火烧东西了。

我从心里佩服起狐狸老婆，他的老穴果然名不虚传，瞧有多少馋人的东西啊！一般来说，这样的地方一旦让老憨瞄上，也就危险了 —— 可惜这里是狐狸老婆的王国，谁也不敢招惹；所以这不过是白白嘴馋一场，早晚还是要打消念头。

第二个园子不远处就是一座矮矮的大屋顶草房，是厚厚的苫草做成的屋顶，大得好像随时都能压垮整座屋子。那就是狐狸老婆的老窝了。

老憨领我从四个方向看着屋子。我们仔细看它南瓜大小的窗、厚木头做成的门、半截石块半截泥土垒成的墙……正看着，突然听到了“哧哧”的声音，原来是一条大狗朝我们瞪眼，发出了警告。

老憨扔给它一点东西，它低头嗅一嗅，开始吃起来。

老憨掐着腰，声声叫着：“大叔！大叔！你在家吗？”

待了一会儿，小南瓜窗上发出一声吆喝。老憨应一声，对我说：“进去吧。”

老憨一迈过门槛就说：“大叔，我领了个朋友，给你送好烟来了！”

屋里黑乎乎的，暗影里一个沙沙的声音说：“噢噢，那好。”

老憨一边往前一边掏着衣兜，把礼物拿在手里。

这时我的眼睛适应了一会儿，总算能够看清屋内的一切了：屋角有一个大草墩，上面坐了一个六七十岁的老人，果然瘦瘦的，腿真长，这会儿正吸一杆烟斗。

老人加紧吸了两口迅速磕掉，对老憨伸着手：“烟儿拿来！”

老憨赶紧递上了那包烟末。

老人的一双大眼深陷在眼眶里，亮得吓人。这双眼睛盯着烟末，马上倒一点进烟锅里，用大拇指使劲揉着，哧啦一声划了火柴点上。

他深深地吸了一口——刚吸进一半，就一连声地大咳起来。他咳啊咳啊，眼泪都咳出来了，最后一不小心，红色的烟末撒到脚背上，烫起了一个水泡。

我吓了一跳。可是他不慌不忙从墙上解下一个黄色的油瓶，倒出一点擦上，水泡眼瞅着就没了。他打量着冒烟的烟锅说：“咦也，我没有抽不了的烟！这是怎么了？”

老憨赶紧笑眯眯地凑上去：“大叔，这烟劲儿大呀！”

老人又轻轻吸了一口，还是咳。可是他并不服输，试着再吸一点，也还是咳。

在狐狸老婆断断续续吸烟的时候，我和老憨在小院里转悠开了——原来小院左侧有一道小门，从这小门穿过，就来到了一个热闹地方：

一个带棚子的更小的院子，养了许多野物，兔子、鸡、羊、鸽子、鹌鹑、大鹅；还有一个个槐条编成的大粮囤子……这让我想起了另一个村里的锅腰叔：那人不光养了各种野物，还偷偷酿私酒呢。

我吸了一口凉气。

回到屋里时，老憨对老人夸张地介绍我："大叔，我今天给你领来的这个人可不得了啊，他家不光烟末多，他还能捉鱼——"

说到这里老憨在我和老人之间一指，盯住我说："知道吗？大叔不爱吃海鱼，就爱吃河鱼，这是那些年养成的口福儿……"

我想"那些年"，可能就是给狐狸当老婆的日子吧！也许狐狸是不吃海鱼的。但我不敢多嘴。

我只好顺着老憨的话胡诌，说今后一定给大叔捉来好多河鱼！

就这样，我们在老穴里待了一会儿。看来狐狸老婆真的不像传说中那样凶悍。我大大地松了一口气……

离开的路上，老憨笑着告诉：那包东西不是烟末，是兔子屎！

我愣住了。我不信。

老憨说："就是这样，你看到海滩上那些兔子屎了吧？把它们弄成细末就成。现在村里人有的抽不起烟，犯了因瘾还要抽它哩，不过要掺上一些树叶，它劲儿太大了……"

"那有多脏啊！"

“咻，一点都不脏！小兔吃百草，再经小肠小胃一消化，那真是再好也没有了！不过就是辣了些……”

“那你没尝一下？”我被老憨说得动心。

“那是虽然的了！我什么都尝过，这个以后再说……等到咱们所有人全都学会了抽烟那天，那该多带劲儿啊 —— 我们齐刷刷叼上烟斗，那该多带劲儿啊！”

老憨一高兴，又一次把“当然”说成了“虽然”，他是故意的。

我琢磨着，说：“好像是这样。不过从哪里找这么多烟斗啊？”

老憨说：“这个好办。这个一点都不难办！”

智 斗

我和老憨探访了狐狸老婆的老穴，剩下的事情就是我们大家一起出动了。不过我对这件事的结局还是没有把握。

我提出去那里玩玩可以，冒险的事一点都不能做：千万别动他园子里的东西。

老憨说："嗯，这就得等等看啦。"

"为什么要等等看？看什么？"

老憨咂咂嘴："看我们能不能忍住这股馋劲儿。如果咱们见了狐狸老婆园里那些好东西，眼都不眨一下，一点都不馋，那不就简单了？"

我心里同意他的话 —— 真的是这个道理。因为说实在话，我见了树上的大蜜杏也流过口水，当天夜里就想过好多次。多好的大蜜杏啊，园艺场里都没有见过！

第三天，老憨很快将几个好朋友找到了一起，指着我说："你们听听老果孩儿怎么说吧！我们俩一起找了狐狸老婆，还送他一包礼物。那家伙一点都不可怕 —— 他让人怕吗？老果孩儿你说！"

我点头又摇头。因为我也说不准。想想看，给狐狸当过老婆的男人，怎么说都让人头皮发麻。因为这事一想起来就别扭。

老憨对他们挤鼻子弄眼，推推搡搡。后来大家总算约定：明天一块儿去那个地方。

第二天一早老憨就来找我，还提了一条腥味刺鼻的河鱼。他说这是三狗捉来的，算是我们的新礼物。

我说："你这家伙真有心眼儿，以前怎么没看出来呢！"

老憨高兴了。他对夸赞"心眼多"这一类话是最爱听的。

我们等了一会儿还是不见其他几个，老憨就说："他们也许自己去了，咱俩走吧。"

我们又一次进入了狐狸老婆的老穴。这回老头子早就站在院里了，好像正等着我们一样，使我和老憨反而有点心虚。老人离几十步远就认出了来人，喊：

"是那两个孩儿吗？"

"孩儿"两字叫得人心里高兴：眼前这位老人与一般的村里人没什么两样啊。我愉快地应了一声。老憨举起了手里的鱼。

老人伸出一根棍子把鱼挑过院墙，放到眼前仔细看着，说："噢，鲫鱼！"随后咕哝说：

"鲫鱼大了就是宝，大清年间，百姓吃半尺以上的鲫鱼犯法哩，那要留着进贡……"

他伸开手掌度量着，看这条鱼够不够半尺，嘴里发出满意的"嗯嗯"声。老憨劝他："没事的，你吃多大的鱼都不犯法！"

他还是度量着，松了一口气说："不够半尺。"

老憨问前几天送他的烟末怎么样？他说："劲儿偏大。"老憨又问："你的烟给我们尝尝不行吗？"

老人从兜里摸出一点。

老憨变戏法一样从腰上抽出一支小小的烟斗：一颗橡实挖空了，上面插了一根苇秆！

我在心里发出了惊叹。老憨不动声色地将烟末装入烟锅，然后点上火，轻轻吸了一口。他不敢使劲吸到肚里，只是小心地试了一下……

他把烟斗插到我嘴里。我小心之极地品尝了一口。真说不上好。

这么辣，为什么有那么多人想吸？真是不解！我推开了烟斗，擦着嘴说："真苦！呛人！"

老憨大笑。狐狸老婆用力看我一眼，不说什么。

我从盯来的目光中，立刻感到了锥子一样的狠劲儿——它能扎到人的心里去……我马上想到了关于他的吓人传奇，琢磨：如果是真的，如果他只给我们讲出一点点，那该是多么惊人的一个个故事啊！

他当然不会说，而我们谁也不敢问。

老憨抽着烟，嘴里不断地往外喷雾。我知道他主要是装装样子。

突然，老憨冒冒失失问了一句："大叔，有人说——村里人都说，你以前给一个老公狐狸当过老婆……"

我听了心上一颤！正像我担心的那样，老人一听到这话立刻站了起来，大声喊道："谁敢这么胡说？天打五雷轰的！谁说的？嗯？！"

我吓得不敢抬头。

老憨的脸涨得通红。他肯定也后悔了、害怕了。

老头子仍然大叫："这是人话吗？想想看，人是人，狐狸是狐狸，人怎么能给它当老婆？再说了，我是一个男的！"

奇怪的是老憨在这暴怒中能够渐渐安静下来，咕哝说："有人说，上年纪的狐狸分不清男女……"

"那是放屁！它看不出我是男的？"

正说着，老人听到了什么，麻利地转身出门——原来外面的狗在狂咬。

我和老憨跟他来到了院子。我发现老憨的额头很快渗出了一层汗 —— 狗向着西边大叫，老头弯腰拾起一把镰刀，身轻如燕，唰一下跳过了篱笆。

我和老憨紧紧跟在他的后边。

我们跑到园子里，发现那棵杏树下边有许多折下的枝叶 —— 这说明刚才有人在偷大蜜杏！

老人只弯腰一瞥，然后不再停步，只往前追赶起来。他在树隙里跑得可真快！谁见了也不会相信这是一个老人，瞧他穿林子时灵巧得就像一只狗獾！

我很快发现前边二三十米远的地方有几个人，而且一下从背影上认出了李文忠、三狗和破腚……我全明白了。

原来刚才是老憨故意在屋里惹火老人，以便让他们三个在外边动手 —— 这么大的行动，之前却对我瞒得严严实实！

显然一切都是他们事前计划好的 —— 让我吃惊的是，老憨这一次虽然莽撞了点，但真的是有勇有谋，心眼一点都不缺！

追了一会儿，前边的几个还是领先几十步远。老头站住了。我原以为他要放弃这次追赶呢，谁知刚一立定，他的两腿立刻拉成了弓式，然后唰一下抛出了镰刀！

镰刀打着旋儿飞过几棵树，只差一点就砍在那些人的头上！

这老头儿真狠！我和老憨都吓懵了，一齐发出“啊”的一声……

这会儿，他才露出了狐狸老婆的原形啊！我们后退几步，唔唔几声，胆战心惊地告别了老头儿。

我和老憨赶紧跑开了，头也不敢回……最后我们特意转了一个大弯，才呼呼喘着，设法与三狗他们汇合。

一路上我都埋怨老憨：你真是太冒险了！你就那么馋吗？

老憨不作声。他显然也有点后怕了。

我们一伙在一片柳树下坐了，喘息了一会儿，才开始享受来之不易的胜利果实：一捧又红又大的蜜杏。

说实话，我们从来没有吃过这么甜的大蜜杏！

齐刷刷的烟斗

大家很快学老憨那样，每人做了一个烟斗：橡实挖空了，再镶上苇秆。这种烟斗看上去怪模怪样的。我们每人叼了一支，咬在嘴里往上翘着，倒也神气。

烟斗弄好的第二天，我们就一块儿去了海边，专门在人多的地方转悠。无论是买鱼的人还是拉网的人，见了我们齐刷刷叼起的烟斗，都喊："咦，怪了！看这些抽烟的孩子！"

我们听了，相互看一眼，然后一齐装上烟末、点火、吸一口，向空中徐徐吐出烟雾。

"看这烟斗，都一模一样哩！"

"真是怪了，这是学了哪一套啊！"

无论他们怎样议论，我们都不搭理一声，只大摇大摆地在海边穿行，面色庄严，谁也不笑。

我们专门到看鱼铺的玉石眼那里去，他是我们的老朋友了。海边上白天热闹，一到了晚上就清闲起来，那时候只有老人一个人闷在铺里。

他最欢迎我们。特别是冬天，这海边很冷清，大雪一降下来，一连十几天都看不到一个人。

玉石眼对我们好，他铺子里的好东西随便吃，什么冬天里的咸蟹子、鱼干、地瓜糖……只有一样东西他多少舍不得：烟叶。

他抽烟不像别人，不会在烟斗里按上结结实实的一撮烟末，而是从枕头下边或别的什么地方摸挲着，抽出一张烟叶，拧下一点搓一搓，放到烟斗里。

“给俺吸一口不行吗？”老憨这样恳求老人。

玉石眼不答应，说你抽烟还早了些。但他经不起大家一再要求，就将烟杆儿往每个人嘴里插一小会儿 —— 我们总是在它挪开之前抓紧时间吸上一口。

那种辣味儿啊！“呸呸！”大家都吐了。

玉石眼很不高兴，说：“好好的烟，就这么糟蹋了！”

我们知道，他的烟全是从赶外海的那些人手里弄来的。赶外海就是去远处打鱼，而不是在岸边上拉渔网，那要驾船到深海里去。

那些人常常停靠一些大码头，所以就能带回各种好东西。

玉石眼是个见过大世面的人，出手大方，于是也就有了最多的好朋友。那些人从远处来到这里，什么宝物都舍得送给他。

玉石眼在一个冬夜里告诉过我们一个天大的秘密：那些赶外海的人不光给他捎来烟叶、打火机、甜饼，还要在合适的时候给他捎来一个老婆。

这使我们惊讶极了。我们虽然不算经多见广，但仍然知道这种事情会很难。“老婆”也是随便捎来捎去的吗？这让人半信半疑。

当然我们十分同情玉石眼，觉得他实在是太孤单了：一年年独守这个鱼铺，自己做饭，夜里连个说话的人都没有。

老人吹过那句大话一年多了，也还是一个人。看来那事儿不太好办。

我们一齐钻到玉石眼的铺子里，嘴里叼的烟斗还冒烟呢。他一见我们立刻惊得瞪大了眼睛：“老天，真吸上了？”

我们不答话，一齐磕了烟斗。老憨翻翻白眼，说：“你以为怎么呢！”

老人瞅着我们，笑了：“大概吸的是兔子屎吧？”

他太瞧不起我们了。我们才不会吸那种东西，因为它太辣了。我们吸的是一般的干树叶，只吸一下，不往肚里吞咽。

我们准备有了真正的烟叶，真的学会了抽烟时，再试着往肚里咽。这是我们的一个计划。这个计划可能要在玉石眼这里落实。

老憨举着空空的烟斗说：“玉石眼老叔，你就给我们一点烟叶吧，听说是关东烟……”

“呸，小小年纪，知道什么是关东烟……”他拒绝了。

老憨急得挠头，用目光向我求援。

玉石眼说：“别的好说，要我教你们抽烟，老师和家长还不剥了我的皮啊！”

“你也说得太吓人了！我们什么时候出卖过朋友？”老憨拍着胸脯。

“我还是不干。外海人捎来一点好烟也不容易，不能让你们的小嘴糟蹋了。”

我这时一急，说：“你不教我们吸烟，有人也会教的……”

玉石眼瞥我一眼："谁？"

老憨想堵住我的嘴巴，可惜动作晚了一点，一句话就脱口而出了：

"狐狸老婆！"

玉石眼一愣，然后夸张地一仰头倒下，躺在地铺上说："完了，你们算是完了……那人浑身是毒，能毒死两头牛啊！你们敢抽他的烟？"

这样喊过之后，老人睁开了眼，试探着问："真的去过他那里了？"

老憨只好老老实实承认了。

玉石眼一个扑棱爬起来，拍着腿说："啊呀！啊呀！这可不得了啊，这可不得了啊……他是这围遭儿最坏的人了，你们是我的朋友，我才要管！我可不敢眼睁睁让你们害在他手里……"

老人说着哭起来，放下烟斗，一下下擦着眼泪。

所有人都吓得大气不敢出一口。三狗看看破腚，往角落里缩了缩身子。

玉石眼擦过了眼睛，叹着气，转身找出了拇指大的一片烟叶："你们轮换着抽吧，不过就这一回了……不是不舍得，是太早了——要抽烟，起码还要等上两年……"

老憨说："你就当两年过去了吧。"

"一年里有四季呢，哪能说过去就过去？"老人还在擦眼，看来他太恨狐狸老婆了。

这样过了一会儿，他盯着铺角黑漆漆的地方，咬着牙关，吐出了几个字：

“狐狸老婆，那是我的仇人！”

仇深似海

我们坐在鱼铺里，长时间吓得一声不吭。说实话，我们从认识玉石眼到现在，还从来没见他这样恶狠狠地说话。我们都知道他厌恶狐狸老婆，可就是想不到他会这样恨他。

本来都是独身的老人，都住在海滩上，做不成朋友，也不至于结成这样的大仇吧。

这里面的秘密还不知有多少呢。看来大人的秘密总是那么多——我不由得要想：自己也在一点点长大，到了年纪这么大时，也会有这么多的秘密吗？更令我好奇的是——我将来也要有一个仇人？

我对自己的将来又好奇又害怕。

还是听听玉石眼怎么说吧——只要我们不说话，安静下来，他就会一点一点全说出来；我们一连声地问，他反而要闷起来，闷上几天、几个月也是常事。他们大人真是怪啊！

“那个狐狸老婆差一点把我害死，你们可要为我报仇啊！你们这么多人，长大了为我报仇不难的……”

玉石眼就这样打开了话匣子。可是他一上来就交给我们这么大的一个任务：报仇！这种事儿说说容易，要做起来多么难啊！杀了他？这可不行，这是连想都不能想的事。再听玉石眼接下去怎么说吧：

“我原来是一个福人儿 —— 四周村子里谁都知道这个。你们知道什么叫‘福人儿’吗？就是说我有个好老婆，她长得大眉大眼的，一笑脸上俩酒窝！女人一有酒窝就宝贵了 —— 这你们知道吗？”

我回答：“知道。园艺场有个叫‘大红’的姑娘，她脸上就有酒窝。”

“那行，知道就不用我多说了。老婆十来岁时就有酒窝，跟上了我还有。我来海边看鱼铺子，她不嫌孤单，就跟了来。你们几个想想，女人哪个不爱热闹？可她就能跟我住到这个地方，白天晚上听海浪扑啦扑啦响。”

三狗说：“听你讲故事多好啊，还有鱼吃！”

玉石眼点头：“那不差。夜里，幸亏我有说不完的故事，要不，嗯，哼，嗯……”

他吞吞吐吐的时候，我在想：他关于女人的话可能是对的，因为大红就是最爱热闹的人，她最愿做的一件事，就是把我们引到她的宿舍里打扑克，一赢了牌就按住我们亲脑壳……

“坏就坏在后来 —— 人这一辈子如果交了个坏人做朋友，那就算完了！我这一生最后悔的就是认识了他 —— 那个看林子的孬人，这人又瘦又高，胸脯凹凹着，全身上下没长四两肉，一看就知道是个馋痨饿鬼……”

我们知道他在说谁，盯着他往下听。

“那孬人就像从来没吃过一口像样的东西似的。我可怜他，让老婆煮鱼熬汤，还把喷香的烟叶递到他手里。你们猜怎么样？这家伙又喝又抽，一句客气话都没有，只半年脸上就油滋滋的了。他不过每次给我捎来一把干蘑菇，这东西林子里有的是……”

老憨听到这里马上说：“老果孩儿住在林子里，他家四周蘑菇最多。”

“就是么，也不是什么宝贵物件。可我老婆吃上了瘾，一天到晚熬蘑菇汤，还跟上那家伙去采蘑菇。有一回她烫伤了，他就给她用一种油抹好了，嗯，怪灵的油儿——这事儿就这么开了头……”

玉石眼擦了擦眼，抿抿胡子：“就这么开了头。采了没有两天，我那口子就回来跟我说，她想住到看林人的屋子里去。我一时没听明白，说咱的铺子挺不错的，你住人家屋里干什么？”

我们屏住呼吸听下去。

“后来才知道事情坏了。我恨那个孬人，又舍不得老婆。你们不明白，人一辈子娶个有酒窝的老婆不易啊！我一夜一夜不睡，劝她留下来。她就是不依。我们两口子抱在一块儿哭啊哭啊……看看，我被这个孬人害成了什么！”

李文忠、三狗和破腚也听明白了，一块儿骂起来。

老憨说：“该把那人的草房子点上火！”

玉石眼使劲抿着嘴，抿成了一条线，鼻孔也拉宽了。他的大手拍着膝盖：“老婆哭成了泪人，哭得人心疼，最后我一拍大腿说，得，你走吧，想我的时候就回来看看！走吧，我送你去！我包了一些干鱼，扯上她就往外走……”

老憨嘴里发出“哧”的一声：“真的走了？”

“走了。我亲手把她交给了那个家伙，临离开时对他说：孬人，你听好了，这个有酒窝的女人是天底下最好的，你要她就得一辈子对得起她，要不，你的头就不在自己脖子上了 —— 明白不？他说了‘明白’二字，还伸手往脖子上比画了一下。”

李文忠一直在听，这会儿难过得流泪，玉石眼怜惜地摸了摸他的头。老人点上新的一锅烟，慢慢说下去：

“狐狸老婆本是该杀的，都怪我一时手软啊……事情是这样，我老婆跟上过了不到三年，他就被林子里的那只老狐狸看上了 —— 这倒不是什么稀奇事，狐狸缠人的事多了；怪就怪在那是一只老公狐，它要把他掳去当老婆！”

“他就同意？”李文忠问。

“他为了吃好喝好，舍下女人，一走就是三年！三年里那个女人天天哭，眼都哭瞎了，最后死在了林子里……”

“啊，原来是这样！”老憨的身子往前探着。

“我天天找，直到老狐狸死了、他回到小屋那天。我一把揪住了狐狸老婆，用一把飞快的镰刀逼在他脖子上，问记不记得当年发的誓了？他说记得，一边说一边流泪，我这心就软了，手一松镰刀掉在地上……”

玉石眼的故事讲完了。他擦一把眼，磕掉烟锅。

这是我们听过的最真实、最让人伤心的事了。这种事竟然就发生在眼前，而且两个当事人我们都认识！

“你们要替我报仇！”玉石眼说。

我抬头看看老憨，正好碰上了他的目光。看来老憨气愤，却又一时不知该怎么做……我心里想：能不能为老人报仇不敢说，但我们以后一定会好好帮助这个老人——

他每天想得最多的就是酒了，海边上湿气大，他真的要喝酒。那我们就设法搞些酒来吧……

玉石眼看着我们说：“你们都是念过书的人，知不知道‘仇深似海’这个词儿？”

我想了想，对老憨说：“好像是‘情深似海’。”

玉石眼摇头：“不，是‘仇深似海’！说的就是我和狐狸老婆，这错不了的……”

瓜干和酒

这几天里，我们有许多时间都在商量怎么对付狐狸老婆。

因为除了玉石眼对我们的影响之外，再就是那只飞过来的镰刀！

那一天多凶险哪，只要稍有闪失，那么三狗李文忠几个人就得有一个脑袋开花。我们至今想起这事儿来，还要倒吸一口凉气。

老天爷，世界上怎么会有这么凶狠的一位老人？他不让我们偷大蜜杏倒也罢了，竟然甩开镰刀砍我们的头！

那把镰刀让我们想到了玉石眼——他当时不是要用一把镰刀割下那家伙的头来吗？结果他的头没有割下来，他倒想来割我们！

这样一想格外愤怒。李文忠说："难道，他，这个狐狸老婆，就没人能管得了他、他吗？"

老憨说："咱这个夏天主要就是对付他了。这也是为玉石眼报仇。不过你们几个他是认识的，以后到他那里去就得小心了。"

我也认为那一天狐狸老婆从背影上盯紧了他们，以后也许会辨认出来。不过他会不会对我和老憨起了疑心？这还不敢说。

我建议他们：以后接近那个老穴时要穿不同的衣服，或者干脆反穿衣服——颜色一变，老家伙就记不起来了！

我们对玉石眼最大的意见，是他对烟叶的吝啬。三狗说："我听说人一老了就变得不大方了 —— 将来我们也会这样的 —— 老人都是以物换物的，你给他这样，他给你那样。”

老憨马上拍手：“太对了，三狗真是聪明，一说就说对了！这样吧，我们弄一些酒去换他的烟叶，那总成吧！”

没有人对他的话表示怀疑。都知道有一个地方可以搞到酒，那就是锅腰叔的小院 —— 他在那儿酿私酒，可他同样是个吝啬的家伙，每一滴酒都得用瓜干去换。

问题是：我们到哪里弄瓜干去？

我很想让老憨回家去偷些瓜干，但又说不出口。因为有一次老憨这样干了，结果差一点被他爸火眼打死 —— 老火眼打人下狠手是有名的，他火气上来抄根扁担，劈头就砸！他家里仅有的一点瓜干，还要留着去代销店换酒呢。

三狗家里有一点瓜干，答应偷出一些。但以后怎么办？没有瓜干就没有酒，没有酒就帮不了玉石眼，也搞不来他的烟叶。这都是一环扣一环的事啊。

最后，我们终于不约而同地想到了狐狸老婆 —— 想想看，这家伙每年该收获多少瓜干啊！穿过他的小院东门，那里面有一个个大槐条囤子，囤子里必定装满了瓜干……

不过，我们怎么弄来他的瓜干呀？

大家都急得挠头。如果把老家伙摁住，然后用口袋装走瓜干就行了。但这不是个稳妥的办法 —— 那将十分危险。

商量了半天，最后一致的意见是：利用老人以物换物的特点，用河鱼去换他的瓜干。

狐狸老婆爱吃河鱼，还说半尺以上的鲫鱼是宝！

剩下的事情就是搞清楚那家伙到底有多少瓜干？不然就是空欢喜一场。

侦察的事情照例落在我和老憨身上。我们不得不硬着头皮跑一趟了，因为到现在为止还不知道他是否起了疑心。这家伙当过狐狸的老婆，那就会有狐狸的心眼。

为了不太心虚，我们去的时候照旧提了一条鲫鱼 —— 尽管鱼的个头比上次小一点。

那条大狗恶狠狠地看着我们，嘴里“哧哧”的声音比过去还大。老憨扔一点东西给它，它一边吃一边还要“哧哧”几声。好不容易冒险进门，只见狐狸老婆一声不吭坐着，不理我们。

我的心嗵嗵跳。

老憨举起手里的鱼，一直举到老人脸前。

“腥歪歪的，放一边去吧！”他没好气地说。

老憨赶紧放在了地上。

“那天的杏子好吃不？”狐狸老婆阴着嗓子问。

老憨身上一抖，我赶紧用膀子扛了他一下，这就掩饰了两人的紧张。我好不容易定了定神，笑着说：“大叔那天没给我们杏子吃啊！”

老人站起来，眼里放出一道凶光：“那几个小子没给你们尝尝？他们独吞了不成？”

我和老憨马上表达了十二万分的委屈："大叔说哪儿去了！我们和他们不是一伙的！我们还想逮住他们交给你呢，一直追了好远——这些家伙跑得可真快，就像飞毛腿……"

他又盯了我们几眼，伸手去摸一旁的烟斗了。他吸着烟，像在琢磨事情。

老憨不再吱声。我对老憨说："大叔真能冤枉人啊！咱逮了这么大的鱼都不舍得吃，跑大老远的送来，结果还被赖上了！咱们走吧，咱拿上鱼走吧！"

我说着就去拿地上的鱼。

狐狸老婆一下站起，挡住了我。

"老果孩儿说得一点不差，俺走了！"老憨也弯腰去拿鱼。

"嘿嘿嘿！"他笑了。这笑声真的像狐狸。他笑过了，说："不过是逗逗你俩哩。再说了，我也不会白吃你们的鱼啊！"

老憨鼻子酸酸的，带着哭音问："那又能怎么？你这里又没什么好东西给我们……"

老人伸出烟锅四下指着："你俩看看这里，喜欢什么就跟大叔说！"

我和老憨抑制着兴奋，故意装作很不情愿的样子，东院西院看起来。我们夸了一会儿兔子和鹌鹑，又夸那条忠诚的狗。最后我们终于找到了盛瓜干的大槐条囤子！老憨掀开囤子盖说：

"一条鱼换一捧瓜干怎么样？"

"那得看是多大的鱼了！"狐狸老婆站在我们身后说。

我说："一定不比今天的鱼小！"

交易就这样达成了。我们离开的时候，心里乐开了花。

结果第二天我们就捉了两条鱼。

第三天，我们用两大捧瓜干，从锅腰叔那儿换到了二两三钱烧酒。

捉鱼六法

由于第一次只搞到很少一点酒，就没有送给玉石眼。老憨提议我们大伙也该庆祝一下：烧一些鲜花生鲜地瓜，你一口我一口喝它怎样？

二两三钱酒，如果落到玉石眼手里，还不一仰脖儿就没了？

老憨爸火眼那儿有一只很大的葫芦盛酒，另一只小葫芦就被老憨用上了。从锅腰叔那儿换来的酒装在这只小葫芦里，摇一摇发出咣咣的声音。

他说这只葫芦能装半斤酒——“咱只要有了半斤酒，就送给玉石眼。”

大家都同意。

约定了第二天去河边享用花生地瓜，还有酒，度过这了不起的一天。想啊想啊，结果夜里高兴得差一点睡不着。

天亮了聚到一起才知道，每个人都同样兴奋。我们先是设法搞来花生和地瓜，这并不容易——一到这个季节就有了护田的人，这些人叫“看泊的”，一个个都凶巴巴的。

像过去一样，先由老憨下达指令，再由我堵好他指令中的一些漏洞，将每个步骤都弄好——我们要钻到半人高的玉米棵里，借着它的掩护移动到花生和地瓜田里；我们要分散开来，事成后在指定的某处河岸碰头……

事情总是顺利无比。太阳刚刚升到树梢那么高，我们就点起了炊烟。几个人坐在河岸的漫湾处，这里有又白又细的一片沙子。

我们用粗一些的树枝搭起小葫芦架的模样，上面铺起细一些的干树枝，然后堆上干草，草上再摊开一层花生果——等架子烧起来，细细的干树枝烧断时，一颗颗熟透的花生果就掉到架子下面来了!

地瓜难对付一些，这要耐住性子才行：用细细的树枝和干草混在一块儿，把地瓜塞进去，点上火，等烧旺了之后再用一层湿草盖好——

湿草烤干的时候，里面的地瓜一准变得又软又香。

等待地瓜烧熟的这会儿，正好是吃花生喝酒的时候。酒葫芦在几个人手里传着，大家只舔了几下。老憨有一次喝了一大口，结果眼泪全呛出来了。

所有烟斗都点上了，里面装的当然不是烟末，而是晒干的大丽花瓣和豆叶。我们吸一口赶紧吐出来，再吸，再吐。

无论是喝酒还是抽烟，都是大人们中间兴起的最愚蠢、最让人受罪的事儿。不过这种倒霉的东西既然发明出来了，我们也就不能示弱了。

每个人吃得小嘴黑乌乌的，然后就干这一天里最大的事情了：捉鱼。

这方面谁也比不上三狗，他干这个已经出了大名。可惜他只能捉河鱼，而海边这一带只吃海鱼，所以三狗的地位并不高。

三狗捉河鱼喂鸡鸭和猫，再不就养在自家的水缸里 —— 他妈伸手舀水，不小心被受惊的鱼溅了一脸水，回头还要骂三狗。

老憨一夸三狗，三狗就神气了，这会儿三两下脱掉衣服，一头扑进了河湾。老憨让我们看好。只见三狗扎进水底一会儿，突然像个轮子一样在沿岸那儿转起来，一条条大鱼小鱼就接连不断地扔到了岸上……

我知道三狗捉鱼有六种方法，我只懂得其中的三种。比如眼下，他就使用了最常用的一种：在沿岸“水草胡子”里逮。那些搭在水里的芦苇和其他草叶中总是藏有一些半大的鱼，如果手快就能捉到 ——

要有一把卡住鱼腮的本事，不然滑溜溜的鱼到了手里也要跑掉，所以这个功夫是硬练出来的。

第二种方法是遇到不深的水湾时，跳到里面浑搅一通：那些鱼当然受不了浑水汤，只好把小嘴伸到水面上 —— 只要你眼尖，就一定会发现一合一闭的小洞洞，然后再逮它们就容易了。

可惜这样逮到的，十有八九只是二指长的小鱼。

第三种方法又笨又狠：将鱼引到一条又窄又浅的水汊里，然后用秸秆做成草坝，几个人撅着屁股推草坝，一直推到水汊尽头，那就没有一条鱼可以逃脱了。

这几种方法都是老憨告诉我的，听起来挺好，试了试基本上没什么用处。

剩下的三种才是三狗的拿手好戏，是不费劲儿就能成功的秘诀，所以他轻易不会示人。

我们看三狗捉了一会儿鱼，就鼓动老憨也露一手。老憨推脱了一下，就跳到一条水汊里，像打瞌睡一样来来回回地走，并不动手。

我们催他："快呀，你磨蹭什么？"

老憨搓着眼，打着哈欠，腰弯了弯，突然一扬手，就是一大把鱼！

这些鱼在岸上活蹦乱跳，看得人眼傻！这是怎么回事？它就发生在我们大家的眼皮底下啊！

"老憨你是怎么弄的？讲一讲不行吗？"破腚等他上了岸，就一声声追问，差不多都要央求了。老憨揉揉鼻子，看看我，撒谎说："没什么，不过是手快。"

我知道他这是胡说。

正问着老憨，河道里的三狗不见了。大家担心他出事，就慌起来。只有老憨蹲在地上抽起了烟斗。

我们一直盯着水里，只见扑拉一声开了一朵水花，三狗从水中伸出头来，一只手撸一把脸，一只手里是一条足有半尺长的大鲫鱼！

这条大鲫鱼啊，是我见过的所有鲫鱼中最大的，而且浑身闪着金光！

"这条大鱼，至少得换来狐狸老婆两斤瓜干！"老憨拍了一下膝盖。

受三狗捉到大鱼的鼓舞，老憨剩下的一段时间兴奋起来，往脚上胡乱缠了几道青草拧成的细绳，就跳下水去。他在水里小心地、一步步稳稳地走，不一会儿就"哎哟"一声，弯腰掏出一条鱼来！

我们看傻了眼。李文忠问我：“这是怎么回事？”

我当然答不上来。这和变戏法差不多！

鱼捉得够多了。我们一块儿到岸边草地上找鱼，多少有些失望：由于我们过于注意河里的人了，就没有提防岸上的野猫！这些家伙原来一直伏在草丛里，什么都看在眼里，瞅个机会就把鱼叼走了！

还好，剩下的鱼也有十几条大的。小的没什么用，想了想，趁它们还没死，又扔回了河里。

这段时间闷在火里的地瓜也熟了。大家吃着地瓜，又试着喝酒抽烟了。

这一天真是高兴极了，有烟有酒，还有香喷喷的地瓜 —— 什么都好，就是有人将捉鱼的方法藏起来，太不够意思、太不好了！

朋友之间能这样吗？

我和李文忠的气最大，逼他们快点说出来。

三狗和老憨实在没有办法，最后让我们发誓不告诉别人，这才从头讲出来。

原来老憨在水汊里来回走动时，只为了吓唬里面的鱼，它们一害怕，就要钻到汊边的一些洞里 —— 在水际线那儿有许多这样的洞，为了捉鱼，可以提前多挖几个这样的洞。它们在里面越积越多，只要伸手一掏就是一把，不足之处是小鱼较多。

老憨在脚上缠了草叶绳，那是为了不让脚底板发痒 —— 要知道人的脚抬起落下，总会踩到伏在沙子上的鱼，只不过鱼一动，脚心就发痒，然后脚一抖，鱼就跑开了 —— 脚上缠几道草绳，脚板心就再也不痒了，鱼自然也就跑不掉了。

至于三狗潜水时逮到的大鲫鱼，那首先要学会在河道里找大螃蟹洞才行——洞子如果有碗口那么大，肯定住了大个的螃蟹；如果是一条更大的鲫鱼，那么它就专找这样的洞穴住下来，螃蟹就得挪窝儿了……

抽烟老行家

大鲫鱼真的是宝——我们一见到狐狸老婆就明白了。

他对我和老憨的疑虑其实并没有打消，这一点我们心里有数。后来我们和他做成了一笔笔买卖，就是用河鱼换瓜干之后，那种猜疑还在。

狐狸老婆看我和老憨的眼神让人害怕——他在那里抽烟，却要偷偷瞥我们。目光阴阴的。我差一点就把心里的求饶声吐出来：

"老天爷啊，你千万别再这样看人了，这会把人看穿的啊！"

可是这一次，当我和老憨手提那条金色大鱼进了小院以后，狐狸老婆的鼻子就往上仰起来了。他不是看见，而是闻到了宝贝的味道！

"这是宝啊！"他把它放在院子里的几片树叶上，伸手抚摸着：

"它的名儿叫'黄鳞大扁'，有大滋养哩！当年我要有了它，也就不会卧炕不起了……"

他想起了往事，但没有说下去。

"我们为弄来这个宝贝，只差一点儿就完了！"老憨夸张地举着手，像被人缴械一样，真可笑。

狐狸老婆问："怎么了？"

"快淹死了！"

我趁机说："这条鱼只换两捧瓜干，说什么也不公平吧？"

狐狸老婆咬着嘴唇："五捧吧！"

老憨说："不卖。"

狐狸老婆犹豫了一会儿，说："六捧。"

我们没有再坚持，说就这样办了，然后提上瓜干赶紧离开了。

我们直接去了锅腰叔的小院。

这次换得的酒，再加上原来剩在葫芦里的，足足有了半斤！

我们几个兴高采烈地去了玉石眼那儿。当时拉渔网的人还在，我们就把葫芦放在衣襟下边遮遮挡挡。可是玉石眼见了我们还是没好气地嚷：

"毛头崽子，忙着呢，滚一边去！"

他恶声恶气的模样真让人恶心。老憨不解地看看他，气呼呼要走，我就暗暗拽住了他。

好不容易才等到拉渔网的人散去，玉石眼立刻像换了一个人似的，喜眉笑眼地把我们迎进铺子，说："了不得！拉渔网这些人鬼精鬼精，他们要是闻到了酒味儿，哪里还有我的份儿？我就为这个赶你们哩！"

我估计得不错。

老憨在耳边摇一摇葫芦，又在玉石眼耳边摇一摇。

玉石眼没等喝到嘴里眼就红了。他急着要抢到手里。老憨说："这不行，你得先把烟叶拿出来！"

玉石眼唉声叹气到里边摸索了一会儿，拿出了两张金黄的烟叶。

它真是好看，有一种扑鼻的香气。我们都凑到一块儿研究这张烟叶了，那边的玉石眼却咕咚灌下了一大口酒，舒服得马上呻吟起来。

老憨先揪下一块烟叶塞进烟斗里，大家也那样做了。

一片咳嗽声。眼泪都出来了。真怪，无论是烟还是酒，都让人流泪。看来这些大人喜欢的东西，我们一时还制服不了它们。

可是我们不愿认输。轻轻吸一小口，然后马上吐出来。老憨没有吐出来，但我知道他是骗人：并没有咽下肚子，而是留在嘴巴里。

玉石眼喝得脸色通红，然后怕我们反悔似的，将酒葫芦藏了起来，回头对我们说："抽上了？我得教教你们！"

他揪下我们的烟斗插到自己嘴里，美美地吸了一大口，使劲儿咽到肚子里，只一会儿又从鼻子里一丝一丝流出白雾……

我们大家都愣住了。

正在出神时，突然玉石眼"啊啊"叫着，将大朵的烟雾从鼻子和嘴、说不定还有眼睛和耳朵里呢，一块儿喷了出来……他说：

"这叫'七窍生烟'！"

他喷了再吸，还将腮帮鼓得像一个皮球，将大嘴缩成小小的，仰向天空，吹出一个个大小相同的烟圈儿……

他就这样吸、玩弄把戏，看得我们目瞪口呆。

"不瞒你们说啊，因为咱都是老朋友了，说话不用遮一半露一半。告诉你们吧，我才是抽烟的老行家！"

"什么是'老行家'？"李文忠问。

老憨代玉石眼回答："傻蛋，就是最能抽烟的人！"

"那是一点都不差，"玉石眼伸着烟斗比画："在这一片地方，无论是海里的还是林子里的，除了人还有野物，都来跟咱学抽烟、要烟抽！"

三狗眼瞪得老大："你是说'哈里哈气的东西'？它们还会抽烟？"

玉石眼得意地眯上眼："它们烟瘾可大了！比如说兔子，它们年纪一大睡觉就少，半夜三更来找烟抽，我就得搓搓眼，爬起来给它们装上一锅。唉，要不说当个看铺人也不易嘛……"

"还有什么野物要烟抽？"破腚问。

"多了，獾，老猫，连鸟也是一样——有一年冬天，正下着大雪，一只老花喜鹊来抽烟，结果被烟呛着了，一整夜'咔咔、咔咔'地咳，弄得我睡也睡不好。"

我感兴趣的是海里面有什么会抽烟？问他，他就捋捋胡须说："海豹，海猪，还有老乌贼，都是抽烟的好手。"

我们笑了。

"你们只知道乌贼肚里有乌黑的墨汁，就不知道那是被烟熏黑的！最能抽烟的是老龟，它能趴在我的铺子里抽一个通宵，一句话都不说……"

我们听得出了神，对他的话真假不分。如果是真的，这太出奇了；如果是假的，可他说的时候一丝不笑，一件件说得有头有尾，清清楚楚。我心里琢磨：可能是半真半假吧。

“烟是我的老伴，酒是我的老友，两样东西缺一个不行！我在大冬天一个人趴这铺子里，没有它们怎么行？我以前说过，我的老婆被狐狸老婆拐走了，从那以后我就成了一个老光棍儿。”

老人声音低下来。我们听得也难过。

“熬不过去啊，我就一天到晚抽烟，这才抗过来。那个狗东西后来给狐狸当老婆去了，把好生生的女人扔在家里——她来找我，想回来跟我过哩……”

老憨马上激动了：“那多好啊！那别让她走啊！”

玉石眼摇头：“不不，这可不行！当初说好了的，走了就是走了——我这人说一不二，男子汉就得这样！”

我们恍然大悟地“啊”了一声，一齐钦佩地看着他。

最后我们让他快些教我们抽烟吧，他说一声“好”，又转身喝了一口酒。整个鱼铺里除了酒味就是烟味儿。

半夜鱼铺故事多

天乌黑乌黑了，一眨眼就这样了，这可怎么回家啊?

我们焦急起来，怕家里人急着找我们。玉石眼劝我们说："我和你们这般大，说在外面睡就在外面睡！男子汉嘛！"

老憨说："可是，我爸会打我啊！"

"那我就留一口酒给他。他这人见了酒就不打你了。"玉石眼对火眼真是了解得透彻。

老憨笑了。我们都不再急着回家了，起码是不好意思说了。

玉石眼挽起袖子做饭了，说要好好熬一锅鱼汤给我们喝。他把大白天挑选好的红鲷鱼、针鱼扔进锅里，又将整块的姜和整根的大葱扔进锅里，用一把大铁勺到一边的罈子里舀了什么，然后又到锅里搅着。

白色的蒸汽往天空飘去，铺子里外都是鱼的鲜味儿。

一天的星星出来了。熬鱼汤的大铁锅就在铺子外边。玉石眼挥着大铁勺说："我这口大锅能做给一百号的拉网人吃饭，你们信不信？"

"当然信了！"三狗说。

"四下林子里还有几百只野物哩，它们到了半夜都凑过来，想喝剩下的鱼汤、啃几块骨头，我就特意把锅盖敞开……"

老憨哈哈大笑："它们真喝呀？"

"那可不是么！"玉石眼说："第二天早晨起来一看，锅底都给它们舔亮了！咱做饭的手艺好啊……"

鱼汤在锅里咕咕滚动时，玉石眼又将旁边一盆调好的玉米面挪到跟前，抓一把在手里一团，"叭"一声扔在了铁锅上部。

他扔着，一眨眼大铁锅四周就贴满了玉米饼。

鱼的鲜味儿、玉米饼的香味儿，它们合起来往鼻孔里钻！

夜已经深了。我们吃玉米饼、喝鱼汤，还跟上玉石眼喝了一点点酒！我们咳嗽，流泪，大笑，过瘾！这么好的夜晚，从来没有过的快乐啊！

老憨一个劲儿鼓动，说："老果孩儿快唱歌吧，快唱唱吧！"

没有办法，我只好唱起来。玉石眼以前没有听过，这会儿眯着眼，连连点头说："嗯，中哩，就像海狸子唱得一样……"

我立刻不唱了。

三狗和破腚都哧哧笑。

玉石眼拉着脸："嗯，真哩，有一年冬天每到了半夜就有海狸子趴在岸边唱。它唱得我心里好酸哪，因为那时我没了老婆，听着听着就哭了。我知道这只海狸子大半也没了老婆，它心里难过嘛！"

我明白了，因为我刚才唱的是忆苦歌。它是海边人专门用来回忆旧社会的苦日子、用来诉说辛苦的一种歌 —— 我这人有点怪，一开口就是忆苦歌，这也是我最擅长的。

玉石眼说下去："常住在海边上，各种朋友都得交往啊，这里到了冬天人少野物多，它们像人一样，有的脾气好些，有的品性孬些。那些好的离开怪让人想念的，那些坏的一点好事都不干……”

我又想起了掳走看林人的那只老公狐狸，问它是不是最坏的？

玉石眼摇头：“它不过是糊涂罢了，看错了人。其实狐狸老婆那种瘦干干的模样，长了一双死人眼，有个什么好？我有时想，人和野物相老婆的标准真是不一样啊！”

老憨想起了什么，说：“狐狸老婆不吃海鱼，他最喜欢河鱼。”

“这就对了。那只老公狐狸保准住在河边上，它和他做了夫妻那一阵子，就成天抓河鱼吃。都是习惯。”玉石眼取了烟斗吸了长长的一口烟，又饮了一口酒，拍着腿：

“要紧是忠啊！我在海边这里多少年，来的闺女媳妇不算少，因为我年轻时候眉眼实在是英俊！说到野物，它们闪化的精灵比一般闺女还要俊……可咱从来没动过心。”

老憨噗一声笑出来。

“一天半夜有个大圆脸闺女扑进铺子里，说是走迷了路，要在这里宿下。我说那可不行，这是男人的地方，再晚也得送你上路。就这么，我硬是把她送走了。其实呢，这不是那么回事儿……”

“那到底是怎么回事儿呢？”李文忠问。

玉石眼磕磕烟斗，火星不小心弄到了屁股下的破毡子上，只一眨眼就冒起烟来。大家惊呼着，帮他扑打。他喘着，定定神说下去：

“她分明是个狐狸，就住在这海滩上，早就看中了我，想嫁给咱哩……验证这个的方法，就是让她吸烟喝酒，等喝醉了、烟也吸多了，后屁股那儿就多出了一截儿尾巴。”

我们一齐大笑。

“所以说我和你们不一样，我在海边上住得久，离了烟酒就不行。烟酒对我有大用哩！”

我说：“知道了，你用它们逗弄那些‘哈里哈气的东西’！”

玉石眼点头又摇头：“我说过嘛，酒是老友，烟是老婆，我一辈子就是离不开它俩了。”

玉石眼晃一下酒葫芦，说一声“不多了，要留着下一顿喝呢”，就回身藏在了铺角里。

他让我们吃香喷喷的玉米饼，自己却不吃，只喝了不少鱼汤。他最爱的是烟和酒。刚刚藏了酒他就不说话了，盯着前边黑乎乎的海滩，说一句：

“它们都在暗里瞄着咱们哩！”

我们都顺着他的目光去找，什么也看不见。

玉石眼叹一声：“你们看不见。这得闭上眼，然后就能听见它们伏在黑影里咝咝喘气儿啦。它们在琢磨我们今夜想干什么，还想占点小便宜什么的……”

三狗问：“什么‘小便宜’？”

老人没答，只说：“它们的脾气也不一样，有的大大方方，有的小里小气。去年我有一杆崭新的烟锅——那是花竹杆儿、琉璃嘴儿的，就给一只老兔子偷走了。我自认倒霉……”

大家都笑得肚子痛。

玉石眼咂咂嘴："还有一年上，我在这铺子前抽烟，一到了半夜就有个小胖娃娃跳跶。我揉揉眼，他又钻到地底下去了。我一打瞌睡，他就用一根棘子捅我，真烦人哪！"

老憨正半卧在地上，这时一下爬起来问："这是什么东西？小妖怪？"

"是啊，我也纳闷儿。一连好几天，它折腾得我不得安闲。后来天亮了，我就到它钻地的那围遭儿好好看了，见一个沙包上长出了几片叶子。我就挖啊挖啊，你们猜我挖出了什么？"

"挖出了什么？"

"白白胖胖的粗根根，像小孩儿胳膊，一扳流白汤，舔一下怪甜的。像藕又像山药。我那天正好有些饿，就把它蒸了吃。又香又甜啊……后来我才知道，那是一棵老茯苓精，吃了长生不老的！"

大家发出了"咝咝"声。三狗快要吓坏了，嚷着："一个挺好的小孩儿，你就蒸了吃？你也是妖怪？"

破腚也愤愤地说："太惨了！"

玉石眼用烟斗磕磕他们的头说："那是闪化的，不是真的小孩儿。"

我琢磨着，不知是悲是喜。关键问题是：蒸的时候它痛不痛？它有知觉吗？我和老憨小声讨论这个，老憨也说不准。

玉石眼得意地眯上眼说："我和别人不一样，我吃了那物件，是不会死的 —— 我说这话不是吹牛，你们都可以作证，我如果说了瞎话，有一天死了，你们谁都可以找我算账！"

老憨一愣，接着笑了，问："去哪里找你呀？"

玉石眼仍旧挥着手说："只管找我算账！

它们不胜烟酒

我们仍然没有学会抽烟喝酒。不过总算有了一点点进步，比如说不再怕它们了。

我们几个人当中数老憨进步快：能喝很少的一口酒，还能让吸进的烟从鼻子里冒出来。

我们平时上海滩林子里玩，总是叼着齐刷刷的烟斗，高兴了就点上抽几口。我们最为自豪的是：烟斗里是真正的烟末，而且是外海人捎来的关东烟！

我们还有一只酒葫芦，里面是一晃啷啷响的瓜干酒！

有一次我们在林子里遇到了一个猎人，这家伙背了枪，所以我们不敢小看他。他见我们叼起的烟斗，就说："倒也像个样子。"

这句话刺激了我们，就让他抽一口试试。结果猎人咂咂嘴嚷："真好烟啊！哪里弄的？"

我们当然不会跟他说的。

猎人的挎包一角被血染红了，这使我们有些恨他。为了捉弄他，我们转身找了几颗兔子屎装到烟斗里，再次给他抽，把他辣得两眼流泪。

离开前，我们还用一条桑树根把他绊倒在地上，一丛酸枣棵把他的额头刺破了。

这一天剩下的时间，我们又去河里捉了一些鱼：同样是小的放进河里，大的留下来，准备回头带上找狐狸老婆。

坐在河岸上抽烟，讨论着狐狸老婆和玉石眼。那个鱼铺老人已经是我们最好的朋友，我们也答应了为他报仇。可是尽管男子汉说话算话，但答应下来的事却很难办。大家一筹莫展。

破腚这个人很怪，他总能在大家都没主意的时候，交出一个最坏的主意。他木着脸说："我看，还是把他的老穴点上一把火吧——别烧坏了他，先偷他的花生和地瓜，等他追我们时，老憨和老果孩儿就留下动手吧！"

他这个计划太吓人了！老憨咧着嘴看我。

我说："杀人放火的事儿，咱们暂时还不能干。"

老憨骂了一句说："以后也不能干，这是肯定的！"

三狗挠着头说："那设法把他用酒灌醉，然后绑起来，这就可以随便揍了！"

这个办法靠谱，但问题是从来没听说狐狸老婆是个嗜酒的人。

李文忠十分慎重，他一直皱着眉头，这会儿想出了一点眉目，说："他，就是狐狸老婆，我看，应该，让他交待问题……"

老憨翻着白眼："交待什么问题？"

"就是，他啊，怎么当了它老婆、又怎么扔下女、女人……"

老憨不吱声，等他说完。

"只有他认了罪，才好、惩罚……"

我觉得这真是有道理。因为玉石眼说得再好，也不能只听他一个人的。凡事都要讲一个准确，这才是最重要的。不过从现在看，狐狸老婆真是可恨。

这事只议论到这里，因为有两只猫在一边探头探脑，它们显然闻到了鱼腥。老憨找出几条小鱼举一举，它们就过来了。

两只猫吃过了鱼还不想走。它们十分漂亮，瞧小鼻子多么好看！谁的鼻子有猫的鼻子好看？它们绕着老憨和我的膝头打转、磨擦。老憨忍不住了，说：

“该给它们一点酒喝吧？”

大家没有异议。于是老憨又取了一条小鱼，一边让它们吃，一边把酒抿到它们嘴里。它们再三拒绝，但还是沾了一点。

只一会儿，它们的腿就颤抖起来，头晃眼眯，可笑极了！

三狗吸了一大口烟，迎着它们一点点喷出。它们打的喷嚏可真响啊！

在我们喂猫的时候，一只半大的花狗溜达过来，可能是附近看泊人的。老憨一见它就兴奋了，先是喂它吃东西，然后就灌它酒、往它嘴里喷烟。

它开始尽管拒绝，但出于礼貌，还是不停地摇着尾巴。最后它被老憨过分的热情弄得受不了，使劲一挣跳开了，一边跑一边打喷嚏、咳嗽，还大惑不解地摇头，回头久久地看着我们。

大家正要离开时，一只刺猬不紧不慢地从一旁走过。破腚把它抱过来，马上掏出兜里的鱼干给它，它毫不犹豫就吃起来，伴着咯吱咯吱的咀嚼声。

老憨不失时机地喂它酒，它马上发出了一声响亮的“呸！”老憨吓得不敢再动手了。

三狗和破腚迎着它的小鼻子吐烟，它就剧烈地咳嗽——让我们震惊的是，这咳嗽声与人竟然一模一样！

我们现在终于明白了：这些“哈里哈气的东西”是既不能抽烟也不能喝酒的，用书上的话说，就是“它们不胜烟酒”。

可是因为没有全部试过，我们还不知道玉石眼的话能否得到证实——他说上年纪的老兔子是烟瘾最大的；他还说，一些老狐狸也极有酒量。

我们从河边离开，直接奔向了那片黑乌乌的林子。快要接近老穴的时候，几个人都犹豫起来：究竟是一起进去，还是只由我和老憨出面呢？

三狗几个十分担心那个家伙认出他们，可又无比好奇，总想闯进去亲眼看一看。

商量了一会儿，老憨拍拍膝盖：“男子汉没点胆子还行？不怕死的跟我走！”

他们都跟他走了，因为谁也不愿担个怕死的名声。

买卖公平

即将进入狐狸老婆的小院时，我为了安全，建议三狗几个还是先待在远一点的地方，等我和老憨喊他们再进去。老憨皱皱鼻子，总算同意了。

我们的鱼再次受到了狐狸老婆的欢迎。他把三条大一点的摊在一块木板上，一条条端量了一会儿，说：

“没有‘黄鳞大扁’。”

他吸着烟，然后叹口气说：“那东西是宝物，怎么会轻易到手呢！”

他说着把烟斗咬紧了，伸直两臂说：“看我，眼瞅着就强壮起来了！”

他这是赞扬前一段我们给他的大鱼。

他又踢了一下腿，弯腰，攥拳，最后还抓起了一个米斗大的木墩抡动。他一连抡了好几圈，大气也不喘。老憨有些惊讶地看看我。我也吃惊。

我们对他说了：那上次的大鱼，还有这些鱼，都是我们从几个捉鱼的人那儿买来的。

“买来的？”狐狸老婆立刻瞪大了眼睛。

老憨说：“那是虽然的了。要不说我们用鱼换你的瓜干嘛，这叫买卖公平。如果我俩会捉，那就什么都好说了，我们连一片瓜干都不会要的。”

狐狸老婆“嗯嗯”几声，盘算着什么。

老憨说：“那几个小子跟上我们来了，因为他们反悔了，想把鱼要回去。我俩一钻到林子里，他们就不敢追了。这些人大约怕你……”

狐狸老婆听得出了神。

老憨又说：“他们走到小院外边就停下了。”

“嗯？他们来了？”他从嘴里拖出了烟斗。

我和老憨一喊，三狗几个就小心翼翼地走进来。看得出，他们对这个地方真的有些害怕。

狐狸老婆咬着嘴唇，目不转睛地看他们。

三狗说：“我身上害冷呢。”

我也看出三狗身上打抖。

老憨生气地喝斥：“男子汉哪有害冷的！”

破腚说：“我肚子不好受，身上没劲儿……”

我这才发现破腚两腿有些软。

狐狸老婆看了一会儿，说：“前些天有几个破小子来这里扰乱哩，我差一点割下他们的头！”

三狗和破腚听了这句话，干脆坐在了地上。老憨偎到他们身边，大声说话，那是为他们壮胆：

“人家老叔听说你们是捉鱼好把式，佩服哩！我和老果孩儿买了你们的鱼，来换老叔的瓜干，这叫买卖公平……”

三狗慢慢抬起头，小心地瞥一眼狐狸老婆。

我说：“老叔，你让这几个捉鱼的开开眼吧，看看你东边小院里的好东西吧！”

狐狸老婆还没点头，老憨就催促他们“快去”。

我们一块儿去了小东院。大鹅高声叫唤，好像在说：“就是他们就是他们！”羊咩咩乱叫，一双灰眼望过来，让人想起玉石眼。一对野鸡刚刚下了两只蛋，红着脸叫：“咕哒……”

老憨弯下腰看看野鸡，回头望望我说：“老果孩儿，这下蛋的鸡我想要。”

我没有理他。我不知道他在打什么主意。

三狗看见这么多野物就来了精神，东瞅西瞅，盯住一只小猪说：“这真像俺爸跑丢了的那只小猪啊！”

奇怪的是，我发现狐狸老婆听了三狗的话，眼神立刻有些不对劲儿。

三狗又说：“俺爸那只小猪头顶上也有两个毛旋儿……”

老憨应声过来，三狗指着小猪。老憨对我使个眼色说：“嗯！”

最后揭开了瓜干囤子——这么大的一囤子瓜干，没有一片发霉变色的，全都雪白雪白，真开了眼！大家一齐发出“啊”的一声。

李文忠说：“老天爷，这能换来多少酒啊！”

破腚说：“我一看就知道咱们吃了大亏……”

从小东院出来，老憨哭丧着脸，指指我和三狗几个人，对狐狸老婆说：“今天来这么多人，就是想和你说说‘买卖公平’的事。他们嫌那几捧瓜干太少，不答应啊！”

狐狸老婆眍着一对深陷的眼睛，问：“到底是怎么回事？”

我这才看出，怪不得这个人的眼睛让人害怕，原来是眼眶四周长满了细小的黑毛……

“这么回事，”老憨揪住三狗说：“他上次为逮那条‘黄鳞大扁’，一头栽到了淤泥里，结果半天没缓过劲来，脸都憋青了，他爸要找人算账哩！”

狐狸老婆抱着长长的烟杆，一副满不在乎的样子。

老憨又拍拍破腚和李文忠说：“他们捉鱼呛了水，难受得好几天没吃饭，有没有这回事？”

他们两个马上应声：“当然有了！”

老憨朝我使个眼色。我开始与“狐狸老婆”郑重谈判了：一要将瓜干数量加倍，二是园子里的鲜地瓜、鲜花生也该让我们尝一尝才好；要不他们都不想再送鱼来了，只想和海边那个玉石眼做朋友——他多大方，尽给大家烟抽、喝鱼汤吃玉米饼……

狐狸老婆一听到“玉石眼”三个字，立刻骂开了：“他算什么狗东西！你们敢跟他做朋友？这是真的？”

老憨说：“怎么不是真的！我们本来是和你做朋友的，可你又买卖不公……”

狐狸老婆站起来：“几捧瓜干算个什么！”

“还要吃鲜花生鲜地瓜哩！”三狗嚷。

狐狸老婆说："那也不算什么！"

老憨说："我还想要那两只下蛋的野鸡；三狗还要帮他爸抱走那只走丢的小猪……"

狐狸老婆像哭又像笑，仰脸看天说："就这么着吧！啊呀，谁能想到几个毛孩儿也来要弄我呢？"

老憨立刻不高兴了，说："这叫'买卖公平'！"

也算报仇

这一天我们几个不光取走了狐狸老婆不少好东西，还在他那儿吃了晚饭 —— 我们当然嫌他脏气，在他动手做鱼的时候，就到园子里挖了些花生和地瓜，还顺手摘了一兜苹果。

我们在他的灶里烧地瓜花生，吃苹果，抽烟，不停地摇晃酒葫芦。

狐狸老婆见我们你一口我一口地吮那只葫芦，以为我们真的喝了不少呢，竟然伸手讨起来。我们给他的小陶碗里倒了一点。

最想不到的是，他只喝了几小口，马上醉得站也站不住，一会儿就躺下了。

我们抬着东西满载而归时，一路上都在讨论一个不错的计划：哪一天我们到老穴里来，先设法把他灌醉，然后就能随便取园子里、小院里的东西了！

老憨高兴得手舞足蹈："给玉石眼报仇还不容易吗？咱这回有了办法！原来这个狠家伙怕酒，这就好办了……"

我们一连几天商量去老穴里实施那个计划。我们都明白：得手是容易的，最难决定的是后边 —— 该对那个家伙怎样惩罚呢？

取走大量瓜干，这不成问题 —— 今后我们不会缺瓜干了，这一点是肯定了；还要把苹果摘完，把园子里的好东西尽数拿走……

至于是否捆了他交给玉石眼，我们犹豫了。我反对这样做，理由是：既然我们答应了替玉石眼报仇，那就该自己做，不要再麻烦另一个人了。大家都赞同我的意见。

老憨认为捆绑起来不好，因为我们走开后他解不开绳子，饿死渴死怎么办？

“那我们就这样走开？也太便宜他了！”破腚说。

三狗和老憨小声商议了一会儿，拍手大笑。问了问，他们说：逮一只大刺猬，解开狐狸老婆的腰带，把刺猬放进去，然后再给他扎上腰带……

李文忠听明白了，马上叫着：“扎得痛、痛啊！这不好，这不好，不好！”

我也坚决反对，认为这太过分了。

老憨想了想对三狗说：“要不就算了，狗东西，先饶他这一回吧……”

计划得差不多了，专等一个大晴天就可以动手。

这一天终于来了。我们装好烟末，带好酒葫芦，一大早就出发了。先是到河里捉了几条鱼，然后就往那片黑林子进发。

大家一直是高高兴兴、信心十足的，可是不知怎么，走到半路都不太说话了。

我问老憨：“你怎么了？反悔了？”

“我才不会反悔哩！”老憨的声音沉沉的。

三狗对破腚和李文忠说：“真怪啊，我怎么一干坏事就不高兴呢？”

老憨喝斥他："胡说！咱为玉石眼报仇，怎么是干坏事呢？"

我也像老憨想的一样。不过说真的，我也不太高兴。而且我知道，老憨也不愉快。

为什么都不太高兴，还真是想不明白。那就先不去想它吧。

我们走得好像很慢。到了小院门口，那只大狗一叫，只好硬着头皮敲门了。

狐狸老婆脸色不错，笑吟吟的，看上去今天很高兴。他一见我们手上的鱼就低头细看，显然想找"黄鳞大扁"。

"孩儿们，上回来玩得不错啊！看我这人，一喝酒就误事，今天说什么也不喝了。"狐狸老婆的烟斗插在后衣领里，一只烟荷包晃动着。

老憨说："不喝酒可不行！"

我也劝他："多少总得喝点吧！"

"不喝不喝，说不喝就不喝啊。"狐狸老婆拿着鱼往屋里走去。

三狗在他后边嚷："如果咱有'黄鳞大扁'呢？你喝不喝？"

狐狸老婆回过头，说："那就喝一点儿……"

三狗将背在身后的一只手猛地一举：一条活蹦乱跳的金色大鲫鱼！

狐狸老婆高兴极了，和我们一起忙：他炖鱼汤，我们就从园子里寻找所有的好东西。多好的园子啊，除了鲜地瓜鲜花生，再就是熟透的大西瓜、甜瓜，还有西红柿和黄瓜……这家伙真是个积攒好东西的怪人，简直馋死人不偿命！

我们在园子里继续讨论下面的行动。细细研究怎样离开：如果跑走再不回来，那就简单多了；问题是这样还不过瘾——

最好是办完了事再溜达回来，装作没事人一样，看看倒了霉的狐狸老婆什么模样……

这样一想就有些麻烦。

老憨看看我，因为在关键时候还是我的心眼多。我这次也不负众望，很快想出了一个主意：等一切做完之后，大家索性连我和老憨也一块儿捆起来吧，这样狐狸老婆醒来，看到我们和他一样，就会好受一些，也不会再那么多疑了。

三狗问："那我们是什么？"

我说："你们都是强盗。"

老憨对这个计划十分满意，挠着头说："这办法不错。不过我记不得什么时候，咱好像已经用过一次了……行，就这么办吧！"

我们回到屋里时，已经吃得很饱了。狐狸老婆美滋滋地喝着鱼汤，指指碗说："看，汤都是白的，有大补养啊！"

我们马上趁机劝他喝酒了。他拗不过我们，只好喝了一点儿。我们还是劝他，他又喝了一点儿。

果然，像上次一样，他面前的汤还冒着白汽，他就醉得人事不省了。

老憨挥挥手，大家赶紧行动起来。我们将事先准备的一条大口袋装满了瓜干，然后又搞来尽可能多的花生和地瓜、甜瓜。

小东院里的几只鹌鹑真可爱，也要了；剩下的动物给放出来，

赶到了林子里 —— 可惜它们当中有的不愿走，驱散了又返回来，真没办法。

一切妥当之后，老憨领人把狐狸老婆捆了个结结实实，然后和我并排躺到炕上，让他们不松不紧地捆上我们。

天上布满星

天快黑了，我们一直等着狐狸老婆醒来。

这次他醉酒很厉害，直到天完全黑了才睁开眼，哼哼呀呀叫。当他弄明白自己被捆了时，马上大叫起来。我和老憨赶紧随上叫。

狐狸老婆骂着：“狗东西，这是怎么回事？嗯？”

他一发凶，我立刻胆怯起来。我甚至马上有些后悔。我一下想到了他手里的那把镰刀……我呻吟着，想着怎么说。

老憨先开口了：“老叔啊，来了一伙背枪的人，他们抢走了不知多少好东西，然后就……捆了咱。”

“快些，这么着。”狐狸老婆在炕上挪蹭着，靠近我们俩，反手揪我们的绳扣——他真有办法！

可是我和老憨并不配合，这就费了他双倍的力气。我们三个好不容易解了绳子坐起来，老憨带着哭腔，哼着，装得太过反而不像了。

狐狸老婆看不出什么，一个劲问：“怎么回事？给我往细里说说！”

再说还是那几句话。

他的眼变得尖尖的，问：“那几个捉鱼的孩子呢？是他们一伙的？”

老憨说：“也许……”

我一机灵，马上说：“不，不是，那些人逼着他们抬上东西，一起离开了……”

狐狸老婆先在屋里、小东院盘点了一遍，又破口大骂着进了园子。我们一直跟在他的后边。本来好生生一个园子，这会儿到处乱糟糟的，这让我觉得有些可惜。

狐狸老婆一屁股坐在土埂上，说：“我得罪了谁呀？”

他这样问着，很快回答自己：“我只有玉石眼一个仇人哪，不过早就井水不犯河水了……”

我心上一动，说：“来抢的不是仇人，他们不过是贪图东西！”

老憨拍腿：“一点不差，都是冲着财物来的！”

狐狸老婆看看我和老憨，头低下来。他好像浑身上下没了一点力气，咕哝着：“我心疼这园子啊……”他的手抚在我们后背上，不住地叹气。

这样坐着，很长时间谁都不吭一声。狐狸老婆在黑影里说：“给我拿来烟斗吧，我想抽口烟。”

老憨应声跑走，很快把那支长杆烟斗取回了。他还为老人装上烟末，点上火。

烟的香味很浓。老人一口口吸着，我和老憨望着天空。今夜一天的星星可真亮啊，像一些眼睛直着盯过来。

四周有什么喘息声，一听就知道是“哈里哈气的东西”。它们在树隙和草丛里看我们。各种声音增大了，先是那只大狗默默地走过来，一声不吭地偎到了狐狸老婆身边。一会儿那只大鹅也过来了，也挨近了主人蹲下……

老憨突然闷声闷气说："老叔，你就别难过了，让我们老果孩儿给你唱个歌怎样？"

狐狸老婆哼了一声，烟斗从嘴抽出，显然是同意了。

我一点唱歌的心情都没有。

老憨推拥我，这使我明白，他想用这种办法表达歉意吧……我没有抬头，低低地唱了一句，然后就渐渐高起来……

四周一点声音都没有。我停下来时，这才发现不仅是狐狸老婆和老憨，就连那只大狗和大鹅，也都在静静地听我唱歌。我细瞧一下狐狸老婆，马上惊呆了！

他的脸仰着，嘴抿紧了，手里紧攥烟杆，两行长泪从鼻孔两边流下来……

我暗中捅捅老憨。老憨也看到了，这时靠紧了我，细细地吐气。

我知道在这样的夜晚，不该唱这支忆苦歌。可我有个改不掉的毛病，一开口就会这样唱，我不是故意啊！我想安慰几句狐狸老婆，可又找不到合适的话。

狐狸老婆把我和老憨、还有那只大狗和大鹅，一块儿往身边搂紧了……他松开我们，叹气，吸鼻子，说："我想起了她——想起了我那口子啊！她今夜要在多好啊……"

我的心开始揪紧了。我又想到玉石眼的话：整整三年啊，那个女人就在这林子里等他。他是个负心人，尽管他不承认。

老憨闷声说了一句："那你就不该当狐狸老婆！"

这一次老人没有发火，只是叹息和摇头，连连说："哪里啊，哪里啊！"

"那又是怎么回事呢？"老憨看着他。

"就因为我没家没口的，海边人就给我取了这么个外号，瞎编出一个故事，传来传去像真的……我年轻时在南山结了一个仇人，然后就跑到林子里躲藏起来……"

"什么仇人？"我问。

"说来话长了，你们听不明白……反正我在这儿藏着，一直到遇上那个女人，恩恩爱爱过下来。谁知后来那个仇人摸进了林子，我就连夜逃命了……"

"没领女人走？"我问。

"逃得急嘛。这中间冒死回来几次，想领她走。可是仇人盯得太紧，没能得手。三年过去，仇人死了，我这才返回林子，女人早不在了……"

狐狸老婆声音低低的，讲得断断续续。

我还是好奇，忍不住刨根问底："到底是什么仇人？"

"你们听不明白。那是混乱年头，妈妈一个人拉扯我长大。有一天为了救妈妈，我跟人动了镰刀……那时就像你们这般大……"

我的心怦怦跳。我难过极了。我不想听这故事了 —— 只要是忆苦歌引出的故事，谁听了都会难过。

玉石眼大醉

三狗他们按照原来的计划，把一大口袋瓜干抬到了锅腰叔的小院里 —— 这样我们只要高兴，什么时候都能装满酒葫芦。下蛋的野鸡归老憨，小猪交给三狗爸。

甜瓜和苹果多得吃不完，足够我们尽情享用一番了……

但我们还是高兴不起来，一连几天不愿结伴出门。

爸爸妈妈担心我病了，几次过来试我的额头。以前我只要有个头痛脑热的，妈妈就为我做一张薄薄的鸡蛋饼。我这次没病，可是鸡蛋饼还是煎好了。

吃过了香喷喷的鸡蛋饼，心情总算好了一些。

我不再一个人待在家里，就去找老憨玩。进门的时候他爸正要打老憨，老憨就用葫芦里仅有的一点酒换下了棍子。葫芦空空的，使我们想到要重新将它装满。

我对老憨说："不管怎么说，那个狐狸老婆也怪可怜的，你不觉得吗？"

老憨点头："他比玉石眼可怜。"

"是啊，玉石眼还有我们这么多朋友。"

"狐狸老婆以前的仇人死了，又有了玉石眼这样的仇人 —— 他这辈子总是有个仇人！"

我从来没有这样同情过一个人。我突然觉得世上没有谁比狐狸老婆更不幸的人了。我说：

“玉石眼肯定是误解了狐狸老婆，他俩不该是仇人。”

“他老婆跟了狐狸老婆，怎么是误解呢？”

我也说不清了。不过我总觉得这不是结仇的理由，因为我还记得玉石眼说过，老婆只要看上了人家，就得跟人家好好过 —— 关键是那个男人没有给狐狸当老婆。我说：

“我们应该把听来的故事告诉玉石眼，这样他们就不会是仇人了。”

老憨这次没有反对。

我们找个机会约上三狗他们，把葫芦装满了酒，一起去找玉石眼了。

不过一路上拿不定主意：见了玉石眼以后，是否把报仇的经过讲出来？都有些犹豫。因为这事儿不但没有让我们产生多少自豪感，而且还有些心虚。

如果我们合伙欺负了一位无辜的老人，那才糟糕呢。那从来不是我们想干的事，或许还要为此后悔一辈子。

所以这还得从头好好想一想。

那天从狐狸老婆那儿回来，我多次将他想象成一个极坏的人，但想着想着就停下来了 —— 没有想成。

也许他不太坏，但还不是我们的朋友；而玉石眼早就是我们的朋友了。玉石眼的故事好，鱼汤好，玉米饼也好，又是抽烟老行家，喝那么多酒都不醉——找他做朋友真的是最好了。

大家像过去一样，还没有走到鱼铺跟前就一齐叼上了烟斗。

见到玉石眼应该高高兴兴的，因为我们从来都是这样。那些拉渔网的人又排成了两行，又在呼天号地，我们随上他们跑来跑去，中午一起喝了鱼汤。

酒葫芦被我们小心地藏好，不然这些打鱼人会毫不客气地喝个精光。

天色晚下来，拉网人走了，这儿就是我们的了。玉石眼说："我昨夜做了个梦，你们为我报了仇，然后提了酒葫芦来找我，咱们喝了个大醉！"

我们一听吓了一跳，相互瞪着眼看。这家伙真神了。不过也许他只是蒙准了。我们没有应声。

玉石眼为了晚上和我们好好乐一场，像过去一样，藏下了一些红鲷鱼、大虾和大刀鱼，还从枕头下抽出一束金黄的烟叶，在我们眼前晃了一下。

大家争先恐后揪来一点抽，一边咳嗽一边夸老人的烟叶好。其实我们还是抽烟的门外汉，没有谁真的敢把烟吸到肚子里去。这方面老憨算个有本事的家伙，有一次真的连续咽下了两大口烟。

他夸耀自己的本事，我们不信，就让他憋住，然后再按鼓起的肚子——结果每按一下，就有一股白烟从鼻子和嘴巴里涌出……玉石眼乐了，说："这是我教出来的第一个徒弟！你们几个跟上快学！"

鱼汤熬好了，玉米饼也烤熟了。月亮一点点升高了，满海滩的野物又在远处盯视我们了。

玉石眼让我们每人抿了一点酒，然后向着明晃晃的月亮地举举葫芦，咕咚咚灌下了一大口，舒服得嘴巴咧开老大，夸张地吹气。“好酒啊！”他高声叹道。

老憨问：“你喝酒前怎么还要往月亮地里举一举？”

玉石眼脸一沉说：“这你们就不懂了，除了要敬野物，还有前几辈打鱼的人、看鱼铺的人，这些人别看死了，魂儿说不定还在这里转悠哩——他们当中，肯定有我那口子……”

这一下大家都不再作声了。玉石眼也不吭气，只是喝着闷酒。

不知过了多久，玉石眼突然问了一句：“又见那家伙了？”

他当然指的是狐狸老婆。都不回答。老憨习惯地看看我。

我鼓起勇气说：“见了。这酒就是用他的瓜干换来的……我们还为你报了仇！”

玉石眼一直蹲着喝酒，这会儿慢慢站起来。月亮下，我发现他的胡子挂着几颗晶莹的酒滴。

老憨简单地把那个夜晚从头说了一遍。

奇怪的是玉石眼并没有夸奖我们，眼神里也没有兴高采烈的样子。他只“嗯”了一声，重新蹲下了。他手里的酒葫芦攥得紧紧的，停止了喝酒。

我实在忍不住了，说：“你不该把他当成仇人，你们说不定真是有场误会呢！”接着我就把狐狸老婆那个晚上说过的话从头讲了一遍。

玉石眼没有答话，重新喝酒，直喝得手里的葫芦攥不住，掉在了地上。他眼里涌满了泪，但没有流下来。他在忍着。他显然是大醉了，蹲都蹲不住，躺在了沙滩上。我们扶起他，他说：

“就算不是仇人，我也恨这家伙！我恨所有长得像麻秆一样的男人！”

说完这一句，他眼眶里的泪水哗一下流下来了。

我们不知该怎么安慰他。他一直躺在沙滩上，我们只好陪伴着。他伸开四肢，望着满天星星说：“我真想啊，我真想我的老婆子啊……”

他醉得实在太厉害了。我们以前还以为他是个永远喝不醉的人呢。

离开的时候，我们把玉石眼抬到了铺子里，让他躺好。他咕咕哝哝说着醉话，挥着长长的烟杆。

大火球

离开铺子我们没有马上踏向回家的路，而是一直沿着海岸往西走。我们听到一些野物在前边不远的地方叽叽喳喳，还发出“呼哧呼哧”的声音。

“你们这些‘哈里哈气的东西’！老憨迎着它们喊。

四野静静的。可是只有一小会儿，各种四蹄动物和飞鸟们又闹腾起来了。它们跑蹿、嘎嘎叫唤，故意逗弄我们。

三狗和破腚轮流学它们的叫声，学得像时，它们就一声不吭了。李文忠也学，但因为差得太远，野物们全不买账 —— 其中一只大鸟还发出了哈哈大笑。

我们坐在河湾的白沙上。有些跳鱼在湖一样的水面上溅水。一只白得耀眼的水鸟从我们眼前掠过。

老憨想起了玉石眼，说：“他从来没有醉成这样，我敢说他今晚忒难过。”

三狗说：“他也不太恨狐狸老婆。”

破腚说：“他最想原来的老婆。”

李文忠说：“他和狐狸老婆天天想的是同、同一个人。”

我听着他们的议论，深深同意。原来他们一点都不比我笨——我想到的、没想到的，瞧他们全都说得清清楚楚。可是我以前总以为他们比我傻一点。

怎么才能表明自己的心眼比他们更多呢？我想了一会儿，终于明白了一点。我说：

“他们天天想同一个人，又想得一样厉害，怎么会是仇人？”

老憨拍腿：“就是呀！那他们怎么还不赶紧和好？快和好吧，都是孤老头儿，都住在海滩上！”

“他们不会、不会和好。”李文忠说。

我问：“为什么？”

“因为，他们都是坏脾气；还有就是、就是不好意思……”李文忠说。

我同意他的结论。我认为最后一条理由才是主要的：做了这么久的仇人，已经不好意思再和好了！

老憨说：“不好意思好办，说不定哪天喝足了酒，玉石眼就摇摇晃晃找狐狸老婆去了。”

这个设想过于大胆了，大家没有表态。

接着议论下去，都以为我们应该设法让两个老人和好，这才是我们最该干的一件事——这事远比教师布置的那些暑假作业重要得多。

不过看来它在这个夏天是无法完成的。

野地里突然有一只大鸟惊叫了一声。我们循着它的叫声抬起头，马上愣住了：东北方，就在贴近海边的地方，好像暴亮了一个大火球，它比好几个月亮还大！

我们一时懵了，接着很快意识到：那是玉石眼的鱼铺啊！老天爷，不是别处，正是那里着了火啊！我马上想到有一天他的烟末点燃了毡子……

“老天，快，快快，是玉石眼……”老憨大喊一声跳起来。

我们一齐往前猛跑。没有一个顾得上说话，只是飞跑。

我觉得自己很长时间忘了呼吸，心都提到了嗓子眼。我冲在了最前边。

离得近了，只有几米远了 —— 一切都看得清清楚楚，是鱼铺燃着了！如果我没有想错的话，肯定是喝得大醉的玉石眼抽烟，不小心把鱼铺点着了……这可怜的老家伙醉得一塌糊涂，已经爬不起来了，只得眼睁睁看着铺子烧成一团。

我们无法靠得更近，因为烧得最旺的地方恰好是铺子入口。三狗带着哭腔喊叫：“大叔啊！大叔啊！”

老憨抄起铺边的一个水桶，飞快弄一桶海水泼到火上。我们都像老憨一样找来盛水的大小家什，一齐去泼……当铺口的火稍稍减弱一点时，我和老憨就不顾一切冲了进去。

铺内既睁不开眼又没法喘气。我们只靠手摸，找到了脸朝下的玉石眼。我们一人揪紧一条腿往外拖、拖，一直把他拖出了铺口。他的裤子上还有火星，三狗就将一桶水泼上去。

铺子还在燃烧。好在今夜风不算大，不然我们只得看着它烧完。

老憨照顾了一会儿玉石眼，说一声“还活着”，就返身和我们一块儿救铺子了。

这是打鱼人留了几十年的一座铺子，里面装满了各种东西，再加上铺子外边搭的一张张渔网，不知有多么重要呢！这一点我们全都明白，所以拼上性命也要把它救下来……

不知拼了多久，眼看火苗暗下来，变成了一股股黑烟。我们不敢有一点松懈，还是一桶桶往上浇泼。这样一直迎来黎明，黑烟才一点点止息。

多半个铺子保下来了。

玉石眼的酒醒了大半。他勉强站起来，马上哎哟了一声，原来左裤脚烧掉了一点，左脚也烧伤了。

再看我们：老憨头发焦了三分之一，衣服上全是破洞，脸上也有烧伤和擦伤。他说："我爸又要打我了。"

三狗和破腚的脸全是黑的，只有牙齿洁白。他们身上有好几处流血。破腚的裤子烧去了一块儿，这正好使屁股上的疤痕显露无遗。

我看不到自己的模样，但分明感到脸上、胳膊上一阵阵剧疼。他们说我浑身上下有好几处伤得很重。

老憨到铺子里寻找那个酒葫芦，找了一会儿只拿出小半截：它大半都烧成了灰……

早 晨

我们一辈子都忘不掉这个夜晚和黎明，也忘不掉这个夏天发生的一切。

就说那个早晨吧。

我们害怕铺子再烧起来，更不能扔下玉石眼不管，所以一步都没有离开。这样直到太阳升起来，打鱼人从四处赶到海边……他们每天都要在天不亮赶来拉“黎明网”。一伙人先是愣怔怔地看着，然后大呼小叫地跑过来，围起了我们。

那个叫“老扣肉”的海上老大绕着铺子看了一遍，脸一直沉着。

我们所有人都怕他，这会儿真担心他挥起巴掌。谁知他转了一圈儿，抿抿嘴唇，蹲在了哎哟哎哟的玉石眼跟前。他仔细瞧了瞧伤，掀开老人的衣襟裤脚看过，弹弹老人的脑壳说：“再敢喝酒！”

他让人快些找个担架，把玉石眼抬到园艺场门诊部去。

吩咐完了这一沓子，他才开始转向我们，像对玉石眼那样将我们挨个儿细细看了一遍，说：“还行，能跑能蹿的，快回去擦药！”

他当众夸我们几个：“还真亏了这几个毛孩儿，要不是他们，咱这个鱼铺就完了 —— 玉石眼也见了阎王！这家伙又抽烟又喝酒，这回大概老实了！我赶明儿要找学校的头儿，给这几个孩子一人戴上一朵大红花……”

他这样说的时候，所有人都望着我们，齐声感叹说：“真好样的啊！”“这铺子就让他们救下了！”“看一个个烧的，像灶坑里扒出的地瓜一样……”

当海上老大再次催促我们去门诊部的时候，我们就跑开了。

我们一口气跑到了河湾，又沿着河湾往南走。这时都感到了脸上身上的刺痛。正走着，老憨一抬头看到了什么——

一个细长的影子，那不是狐狸老婆吗？

我们大伙搓搓眼辨认时，老憨已经在喊了：“哎——狐狸老婆——”

细长影子停住了。他手打眼罩往这边看了看，然后加快步子赶了过来。渐渐走近了时，我们都看清他手里提着一个大布包。

狐狸老婆气喘吁吁，见了我们上前一把攥住：“啊，果真哩！玉石眼呢？”

他怎么知道鱼铺失火的事？原来天刚亮他就从北风里闻到了焦糊味儿，马上知道海边出事了。当他往那里赶去时，半路已经有人告诉他，说铺子救下来了，不过看铺老人和几个孩子烧伤了——

他立刻回头取来了烧伤药。

狐狸老婆解开布包，拿出一个装了黄色油膏的瓶子：“快些抹上，抹上它就留不下疤痕……”

我们都见过这个瓶子。

他抓住我们的胳膊，一边抹一边询问玉石眼的伤势。当他知道人已经给抬到了门诊部时，咕哝说：“不能全靠洋法儿的。我这油膏最管用的！”

他说自己的油膏是海边流传了几辈子的烧伤奇方。真的，我觉得一直刺痛的脸和手，刚抹上这油膏就舒服多了。

我们下边最急着做的，就是赶快和狐狸老婆一起去找玉石眼。

这时太阳还没有升起，一层薄雾缠在树梢上。狐狸老婆急匆匆走在前边，我们紧跟在后。他的步子就像猎人一样灵巧，每一步都踏向灌木空隙，满地的酸枣棵和荆棘都被躲闪了。

在园艺场门诊部，几个医生正在给床上的玉石眼治疗，他们每动一下，玉石眼就发出一声闷叫。我们一进这间房子，马上闻到了浓浓的药水味儿。

狐狸老婆小声对一位医生说了几句，举了举手里的布包。医生接过去，拿到了床边。

床上的玉石眼看到了我们，嘴角露出了笑容。可是当他一转脸看到狐狸老婆，立刻闭上了眼。

狐狸老婆对医生说：“抹上吧，最见效力。”

玉石眼听到了，睁开眼说：“我不抹他的药膏。”

医生劝他，他像不听话的孩子一样扭过头去。我们有些着急。

正这会儿，狐狸老婆突然上前一步，盯着玉石眼看起来。玉石眼就像后脑勺上长了眼睛似的，被盯得转过脸来。

两双眼睛对视着，目光全都尖利利的。

屋里静极了。

狐狸老婆说话了，声音低低的，不过就像一道不容更改的命令：

“玉石眼，抹上这药膏！”

玉石眼闭上眼，再次把脸扭到一边。

“抹！”狐狸老婆又说一遍，这一次声音加重了。

在场的人都看到玉石眼睁开了眼，咬咬下唇，很不情愿地把伤处袒露出来……几个医生为他抹药膏了。

从门诊部出来时，狐狸老婆问了失火的原因，我们闭口不答。他回头望了一眼，说：“玉石眼要能喝上一碗黄鳞大扁，好得也就快了。”

我们告诉他：玉石眼不吃河鱼。

告别夏天

谁也不知道这场灾难是我们一手造成的，而且在很长时间里都会是一个秘密 —— 就因为我们的任性和胡闹，差点把一座存在了四十多年的老铺子一把火焚掉!

这事想一想都害怕啊。我们是一帮什么人呢?

这个可怕的夏天啊，这个危险的夏天啊，我们做过的一切都不该被原谅。

和狐狸老婆分手的那个早晨，我们几个一直看着那个细长的背影，看他摇晃着，消逝在林子里。

老憨说："他和玉石眼和好了吗？"

我们都不敢肯定。但有一点是可以确定无疑的：他们之间再也不是仇人了。

更有可能的是：他们之间从来都不是什么仇人。

两个老人怀念着同一个人，爱着同一个人，这会成为仇人吗?这种事还真得好好琢磨一下才行——这种事对我们来说可能太复杂了一些。

不过，凡事都得总结 —— 总结一下前前后后，弄明白我们的深刻教训到底在哪里?

因为我们身上带着烧灼的印痕，回家会受到刨根问底或重重的责罚，特别是老憨，几乎肯定会被臭揍一顿。趁着没有散开的一段时间，我们几个又在林子里耽搁了一会儿，好好讨论了一番。

最后得出了如下两条结论：

玉石眼是我们的好朋友，我们对他的话句句都信——再加上一些传言，以为那人真的给狐狸当过三年老婆呢！

看来以后无论遇到什么事情，都要听听当事人怎么说。

抽烟喝酒本来就不是我们喜欢的事情，只不过是一心想要模仿大人罢了，结果就差点弄出了一场天大的乱子。

海边的人说，猴子才最爱模仿呢，而我们又不是猴子。

从林子里出来，正好太阳也升起来了。

新的一天就这么开始了，我们要回家去了。老憨说："我爸一准打我，我又没带酒葫芦……"

我们于是决定陪老憨一起回去，以便在关键时刻为他挡一挡棍子……

这个夏天啊，剩下的日子还算过得不错。我们抓紧时间纠正自己的错误：一块儿为狐狸老婆修整弄坏的园子，送了他一些河鱼，其中有两条还是真正的"黄鳞大扁"！

玉石眼的烧伤好得比我们慢一点，半个月之后才回到铺子里去。狐狸老婆的药膏功效显著，我们大家身上没有留下一个疤痕。

我们仍旧去玉石眼那儿听故事喝鱼汤，也去看望狐狸老婆。

现在我们可以负责任地说：两个老人都成了我们的朋友！

还有，那天早晨我们带着一身烧痕回家，谁也没有受到责罚，因为海边上的消息总是传得飞快：人人都把我们当成了救火的英雄。就连老憨也没有挨揍 —— 火眼那天早晨一见儿子就笑眯眯地凑过去，这让老憨心里发毛；在他马上就要拔腿逃开的一刻，火眼说话了：

“我这孩儿不孬哩，真是不孬！”

说到底夏天还是最好的季节。火热的夏天能让各种植物飞快成长，对人大概也是一样。

我们真舍不得夏天啊，舍不得这个夏天、所有的夏天。

二〇一一年七月十四日写，十月十八日改

引 言

爸爸不知犯了什么大错，最后不得不与全家一起离开原来生活的地方，来到这个半岛上。当时我还小，什么都不记得。妈妈说我是被装在一只篮子里携来的，这让我想到了一只猫。

我们家从此就定居在海边林子中，没有一户邻居。我现在可以从地图上指认我们的半岛了——它就像动物的一支犄角伸入了海中，细细的尖尖的！可是我们住在上面的人丝毫没有觉得它狭窄，相反还认为它大得无边无际呢。

我们的小屋筑在丛林的边缘地带，不过离最近的人家也有一公里远。这儿到处是吵吵闹闹的各种动物——爸爸叫它们为“哈里哈气的东西”。我知道这是指它们跑动和打闹时发出的喘息声、喷气声。

后来，当我那些贪玩的同学和伙伴们来了，晚上躲在窗外黑影里等我出来，不小心弄出了声音时，爸爸就会咕哝一句：“哈里哈气……”

我听了想笑，在心里说：林子里的各种野物、还有我们这一群，都是“哈里哈气的东西”！

海边歌手

二〇一一年在澳大利亚

搬柴垛

旷课的日子里常常发生一些激动人心的事情。

其实旷课本身就够好玩的了，这是一种冒险，而冒险多么快乐：最好的几个朋友相互鼓励着，递个眼神就知道要干什么。

我们往海滩上跑，穿过林子里纵横交织的小路，大呼小叫的，惊得野物们四散奔逃，别提有多么快活。

可惜这样的机会并不多，因为一个星期里至少有六天要安安稳稳坐在教室里，剩下的一天才是周日，可是好不容易挨到了这一天，有多少双眼睛盯着我们啊！家长早就瞅上了这个日子，好像这是他们的，不是我们的，一开口就会说："今天不上课。"接下去就是各种各样的任务压下来，就像三座大山那样沉：

去代销店买东西，为院边的小菜田施肥除草，将堆了差不多有一百年的柴垛子搬开，割猪草，采蘑菇……

不过这些活儿当中也不全是让人讨厌的，有的还算有趣，比如搬柴垛。

本来是多么累的活儿啊，想想看，我们要把一大堆木柴从一个地方搬到另一个地方，这些破木头风吹雨淋了不知多少年，黑乎乎的，干不了一会儿就要沾人一身脏东西，弄得脸上头发上全是……就因为这样，大概谁也想不出干这种倒霉事儿有什么好处。

要不说老憨粗中有细嘛，他就懂得搬柴垛的妙处。这家伙以前被他爸火眼逼着搬过 —— 那是他们家小泥院里一个吓人的大家伙，据说已经堆在那儿有两辈子了，他爸一高兴，就说要挪挪窝儿。

老憨那次差点给累个半死。可是干到一半多一点的时候，苦尽甜来了 —— 他从柴垛里找到了一根铁管。这铁管二尺多长，锈得不厉害，真让人喜欢。

尽管老憨一时想不出可以做什么用，但还是喜欢。他先把它放到一边，继续干。

又搬了一会儿，乱乱的柴棒里出现了一把锯子，虽然只有半截，但是带着手柄。他把它放到了铁管旁边。接着更大的奇迹就出现了：

杂物中露出一根细绳，上面串着什么；一揪细绳断了，啪啦啦掉下一些珠子，是半透明的、暗红色的。他小声叫一句：“宝贝！”然后蹲在那儿，大气也不敢出了。

老憨那天的发现肯定是了不起的。

他除了将半截锯子交给爸爸之外，铁管和十几颗珠子都藏了起来。铁管做什么再说；珠子洗干净以后，颗颗闪亮!

他把闪闪发亮的珠子藏了好几个地方，还是有些不放心。

老憨直到第三天才找到我，说话吞吞吐吐：“老果孩儿，你们家的大柴垛子搬不搬？”

我说不知道。

“你爸如果要搬就好了：它其实放得够久了，早该搬一搬了。”

“为什么？”

老憨抿抿厚唇："不搬就完了 —— 外面好好的，里面的柴火做饭时点不着了。"

"为什么点不着？"

"不知道。反正我爸急着让我搬嘛……"

几天后，老憨又一次找到我，脸色红红的不说话。他转悠着，提着腰带。我还以为他要撒尿呢。原来他是被心里的一个秘密憋成了这样，这秘密已经憋了快一个星期了，这在老憨来说是多么困难的一件事！

还好，他最后总算全部说出来了。

他要与我商量的是马上要做的几件大事：一是这盖世的珠宝怎么办，二是快些动手做一杆枪。

我明白了，这确实是最了不起的两件事，想想看，一是财富，二是武装，这都是天大的事啊！

我和他一起兴奋，并有幸亲眼看到了两件宝物：半截铁管简单好懂，老憨要用它做枪管 —— 他说对于一支枪来说，最关键的部位就是筒子了，而现在我们有了。可是在我看来，那十几颗像玻璃又像石头的珠子，怎么看都不是宝贝。

我说出了自己的怀疑。老憨又气又急，拍打膝盖：

"你啊，老果孩儿，你什么都不懂！富人急了随手把宝贝藏到柴垛子里，这在战争年代是最平常不过的事儿。你翻翻书就知道了。"

我看着脸色由红转紫的老憨，更加不信他的理由：他家的柴垛子不可能是从战争年代堆起来的。我委婉地表达了这个意思。

老憨不再与我争论。他望望远处，神色庄严，可能已经下了什么决心。

这是几年来我与老憨最谈不拢的一次。我很难过，他大概也一样。

我并不嫉妒他有宝贝，如果依照他的暗示，这宝贝真的价值连城的话，那么我作为他最好的朋友，不是应该高兴吗？

我和他都知道：现在最大的难题是找谁鉴定它的价值？如果真的是一件罕见的宝物，那就有其他的危险，比如某一天有人追查它的来路、不小心走漏消息招灾惹祸……什么事都可能发生啊！

日子一天天过去。老憨没有再提宝物的事，可能因为事情过大，需要沉住气才行。但他的兴奋是显而易见的。有一天放学我们走在一起，刚进入林子他就说：

“老果孩儿，枪快有了！”

我很吃惊：总不至于这么快吧？

“我找了朋友三胜，他爸是在一个村里当头的。三胜找到民兵连的人，搞来一个拆下的旧扳机。枪托好办。”

我有点佩服他的果决和速度，但还是有点怀疑。这事儿也太草率了吧。

老憨说等着吧，用不了几天就背枪来见：“我们以后就是有枪的人了！背上一杆枪去海边，连海上老大都得服帖！那些邻村里的猫头狗耳——”

他总是把自己瞧不上眼的人称为“猫头狗耳”，意思和“杂牌军”差不多——“到时候咱只要端起枪来一瞄，他们就得撒丫子快跑……哎，你爸还没说搬柴垛的事？”

我摇摇头。我根本不信我们院里的柴垛子里会有什么宝贝。

老憨说：“反正总会有什么好东西，只要是个老柴垛，那就一准会有。”

背枪的人

真是巧极了！有一天妈妈指着黑乎乎的柴垛子对爸爸说："如果把它移开一点，我们就能在这里种一畦小葱。"

爸爸嗯一声，未置可否。

我立刻大声赞同妈妈，爸爸瞥了我一眼。

我说："这事儿不难，我让老憨几个同学星期天来帮忙，一会儿就搬完了。"

爸爸没有反对。这事儿算是成了。我赶紧告诉了老憨。

星期天一大早，爸爸妈妈刚出门，老憨就来了。他容光焕发，一进院子就腆起肚子问："今天施工吗？"

他把搬柴垛叫成"施工"，有点可笑。他问的时候却将脸转向远处，原来是眺望一个人。果然，一会儿一个矮矮胖胖的人出现了，年龄和我们差不多，圆眼，粗脖子 —— 他胸前有一根斜带子，走到近前一甩，一杆枪就挪到了前边。

我愣住了。

"这就是三胜，咱们的好伙计！今天主要是咱仨干，一会儿再来两个帮手，他们干到半截就得走人 —— 有些事儿不能透给他们……"老憨一边说一边从三胜身上摘枪。

我掂了掂这支枪，认真端量起来。是的，有筒子有扳机；但还是觉得有什么不对劲儿。我问："这枪能放响？"

老憨看看三胜，说："能放响还行？咱又不是真正的民兵，只能这样——到时候安上一根'撞针'就行了。"

三胜点头。这人不太爱说话。

"'撞针'是什么？"我问。

老憨指指枪筒后边一点："安在这个地方，是点火用的，一撞，嘭，响了，敌人就死了。"

正说话，又有两个男孩来了，他们我都认识：一个是园艺场的"破腚"，一个是"三狗"。他们走得急，身上汗津津的。两人刚刚站定，老憨就指着柴垛子说："快干，趁着没人把它搬开吧，要赶紧。"

破腚三狗二话不说就干起来。

我总想笑。我不知道老憨是怎么跟他们说的。我也要上前搬柴垛，老憨却把我拉到一边说："先让他们干，好东西都在下半截呢，到时候让他们走开，我们三个搬——那时就得小心一点了……"

破腚因为时不时地爬树逮鸟，裤子常常有一道破口，而且屁股总被划破，留下一道道伤疤——老憨时常威胁要对别人讲述那些疤痕，所以破腚一直畏惧老憨。三狗是老憨多年的崇拜者。

总之老憨身边总有几个不太平等的朋友，而我和三胜可能是仅有的两个例外吧。

老憨十分沉着地看着他们干活，拉我和三胜在一边闲扯。他这会儿才算正式介绍三胜："我其实早该把你们两个拉到一块儿了，因为你们都是一样的人。"

他这样说，吓了我一跳。

老憨接着说："你俩都有一副好嗓子，等一会儿他们走了，你们比一比——我说谁胜了，谁就是胜了。"

三胜白我一眼。

我听说三胜的父亲是东边的一个村头儿，外号叫"蓝大衣"：他有一件非同一般的蓝色大衣，上面有两排金闪闪的铜扣子，一般不穿……关于这个人的传说不少，我一想到这个人就讨厌。

老憨低头看看我，又拍拍三胜说："老果孩儿要等你先唱，然后他才唱。这事儿我当裁判，等一会儿吧。"

我真的有些紧张了。我瞧瞧三胜闭得紧紧的厚嘴唇，怀疑他会唱什么歌。我还有个疑问：如果他唱得好，为什么上次少年艺术团招考他没有报名啊？

老憨一抬头，马上拍手大笑：破腚和三狗满脸都染上了黑斑，那模样可笑极了。他俩一边用拐肘擦汗，一边求救地望望老憨。

老憨说："接着干，好事在后边，就快有了……"

我问他有什么？老憨说："反正会有的。"他取了枪瞄着远处的小树，上面有一只鸟。

这时三狗喊了一声，我们马上跑过去。三狗手里提着一个破草篮似的东西，老憨一把抢到手里。

原来那是一团粗粗细细的草梗，中间有一些羽毛和棉絮……三胜把头凑得很近，嗅一嗅，吐了一口："呸！"

三胜说这是一只动物废弃的窝：那家伙大概在柴垛里住烦了，

溜走了。

“什么动物？”破腚最喜欢野物，瞪着一双猫眼问。

三胜说：“不是獾就是山狸子，反正不是老鼠。”

老憨不再吱声。他蹲下看了一会儿，又望望太阳，对三狗和破腚说：“你俩走吧。”

两人有些迟疑。老憨踢一下破腚说：“给你们这只窝，它归你俩了！”

“这有什么用？”三狗问。

老憨说：“春天用它来孵小鸡最好了，给你妈，她一准喜欢——这个你就不懂了……”

三狗和破腚抱着那个毛疵疵的草团，一边走一边回头，很不情愿地离开了。

高歌一曲献刺猬

剩下的活儿只有我们三个人干了。想不到老憨的劲头那么大，他一个人撅着屁股猛干，一弯腰抱起一大束柴棒，顶得上我们两个。他嫌衣服碍事，干脆解了上衣，将肚子顶在柴棒上，一会儿肚皮就变成了黑的。这又黑又大的肚子看上去真是不错。

三胜干得小心，每抽出一撮柴棒都要好好看一看，研究一番。他最早发现了一截锈得厉害的锁链，端量了一会儿就放在旁边。后来他又发现了一个酒瓶盖、几根钉子。

老憨虽然对这些物品并不看重，但认为它们的出现说明“快了”——真正有价值的东西就要出现了。

我稍稍着急了一些，老憨却变得更有耐心了，蹲下来慢慢翻找，将柴棒一根根抽出，让我运走。

这样干了一会儿，当有一次我刚刚抱着柴棒走开时，身后突然传来了老憨的大声呼喊。我扔了东西就跑过去。

原来是三只大刺猬！它们从柴垛中给扒出来，胖胖的，蹲在那儿，好像并不害怕。我们都兴奋起来，拍着手逗弄它们。这三只当中有一只格外大，另两只也不小，总之是这些年里我们看到的最大的刺猬了。

瞧它们多么干净啊，而且还有点害羞的样子。我判断这是姊妹仨，是姑娘。

老憨分辨雌雄的能力很强，他甚至能将游在水里的鱼分出公母。这方面他显然是真正的权威，但这会儿他对我的话也没有反驳。

三胜说："知道你们家的柴垛子为什么这么大吗？就是因为它们！"

我笑了。这是胡扯。

三胜解释说："谁家的柴垛子里有了刺猬，就再也用不完了！不光用不完，还会越用越大。为什么？就因为它们在夜深人静的时候往上加柴，干得可高兴呢！"

我不太相信。我只知道半夜里我们家的猫和狗不太安分，它们总是哼叫蹿跳，发出一声声怪叫，显然在和黑影里的野物玩耍。只要我睡不着的时候，总是听到一种"呼呼哧哧、哈哧哈哧"的声音——这就是爸爸说的那些"哈里哈气的东西"。

它们的数量和种类太多了，总是在夜里不得安闲。它们的作息时间与我们人类正好相反。

我还听说，村子里有几个怪人，他们习惯于夜间活动，所以知道许多动物的秘密：一些平常难得一见的野物，比如狐狸和黄鼬，还有花脸狗獾、豹猫，个头更小一些的四蹄动物鼹鼠，一到半夜就全出动了。

野物们并不一定急着干什么坏事，说实话，它们不过是玩心太大，一般来说比我们人要大得多，好奇心忒重。它们最愿做的事情就是探听人的秘密：半夜三更趴在窗户上，听人打鼾或说悄悄话。

我听老人们说，有些动物年纪大了，也就听得懂人的悄悄话。所以，村里一些埋得很深的秘密，只要透露出来了，那就十有八九是动物们传播的。

说到动物，最需要提防的是狗：它们几乎个个听得懂人的话，只是不会说话而已。最早的时候，它们不光会听，还会说，并且说得很流畅。人们相互之间说话时，有时并未发现它们夹在中间——因为它们个子矮，往往不被人注意。结果狗就相互传话，越传越多，也就常常引起口角，发生械斗。

就因为这些麻烦事儿，老天爷生气了，从那时起也就不让狗再说话了。

老憨冲着刺猬喊："你们，大妞二妞三妞，齐步——走！一二、一二！"

它们伸长了鼻子，仰起猪一样的长脸，一一看过了我们，然后交头接耳。

其中的一个轻轻咳了一声，就像人的声音。

三胜激动了，他凑近它们小声唱了起来：

"大刺猬啊，我的大宝刺猬／我爱你们，要把你们来捍卫／如果你们扎不疼我／我们就一个被窝睡……"

老憨哈哈大笑，亮起了天底下最破的嗓子："大刺猬啊，大刺猬，／你们是革命人民，最好的姊妹……"

三胜的歌声由低到高，唱着唱着站了起来。他脸向着远远近近的林子，不停地唱着。

我渐渐凝住了神。说实在的，我从来没听过这么亮这么高的嗓门！老天，这会儿林子里什么声音都停息了，无数的野物 —— 主要是那些鸟儿们，全都一声不吭地听他唱……

他唱出的词儿很快离开了刺猬，一首接着一首，几乎把这些年学校里传唱的歌儿全唱了一遍！

三胜刚刚停歌，老憨就对我说："你还等什么！你还不唱？"

我的脸肯定红得厉害。我一时竟然开不了口 —— 我的嗓子连他一半高都没有，也更没有他的响亮。

老憨生气了，伸手推我。

我搓搓手，咳一声，只好唱起来。我唱得很低沉。我总是这样，一开始是低沉的。我盯着刺猬，这样会好一些 —— 我想唱给它们听，它们就住在我们家里……我相信它们会听得懂。

我唱："千斤的铁锤哎，当针拿……"

这是我刚刚学会的一首歌。我发现三胜十分专注地听我唱。

老憨凑在他耳旁说："这家伙最会唱忆苦歌！"

"忆苦歌"就是海边人回忆旧社会才唱的歌，因为"不忘过去苦，方知今日甜"。他的话提醒了我。我看看三只刺猬，马上改唱道：

"天上布满星，月牙儿亮晶晶，生产队里开大会，诉苦把冤伸……"

三只刺猬刚才还在走动，这会儿一动不动了。

我心里有些酸楚和难过。我的泪水在眼眶里闪动。我继续唱："十个脚趾头，冻掉了九个……"

三胜眼里流出了泪水。他一声不响地走上前，扳住我的肩，拍打。他咕哝："你唱得真好！你是我遇到的最会唱歌的人……"

可是我觉得自己的嗓子连三胜一半都不如。我只是唱得悲伤而已 —— 我一想到爸爸，想到其他一些事情，就不由自主地这样哼唱起来。

我通常都是自己唱，没人的时候唱，后来就被老憨听到了。

我想，我会永远记住今天的鼓励。

沉默了一会儿，老憨再次让三胜唱。三胜点点头，唱得比刚才更加激越。老憨先是张着嘴巴看他，后来就在这歌声里围着刺猬跳起来。

我又一次觉得自愧不如：三胜才是真正的歌唱家！他的歌声就像海浪一样，翻涌着滚过我们家的小屋，又往更远处奔去了。

我亲眼看到密密的树梢被他的歌声摇动了，发出呼呼的共鸣。

再看地上这三只刺猬，它们不再挪动，一齐停下来看着唱歌的人，前爪微微抬起，显然听得出神了。

拉网号子

我因为老憨介绍认识了这样一位朋友而感谢他。

这之前我做梦也想不到三胜会是这样：唱得这么好，还真心地赞扬我。而以前我只要想到“蓝大衣”三个字，就会躲开他。

谁想到那个吓人的家伙会生出这么好的儿子？

一连好多天我都忘不掉三胜那天的嚎唱。太棒了，这是我至今为止所听到的最响亮最动人的歌声！那天，歌声震得我简直没法站立，整个人都随着他的歌不停地摇动。事后老憨说：“我看见你哭了。”

我尽管激动，但还是反驳了他一句：“我没哭。”

这是真话。我不喜欢轻易哭鼻子的男孩。爸爸从小告诉我：男人不能流泪。

“那就是三胜哭了。”

我点头：“他哭了。”

“瞧你都能把蓝大衣的孩子弄哭，真是不简单哩！”老憨掐着腰说。

他自从有了一支放不响的枪之后，整个人就像司令官一样神气，口气也大了许多。

他暂时将那件价值连城的宝贝藏起来了，说只等哪一天找到一个真正懂行的人。他到底藏在了哪里，不露一点口风。现在他更愿旷课了，因为让拥有一支枪的人安安稳稳坐在教室里，那是不可能的，那等于鹌鹑笼里关雄鹰。

“有本事的人都在海边上哩！”他强调说。

我问三胜平时在哪里？

“那还用问？他除了歌咏比赛要去学校露一手，一般上课才不积极哩。他是这一围遭最能唱的人！”老憨伸手往四周画了一个很大的圆。

“我真的没听过比他唱得更好的人了。”我说。

老憨说：“哧！就连城里也没有！”

我对老憨的结论没有把握。因为我知道城里与乡村极为不同，那里的楼房多，人是一层一层叠起来住的，因此人才也是一层一层叠起来的。我不吱声了。

老憨背着枪，又一次说服我旷课。吸引我的主要原因是三胜——老憨说他在看拉大网的，他大多数时间就在海边混。“人家最受海上老大欢迎了，中午就吃最好的东西，红鲷鱼、红毛虾，最馋人的东西，他全都吃到了……”

我不由得咂了咂嘴。我知道那个叫老扣肉的海上老大一般情况下谁也不买账，就连蓝大衣也不见得会瞧上眼。我问：“为什么？”

老憨翻翻白眼，指一下喉咙：“靠这个！大网快上岸那一会儿，老扣肉就让三胜领唱拉网号子！”

我全明白了。

这又是一个大热天。天空万里无云，刚一大早沙子就有点烫人了。我和背枪的老憨一头扎进林子里，就像两尾鱼吱溜一下钻进了大海。

从这一刻开始我们愿怎样就怎样，这里才是我们的天下。

鸟儿们对我们俩全都认识，它们一见我们逃学就嘻嘻笑，那笑声我最熟悉了。

一只灰喜鹊站在几步远的枝丫上说："咪嗦拉嗄儿！"我及时翻译出来："又要去哪儿？"老憨冲着它说："喂你枪子儿！"它"嘿嘿"笑了两声，说："吱歪拉嗄儿！"我翻译给老憨："一扳没响儿！"

老憨愤怒地拍打枪杆，骂了句粗话。

树隙里、浓阴中，全都是呼哧呼哧的喘息声、叽叽喳喳的说话声。这都是"哈里哈气"的东西，它们总要伴我们跑上一路，直到没了兴致为止。

它们的好奇心比我们人要大得多，也更热情，最喜欢年龄在三五岁到十四五岁的孩子。当我们长到了二十岁之后，它们对我们的兴趣就要变得少多了。

但另一个情况也很奇怪：当人们长到了七八十岁的时候，它们对人的兴趣又突然增大了。所以海边村子里常常发生这样的怪事：一个老头或老太婆，说不定哪个早晨就胡言乱语起来，说的尽是动物的话。

据说这是一只野物喜欢他，附在了他的身上，逗弄他玩呢。

一路上，老憨动不动就用枪比画大树后面的野物、吓唬它们，这就不得不耽误一些时间。等我们来到海边时，好看的撒网时间已经过了 —— 那时打鱼人摇船进海，一边摇橹一边往大海里撒网。看吧，带铅坠的渔网沉了底，只有一长溜白白的浮子漂在海面上，围成了比十个篮球场还要大的一个半圆……

剩下的事情就是拉大网了。连接那个大半圆两端的，是两根粗绠，一直伸到沙岸上来，这会儿每一根上都有挨紧了一长溜光着上身的人，他们撅着屁股一齐用力。

拉大网的家伙个个不好惹，他们皮肤黑红，眼珠子锃亮。

最凶的还是老扣肉，他每到了这时候，后脖子上那个肉疙瘩就颠得厉害，大呼小叫满海滩跑，随时都会打人。他的手只要往上一举，领号子的人就要喊唱起来，然后就是拉网的人一齐跟上喊唱。

如果号子声稀稀啦啦不整齐，力气也就使不到一块儿去。这里的人都知道：领号子的人太重要了，这个人要嗓子尖亮，再多的嘈杂也掩不住才行，这样才能把拉网人最后的一点力气给逼出来。

我和老憨一眼就看到了三胜，他果然就在老扣肉身边，抄着手，两人站在一张破鱼帆的阴影里。我们走过去时，他只对我们轻轻点一下头。

又粗又长的网绠开始移动，拉大网的人当中有个粗沙沙的嗓子起了调，大家就“嗐哉、嗐哉”地应起来。

“孙二娘这个鸟儿呀，不是个鸟儿呀——”起调的人总是这样开头。

我们对这一套都相当熟悉。只是谁也不知道“孙二娘”是谁，不过都知道她是个女的，而且她这名字被喊了好几辈子。

大家随着这节奏一齐用力，海里的大网就一寸一寸往岸上移动。

我和老憨都在等待那个最关键的时刻。那是大网即将靠岸的半个钟头——这时候网里的鱼密集了，它们胡乱蹿跳，再加上围来买鱼和看热闹的人越来越多，那个起调领唱的人就得卖双倍的力气了——如果这时候他压不住满滩的嘈杂，拉大网的人就无法接上"嗐哉"，也就不能一齐发力，一切也就乱了套。

太阳也到了发威的时候。拉网的人身上流油，脚板被沙子烙得不敢停留片刻，跳着脚，"嗐哉"声喊得更大了。

时候终于到了。我看到老扣肉的手往右边耳朵上举、举，然后往下猛地一挥。

几乎就在同时，三胜的嘴巴鼓了起来——因为我和老憨这会儿离得近，一直盯着他的嘴巴，所以看得一丝不差！这鼓鼓的嘴巴一放开就是一句响亮惊人的大唱，只一下就把四周的人声压下去了！

"……快看孙二娘啊呀，辫子四尺长啊呀！"三胜的圆眼瞪得像牛眼，头发梢一根根全竖起来了。

我和老憨不得不退后一步，因为我们离得太近了，耳朵实在受不了。老憨夸张地捂住半个耳朵说：

"我的妈呀，这老三胜儿快把我的腮帮子鼓破了！哎呀我的妈呀！"

围到海上的人可真多，一转眼多了好几倍，有的跟上起调的人喊，有的跟上“嗐哉”，号子开始有些乱了。老扣肉转着脸四下里骂，可是围看的人兴头一旦上来，谁的话也不听。

三胜满头满颈都是汗粒，为了能够压过周围的胡喊乱叫，他不得不更加靠近拉大网的人，大力扯着嗓子喊唱。

可是今天不比往常，人太多了，大家的喊叫声实在太大了。拉大网的人不得不扬起脖子、侧着耳朵寻找领唱的人。老扣肉破口大骂，但一张口就被更大的声浪淹没了。

老憨搓着手说：“没治了，乱套了……”

他的话音还没落地，只听得一嗓子尖厉厉的呼号从我们身后传过来 —— 我转过脸，看见了一个身材细细的小人儿，他正从林子那里走出来，一边走一边唱着领网号子。

大伙都迎着尖声找人，把脸转向了同一个方向。

这小人儿渐渐走得近了，我们这才看清：他与我和老憨的年纪差不多，又细又高，太瘦了，头发长长的，脖子也长，一对眼睛圆得像黑纽扣……

他走到了近前，所以领唱的号子响极了，那简直不是人唱的，而直接是从一根铜管里吹出来的。

这声音又尖又急，谁也别想挡得住，什么噗噗的海浪、人群的乱吼，全都给压得趴下了。

老扣肉出了神，像被一根线扯住了一样，头探着，往尖声大唱的细瘦男孩那儿一步步走过去。

喊出月亮来

我们永远不会忘记这一天的海上经历。这真算得上一场奇遇。

自从细瘦男孩出现那一会儿，三胜也就歇着了：他一开始紧盯着男孩看，后来就坐在了破鱼帆下边。他实在是太累了。

我和老憨一时顾不得三胜，只往那个细瘦的男孩跟前挤蹭。我们想再近一些看看他的模样、他怎样喊唱。老憨走开几步，又回头把枪摘下来，放到三胜脚边。

我们离这新来的家伙只有五六步远了 —— 不可能更近了，因为老扣肉就站在一旁，像个老警卫一样护着他。可是我从这个距离已经完全看得清了。

不看不知道，也不会相信：原以为他会使出全身的力气大嚎呢，谁知道根本就不是那么回事儿！瞧这家伙只是随随便便地唱，一对嘴唇薄得像煎饼，一张一闭根本不怎么用力！

他真是太瘦了，体重顶多有五十多斤，浑身上下只穿了个短裤，差不多全身都露在外面，那模样真是可怜人：肋骨一根根清清楚楚，开口一唱，肋骨和喉结就上下移动一次。他的脖子好像永远也洗不干净，黑乎乎的，像一截弄脏了的胳膊。

我从来没有见过这么细长的脖子。

老憨凑近了我的耳朵说："他大概好些日子没有吃饱了。"

我也注意到这家伙的肚子：使劲瘪下去，所以短裤也系不牢，随时都能掉下来。他整个人就像一根软塌塌的皮带。

离得这样近端量他，一个疑问就更大了：这样一个小瘦人儿，怎么会有那么高那么尖、那么响亮吓人的嗓子呢？这根本就不是人，这是一个会唱歌的妖怪吧！

我们一眼就看出，老扣肉只一瞬间就喜欢上了这家伙：他把别的全忘了，看也不看别的地方，不看拉大网的人，只盯住男孩细长的脖子，眼珠随着上面的喉结上下移动。

中午吃饭的时间到了。所有拉鱼的人都排队站到热腾腾的大锅旁，挨个儿领一碗大鱼。只要是帮忙拉大网的人，就有资格排队领鱼喝汤。

我和老憨今天只顾得听号子了，没有去网绠那儿搭上一手，所以只好等到最后 —— 如果大铁锅里还剩下鱼汤和小鱼，那我们就可以享用了。

三胜是领唱号子的人，不光有资格吃鱼，通常还要吃最好的鱼。

可惜今天老扣肉只照应那个瘦小的后来者，牵着他的小手直接走到队伍前边，对掌勺的老人说："给他红鲷鱼、红毛虾，大块鱼肉！"

三胜像我们一样，并不往前，只盯着老扣肉和瘦男孩儿。

老憨走到老扣肉跟前，背着枪，嘴里发出响亮的咳嗽声。老扣肉终于注意到他，骂咧咧地说："你他妈的在这儿蹭挤什么，你帮忙拉大网了吗？"

老憨不答，只是咳嗽。

老扣肉刚想动巴掌，三胜几步蹿过去，指指他又指指我：“他们都是我带来的，是帮我的，也该喝口鱼汤吧！”

老扣肉的火气顿时消了一些，指指后边说：“排队去吧。”说着把三胜拉到那个瘦小子一块儿，说：“吃鱼，都吃好鱼！”

三胜不太理旁边的瘦男孩，仰着脸。

老扣肉拍打瘦男孩的肩膀，告诉三胜说：“他叫常奇，是另一个村里的，你俩都是好唱手——从今以后就是一对儿了！”

我和老憨在一旁听得清楚，忍不住咕哝：“常奇……”

我发现这个常奇离得更近时，看上去比刚才那会儿还要奇怪：他真是瘦到了极点，可以说皮包骨头；脑瓜比一般人稍大，可是脑瓜上的皮肤薄得像一层纸，上面的血管像小蚯蚓；特别是这双眼睛，真大真圆，不过有些呆傻气。

我想，他肯定是饿呆了。

因为有三胜的袒护，我和老憨也吃到了鱼、喝到了鱼汤。这种待遇可不一般。没有在海边的大锅旁吃过鱼喝过汤，这辈子就别想知道这种美妙滋味。在家里，妈妈做的鱼汤再好也不及这里的十分之一。这是没有办法的事。

这会儿，我和三胜老憨常奇四个围坐一起——只要一开口吃东西就全明白了：常奇真的是饿坏了，大口吞鱼，不怕鱼刺卡住；喝起鱼汤就像我们家的大狗，发出呱哒呱哒的声音。

我还听到他往下咽东西时，总要发出“咕咚”一声，一听就知道肚子是空的，吃进的食物一直要掉进很深的地方去。

老憨也在看，笑了。

三胜皱眉吃饭，一点笑容都没有。他不高兴。

下午又拉了一网鱼，收获很大。老扣肉想让常奇和三胜轮番领唱号子，三胜说嗓子被鱼刺卡着了，没有唱。我和老憨都知道三胜不高兴。

因为中午饭吃得太饱了，像过去一样，我们一定要到林子里玩上很晚再回家。我们一点都不饿。

我和老憨三胜往林子里走，刚走了一段路，老憨回身指指说：“看！”

原来常奇也慢吞吞地跟上来。

我们站下了。三胜犹豫了一下，也站下了。

常奇走近了，老憨就耸耸肩上的枪说：“我们可是有武装的人，不怕摸黑进林子 —— 你要跟上玩也行，不过得跟紧些。你能做到吗？”

常奇点头：“能哎。”

三胜斜盯着常奇，嘴角上有奇怪的神气。我知道三胜厌烦常奇，这厌烦再多一点点，就变成恨了。

我对三胜唱歌十分佩服，对常奇则是震惊。如果不是亲眼听到，我无论怎么都不会相信世上还有这样尖亮的嗓门。

最让人惊奇的是，我从近处看过，常奇发出那样的大声一点都不费力！老天爷，这家伙还饿着呢，如果他天天喝上今天这样的鱼汤，那还说不定会唱成什么呢！

老憨背着枪往前赶，三胜紧跟后边。我和常奇稍稍落后一点。

我觉得老憨在三胜的督促下，走得太快了些。这时天一点点黑了，常奇咕哝了一句什么，我没有听清。后来他蹲下了。

“你怎么了常奇？你肚子痛吗？”

常奇伸手在我跟前摸了一下，说：“不，不要紧……”

“你到底怎么了？”

他不吭声。这样憋了一会儿，他终于说：“我，我是‘雀目眼’……”

我吃了一惊。我知道海边人夜里看不清东西，就说害了“雀目眼”，也就是夜盲症。我拉他起来，一边喊前边的两个人慢些走。他们就像没有听见似的，只管快走，身子碰得两边的树木唰唰响。

一些野物一到夜晚就激动起来，它们横竖蹿跳，发出急促的喘息声。

老憨和三胜很快不见了影子。

这显然是故意的。我生气了。我蹲了一会儿，安慰常奇：“不要紧，大概他们有什么事吧。我在呢，有我在就不要紧。”

常奇一点都不紧张。他说：“嗯。咱等一会儿，等一会儿月亮出来了，那就好赶路了。”

我们蹲着等月亮。四周的动物小心地凑近了我们，鼻子里发出熟悉的喘气声。我小声对常奇说：“这都是‘哈里哈气的东西’。它们凑到一块儿就发出这种声音——你听到狗和猫还有猪，它们在一块儿都这样喘喘的，那是因为高兴啊！”

常奇屏息倾听了一会儿，说：“嗯。它们的鼻孔大概不像人一样通畅吧？”

“它们可能更愿意用嘴呼吸——这并不是个好习惯呢。”

为了看清再有多久月亮才能出来，我就爬到了树上。常奇也爬上来。东边稍亮一点，这说明月亮走到半路了。我心里一高兴，就哼了一句歌儿。但我马上意识到了最了不起的歌手就在一旁，立刻闭了嘴巴。

黑影里响起常奇欣喜的声音：“唱呀！唱呀你！”

我却要鼓励他唱：“闲着也是闲着，你就唱吧！你唱得多好！”

常奇不出声地待了一会儿，然后真的唱起来。

啊，这声音真像从铜管里吹出来的，有一种金属那样的脆生。这声音一出，林子里很快就安静了。我比以前任何时候都相信：动物，还有树林和小草，它们个个都是喜欢听歌的！

常奇唱个不休。我想他这时候一定是最高兴的。

他的歌声渐渐高亢起来——就在这高音达到顶点的一瞬间，我觉得一轮月亮腾地升到了树梢上面……整个林子一下给照亮了！

与此同时，我发现在不远处的树底下站着两个人：一个背枪，一个垂手，当然是老憨和三胜。原来他们是被这歌声给召唤回来的，他们悄悄地回来了。

铁头的故事

关于常奇患有“雀目眼”的问题，我一直挂在心上。我到园艺场门诊部问过大夫，女大夫答得耐心，男大夫答得粗心。女大夫说：这是因为缺乏一种维生素，要改善营养。

我一听就明白了，常奇瘦成那样，肯定是缺乏营养。

我把这个意思告诉了老憨，老憨说：“常奇有一点力气都用来唱歌了，这还行？”

“他喜欢唱啊！人只要想唱，唱不出来就憋得难受。”

老憨耸着肩上的枪说：“那就别怪营养了。村里人说，‘叫唤的鸟儿不长肉’，他太能唱了 —— 把三胜逼急了，看蓝大衣能饶了他爹！”

我不吭声。我恨这种仗势欺人的所有事、所有人！我说：“他们唱自己的好了！谁的嘴都长在自己身上！”

老憨一愣，然后笑了，笑得啊哈啊哈。他止住了笑说：“你不知道，三胜好胜哩！他可不能让别人超过他！他说自己从来都是‘歌王’，这是城里剧团一个叫‘大背头’的人说的。蓝大衣是大背头的朋友，他们常在一块儿喝酒……”

“大背头会唱吗？”

“那是当然了！大背头上年纪了，听说年轻时候，一嗓子喊出去，满街的叫驴都听傻了眼！”

我觉得老憨说不出这么生动的比喻。我问到底是谁说的？他说这是三胜告诉的，是蓝大衣的原话。

“这也不是比喻，是真事儿。三胜他爸说，有一年是个正午，刚割麦子那会儿，人累得不行，正想睡一会儿午觉，谁知街上的叫驴扬着脖子叫开了，十几头一块儿叫，没人喝得住。正这时大背头进村了，只一嗓子，所有的叫驴全蔫了！”

我愣怔怔听着。

老憨摇着头：“反正常奇那天在海边领号子，这事做得太玄了！你想想三胜会饶了他？蓝大衣会饶了他？那么护着儿子的人，我还从来没见哩！有一次蓝大衣还跟我说——你猜他怎么说？”

我猜不出。老憨撇撇嘴：

“蓝大衣对我说，‘憨哪，你有枪了，今后就给我儿子当个警卫员吧！’你听听，这个狗东西！”

我脱口而出：“那你还要跟三胜做朋友？”

老憨正色道：“这是两码事！三胜跟蓝大衣可不一样。我们是好兄弟，要不我向着三胜，不向着常奇嘛！”

我不作声了。

“你向着谁？”老憨反问。

我说：“我谁都不向。”

“你总得向着一方吧？”

我想了想说：“我就向着歌吧！”

老憨骂了一句："这是什么话！你这话让三胜听了，他更恨常奇……"

"为什么？"

"因为常奇太能唱了……"

可怜的常奇！雀目眼常奇！我心里一直想着他的样子，想着今后怎么帮他。我对他的一切都好奇。接下去老憨才告诉我，原来常奇有个最倔的爸——那人倔得没法说！

"他爸怎么个倔法？"

老憨咧咧嘴："他的外号叫'铁头'，头太硬了！"

我还是听不明白。我让老憨从头说。

"是这样，十几年前他跟蓝大衣吵架，一头撞过去，把蓝大衣的胯骨撞坏了，在床上躺了一个多月！常奇爸的外号就是这么来的。"

我吸了一口凉气。

老憨说："这一下就跟三胜爸结了仇，你想想，得罪了村头儿，这日子还有法过？"

我琢磨这其中的道理。我同意老憨的判断，得罪了村头儿，那基本上是没法过的。这我从爸爸平时小心到不能再小心的样子就明白了：他出工的时候总是赶在前边，干活时一声不吭，村头儿对他粗声说话，他也不敢回嘴。

妈妈说：你爸爸是个罪人，他到这里是赎罪来了。

我问爸爸有什么罪？妈妈说：他脾气倔，乱说话，得罪了上边的头儿。

由此来看，爸爸和铁头大概犯的是同一类毛病。

老憨说下去："蓝大衣年轻时喜欢唱戏，他一唱，铁头就学驴叫，就这么打起来了。"

"然后就撞伤了他的胯骨？"

"嗯，好在骨头没断，要是断了，铁头就得蹲监牢！"

我想，这真是不幸中的万幸啊。

老憨嘴里发出夸张的咴咴声，说："常奇家的事坏就坏在他爸的头上，动不动就用头撞人，你想想还会好？"

"如果不是逼急了，他也不会撞吧？"

"习惯。都是习惯。常奇的习惯跟他爸就不一样，他逼急了只会唱。"

"可是三胜也要恨他呀！"

老憨没有回答我的话，只顾说下去："三胜爸说得好——'头硬，咱的枪子儿更硬！咱有枪把子握着哩！嗯！咱握着哩！'"

我看着老憨身上的那支枪——尽管它根本就放不响，我还是厌恶到了极点。

三胜拜师记

“这回要动真的了！”老憨一见我就这样说，满脸的严肃。他把身上的枪往上耸了耸，“三胜明天正式拜师了，他爸为他请了师傅，三胜叫你也去，咱去吧！”

我不想去，可是又实在好奇。我问：“师傅是谁？”

“现成的呗，就是城里剧团的大背头。不过那家伙年纪大了，嗓子拔不上去了，只是办法还有……”

“什么办法？”

“他能让别人拔上去。”

“拜师真的管用？”

“那还用说！不过你看可以，千万别暗中学艺 —— 那又不是你在拜师。”

这可难了。我如果不由自主地学到了呢？要知道这是完全可能的啊。我有些作难了。我那会儿又不能堵着耳朵闭着眼睛。

老憨看出了我在为难，就说：“咱们是三胜的朋友，不过是去助威的。我把三狗和破腚也叫上。”

第二天我们去了那个村子。老憨仍然枪不离身。他说三狗和破腚大概早就跑在前边了，说那两个家伙凑热闹的劲头谁也比不上。

这是个大村子，比老憨的村子大多了。三胜家的房子在村东，是三间大瓦房，还围了白墙小院。我远远地就注意到，院子里有个很大的柴垛子。

进了小院才发现，里面还有一个南北向的厢房。院里一点声音都没有。没有猫，也没有狗。

我和老憨都有点不敢走路了，因为太静了。

突然，我听到正屋里传出吱吱呀呀的胡琴声，还有啪啪打板的声音。我兴奋了。

进到屋里，发现破腚和三狗正立在一旁，他们就像没有看到我们，只盯住坐在圈椅上的人。那人怪极了：六十多岁，尖下巴，深凹的眼，满脸细皱密得就像落了一层灰尘。果然是大背头，头发又黑又密就像假的。

圈椅旁一边站了蓝大衣，一边站了三胜。大背头正给一把胡琴调弦，三调两调，嘭一声断了。

大背头把胡琴搁到一边去，抬起头来。

“都来了哋，都是三胜的朋友，都是护着他的……”蓝大衣指指我们几个，又特意向大背头介绍老憨，说：

“这是三胜的警卫员。”

老憨往上翻了翻白眼。

大背头抬头看人时，吓了我一跳：这人怎么回事？眼里有泪！满眼的泪水眼看就要滴下来了！可是他分明在笑……

他说话了，声音又低又哑，就像从地底下发出来的一样：

“拜师学艺，这都是古法了。不过不学还真不行！我本来洗手不干了，被三胜爸一片诚心打动，只好来这儿走一趟……”

蓝大衣笑吟吟的，听着听着就绷起了脸。

大背头又说：“三胜这孩子从小就被我相中 —— 他本是城里剧团的料儿……”

我们几个一齐发出了“啊”的一声。老憨两脚并拢，真像个警卫员的样子。破腚和三狗听得合不上嘴。破腚挠着屁股，可能是疤痕有些痒。

在蓝大衣的招呼下，我们给领到了另一个房间。原来这里才是正式拜师的地方：又一把大圈椅子摆在正中，上面还蒙了一张花毯子；一张桌子上有一溜果碟，装了糖果和糕点。

老憨直眼盯着果碟，收不拢口水。

大背头坐在圈椅上，蓝大衣站在旁边。

三胜在父亲的吆喝声里鞠了三个躬，那模样真可笑，可是谁都不敢笑。蓝大衣说：从今以后孩子就是正式为徒的人了；还说：自己年轻时有那么好的唱功，为什么没成？就是没有拜师！

“新旧社会两重天，三胜福分大得没有边！”他这样总结道。

蓝大衣咕哝说：“一日为师，终生为父……”

三胜不住地点头。我们所有人都明白：从今以后，三胜就有了两个爸了。不过我在心里盘算起这事的利与弊：通常看，人有一个爸都被管得厉害，再有一个，这还不要了命？

拜师的仪式大半也就这样了，剩下的事情最重要，就是开始第一堂课。

大背头伸出一根又黄又枯的指头，让三胜开口。三胜一唱，他就把手指往空中抬一点，说：“起，起，再起。”

三胜脸都憋紫了，还是起不来。

蓝大衣死盯着大背头的手指，又看儿子的嘴巴，急得搓手。

大背头将含泪的眼睛揉了揉，说：“凡事都得慢慢来。”他转脸看着蓝大衣。

蓝大衣说：“我想快一些才好……”

大背头十分作难。他看看三胜，又看看我们几个。

蓝大衣说：“师傅有什么话就说吧，这里都是护着三胜的人，不害事的，”然后严厉地扫我们一眼，“知道了什么不要说出去，出门闭嘴！”

老憨带头答应：“闭嘴。”

大背头闭上眼，过了三两分钟才睁开，说：“这么着吧，我有个绝招儿传你，不过你要吃得苦才成。”

还没等三胜开口，蓝大衣马上说：“我孩儿什么苦都能吃！”

大背头抬眼张望起来。他看过屋里又看窗外，然后起身去外面抱回了一个沉沉的大橡木墩。

我们都傻了眼。

大背头让三胜躺在地上，然后就把大木墩压在了他的肚子上，拍拍手喊道：“唱起来！”

三胜脸色发红，一会儿又发白，挣扎着唱，十分艰难。

“唱，用力唱！”

三胜的头往上抬了抬，直翻白眼，最后发出的声音就像猫叫。

大背头搓着手说：“这样练就成。想想看，到了那一天，连大木墩都压不住的歌，天底下谁又能压得住他？嗯？嗯哼？！”

大家如梦初醒，长长地出了一口气。

一场恶战

我一直认为三胜练歌的方法有点玄，但对成功还是抱有极大希望。这期间老憨来过几次，没传三胜的消息。

我们和破腚、三狗几个去海边看拉大网时，三胜也没有出现。

又看到常奇了，他成了老扣肉的宝物，在下网和最初拉绠的一段时间里，他们就坐在破鱼帆的阴影里歇息，还嚼着花生米。老扣肉时不时伸手揽一下他的肩膀，与他说点什么。常奇发出嘎嘎的笑声。

我们走近了，发现常奇还像过去那么瘦，脖子还是出奇地细长，只是脸上有了光，嘴唇也不紫了。他看到我们一下跳起来，高兴极了。

老扣肉歪头瞧瞧我们，鼻子里哼了一声，不愿说话。他后脖子上的那个肉疙瘩硬硬的，十分诱人。说实话，我们都想去摸一下。

常奇说："待会儿帮着拉绠吧，一块儿喝鱼汤。"

老憨和破腚几个点头。老憨一高兴就故意将"当然"和"虽然"两个词弄混，说："那是虽然的了！"

常奇愣愣地看着他，薄薄的嘴唇抖着，终于说："你怎么这样说？是'当然'吧？"

三狗笑了，说："老憨老要逃学，他弄不懂。"

常奇挠着头："这个……不难记啊！"

老憨对三狗使个眼色说：“还是雀目眼说得对。”

常奇不吭声了。这样待了一会儿，他突然想起了三胜，问怎么不来？

老憨瓮声瓮气说一句：“够你老雀目眼受的！”

常奇不明白，问：“怎么了？”

老憨重复一遍：“够你老雀目眼受的！”

破腚和三狗捂着嘴笑。

这会儿老扣肉站起来，往一边走去 —— 有人开始领唱拉网号子了，“嗐哉嗐哉”的声音响起来。常奇也顾不得和我们说话，赶紧跑到老扣肉身边去了。

老憨说：“常奇为什么逃学旷课？就为了来吃鱼喝汤。看他的小脸儿吧，锃亮了。”

我同意这个判断。不过我认为要从根上医治雀目眼、让自己胖起来，还需要吃更多的鱼、喝更多的汤。

我们几个正在议论，常奇尖亮震耳的领唱就响起来了。他的声音立刻让整个海滩变了个样：大家不再东张西望，也不再交头接耳，只一股心思往网绠上用劲儿。

这尖亮的声音就像黑夜里划亮的闪电，一下照亮了多半个夜空。

老憨盯着墨绿的大海、伏在网绠上的两溜光膀子男人，破口大骂。我几次制止他，他才停下来。我问：“你为什么要这样骂？”他低着头，露出了头顶两个显著的毛旋。三狗和破腚拨弄那两个毛旋，他也不恼，说：“因为我不会唱歌……”

老憨说得我的嗓子发痒，就唱了起来。因为常奇的领唱太响了，号子声也太大了，所以除了近处的几个人，谁也听不到我的歌。只是我一开口唱歌，心里就痛快多了。

最后我们一起上前拉绠，所以理所当然地喝到了中午的鱼汤。

剩下的时间我们到河头那儿洗澡，因为那里最好玩：一片浅水就像大湖，还经常聚集一群群水鸟……

回到家天已经黑了，正好遇到妈妈站在门口微笑。妈妈今天很高兴，一见我就说：

“你爸买回了一只鹅……”

从这一天开始，我们家有了一只鹅，尽管它还很小。妈妈说它长大的时候，个子会像我这么高。

我让老憨和几个朋友来家里看鹅。老憨看了说：“像鸭子差不多嘛。”我告诉他：不久之后，它的个子就会像我们一样高。

老憨看过了鹅，宣布了一个惊人的消息：三胜基本上练成了，他压在大木墩下，还能唱出一整首歌！

“这是真的？”三狗的眼瞪得溜圆。

老憨点头：“就是人瘦了些。不过，顶多下个星期天就要开战了——到时候让我们都去观战。”

原来“开战”就是和常奇比歌。我问：“去哪儿？”

“就去河头，那里宽敞！他爸蓝大衣要领些人，还让海边拉大网的人也去。他爸说：‘哪里跌倒哪里爬，这回让小瘦螳螂连肠子都吐出来！’”

我们吸着凉气。

“听听吧，动了狠劲儿了……”老憨的手　撒着，叹一声：“常奇完了！”

大家一声不吭，都有些紧张了。不知为什么，我的心向着常奇。

老憨又叮嘱一遍：“他爸说了，咱们一伙要向着三胜，到时候只为三胜叫好！”

破腚和三狗都说：“这当然了！”

这个星期天来得真慢。好不容易到了周末，一夜都没有睡好，只听着外面的野物乱跑，发出呼哧呼哧的喘息声。我想从窗上看看这些“哈里哈气的东西”怎样追逐，黑影里什么都看不见。

天亮了。一大早老憨就来了，他说：“真来劲儿，学校里还有老师去听呢，都是蓝大衣请来的！到时候你看吧，常奇这回完了……”

河头上围了不少人。大水鸟也赶来凑热闹，它们从人群头顶飞过，打一个旋儿掠过水面，再冲到高空。一些老太婆挎着篮子，手打眼罩，想看清谁是那两个比歌的孩子。

也许常奇害怕了：他一直躺在老扣肉的破鱼帆下边，不想过来。最后是他爸铁头火了，过去揪住了儿子的耳朵拖了来，引起大伙一阵哄笑。

铁头脱了自己的上衣给孩子套上，常奇觉得不合身，又褪下来，仍旧光着。

三胜开唱了，果然猛烈！他一口气唱了十首，老歌新歌都有。

我不知是因为站得太近还是别的原因，只觉得这歌声像一股气浪冲过来，直顶脑门，差一点把我掀倒在地。

老憨马上咧着嘴叫：“谁受得住啊！这就像老鹰抓小鸡……”

三狗和破腚也跟上喊，喊了什么听不清。

蓝大衣指着蹲在地上的常奇说：“你起来！你也得唱！你今天不唱可不行！”

常奇肯定没经过这样的阵势，吓得低着头，拨弄着自己的脚趾。

铁头满脸是汗，走到儿子跟前跺脚：“你唱！你好端端惹了事，那就唱哩！”

常奇被父亲生扯硬拉才站起来，哭了。

大家叽叽喳喳议论，说快饶了这孩子吧，看他瘦成了什么。

蓝大衣咬着牙说：“那不行！那可不行！”

常奇哭着，总算唱起来，唱的是忆苦歌，一边唱一边抽泣。这声音低低的。蓝大衣笑了。

常奇还是唱，直到唱得眼泪干了，一双眼也睁圆了。他仰脸看天，一直看着。

“嗯哼？”蓝大衣凑近了，像常奇一样看看天上：什么都没有啊。

常奇看着天空，嘴唇慢慢蠕动起来……

“嗯哼？”蓝大衣盯着常奇的嘴，又转身望着大家。

他的声音还没落地，身后的常奇“哇”一声唱了出来——这歌声来得太响也太突然，就像领唱拉网号子一样尖亮逼人。蓝大衣一弓腰闪开了。近处的人先是捂了一下耳朵，又赶紧把手拿开。

常奇唱个不止，啊啊大唱，头发梢竖得笔直。他的脸上不知什么时候抹上了泥污，像个花脸猫一样。他一声连一声唱，没头没尾，看来再也不打算停下来了。

所有人都被惊呆了，张嘴望着。

快一个钟头过去了，日头升高了，老扣肉咋咋呼呼过来喊人了，常奇还是大唱，谁也不理。老扣肉对在他耳朵上喊：

“快上网了——”

常奇压根就听不见。

“这孩子唱痴了——”老扣肉说着，挥动巴掌想揍什么人，终于找到了蓝大衣，一把逮住了说，“你招惹他干什么？他给我领号子！你招惹他干什么？”

三天三夜

河头上的这一天啊，我永远忘不掉，老憨和破腚他们也忘不掉。

这场唱歌大战一旦开始就没法结束了 —— 因为常奇停不下来了，谁也没法让他停下来。

大家最后都说："这孩子唱痴了！"

按照原来的计划，三胜和常奇要轮换着唱，每人唱一段 —— 可是常奇唱痴了以后，所有的计划都给打乱了。原以为他大唱一通就会闭嘴，谁知他一开口就不再停下了。

老憨听了半晌，对我说："这样干嚎还不累死？"

我倒不太担心，因为常奇唱歌与别人不同，这是我第一次听他领唱拉网号子就知道的：基本上不用力。也就是说，他是一架唱歌的机器，只要马达发动了，那就尽管转下去好了。

常奇唱了半个多钟头时，我看了一眼三胜，发现他好像刚刚醒过神来似的，两眼直勾勾的。

这胖墩墩的家伙刚才还满眼怒气，快要冒出火星来了，可是这会儿全都变了。他和场上的所有人一样，惊得半张嘴巴，一动不动地看啊啊大唱的常奇。

常奇仿佛使用了什么魔法，用一根谁也看不见的线，把所有人的目光连同嘴巴都拴上了，然后一股劲地往前拉。

三胜的口水顺着嘴角流下来，他自己全然不知……

这就是那天的情形 —— 后来因为常奇怎么也停不下来，连凶巴巴的老扣肉都没有办法了。可是那边拉大网的人还等着领号子呢，老扣肉实在没法，搓了搓手，弯腰扛起常奇就走。

我看得清楚：常奇被老扣肉横到肩上的那一刻，还在唱！

老扣肉嘴里叫着："伙计，留着嗓子东边唱去，你就歇歇吧！"

常奇身体横着，声音变得更尖更细 —— 老扣肉大步往前蹿，因为一颠一颠，那歌声就弱一阵强一阵，像树上的知了那样断断续续。

所有人都跟上老扣肉往东跑。我发现老憨扛着枪跑，旁边是蓝大衣和铁头，再就是三胜他们这一大群。

快上网了，粗绠上两溜拉大网的人"嗐哉嗐哉"叫着，有些乱，气势也比过去差多了。

这是因为没有老扣肉，也没有常奇领唱号子。

老扣肉"嗵"一声把常奇扔在地上，对准他大声喊道："孙二娘这个鸟儿呀——"

常奇嘴里流着白沫，脸上的脏东西被汗水涂成一溜，淌到细脖子上。他落地时站不稳，一头栽倒在沙滩上。可他倒地那会儿还在唱——这是真的，是我亲眼见的。

老扣肉将他拉起来，对着他的耳朵喊着："孙二娘……"

这一次常奇接上了，唱道："她不是个鸟儿呀——"

"嗐哉！嗐哉！"两边粗绠上的人一齐应道，声音马上大出了许多倍。

老扣肉高兴得乱跑，一会儿东一会儿西，两手往上举着。

一天就这么过去了。天黑时老憨催促我们快些返回，因为他爸火眼急了会揍人的。直到我们离开时，常奇还在起劲地领唱号子：自早晨开始，他已经唱整整一天。

我因为这一天太累了，结果一觉醒来太阳已经很高了。

爸爸妈妈都问昨天的事情，我就把河头上发生的那一幕从头讲了一遍。妈妈问："那么他们——三胜和常奇到底谁赢了？"

爸爸笑了。

我不知该怎么回答。爸爸说：

"当然是常奇赢了！"

我说："因为常奇总是唱啊唱啊，没法再比下去……"

爸爸说："那也是常奇赢了，你说呢？"

妈妈点头："常奇赢了！"

我们正在讨论，外面的狗叫了起来，原来背枪的老憨来了。他一进门就擦汗，磕磕巴巴的，一个劲儿瞅我。我让他有话快说。他说：

"常奇赢了……"

爸爸和妈妈对了一下眼。

老憨说："这是三胜自己说的。他这样说，他爸就训斥他。他还这样说，他爸就想揍他！"

我心里豁然开朗，拍着手："是啊！常奇真的赢了！连三胜都明白了！"

“可是蓝大衣死也不服，说人都唱痴了，那还叫赢？还骂常奇：‘狗东西，下辈子赢吧’……”

爸爸满脸愤怒地盯了一眼妈妈。妈妈将他扶到里屋去了。

老憨说：“不过，不过……”

“不过怎么？你有话快说啊！”

老憨咂着嘴：“不过常奇……还在唱哩！”

我跳起来：“还唱？这不可能！他这会儿还在唱？”

老憨跺脚：“就是！他爸铁头都快急疯了，他妈也急哭了……他爸他妈伸手去捂他的嘴，一松手，他还是唱！”

我进屋跟爸爸妈妈说一声，就和老憨一起跑出来了。

我们一口气跑到了那个村子，去了常奇家里。进门时并没有听到唱歌的声音啊……这个小到不能再小的泥院里，除了有一头猪在咕咕地蹿，别的声音都没有。这头粉红色的猪不大，可能刚出生几个月，肉嘟嘟的，像小孩儿一样。我们哪有心情和它玩，只急着进屋。

跨进东间屋的那一刻，我真的听到了唱歌的声音：小到不能再小，只一丝丝响。

原来铁头和老伴歪在炕上，盯着儿子。

常奇仰着脸，嘴巴一动一动，真的在唱……他转脸望着我和老憨，嘴巴还是没有停下来。

老憨咬咬嘴唇，很难过的样子。这样呆了一刻，老憨伏下身子说：“常奇，是你赢了！”

我说：“常奇，停下吧！”

常奇就像没有听到一样，睁着大眼，嘴巴一张一合。他唱得很慢，很弱，已经听不出歌词。我想，他的嗓子就快彻底哑了。我把耳朵对在他嘴上听了一会儿，告诉老憨：

“不过是声音太小，还没有哑。”

铁头招呼老伴：“棉儿！熬些糖水去！”

棉儿应一声离开了。她刚离开铁头就骂：“蓝大衣这个孬物！我要在前些年，非撞他个半死不可！我不怕蹲监！他事事都占高枝，欺负别人没法过……”

棉儿端了一碗糖水吹着，试一试，一手扶起常奇，给他喂水。

常奇喝水时不得不停下，可是喝过了，头一挨枕头又唱起来。

“你说这事麻烦不？为这个还得惊动人家医生？”铁头拍着膝盖喊。

棉儿的意见是等等再说。

老憨说：“唱吧，看他能唱几天！”

我们都没有更好的办法。那就只好等了。

好在常奇唱的声音不大，看上去只是嘴巴在动，这倒让人稍稍放心一些。

可是谁也想不到的是，最后常奇一口气唱了三天三夜 —— 这是真的，我和老憨什么时候都能为这事儿作证。

蓝大衣跑马

常奇终于闭了嘴，这让人松了一大口气。

但是三胜出了麻烦：他一天到晚待在家里，不愿上学，也不愿找朋友玩。

老憨去看他，一进门就被蓝大衣训了一顿："世上有你这样的警卫员吗？他病了，你不天天来看？"

老憨再也忍不住，就说："我不是他的警卫员，我是他朋友！"

蓝大衣说："我看也差不多！是真朋友就得往前靠，不能闪！"

老憨回头对我这说起这件事，气得咬牙："人哪，这辈子让蓝大衣当了爸，那就算倒了大霉！"

我问三胜真的病了？老憨点点头，从头说起来。

原来三胜是最早承认常奇赢了的人，心里这样想，嘴上也这样说——一回家就对蓝大衣说了。谁知蓝大衣一听马上恼了，拍着大圈椅子骂，骂三胜是没骨头的小虫：

"你输给铁头儿子了？咱能输给这样的人家？他头顶插葱也装不成大象！你别忘了，你是正经拜过师的人！你是城里剧团的材料！"

三胜不吭声了，可只一会儿还是说道："常奇赢了。"

蓝大衣抖着巴掌，差点揍到三胜身上。他后来气得不再说话，只让三胜躺在地上，出门把那个又沉又大的橡木墩抱过来，一下给三胜压在了肚子上。

三胜给压出了眼泪，就是不唱。

“你说是不是邪了门儿？”蓝大衣望着老憨：“你不是警卫员也算朋友吧，是朋友就得帮忙，那你让他重新唱起来吧！我就看你的了！”

老憨见对方不叫他警卫员了，有些高兴，就答应下来，说：“这事儿包在我身上吧！”

蓝大衣拍拍老憨的肩膀说：“真够朋友！我一看你长这么壮实，就知道俺孩儿交了个像样的朋友！瞧瞧，还有枪哩！再过几年，我就让你当民兵排长，专门管住铁头这样的家伙……”

老憨尽管气愤，还是记住了蓝大衣的许诺，回头对我说：“真要当了排长，咱的枪就能安上撞针，也就放得响了。”

我才不信那个人的话，不过说实话，对于一支真正的枪，心里也是同样向往的。

老憨真的常常往三胜家里跑了，去履行朋友的职责。因为他总是叫上我一起，蓝大衣终于弄明白我是林子里的孩子，也知道了我爸爸是谁。他的脸拉下来了。

老憨拍着胸脯对他说：“他是老果孩儿！唱得也好，是三胜的朋友！”

蓝大衣伸手摸了一下我的头，不再计较。

我们这天进门时没有找到三胜，转到另一间屋里，这才发现他仍然给压在木墩下。可他嘴巴闭得紧紧的。

蓝大衣说:“不受苦中苦,难做人上人。人家大背头收谁做徒了?还不是看我的面子?我年轻时你们没见，那也算一顶一的演员——村里村外演戏都要找我……”

蓝大衣看看地上的儿子，又看看我们，龇着牙。

我立刻问：“那你怎么不进城里剧团？”

蓝大衣脸涨红了，眼瞪得老大，大声喊道：“村里工作多忙!这里离了别人行，离了我能行？别说其他坏人了，就说铁头吧，谁能管得了他？”

我和老憨好不容易才劝说蓝大衣把三胜肚子上的大木墩搬下来。可是我们刚坐下说话，三胜又想起了那天的河头比赛，说：

“常奇赢了。”

蓝大衣腾地站起：“再胡说压上木墩！”

三胜不说了。

三胜得病的消息被更多的人知道了，这一天好多人提着点心来看望。他们都赔着笑脸，奉承村头儿，说你这孩子一准是剧团的材料，看看他的大圆脸儿、大耳朵垂儿，一看就是有福的人啊!

蓝大衣高兴了。

有一个老太婆倚在三胜旁边，高一声低一声劝说：“好好吃饭，人是铁饭是钢。再说输赢也不是这一回，好好练，说不定下次咱就能赢了他！”

三胜点头：“嗯！”

这番话在场的人都听见了。蓝大衣冲着老太婆嚷：“你会说话就说，不会说就闭上母驴嘴！我这辈子就没听过你这样说话的——你说常奇赢了，那我问你，唱痴了也叫赢？”

大家七嘴八舌，都说：唱痴了，那就不叫赢！

蓝大衣的气一时消不了，嚷着：“唱歌演戏，这是轻易做得的？这要有遗传，你们信不信？”

人们抬头看着他，后来才明白过来，点着头：“那是那是！”

蓝大衣喊叫：“铁头拉牛耕地还行，要唱歌不是扯淡？他儿子会是那种材料？我当年——”

他的眼扫在我和老憨脸上，刺得脸发疼。老憨耸耸肩上的枪。

蓝大衣从地上拣起一根小木棍，掂了掂，说这就是马鞭，这就是一匹马了——他挥着木棍跑起了圆场，不时地立定、翘起后脚，样子很怪。

老憨小声对我说：“他要唱了！他当年真是会演的啊……”

“我一口气冲下五道坡／急急乎心里着了火／叫一声小厮——叫一声铁头你这老王八／我一把拧断你的鳖脖……”

我和老憨都听出他是临时改了词儿，骂铁头呢。老憨笑了。

“我把铁头扔进南鳖湾／我把常奇关牛栏／打马急急赶山路哇／红鬃烈马一溜烟……”

所有人都给蓝大衣鼓掌。我没有鼓。我觉得他太欺负常奇一家了。我看看老憨，老憨也没有鼓。

三胜一开始还看爸爸表演，后来就离开了。

一头撞断牛肋骨

老憨旷课逃学是经常的事，但一连逃上几天却不多见。后来我才知道，原来是常奇家要搬柴垛，他帮忙去了。

其实常奇家的柴垛我们早就注意到了，不过后来一忙也就忘了这事儿。谁也想不到老憨还把它记在心上，并且能够说服铁头和棉儿。他的理由是：它在院子里怎么看怎么别扭，还不如搬到院外去呢，这样院里就和老果孩儿家一样，能种上一畦小葱什么的。

老憨这个人嘴不巧，平时话少，但有时却显得格外可信。他对棉儿比画着，学我吃薄饼卷小葱的香甜模样，说："老果孩儿一放学回家就吃，我也尝过，真香啊！"

棉儿最想让常奇快些胖起来，听了有些动心。铁头嫌麻烦，在一边说："常奇多去海边就是了，喝汤吃鱼比什么都好。"

老憨立刻反驳："常奇喝了这么多，胖了吗？能叫的鸟儿不长肉！还是吃小葱卷饼好！"

铁头不再反对了。

老憨用了整整两天时间，招呼破腚和三狗一起干，总算把一个大柴垛子搬走了。

我问老憨有什么收获，他马上做出非常失望的样子，说除了几根钉子、一把破斧头，再就没有什么像样的东西了。

可我总觉得老憨闪烁的眼神里藏了什么秘密。我并不急着追问，因为这家伙有秘密总是藏不久，一得意就会说出来。

我还问了三狗和破腚，他们立刻抱怨："别提了，一到了关键时候他就赶我们走……"

我和老憨在林子里采蘑菇，这是他最高兴的时候。因为一边采蘑菇，还可以找些别的乐子，比如逮一只刚长毛的小鹌鹑、追赶一条花蛇；如果运气好，还能发现一只百灵窝……

那种小草篮似的精致无比的小窝啊，真是美妙极了！

小草蓝总是在不经意的时候出现。它一般筑在林子稀疏的地方，比如说一蓬草、一棵野花旁边。如果小窝里正好有几颗带斑点的蛋，那就更棒了！

我们会在离小窝远一点的地方做个标记，只为了以后能够找到它 —— 小鸟孵出，一天天长大，我们会时不时地来看，一直到拿走小雏回家养起来。

老憨采蘑菇的耐心不大，常常一头扎到林子深处不出来。他在里面一声不吭呆上半天，就为了能偷偷摸摸干点有趣的事 —— 看豹猫撒欢，喜鹊打架，老野鸡聚群……

他因为贪玩，篮子是空的，我就给他一些蘑菇。

这时他终于高兴起来，揽着我的肩膀小声说："让你猜一个秘密，我在铁头柴垛里发现了什么？"

"什么？"

"一把匕首！"

我吓了一跳。可是从他的表情看，又不像是假的。

还没等我说出心里的怀疑，他就从腰上摸着，猛地抽出了一把木把短刀。

哦，它看上去并不怎么惊人啊。这真的能算是“匕首”吗？我有些犹豫了。

“你知道什么人才有‘匕首’吗？特务啊！”老憨绷着嘴说。

谁也想不到的是，就在几天之后，民兵把铁头押走了。原来蓝大衣知道了这事儿。

老憨向我发誓，说他绝不是故意的——只是不小心告诉了三胜，而三胜又不小心告诉了他爸……

结果是铁头给关在民兵连部，审了一天一夜。那把“匕首”当然是罪证，老憨再也没有机会得到它了。铁头只说那是当年的一把韭菜刀子，后来不知怎么就不见了……

蓝大衣拍着桌子问：“那你为什么要藏起来？”

铁头讲不清这刀子怎么会落在柴垛子里，只是大叫冤屈。

铁头放出来以后，身上有了一道道印痕，那是被民兵抽的。他四处找常奇，找到后就把他狠揍了一顿。

棉儿上去护儿子，说：“你怎么打孩子？”

铁头说：“他交了些坏人，鼓动咱搬柴垛，才惹出了这么大的祸患！”

这些事的前前后后，是常奇哭着告诉我和老憨的。

老憨回头找来三胜，当着我和三狗破腚的面宣布：与三胜断交！

三胜哭了，说这真的不是他能想到的，他当时不过是在爸爸面前说了搬柴垛的好处 —— 想鼓动爸爸把自家的柴垛也搬一下，不过是这样嘛！

大家听了，也觉得合情合理。是的，三胜不像那样凶狠的人。

老憨开始安慰常奇，说反正都不是故意使坏，你就忍了吧，算是倒霉——“我有一件宝贝，先不说是什么，它早晚要出手的，等到了那一天，我会分一些钱给你……”

常奇将信将疑地看着老憨。老憨指一下我，让我证明，我点点头。

本来这事就算结束了，谁想到一切远没有那么简单。

原来蓝大衣是个记仇的人，他一定要折磨一下铁头才好。

“匕首”的事过去没有一个星期，铁头到田里耕地，蓝大衣故意让人把一头生牛牵给了他。

“生牛”就是刚刚长大的公牛，脾气坏到了吓人的地步，一不小心就会把人抵伤——曾经有人被“生牛”活活抵死。

铁头不知道这是一条“生牛”，就牵着它去田里干活。谁想它一点都不听话，铁头刚举起一根树枝吓唬了一下，它就直着顶过来！

铁头愣愣神，这才看出是一头“生牛”，一下明白了蓝大衣的歹毒心肠。

那会儿铁头全身冒火，身上被民兵抽打的伤痕立刻痛了起来。他把眼一瞪，直盯着那头“生牛”。当它再次冲过来时，铁头先是一闪，然后大叫一声，迎着它的腹部就撞过去！

结果这头“生牛”给撞断了两根肋骨。

铁头拣了一条命，回村找蓝大衣算账。谁知他刚走到蓝大衣门口，几个民兵就把他逮住了。

铁头又一次给关进了民兵连部，这一回罪名更大：破坏耕牛。

老憨哭丧着脸告诉我们："罪名给报上去了，铁头大概出不来了。"

百灵哭了

铁头被关起来，我们这几个人难过极了。常奇有时也到海边上去，但很少唱号子了。老扣肉一生气，不想让他再喝鱼汤。我们一块儿骂老扣肉。老扣肉追打我们，但追了几步就停住了。

老憨说，这是因为老扣肉的儿子和我们在一个学校，他惹不起咱。

三胜在常奇无心领唱的时候就接替了他，这样我们又可以喝上鱼汤了。

三胜有一天特意带了一个大碗，这样只喝掉一半鱼汤，剩下的半碗就让常奇带回去，送给被关的铁头。

我们一致赞扬三胜，并且对他提出了进一步的要求：回家战胜他爸，放出铁头!

可是好几天过去了，铁头还是被关。三胜回来告诉我们说：他爸倒是同意放人了，难的是这事已经报告了上级，那就要等上级批准。不过他爸会催办的。

没有办法，那就只好等下去了。

我们领上常奇一起到河头玩，一直玩到很晚。天一黑下来，常奇就寸步不再离开我们，因为他是有名的“雀目眼”——可是有一天我欣喜地发现：他在黑影里也多少能够看得见了!

“常奇不是‘雀目眼’了！”我喊了一声。

老憨扳着常奇的眼睛看啊看啊，嘴里啧啧着。他为常奇高兴。因为那把匕首的事，他一直觉得自己欠常奇一家的。

月亮出来时，河头四周全活了起来。林子里的鸟儿开始唱歌，不会唱歌的动物就发出各种叫声。常奇忍不住吹起了口哨——他的口哨是我这辈子听过的最好、最神奇的了，口腔里好像安放了一只小转轮，想怎么转就怎么转。

常奇吹完了口哨又开始学鸟叫，他这样一叫，鸟儿们就不吭气了，它们大约在判断这只“人鸟”的年龄和性别。

三胜一直听着，嘴巴都合不拢。

老憨今夜因为特别高兴，就当众宣布了一个秘密：在河头西边第三棵大橡树旁，一片空地上有一处百灵窝，这会儿里面正有几颗蛋呢！

这个秘密原来只属于我们两人，这会儿老憨抖搂出来，那是因为太高兴了啊！大家立刻提出去看那个百灵窝，呼呼啦啦往前跑去……

快跑到那棵大橡树跟前才不得不小心一些：老憨说千万别惊动了窝里的大百灵，它如果正孵小雏，那可怎么办？

我们在空地上走着“之”字，一点一点接近那只窝，直到确信大百灵没在窝里，这才直接走过去。

一只多么完美的小草篮！月光下它显得神神秘秘，像一个密藏的宝物。有三颗带棕色斑点的蛋，安安静静地装在篮子当心。常奇想伸手去摸，老憨赶紧制止了他：

“千万别碰，百灵鼻子可尖呢，它回来一闻就知道被人动过，那样它就不再回家了！”

老憨讲了自己的计划：等到小百灵长出整齐的羽毛时，我们就把它取走，用一只鸟笼养起来！

常奇若有所思，说：“大百灵会着急啊……”

老憨抹抹嘴巴：“大百灵生蛋可快了，它再生嘛。”

常奇提出的是一个大问题，但我们没有讨论下去。这事儿先放在心里吧 —— 世上有些事儿就是这样，它让人没有办法，于是不得不在心里放一段时间。

从百灵的小窝旁走开，常奇一直没有作声。月亮把空地上的宽叶草照得金灿灿的，一些小虫子躲在草隙里叫。不时有一只鸟被我们惊起来，它从一丛灌木投入另一丛灌木，快得就像投掷石子。

我们往前走，并不急着回家。有一只大尾巴狐狸站在沙岭上看我们，脸庞藏在阴影里，只有半个脊背是清晰的。

老憨摘下身上的枪向它瞄准，它并不惊慌，又看了一分钟左右，才慢吞吞走向远处。

“这家伙知道我的枪是哑的。”老憨收起枪来。

高空传来一阵鸟叫，那细琐灵巧的鸣叫一听就是百灵。大家马上驻足仰脸。看不见什么。尽管是月亮天，百灵也很少这样唱啊。

它的声音尖尖的，有些揪心。

常奇听了一会儿，迎着空中学了一句。

真是神了，那只百灵马上停止了歌唱。

常奇又重复了一遍，空中的百灵就再次唱起来——这时它的歌声缓慢了许多、低沉了许多。

常奇说："这只百灵在哭。"

三胜"嗯"了一声，然后问："你怎么知道？"

"我听出来了。反正它不高兴——它一边哭一边唱……"

老憨回身望望那片空地的方向，咕哝："也许是窝里的孩子被人拿走了——这种事儿不光咱们会干，别人也会干哩。"

我们都同意老憨的估计。

常奇迎着空中的百灵唱起来——准确点说那不是唱，而是像百灵一样鸣叫。他和它相互应答，高高低低，你有来言我有去语，一直持续了大约十几分钟。

这样直到常奇低下头，眼里流出晶亮的泪水。

他说再也不想待在海滩上了，要赶紧回家——他想起了妈妈一个人在家，说她会焦急。

三胜嘴里喷着气，对老憨说："我要找一把钢锯，把民兵连部的铁锁锯开，救出铁头！"

我们看着三胜，不知道这办法是否可行。

老憨又看看我。在他眼里我的办法总是最多的。

我并不认为三胜可以成功——即便真的救出来，铁头还是没处躲藏。我倒想出了一个新的主意：

三胜可以把他爸那件有着双排扣的蓝大衣偷出来，藏到一个地方

—— 如果他不把铁头放出，那大衣就算彻底没了，再也别想见了！

老憨立刻鼓掌。

三胜有些为难：“他会狠狠揍我，直到我把大衣交出来……”

老憨哼一声鼻子：“忍住疼！就不说！”

三胜低头：“我也这么想。可我只怕忍不住……”

“真是孬货！你试试嘛！”老憨的枪托使劲捣地。

三胜不再吭声了。我知道他已经动心了。

交 换

想不到事情会这么顺利！整个过程是这样：三胜夜晚回家后总也睡不着，一直睁着眼看窗上的月亮。越是看月亮，越是想起常奇的哭。这样到了后半夜，他听到隔壁的爸爸在打鼾，就蹑手蹑脚起来了。

他见过那件双排扣的蓝大衣放在什么地方 —— 它就在厢房最里间的一个樟木柜子里，用一床破毯子包了，压在一些衣服下边。他知道只要天冷一点，只要开全村大会或迎接上级来人，爸爸就一定要穿上它。

为了不惊动隔壁的人，他没有穿鞋子，也没有开门 —— 因为这屋门有一个毛病，一动就发出吱纽声。他打开窗子爬出来，迈下窗台时有一只壁虎从眼前跑过，吓得他差点喊出来。

他咬着牙摸到厢房，进去后立刻陷入一片漆黑，什么也看不见。

他闭了闭眼，再次睁眼才看清木箱在哪里。可是最倒霉的事发生了：木箱上有一把小小的锁。

就是这把小锁耽误了时间。好在机智无比的三胜找到了一根火炉钎子，用它撬、撬，撬开了小锁。接下去就不难了，因为虽然黑影里什么也看不见，但那双排铜扣子摸起来再容易不过了！

三胜那晚上觉得一不做二不休，抱紧了那件蓝大衣，打开院门就出来了。他站在门口好一会儿，不知该把手里的东西藏到哪里。

他想最好的办法是交给老憨，可是又怕路远来不及：万一他爸醒来发现他不在，一切全糟了。想啊想啊，终于想起了那个大柴垛子。

就这样，大衣当夜给藏在了柴垛里。

他爸爸第二天一点都没有察觉。老憨得到消息就兴奋地告诉了我们大家，所有人都激动起来。

取这件东西倒也费了些周折 —— 那是拖了两天之后，我们听三胜报告，说他爸去村外开会了，这才趁着黄昏动手。

我们的办法是抬了一个大筐子，里面装满了草，遇到人就说割牛草回来 —— 大衣就藏在草中抬了回来。

他爸开会回家，正遇上三胜坐在门口哭。“你小子又怎么了？”他拉儿子起来，拉不动。三胜哭着说：“咱家遭劫了！”

下面的话都是大家你一句我一句想出来的，让三胜从头背书一样背了一遍：一群人涌到咱家，他们是铁头的朋友，再不就是铁头一家的远房亲戚，反正是找你算账来了！

“嗯？忒胆大？”蓝大衣喊。

“这些人找不到你，就翻箱倒柜，抢走了那件双排扣的大衣，临走说得明白，你要不把铁头放出来，他们就把那件大衣点把火烧了，让你一辈子都穿不成！”

蓝大衣一听就跳起来：“我让民兵揍死铁头！我点上他家柴垛子！我什么都敢干！”

三胜抹干眼睛说：“他们就给大衣点上火……”

蓝大衣害怕了，大口喘着，不再说话。

三胜趁热打铁：“放了吧，关了这么多天，早晚也得放，别让人说咱仗势欺人。”

蓝大衣不以为然，斜眼看着儿子：“不仗势能行？就仗势！人哪有不仗势的？嗯？”

“可是咱的双排扣大衣没了。”

“这个嘛，”他爸摸着下巴，“说起来，铁头还真是不值一件大衣钱……”

就这样，铁头第二天就被放回家了。

那件大衣自然也被偷偷放了回去：在一个云遮月的晚上，我们将它扔在了三胜家的柴垛子上。

送回之前我们大家好好欣赏了一番，因为这实在是一件罕见的东西，一旦交出，再要离这么近、这么仔细地看来看去是不可能的。

它是一种厚厚的斜纹布做成的面——“斜纹布”这种叫法还是妈妈告诉我的，因为爸爸以前的一件旧衣服就是这种布，只是颜色不同。妈妈说这种布厚实耐用，是真正的好布料。它的里子是小碎花布做的，布料薄一些。

最让人吃惊的还是领子，又大又厚，反面是斜纹布，正面是野物毛皮——究竟是什么野物，我们有一场好争。

老憨说是黑狗皮，破腚和三狗说是獾皮；而我则认为是熊皮。

除了领子，当然就是那双排铜扣了：个个都有杏子大，上面还雕了花纹；不过美中不足的是，最下边一个没了，它由一个黑胶木扣子代替。

我们一直为这件大衣感到难过、还有一点点羞愧的，就是这个滥竽充数的黑胶木扣子！

老憨最后说的一句话最好不过了，这也是我们大家的结论。他说：

“再好的东西，只要落到了坏人手里，也非要弄坏不可！”

中了毒鱼针

在与蓝大衣的斗争中，我们胜利了。这是多么好的事，真值得庆祝啊。

我们在暗中高兴的同时，还担心那个家伙会有所察觉。三胜说："没有察觉。"他的理由是：爸爸还定时用大木墩压住他，让他躺在地上练歌。

现在三胜最恨自己的师傅。

为了证明那个家伙没有察觉，老憨背着枪，再约上破腚三狗，四个人一起去三胜家玩，要当面试探一番。

我们发现蓝大衣对我们一如过去，态度上并没有变化——我们胜利了，可失败的家伙却不知道是谁战胜了他，这不是很美妙的事吗？

老憨过于得意，问了三胜爸一句话，差点使我们暴露："你准备什么时候开始穿那件双排扣的大衣呀？"

我们不约而同地盯着他。蓝大衣"哼"一声，抬眼瞄着老憨，眼里有一股杀气。

老憨赶紧用挠痒来掩饰。三胜咳了一声。我随口唱了一句忆苦歌。

蓝大衣这才吸了一口气，说："等天凉一些再说吧，嗯，有节令的时候……”

我们这才意识到老憨问得多么危险和莽撞：现在天还热着，海边上的人天天光着膀子拉大网呢！

因为实在是高兴，我们在这个星期天设法推开了一切家长堆来的任务：不采蘑菇，不去代销店，不和大人一起浇菜园，只结伙出去玩。

我们四个再加上三胜，还觉得少了点什么；想了想，是常奇。我们一起去常奇家慰问了一番——这已经是第三次集体慰问了。

常奇家里一切恢复了正常，他爸铁头按时骂几句蓝大衣，他妈每天为常奇烙一张薄饼，再拔两棵刚长成的小葱卷好递给儿子。

常奇的体重至今没有一点增加的迹象，只不过“雀目眼”的确得到了一定程度的医治。

我们六个人在一起算是不小的队伍了，走在一起很有气势。从外表看这支队伍的头儿是老憨，因为他枪不离身；其实他有很多事情拿不定主意，最后还要听我的。

这天我们从常奇家出来，仍旧直奔海滩。拉网号子还没有响起来，撒网的船刚刚出海。这时候的老扣肉脾气最好，他和看鱼铺的老玉石眼坐在一起，相互捏些烟末卷了抽。他们相互贬低对方的烟末，可又总想抽对方的。

“你这烟不是真正的关东烟。”老扣肉说。

老玉石眼捏了一大撮老扣肉的烟丝，点上吸了一大口，从鼻孔里冒出两股长长的烟柱，说：“有一股头发味儿。”

老玉石眼是最能吸烟的人，他的铺子里藏满了各种烟，曾经在冬天没人的时候教过我们吸烟，可惜只有老憨一个人学成了一半。

老憨出神地望着玉石眼，在他身边蹲下。这会儿老扣肉才注意到我们来了，笑眯眯地看着常奇。

我怂恿常奇伸手摸一摸老扣肉脖子上那个肉疙瘩。常奇犹豫着。

我抓起常奇的手，轻轻地放在了那上面。

老扣肉一转头，正好看到常奇急急地收手，就说："爱摸就摸吧！"

常奇得到鼓励，仔细摸了起来。

我也趁机试了试，这才知道它不像看上去那么可怕 —— 从颜色上看金属似的，以为弹一下会发出铮铮的声音，谁知它像馒头一样软，还热乎乎的。我再也不怕这个鱼把头了。

船撒完了网，两溜光膀子的人又站在粗绠旁边了。老扣肉的手举在耳旁，只一挥，队伍里就有人领唱起拉网号子。这只是开始，等大网快上岸了、人更多了时，那就要常奇和三胜来领唱了。

果然，时候一到，还没等老扣肉转身寻找他们，常奇和三胜就你一句我一句唱起来。我还从来没有听到这种唱法，太新奇太美妙了，可能是天底下最棒的领唱号子。

伏在绠上的人精神头儿大了几倍，"嗐哉"声格外响亮，拽绠的力气也格外大了。

老扣肉高兴得一边跑一边跳，最后也跟上嚎唱。他的声音可真糙。海边上围看的人好像突然就增多了，大家都跟上喊和唱。

中午喝过了鱼汤吃过了大鱼，我们就到河头去玩了。我们准备在河头那湾绿色的湖里洗一会儿澡，再到大橡树旁边那片空地上看看百灵窝 —— 我们已经决定日后不再取走它的幼鸟，但看总还是要看的。

到了河头，把衣服放在树杈上，然后一个猛子扎进去。

常奇像一根带子在水上漂着，水性好极了。他仰泳时竟然还能够唱歌，两手像桨一样拨水时，正好给自己的歌打着拍子。

我和三胜在他的带动下也唱了，可是唱时需要停下游泳，站在水里唱。老憨和破腚、三狗几个不会唱，就嚷着让我们比赛。

三胜生气了。我故意说只和常奇比赛，三胜这才高兴一些。

可是常奇从来不想比赛。他唱歌根本不费一点力气，躺在水里能唱，游在水里能唱，大约扎猛子也能唱。他放声歌唱时，肚子并不鼓起，只是嘴巴咧得大一些而已。这家伙真是个怪人。

我把他扛在了肩上，发现只比我们家的大鹅重一点点。我把他扔进水里，他就顺势像鱼一样劈开水面，一口气游到了离我们很远的地方。

常奇在远处大声唱着，对着天空。那儿有一只百灵和他对歌。

三胜直直地看着他。我们一时忘了别的，只看着常奇。

正这会儿，突然常奇发出了一句更尖更亮的呼喊 —— 这声音连成了一串，震人耳膜，然后又一点点淡弱下去……

刚开始我们都以为这不过是他歌唱的一种方法，并没有大惊小怪。

可是当他的身子一下歪倒在水里，顺水往下漂流了几米时，三胜马上大叫了一声："不好！"

我们赶紧踢着水往前跑，围拢过去。老憨像个海豹一样扑着，扎入水底，一把将常奇捞上来……

常奇大睁着眼睛，好像走神了，什么都看不见、也听不见了！

老憨抱着常奇往岸上跑，我们都跟在后边。

在沙岸上，我们将他翻过身体，按照游泳课上老师讲过的抢救方法，让他的头垂低一点，一下下拍打后背。他吐出一些水。

老憨和三狗、破腚轮番嘴对嘴做人工呼吸。常奇"啊"的一声叫出来，眼睛会动了。

三胜急急地问："你怎么了？你刚才怎么了？"

常奇说不出话，紫色的嘴唇哆嗦着，伸手指了指左脚。

我们这才发现，他的左脚心那儿有一个黑紫色的斑点——老憨扳着看了又看，还对在鼻子上嗅了一通，然后大叫一声：

"天哪，常奇中了毒鱼针！"

大街摆起流水席

海边上的人没有不知道毒鱼针的可怕！这是人人听了都打抖的一件事 —— 如果要诅咒一个人，最常说的一句话就是："让你进海碰上毒鱼针！"

据说被这种毒鱼针扎中的人，不死也要脱层皮。

如果被扎的人离医院远，又没有得法的人给他医治，那么这个人就必死无疑。以前海边有人专门会治这种恶伤，自从有了大医院，这种民间能人就不见了踪影。

那天我们听到老憨一嚷，全都慌了神。老憨把枪一下塞到我手里，背起常奇就跑。

我们跟在后边，也不问去哪里。跑啊跑啊，一口气穿过了大片林子，又一头扎进了园艺场 —— 看到红色的瓦顶，这才想起要去的地方是园艺场门诊部。

值班的大夫正好是霞霞，她是老扣肉的老婆，一见我们身上沾的海沙、被太阳晒红的皮肤，就知道是从男人那儿来的。她一开始还以为是溺水的人，后来看了毒鱼的扎伤，马上回身喊了一声。

她从里屋急急领出了一位老大夫，这人以前抢救过这样的扎伤。

老大夫二话没说就取出针管，嘴巴使劲缩起……

常奇在门诊部躺了三天三夜。铁头和棉儿一直陪在身边。

我们几个人每天都去探望。

城里医院也来大夫看过。常奇所在学校的校长来了。校长来的时候常奇已经能够坐起。校长对铁头两口子说："你家常奇是最能逃学的学生！"

常奇出院了。可是他的嗓子哑了。

我们几个一连几天去看常奇，发现他能吃能喝，就是说话嗓子哑哑的。三胜带着哭腔说："这可怎么办啊？你还要唱歌啊！"

铁头恶狠狠盯一眼三胜说："不唱倒也好！"

常奇安慰我们说："再等几天看吧。"他吃妈妈递来的薄饼卷小葱，每咽一口都要费很大的力气。他的病显然没有全好。

常奇挨毒鱼针的事一下传遍了周围的村子。大家都说："这孩子的命可真大！要在旧社会，十个八个也死了！"

当人们知道常奇嗓子哑了、再也不能唱歌时，有的叹息，有的却没有多少遗憾，只说："不叫唤了也好，身上能多长些肉。"

三胜有一天找到我们，说：他爸听说常奇哑了，一下高兴起来，跺着脚在院子里唱戏，还说要快些把这事儿告诉城里那个大背头。

三胜说完又补上一句："我恨大背头！"

蓝大衣是个幸灾乐祸的家伙！我们多少有些后悔没把他的那件宝贝烧掉。老憨说：再等几天看看，也许常奇身上的毒还没排完。

我们只好等了。一连十多天过去，常奇的嗓子还是哑着。

这个星期天，三胜和老憨一起匆匆赶来，一会儿破腚和三狗也来了。三胜说：他爸到底叫来了大背头，说是为了欢迎他，中午要在院子外边摆上酒席——只要从大街上走过的人都可以喝上一杯。

我有些不解："这是怎么回事？"

"这叫'流水席'，"老憨吐一口，"他这是显摆啊，是成心做给铁头看的！"

我有些明白了。

三胜说："我爸叫你们也去，说'喊你那些卫士去'……"

破腚和三狗看看老憨，一齐说："谁是你卫士啊！乱说！"

到底去还是不去？大家相互望着。老憨问我，我说这事儿尽管气人，不过去还是要去的，因为我们从来没见过什么是"流水席"呢！

大家一齐鼓掌，说："去去去！"

蓝大衣的家在街道一端，酒席摆在了院外，也就摆在了街口上。为了遮挡强烈的阳光，酒桌上方还扯了几块麻袋片。蓝大衣和大背头坐在酒桌旁，一人手持一把芭蕉扇，脸上笑吟吟的。

蓝大衣一见我们就嚷："快快，过来给师傅敬酒！"

老憨朝我们使个眼色，装模作样端起小小的酒杯，先敬一下大背头，然后自己一仰脖子喝光——他立刻大咳起来，说这是真正的瓜干酒，劲儿大极了。

蓝大衣和大背头哈哈大笑。

街上的人三三两两，只要走过来，蓝大衣就让他们喝一杯。后来人渐渐多了，酒不够用了，蓝大衣就往酒里掺水，说："俗话说'水酒水酒'……"

他和大背头早就半醉了。

人又多了一些。我发现铁头和棉儿也出现了，不过他们恨恨地看了几眼，就走开了。常奇也来了，他站在我们身后。

蓝大衣歪歪斜斜站起来，揪着三胜说：“唱、唱给老少爷们儿听！”三胜挣脱了。他又让大背头“亮亮嗓儿”，大背头就鞠一个躬，摸摸喉结儿，唱：

“‘我家的表叔，数也数不清……’”

这嗓子要多难听有多难听！蓝大衣却吹捧说：“真金不怕火炼啊！会听的，就能从里面听出味儿来！”

蓝大衣说着从地上捡起一根柴棒当马鞭，离开座位。

大家赶紧给他闪出一块空场。他唱道：“我打呀马下山哎／好不快活哟，嗍儿哟／叫一声老铁头／你活该吃上狗屎馍／恶有恶报呀，嗍儿哟／以后就别想瞎吱歪……”

大背头拍手叫好。跟上叫好的人稀稀落落。

蓝大衣越唱越快，大口喘息，跑了一圈又一圈，最后一头歪倒在桌子上。

开口迎来青蛙叫

许多天来，我们这支队伍只有五个人。缺少一个常奇，就像少了好多人似的。大家无论在林子里还是海边上，都让一个心事压着。

三胜领唱号子的时候不是跑调，就是乱了节拍，这让老扣肉骂咧咧的。

他一骂，三胜就不唱了。他再骂，我们就抬腿往林子深处跑去。

“哈里哈气的东西”正好想念我们了，它们飞的飞跳的跳，呼啦啦围在我们四周，只不近前。我们吃东西时从来不忘扔一些给它们，这也等于摆了一桌流水席。

我们议论起那天的“流水席”，三胜的脸就红。破腚学唱蓝大衣，三狗学唱大背头，大家哄笑一场。只是说到常奇，都没有多少话了。

野物们在不远处追逐打闹，发出呼哧呼哧的声音。树丛里有扑打翅膀的大鸟，响起嘎嘎的叫声。一只野猫从最高的一棵合欢树上迅疾跑下，只为了抢走一块玉米饼……

我们突然想抽烟了，还想喝一点酒。老憨说：“说实在的，瓜干酒真够辣的。”我们之间不少人都试过抽烟，虽然并不觉得它有什么好，可是像酒一样，大概早晚总要学会的吧。

“他们大人净捣鼓这玩意儿，真是活受罪呀。”三狗说。

“那得花不少钱才买得来呢，还要去代销店才行。”破腚说。

老憨看看我，意味深长地说："钱不是问题。"

"你是老财东呀？"三狗问。

"跟你说这些没用，以后你就知道了。"老憨抬头谛听——那是一只百灵，它在高处一声不歇地叫着……

我们一次次去找常奇，都被铁头挡在了门外。老家伙瞧瞧老憨肩上的枪，骂咧咧的："一群野物，差点让我孩儿搭上一条命！"

铁头骂人当然不好，但也说出了实情。最让人发笑的是他把我们也叫成了"野物"，这一点都不让人生气。我们就愿和"哈里哈气的东西"在一起。

如果遇上棉儿在家，情况就要好得多。她不烦我们，还问长问短，问老憨家的羊和猪怎样了？问我们家的猫和狗、特别是那只大鹅长到多大了？说到大鹅总是让我兴奋，我告诉她："像我这么高了！"

不管怎样，当我们最后提出要和常奇一起到外面玩时，棉儿就不答应了。她说这孩子要在家里好好养。我们提出可以带上薄饼卷小葱，她还是不答应。

显而易见，这事她和铁头商量好了。铁头这人真是倔到了家。我们琢磨，棉儿和常奇之所以畏惧这个男人，就是因为他的头的确太硬了！我们知道：就连那个不可一世的蓝大衣，见了这颗坚硬无比的头，也要有所惧怕呢！

三胜说："我爸有一天喝了酒，说铁头仗着头硬，什么都不怕，只等着犯了王法，再硬的头都得割下来！"

大家吓得咝咝吸着凉气。

为了能领上常奇出门，我们就藏在铁头院外的树丛里，由三胜学鸟叫——常奇一听就明白，于是就设法溜了出来。

我们一出门就往海边撒丫子跑去。常奇最想念的还是那里。

老扣肉一见常奇就像见到久别的老友，一下抱起他来，还扛到肩上转圈儿。他让常奇唱几句号子，常奇摇头。老扣肉说："总得练，老不开口，不就废了？"

常奇一直没有唱。

大网快上岸时，当"嗐哉"声一起，常奇忍不住，喉结上下滑动着，可就是喊不出声来。三胜领唱了一会儿，看看常奇，也不想唱了。

中午老扣肉给我们鱼汤喝，我们每人只喝了一点点，就往河头那儿走去了。

我们顺着河岸一直往前。有一只百灵一路追着我们，在头顶不停地唱着。三胜停住了步子，对常奇说："听听！它这是引逗你哩！你就试试吧——唱啊常奇！"

常奇犹豫着。

老憨和三狗破腚一齐催促。常奇抿抿焦干的嘴唇，又伸手理一下喉结，鼓起了最大的勇气，放声嚎唱了一句。

哑哑的。常奇不服输，再唱一句。

河里马上有一只青蛙大声叫着："咕——嘎——"

常奇还是唱。

那只青蛙再次叫着："咕——嘎——"

常奇不唱了。两行长长的泪水从他脸上滑下来。

献 宝

那一天，我们不停地往河水里抛泥块。我们要赶走那只青蛙。

这样只是出气而已，其实并没有什么用处。青蛙到远处鸣叫去了，天上的百灵也不知什么时候飞走了。

最沮丧的是三胜。我们发现自从常奇哑了，他自己也觉得无趣，很少再张口唱歌了。

三胜告诉：那天摆流水席时，他爸让他唱，他开溜了，事后惹出了一阵大骂。蓝大衣和大背头回到屋里已经是半下午了，两个人在院里喝了醒酒汤 —— 一种用什么树根熬成的褐色汤汁，然后你一句我一句唱着，唱着唱着大背头嚷道：

“我徒弟呢？”

这一喊蓝大衣也想起了儿子，他把三胜从屋角揪出来，推搡着，骂着，说：“原指望你是剧团的材料哩，谁想到你这么没出息，在大街上给我丢人现眼！见见师傅去……”

大背头生气了，坐在大圈椅子上头不抬眼不睁，咕哝说：“老哥你看怎么办吧！”

他想使用激将法。

蓝大衣果然就被激怒了，顺手给了三胜两个耳光说：“你妈死得早，我从来不舍得打你，这回不打不行了！你给我跪下！”

三胜不得不跪下。

谁知蓝大衣火气更大了，冲着他喊：“你跪给谁？老师在这里，你跪给谁？”

三胜就转向了大背头。

大背头枯黄的手指往上翘了翘，眼睛半睁着：“一边躺着去吧！”

三胜心扑扑跳，知道马上又要压大木墩了。他说自己当时真想抬腿跑开，可就是不敢，只好仰躺下来。

蓝大衣出门抱来那个大木墩，狠狠地扔在三胜肚子上，砸出了一声干嚎。大背头朝蓝大衣摆摆手说：“放墩时要慢、要慢……”

大背头蹲在三胜身边，耐心地说了一通，什么音阶、节拍、重音之类，然后挑着那根指头说：“起——起——”

三胜眼泪流了不少，可就是唱不出。

大背头搓搓手站起来，万念俱灰：“哭了。大概不成了。”

三胜与我们在一起时不停地骂大背头，说走着瞧吧，只要他们再压大木墩，就别想让我唱一声，连猫叫那样的声音都不会有！

老憨竖起大拇指：“好样的！”

他夸过了，又说：“不过你爸也不是什么好东西！”

三胜说：“我知道。”

“你知道就好！我听我爸说，你爸打年轻时候到现在，不知捆绑了多少人呢！你妈就是被你爸气死的——你不想帮你妈报仇吗？”

老憨喘着粗气，直通通地问三胜。

三胜皱着眉头。这对他来说肯定是一个复杂的问题。

老憨又问了一次。

三胜答不出，转身跑开了。我们一齐喊着，三胜再也没有回头。

一连多少天，我们都在一起商量常奇的事情。怎么办？没有任何好的办法可想。有一次老憨突然盯起了我的鼻子 —— 我这才想起，前一年我的鼻子又痒又糙，急得不行，最后就是被邻村布搭子医生治好的……

我的眼前一亮。

布搭子医生专治一些疑难杂症，是周围所有医院的对头。大约是一年前吧，有关方面不高兴了，一气之下撤销了他的行医执照。没有了那个东西，他再要看病就是违法的了。

听说有人暗中去找过布搭子医生，老人说："我这么大年纪了，不敢了。"

老憨提出暗中再找老人看看，也许他回心转意或胆子又变大了呢？我们大家都同意了。

去找老人的一天，三胜也来了 —— 这是他离开我们之后第一次会合。老憨得意地看看我，然后就一起去那个村子了。

布搭子老人孤零零一个人住在一座大屋子里，这屋子是他早年行医争下的家产，惹得不少人眼热。他今年到底有多大年纪谁也说不准，据他自己说已经一百二十多岁，另外还挂个小零头。

我们见到他时，他正给自己的猫喂鱼，那猫眼睛发蓝。他把猫放到肩上跟我们说话，猫一动不动。当我们从头说了常奇的情况时，老人拉下脸来，再不作声。

“布搭子爷爷，我们求你了！”三狗说。

老憨也不住声地求着。

老人的白眉毛抖个不停，两手往一块儿并拢起来，往我们面前一伸，说：“我再要无照行医，就得这样！”

我看不懂。老憨小声说：“就是戴铐子的意思。”

我们就这样失败了。从老人屋里出来，老憨又想起了个馊主意，对我说：“你不是多少会画吗？你画个‘执照’送他不行吗？”

我跟妈妈学过画画。可是“执照”能画吗？我连连摇头。

老憨第二天把我领到一家压面铺，那里墙上就贴了一张灰绿色的“执照”。他把我往那张纸跟前推了又推。

也许因为太急于挽救常奇了，我回家后真的画起来。我觉得画得一点都不像，可老憨抓到手里看了看，说：“一看就是‘执照’！”

这次我们一进布搭子老人的门，老憨就喊着：“‘执照’有了！”

老人取过“执照”看了看，白眉毛抖了抖，一根手指伸进嘴里，沾点唾液在上面抹一下，纸上的颜色立刻脱了一点。老人把它扔在一边说：

“假的。”

大家相互看了看，全都无话可说。

老憨急得头上生出了一层汗粒。很长时间屋里一点声音都没有。

又待了一会儿，老憨突然拍了一下腿说：“大伙在这儿等我一会儿！”说着就抬腿跑走了。

半个钟头之后，老憨大口喘着进来，一进门就捧着一个纸包说："献、献宝……"

大家愣了一下，然后差点笑出声来。可我一点都没有笑，因为我很快明白他拿来了什么。

老憨当众解开了那个纸包，是一串石头似的珠子。

布搭子医生这回认真起来，从什么地方取了眼镜戴上，仔仔细细看了一会儿。老人没说什么，将这串东西戴在了自己脖子上，笑眯眯地，哼着："嘿嘿。"

"这是宝物吧？"三胜问。

老人摇摇头："也不是什么宝物，就是石头串子。不过我看你们几个孩子心诚，就依了吧——早些领病人来吧！"

高高崖上一颗草

那天布搭子反复叮嘱的一句话是：千万不能让人知道他在瞧病。我们就反复向他保证："你放心！你放心！"老人伸手指指屋里说：

"你们看哪里还有一把药、一粒丸子？再闻闻，有草药味儿吗？"

我们看了四周，又吸吸鼻子，真的不像一位老医生的家。

老人又说："凡是用来看病的物件，全都给公家人拿走了。"

我们觉得这真不应该。老人在方圆百十里都是有名的医生啊，就因为没有那个"执照"，就得这样？

第二天，我们把常奇领到了这里。

常奇端坐在一个草垫上，老人坐在对面。他让我们都稍稍退远一些，只和常奇一起。一老一少并不说话，这样待了十几分钟，老人才伸手扒开常奇的嘴看了看，仔细瞧着舌头。

老人将常奇的肋骨、胳膊、腿，特别是又细又长的脖子，一一推敲了一遍。

最后他让常奇卧在草垫上，伸手在瘦骨嶙嶙的脊背上敲着，就像弹钢琴一样。敲完后，老人用食指在椎骨上边那儿飞快地摩擦了几下，然后放在鼻子底下嗅一嗅……

"到底怎么了啊？"老憨见老人收了手，就奔过去问。

老人让常奇坐正了，指一指他的嘴。

我们都看出常奇的嘴唇是紫色的 —— 不过他的嘴唇一直就是这样的颜色。

“到底怎么了啊？”三胜再次问道。

“西医把他身上的毒压制住了，可就是没有排到外边去。”老人说。

我问：“那会怎样？”

“人是死不了，不过今后做事就缺斤短两了……”

破腚把头伸向老人，嘻嘻笑着问：“什么是‘缺斤短两’？”

“就是不足数儿——做不完全，做不好。”老人耐心地解释。

我们大家都听明白了。真的，像常奇现在，嗓子哑成这样，不是“缺斤短两”又是什么？闲话少问，还是赶紧给常奇治病吧！

我们把常奇过去能唱怎样神奇的歌，从头好好描述了一番。

我们说的时候，常奇就张大嘴巴唱起来，结果沙沙哑哑。

老人又抱起那只猫，把它放在肩上。猫那双碧蓝的眼睛瞪着常奇，伸出彤红的小舌头抿着嘴巴。老人“噢噢”两声说：“我还真听不出好来。”

三胜就唱了起来。屋盖差点给顶翻。老人一跳站了。

“啊呀，啊呀，这是什么嗓子！看我的猫吓的……”老人一边喊，一边把四处乱蹿的猫揽过来。

三胜停止了歌唱，指指常奇说：“我还不及他唱得一半好！”

老人扳着手指说：“他这病啊，得七样药才能医治 —— 这当中六样都不难找，只一样难了……”

老憨说:“它到底是什么?它就是在海底,我也能把它捞上来！”

“它不在海底，它在山顶。”

三胜说：“你就说它叫什么吧！”

老人眯眯眼，摇头：“它叫‘鸟衔草’，我有十几年没见它的影儿了。有一年上,那时我还年轻,在河头西边那座老铁崖采过——它长在上面，种子是海鸟从大海对面衔过来的……”

老人说着，细细地比画这种草的样子，又用笔在纸上画出来。噫，很像一颗绿豆的模样，也生了豆角。

破腚笑了：“这有什么难?我攀上去拔来就是！”

老憨也笑了。

老人沉下脸：“那崖只有一面坡能攀，这些年被海风吹塌了，谁也上不去！别的山上没见这种草……”

大家一声不吭了。

我发现常奇紫色的嘴唇紧紧地抿着，一脸的绝望。我也找不出什么话来安慰常奇。

从布搭子医生家里出来，大家一脸愁容。我们游游荡荡走着，不知到哪里去才好。太阳还有很高，谁也不想回家。

不记得谁走在前边，反正我们一直往北，走入了林子——这时都明白了：大家要一直往海边、往河头走去，一直走到那个老铁崖跟前……

林子里的野物玩耍心太重，它们像过去一样缠着我们，鸟儿在梢头飞飞落落，叫着，总想逗我们；四蹄动物攀着周围的树干捉迷藏，时不时地在树隙里发出一声吓人的大叫。老憨有些烦，拣起一个土块抛过去。

它们四下哄散，其中的一只大鸟边逃边喊："得了得了！得了得了！"

我们穿过林子直奔河头，然后往西。

那座老铁崖很高，雾天里最上边总是缠着白纱，很少有露出崖头的时候。我们记得崖上有很多少海鸥，它们在海蚀穴里做窝，人走近了就惊飞起来，发出一声声大叫。

大家谁也没有试着爬过老铁崖，更不要说登上它的顶部了。

常奇一路上时不时地仰脸看天，天上有百灵在叫。

三胜看看百灵，闭口不唱。他不愿让常奇听了难过。也许是我的错觉，也许是真的，我最近听三胜唱歌，总觉得这歌声比过去响亮多了。

我想到了那只沉沉的大木墩、它的功效。但我不好意思说出口。

老铁崖到了。太阳刚偏西一会儿，崖顶上已经有雾了。老人说得一点不错，这崖是陡立的，东西宽南北窄，呈褐红色。因为海风的缘故，它时不时地剥落，周围全是大大小小的落石。

我们在近处仰望，没有一个不绝望。

老憨破口大骂起来。这一次我没有阻止他骂，因为就该骂。

常奇一声不吭地低下了头。

我们围着这崖四下转悠，想找一个能登上去的地方。根本找不到。我在转过一道石棱的时候，突然惊动了一只海鸟，这家伙呼一下从我脸前划过，差点碰伤我的脸。

一些碎石块被飞鸟带得四处飞溅。老憨又破口大骂了。

天很快就黑了，我们不得不往回走去。这一天真沮丧啊。

夜里我做了个梦，梦见自己爬到了崖顶，一手摸到了鸟衔草，刚要往崖下来，一失足跌到了深不见底的崖底……我大叫一声醒来了，吓出一身冷汗。

天亮时我去找老憨。因为睡不着时，我想到了一个方法：老铁崖面向大海的一面浸在水里，如果等到海水退潮的时候，会不会露出崖坡啊？

我们顺着崖坡往上攀，有没有可能一点点爬到崖顶？

我说出了自己的想法，老憨翻翻眼珠说："妙哇！"

这很像我们家的猫在叫。我们全都是心急的人，当即决定立刻出发去老铁崖！"咱叫不叫上三胜他们？"我问。

老憨想了想说："算了吧，三胜那么胖，去也白搭。"

我们俩就往崖上赶了。估计这会儿正好是退潮的时间，再有一个小时，海潮就会涨起来。所以我们一阵急走，到了崖根已是满身大汗了。

老憨手打眼罩往崖上看，突然惊呼了一声，伸手一指说："老果孩儿，你看！"

我发现太阳照得红红的山崖北坡，也就是从大海里刚露出来的一道陡坡上，有一个不大的人影……"噫？这是怎么回事？"

老憨扯我一把，就往北坡那儿跑。

等我们离近一点时，终于看得清了：老天爷，那个不大的人影不是别人，就是三胜！但我们都看不出他这会儿是往上爬，还是从崖顶下来？

我和老憨一齐放开喉咙大喊。

可惜海浪声太大了，崖上的人一点都听不到。他正手脚并用趴在崖上，稍有不慎就会跌落下来，所以丝毫不敢往旁边转头。

我对老憨做个手势，不让他再喊……

三胜一点点挪动——这时我和老憨都看清了：他正从崖顶往下移动！这家伙成功了——瞧他一只手里攥紧了一大束东西，那肯定就是鸟衔草！

我心里紧张，两手握得紧紧的……

三胜身体匍匐在乱石上，一丝丝往下移动，眼看离坡底只有十几米远了。水浪溅起多高，石头多滑啊。我在心里喊着："小心！小心啊……"

我和老憨一点声音都不敢出，因为生怕惊动他。可是不幸的是，他最后真的脚底一滑，碎石哗啦一声，人跌了下来！

老憨大叫一声往前跑去……我刚迈步就磕倒在地，手被石棱割开了一道口子。

三胜被我们抱在怀里时，头流着血，一条腿折了……

他的左手，还是紧紧攥着那束"鸟衔草"。

百鸟会

一连十几天，常奇都没有回家。铁头和棉儿被我们的一番话给蒙住了：我们说要接常奇到家里去住，除了采蘑菇就是一起上学。

铁头一开始不信，说哪有人白白喂他东西吃？他又不是母鸡，吃了东西会下蛋。

棉儿说："他们孩子就是喜欢一起玩闹，住够了就来家吧……"

其实我们把他送到了布搭子医生那里，整个行动秘密得很。

关于三胜的跌伤，我们彻底杜绝了蓝大衣的猜测，让他连一点疑心都不会有 —— 三胜从头到尾咬紧了牙关，只说是去崖上逮鸟跌下来的。

蓝大衣瞪着眼问："谁把你领到崖上的？"

三胜说："我自己。"

蓝大衣又气得跺脚了，他找不到可以撒气的人，觉得窝囊。

蓝大衣信不过园艺场门诊部，就让村里的马车铺了厚厚的麦草，再展开一床大花被，拉上三胜往城里送。

七天之后，三胜从城里拉回来了，腿上安了石膏，还要在床上躺七七四十九天。至于他能不能变成拐腿人，那得过了夏天再看。

我和老憨几个人忙坏了，因为大家要分成两路去看病人。我们去看三胜时，如果遇到蓝大衣在，就只好说一些暗语。三胜对我们使眼色，打手势，再不就哼着唱歌。他最焦急的不是自己的腿，而是常奇的喉咙。

有一次蓝大衣一直待在屋里，三胜就唱：

“百灵不知还能上天不？我最怕听见它在天上哭……”

我知道这是问常奇有没有治好的希望。可是我编不出合适的词儿。我最后总算唱了一句：

“三胜你只管放心别嘟哝，好东西正在水里煮……”

蓝大衣斜着我，粗声问：“什么在水里煮？”

我有些慌。我的意思是布搭子医生正在为常奇煎药呢。我说：“老扣肉给的大鱼哩，俺家正做鱼汤。”

“妈的，什么时候了还挂记着吃！”蓝大衣骂了一句，走开了。

我们马上交谈起常奇的病情。三胜问布搭子医生高兴不？说只要他高兴了，那就说明常奇不要紧。我想了想，说布搭子医生一直沉着脸。

三胜的头转到一边，不再吭声了。

老憨安慰他：“三胜，你的腿更重要！想想看，常奇哑了嗓子照样还是常奇，你要是一条腿拐了，那就是‘拐腿三胜’了！”

破腚忍不住掀开被子一角，去看那条裹了石膏的腿。我们发现这条腿多半都被一层硬壳包住了，露在外面的脚胖胖的，呈紫红色。

三狗抚摸着那只脚，说：“就像一块大地瓜似的……”

三胜看看老憨，又看看我，说：“常奇不能唱歌，就再也不是常奇了；我的腿拐了，拄着拐也能唱歌啊！”

我们相互看着，都找不出话反驳他。

三胜急着到布搭子老人那儿去，我们让他忍些日子，还答应每天都来看他、告诉那边的事情。

布搭子老人一点都不着急。他平时就和常奇坐在草垫上拉呱儿，说一些不咸不淡的话，我们见了，恨不得揪下他的胡子来。

他问常奇愿喝鱼汤还是吃鱼？认识多少种鸟儿？跟林子里的多少四蹄动物打过照面？

“打过照面”是什么意思？我看看旁边的老憨他们，他们也一脸迷糊。

想不到常奇全都明白，抢着回答说：“就是脸对脸看过！嗯，我想想，我跟獾、银狸子，还有——黄鼠狼它们，都‘打过照面’。说实在的，它们的小脸离近了瞅都不难看！”

布搭子老人嘿嘿笑，点头：“这些物件年纪不大也长胡须，这和咱们人是不一样的……”

常奇说：“按老师的说法，这叫‘少年老成’吧？”

布搭子老人说：“嗯，还不能算吧！”

“那叫什么？”

老人想了想，说：“按当地人的说法，叫‘小老样儿’……”

常奇笑了。常奇高兴到了极点，平常也没有这样欢快。

常奇一欢快，我们也高兴了。但我们还是催促布搭子老人快些给人治病。这可不是闹着玩的时候啊！我们极想告诉老人：为了取来这把“鸟衔草”,有人差点搭上一条命……不过我们忍住了没有说。

布搭子老人将一些草药捣成糊糊，然后就给常奇抹上去。那些鸟衔草在一个砂锅里熬着，时不时就要喂给常奇一勺。

七天一晃就过去了。第八天我们来接常奇，还没走到布搭子老人的大屋子跟前，就听见屋旁的林子里有百灵在叫。我们不懂鸟语，可是仍然听得出：这只百灵欢乐着呢!

我们东看西看，就是找不到那只百灵，正要往老人屋里走，一从灌木后边一下闪出了常奇——

原来刚才是他在学百灵叫啊!

这家伙的嗓子多么清亮多么脆生！这家伙不用说全都好了!老憨一下将常奇扛了起来，破旋上去拧他的屁股，三狗揪掉了他的鞋子。

我们兴冲冲跑进布搭子老人屋里时，老人正在闭目打坐，肩上是同样闭目的猫。我们不敢弄出大的声音，就坐在他的旁边，学他那样打坐。

这样直到老人睁开眼。

老憨为了表示感谢，对老人许愿说：今后，只要是从海上搞到了最大的鱼，一定要给老人送来!

老人摸摸胡子说：“我喜欢吃小鱼小虾。”

常奇说：“那就送小的！”

老人从脖子上摸索着，解下了一直戴在上面的石头珠子，说：“这‘宝物’你拿走吧，说不定以后还有用处。”

老憨脸色发红，看看我。

我想到了三胜：他的腿还没好，也许真的有什么用处呢。我代老憨收起了珠子。

在一个星期天，一个不需要逃学的好日子，一个万里无云的上午，我们一伙又往大海上跑了。刚跑了一小段路，常奇就不愿动了：他想起了三胜。他沉着脸说：

“我全都知道了。”

原来这段时间他去过三胜家。他咬着乌紫的嘴唇，转脸看着村子的方向。

我们都没有说话。这样停了一会儿，老憨耸耸肩上的枪说：“这么着，我们背他出来 —— 咱以后就轮换着背他，咱不能把他一个人撇在炕上啊！”

所有人都同意。

我们赶到了三胜家，正好蓝大衣不在。老憨没有说几句话，上去就背三胜。炕边还有一支拐杖，三狗就扛在肩上。

一路上，常奇唱，三胜也唱。我在他们的感染下，一口气唱了很多。就像发现新大陆似的，常奇和三胜对老憨他们说：“原来老果孩儿唱得真好！”

老憨大声说：“那是虽然的了！”

常奇又一次纠正：“这儿要使用‘当然’”。

老扣肉看到许久不见的常奇和三胜，没等喝酒就红了脸。他盯着三胜的石膏腿，说：“我说呢！要不你能忘了扣肉老叔？不要紧，过了夏天就能扔拐……”

上网的时候，常奇和三胜又轮换着领唱号子了。在一片“嗐哉、嗐哉”声里，号子又一次达到了高潮。

老扣肉和看鱼铺的玉石眼肩并肩在海滩上跑、叫，还翻了好几个跟头。老憨说：“看见了吧，他们欢喜疯了！”

吃过鱼喝过汤之后，我们照例要去河头和林子里玩。

在那棵大橡树旁的空地上，我们特意寻到了那只百灵的窝：它的小草篮里已经有几只长了绒毛的小崽，它们把我们当成了妈妈，一齐张着黄黄的小嘴要东西吃。

喜欢了一会儿百灵的孩子们，又恋恋不舍走开，走到林子深处……我们走哪儿野物就跟到哪儿，这已经是一个惯例了。鸟儿的欢叫声此起彼伏，无论是好嗓子还是坏嗓子，这会儿都想唱起来。

没有办法，这就是林子，这就是“哈里哈气的东西”！

首先是常奇学各种鸟叫。在它们用心揣摩对手的时候，三胜就开唱了。三胜唱歌时要拄着拐，也许有了它的支撑和依靠吧，他的歌声反而比过去还要响亮！

老憨鼓动我唱，我就唱了。三狗和破腚在一旁议论，说老果孩儿这人哪，唱的最好的还是忆苦歌。老憨制止他们乱说，认为这会儿不是唱那些歌的时候。

越来越多的鸟儿飞拢过来。

晚霞映红树梢的时候，老憨再也忍不住了，竟然也放开粗咧咧的嗓子唱了一家伙。

林子里突然沉寂了。接着是一阵惊人的大笑：四周所有的鸟儿、所有的四蹄动物，都放肆地嘲笑起来……

二〇一一年六月十四日写，十月十六日改

小爱物

二〇一三年土耳其街头

《小爱物》部分手稿

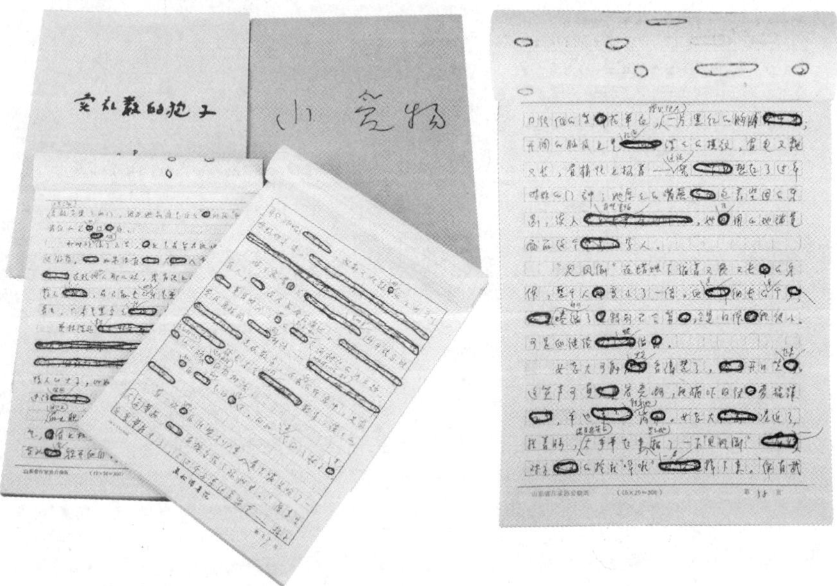

每一片果园里都有自己的护园人，他们像园中霸王。在我们眼里，这些家伙个个都是凶神恶煞，可能暗中干了许多坏事，说不定会有命案在身。看看这些人的长相和打扮就能知道，他们可不是一般的人。

平时这一带就是护园人的天下。

别看一片片果园里静悄悄的，其实就有人踞在暗处 —— 一声不吭待上一天一夜，耐心大得吓人。一旦有哪个倒霉蛋溜进来摘个果子，他们会一个恶虎捕食蹿过去。栽在他们手里的主要是过路的渔人、打猎和采药的人；还有更可怜的 —— 孩子们。

护园人又古怪又孤独，好人才不会干这个，能干这个的，得有杀牛的心。他们大多是光棍一根，没有家口，以海边林子为家。

比如说，有一个远近闻名的老护园人是个哑巴，一辈子都干这个，平时只穿蓑衣，两臂一撑蓑衣毛儿就奓开，像一只豪猪拼死打斗前的模样。他腰上别了一把镰刀，三句话没完镰刀就飞出来，砍死人不偿命。还有一个护园人是个矮子，身高不过一米二三，力大无穷，秃头，宽膀子，能死死压住一头黑犍牛，直到它力气使尽不再挣扎。这个矮人独自经管两片果园和一大片林子，从无失手的时候。

像哑巴和矮人这样的在海边一带数不胜数，所以每家大人总是叮嘱孩子：千万不要往园里蹿，尤其是果子成熟的时候，走路要绕开；如果万不得已非要从旁经过不可，那最好闭上眼睛。

这话只有海边孩子才会明白，外地人怎么也想不出是怎么回事。

当我们一眼看到串串彤红的樱桃、叶子下闪闪烁烁的桃子、火焰色的杏子，心里会阵阵发痒。那时再也不想别的，只琢磨怎样立刻把它们摘到手里。这股馋劲儿谁也无法抵挡。

离我们最近的这片果园出了一件怪事：新来的护园人竟然是个傻货。这人瘦弱不堪，三十来岁，一脸憨相。我们大家暗地议论，一致认为这是个不中用的家伙，这里交给他最好了。但是后来又有些犹豫，认为一切都不会那么简单，这家伙一定有些来历，他那副蔫蔫的样子或许是装出来的。

我们十分留意，认真观察了好久。这个人奇高，个子有一米八以上，小腰却只有一拃粗，走路像女人一样扭动，又细又长的脖子上挂了一层灰尘：离近些看，发现是粗糙的斑点，就像长了细细的鱼鳞。我们估计这是长年待在海边的缘故 —— 冬天的海风就像锉刀一样。我们都想亲手摸一摸他的鳞脖。

他有个外号：见风倒。

这真是一个脆弱的、朝不保夕的家伙。原来他从小患有严重的心脏病，动不动就捂着胸口倒下来 —— 只要有一阵北风刮过来，他就哎哟哎哟躺下了。

见风倒住在园中小土屋里，不怎么出门。他有一支长筒猎枪，但永远也不会打响了，因为枪栓什么的全锈住了。可他几乎是人不离枪，那是他的伴儿。我们几个常常趴在小土屋的后窗往里瞄着，想发现一些秘密。

打鱼人老万路过这儿，肩上扛着一支橹，也往小窗里面望了望，挤挤眼说："这家伙还不知能不能挨过这个冬天哩。"

这里的冬天啊，北风刮起来让人害怕。沙子飞到空中，树枝发出咔嚓嚓的响声，鸟儿大清早死在脚下。冬天里的见风倒真的凶多吉少。可冬天还远着呢，见风倒早就不出门了。他把火炕烧得热热的，小铁锅里永远有好吃的东西，那是煮花生和玉米棒，还有黄瓤地瓜。他在屋里走来走去，手按在胸口那儿。那一定是摸着不舒服的地方，想着一些倒霉的事。

有一只猫溜进了小屋，跳上了热乎乎的炕，被见风倒一把搂在怀里。他们一起打着呼噜，秋天就要一点点过去了。我们几个实在忍不住，只想破门而入。这个秋天哪，树上的果子摘光了，护园人就再也不愿出小屋了。我们在门口扯起了绊绳，想让见风倒一出门就绊个跟头。

他终于出来了，仰脸看天，打个哈欠，耸耸肩上的枪，一扭一扭往前走，快要碰上绊绳那会儿，两条腿突然像跳舞一样腾挪了一下，绊绳对他毫无用处。那只猫也跟出来，一下跃上肩膀，接着又攀上头顶，在乱蓬蓬的头发间做窝趴下。

太阳好的时候，见风倒偶尔会头顶一只猫出来，只站在小屋门前。我们猜他在等候真正的冬天。只要一阵风刮来，他立刻就踮着碎步回屋了。

冬天来了。在一个大风天里，我和虎头小双几个痛快地走在园子里。沙子打在脸上，一会儿就把脸弄得像秋桃一样红。玩到黄昏时分，我们在小土屋门前唱起了歌。唱了一支又一支，里面一点声音都没有。那家伙被大风吓破了胆。我们高兴地嚎唱。

天黑了，门开了一条缝，我们几个由虎头带头，呼一下钻进去。老天爷，原来小屋里暖暖的香香的，灶里有炭火，锅里有地瓜。见风倒掮枪抱猫，模样阴阴的。这家伙从来不会笑也不会哭。他正吃一块地瓜，还往猫嘴里抹地瓜糊糊。猫不高兴。

屋角有一只半大的羊。我们争着去抱白白的小家伙。羊咩咩叫，用刚生出的嫩角顶我们，顶了一会儿就逃到见风倒身边去了。羊和猫紧贴着他，一块儿偎在暖和的炕角。屋外的风声越来越大了。

这个冬天，见风倒的小土屋是最好玩的地方。这里有人正一声不响地对抗着凶猛的冬天 —— 听人说冬天其实是一个妖怪搞出来的：那家伙长了绿色的眼窝，身子有五个黑牛加起来那么大，每年春天要去海北，天一热就过海往南走，走啊走啊，走到十一月就来到了我们这儿。它走累了，一屁股坐在海边，望着南山，张开血盆大口喘气，把一地沙子都吹起来了。

打鱼的老万说，你们半夜里侧耳听一听，就能听见妖怪打鼾的声音。

他盯着小土屋，讲出一个故事：从前，有个猎人凭着过人的枪法，发誓要赶走那个妖怪。他找到了这个大家伙，想趁着它打鼾的时候一枪结果了它。谁知道妖怪睡着了还睁着一只眼，早就看见端枪的猎人了，只是继续打鼾。猎人凑得近一点，只有几步远了，这才扣响了扳机。猎人发了狠，早就装足了火药，那是能够打死几头牛的霰弹。谁知轰隆一声火光一闪，妖怪照样打鼾。猎人吓得丢了枪，转身就跑，刚跑了没有几步，妖怪又打了个大大的喷嚏，掀起的一大股沙子立刻就把猎人埋在了下边。

老万讲完了故事，问："你们知道那个猎人是谁吗？"

"是谁？"

"就是见风倒的姥爷。从那以后他们家个个害怕妖怪，一听到刮北风就吓得脸色蜡黄，腿也不好使了。他们这家人跟冬天有仇。"

我们听了那个故事，再也不用原来的眼光看见风倒了。原来这是个大英雄的后代啊。在大风呜呜响的夜晚，我们为了安慰小土屋里的人，就一块儿挤在他身边。都想问一问他们一家跟冬天结仇的事儿，最后还是忍住了。

我们一起熬着冬天，等待老妖怪返回海北的日子。

第一只蝴蝶飞来了，那只猫从见风倒头上一跃而起，扑向窗户。谁也想不到这个憨憨的见风倒手脚那么麻利，只一蹿就抓住了飞到半空的猫。蝴蝶逃出窗户，飞到了一旁的李子花中。

见风倒高兴了。不过他从来不笑，总是阴着脸。能让人看出愉快的，就是那只扭动不停的腰。"这不是男人的腰。"老万说。他说以前他们打鱼的那儿也有一个人长了这样的腰，只在鱼铺里做饭，不去海里打鱼。"那饭做得真好，可惜走路像娘们儿，"老万咂着嘴，远远地瞟着见风倒，"是男是女看看就知道了，嗯。"

老万的话让我们吓了一跳，你看我我看你，谁也不吱声。

老万笑眯眯的："海上那个人后来到底还是露了馅，他夏天热得受不住，跳进海里洗澡，被人撞见了，嘿嘿……"

“咋回事？”

“原来不是男的也不是女的。”

多么奇怪啊！世上还有这样的人？我们都不信：“那是怎么回事啊？”

“就是那么回事。”老万眯着眼，不再正经说话了。待了一会儿他又说：“从那以后打鱼的人都不愿理他了，也不想吃他做的饭。我只想帮帮他。那年头我家里穷，娶不上媳妇，光棍一条，就琢磨起了事儿。我让他把头发留长，等扎上了两条小辫子，就娶回家当老婆了——至今还是我老婆，能做一手好饭。”

大家瞪着眼发愣。我们当中心最细的是小双，他问：“生娃娃了？”

“啊啊，”老万摇着头，“这事儿不急的……”

可是我们都想弄清见风倒是男是女 —— 当我们凑近了端量时，觉得他绝对是男的：嘴唇上有一层黄黄的小绒胡。不过有一点不妙：他的眉毛又细又弯，这可是个问题。

太阳晒得一地沙子发烫，赤脚走在上面真好。小蜥蜴探头探脑四处乱瞅，猫就把它们逮住了。那只羊与见风倒一块儿卧在沙子上，被一群蜜蜂围着。见风倒袒露着上身，抓一把烫烫的沙子往肚脐上洒。

我们注视了一会儿，都跑到他跟前玩起了这个。他的肚脐像小酒盅，很深，凹着。等它装满沙子后，羊爬起来嗅了嗅，发出了“咩咩”声。见风倒嫌热，松脱了长裤翻扭着。小双掀起他的短裤看了看，他懒洋洋的并不阻止。

小双说：“他是男的。”

大团大团的李子花开过，接上是桃花梨花苹果花。那个带来冬天的妖怪越逃越远，大概早到了海北，于是最好的春天就留给了我们。一群群绿翅红嘴鸟儿飞来了，它们在园子里忙碌嬉闹，全不理睬别人。

这算得上真正的节日。一到星期天，我们就在花海里钻来钻去，与蝴蝶和蜜蜂、各种鸟儿周旋，忘记了一切。家里大人关心的是我们与看园人的关系，担心受到捉弄和欺负。这次他们搞错了，说实在的，我们不捉弄他就算不错了。

这个人有点痴傻，心眼可能还抵不上我们一半。

而且这人懒得出奇，有时一整天躺在树下，只要不起风就仰脸往上看：白天看小鸟和蝴蝶，晚上看星星。这里的夜晚星星大，没有月亮时就格外大。有些动物是跟上月亮起哄的，它们在明晃晃的月光下不会安生，又飞又跳又跑，分不清是一些什么东西。

半夜里，有一只狗那么大的动物唰唰跑在园角。说不定什么时候，又有一只更大的动物从东到西跑过。我们问见风倒它是什么？他吸吸鼻子，侧着耳朵听，又贴在地上听，只不回答。

虎头一个人蹲在黑影里，突然神色慌张地跑过来，伸手指着一角说：“听，噗噗的，像一只大鸟。”

他的声音透着恐惧。我们屏住呼吸。听到了，好像有一大团棉花，轻轻地落在了园子里。我们吓得一动不动，身子贴在了一起。

又过了许久，再没有一点声响。小双第一个离开大家，蹑手蹑脚走向园子深处。花的浓香一阵阵钻到鼻孔里，有人打起了喷嚏。羊和猫守在见风倒身旁，快睡着了。

夜色里的花树如同一座座山峦。我们都觉得每到夜晚花的重量比白天增加了几倍，细细的枝丫眼看就承受不住了。花的山峦里藏了各种动物，有飞禽也有走兽，它们都知道那个大妖怪离开了，于是不再安生，一齐出动。

小双扯着我的手，小心又小心地来到一棵最大的苹果树下。他从一个树隙指给我看。

那儿什么也看不清，只是一团浓黑。我们紧张极了，只听见自己的一颗心扑扑跳。小双转脸看我，我发现他的眼睛闪闪发亮。正这会儿，那团黑影颤了几下，发出“噗、噗”的声音，就像一只大母鸡在抖动翅膀 —— 还没等我们回过神来，它嘴里又发出细小的“吱吱”声，就像一只轻到不能再轻的气球，只一跃就弹到了更高处 —— 比所有的树都高。它在无数的树尖上弹跳了几次，最终不知落在了哪棵树上。

我和小双都没看清它的模样，因为花丛太密，天太黑。但我们都一致认为这家伙的个头不小于一只大鹅，会飞会跳，身子轻盈灵巧到无法形容的地步。

第二天夜里又是相同的情形：到了半夜时分，天安静得出奇，一天星星眨眼不停，没有风；大大小小的动物开始在园中跑动，它们尽可能隐藏自己的声息。可是我们个个耳尖眼明，绝对放不掉任何行踪。大约在虎头第二次打哈欠的时候，小双的手指又竖在嘴边了。我们捕捉那“噗、噗”的声音。

那个古怪的飞禽或走兽又一次神秘地降临了。

我和小双虎头三个人猫腰钻过几棵树，然后大气不出地趴在地上。虎头怀里抱着猫，他有自己的盘算。

半个钟头过去，四周静得吓人。小双又伸出了手指。不远处有“呼呼”的喘息声，就像一个小孩子疯跑之后大口喘气。虎头激动得快要哭了，扯扯我和小双，一丝丝往前爬。

当离那喘息声越来越近时，它反而一点声音都不再发出。这家伙多么狡猾。可是我们都看到了：在最高处的一个树丫上，沉甸甸地压了一个东西，像石头一样。它比鹅还大，头是圆的，正轻轻转动，像在寻找什么。

我们正在凝神，虎头突然把手中的猫往树上一撩。

猫的眼睛比我们尖多了，它早就看到了树尖上的家伙了，一直在虎头怀中挣动呢。

猫急急地往上蹿。我们料定那是一只大鸟，而猫见了鸟类就不会饶过，再大的鸟都会败在它的手里。

说时迟那时快，猫像闪电一样直击树梢，接着发出扑哧扑哧的打斗声、惨惨的叫声——尽管星光微弱，我们还是看清了最后一幕，这一幕说起来没人相信……我们惊得目瞪口呆。

好几天以后我们讲给大人听，他们还觉得这事不可思议。谁都不信。可一切都是真的，是我们亲眼所见。

当我们讲给见风倒时，他弯弯的细眉抖了抖，惊得大张嘴巴，露出一口米粒似的细牙。他回头细细查看爱猫，发现它左边的脸，还有一只眼，都肿了。

大家多么同情这只猫。

那一夜我亲眼见过了飞快完结的这一幕：猫飞速冲到那个怪物近前，对方正望着远处；直到猫伸出利爪那怪物才回过神来，低头一看，接着抬起一边的翅膀——也可能是手——一下提起猫狂舞的两只前爪，用另一只手狠狠揍了它几个耳光。猫惨叫着，给“啪啦”一声扔到了树下。

猫跌得好惨，双爪捂头乱叫。树尖上那个家伙正嫌脏似地拍打着双手。它低头看着我们，嘴里发出若有若无的嘻嘻声。

这是个永远无法忘记的夜晚。

见风倒听了我们的叙说，脸上有了慌张的神色。他把锈住了的枪摘下又背上。

老万路过果园时，我们把整个过程从头到尾讲了一遍。他寻思了一会儿，说：“会飞，有手，那是什么？只能是妖怪！”

我们这片园子里真的出现了妖怪，并且是大家亲眼所见，这是多么美妙的事情啊。这事儿实在让人兴奋，谁都不想睡觉了。

见风倒痴痴地望着自己的领地，好像对发生的事情难以接受。他一下下抚摸肿了半边脸的猫，安慰它，小心地亲它的脑门。

春天越来越深入，满园繁花谢去之后，绿蓬蓬的叶子就长出来，只一眨眼，枝条都遮在了绿叶后面。这时所有的鸟，也包括各种走兽，都躲在更隐蔽的地方玩闹了。

我们大白天难得来园子里一次，因为要去讨厌的学校。星期天和夜晚应该属于我们，但是自从出了妖怪的事情之后，我们出门会受到各种阻拦。说实话，对于海边林野里隐下的种种危险，不要说我们，就是来来往往的渔人和猎人也惧怕三分。他们个个都传达过这些故事，讲述的时候仿佛个个都是受害者，好在就因为自己机智勇敢，这才逃过一劫。

老万是个对妖怪特别有研究的人，他说自己已经无数次经历了这一类事，并且在常年的林海荒地生活中习惯了这一切。听他的口风，好像还暗中交往过几个妖怪。他这样暗示了几次之后，我们也心动了。

小双说："如果咱们跟一个不太凶狠的妖怪好起来，也蛮有意思的。"

虎头想得更多一些，摇摇头："只要是妖怪，那就得防着——听说它们分两种，吃荤的和吃素的，如果吃荤，那就得小心了。"

我同意虎头的分析，因为我们都属于"荤"。但我想补充一点的是，有的妖怪是荤素不论的，既吃果子和一般植物的根茎叶子，也会逮活物吃，比如吃鸟和鱼。它们当中有的还吃儿童，如果有这样的机会，那会是十分高兴的。

我至今记得外祖母告诉的一件事，那可是她亲眼看见的。当时她正在门口抽烟，和几个爱抽一口的老太太一块儿过烟瘾，你一口我一口地传递着烟斗，凶险事儿就降临了。原来其中一个老太太的小外孙正在草垛旁玩耍，突然传来“嘎呀”一声大叫，一只老鹰扑下来，抓起白白嫩嫩的小孩就飞走了。

“那孩子胖啊，老鹰抓得费劲，摇摇晃晃，摇摇晃晃，往半空里去了……”外祖母说。

那个看护外孙的老太太差点哭瞎了双眼。

外祖母那个亲历的故事谁都相信，因为都知道她是说谎最少的人 —— 要知道海边林子里的老人个个都爱说谎，平时就爱编点什么吓唬孩子，有时也为了吸引别人，为了让更多的人敬重。这里的人常常说到某个见多识广的人，说某某真了不起，一辈子遇到过多少怪事啊，口气里流露出强烈的羡慕。

外祖母讲了许多故事，其中的一半仅凭我的智慧也可以识破是假的。她低估了自己的外孙。不过她有说谎的权利，因为说谎是海边老人的习惯，这也不全是他们的错。

我从外祖母的故事说起，初步认定来我们园里的是一只类似于大鹰的飞禽。

可是这个判断很快就被否定了。

那是一个月亮很大的夜晚。这样的夜晚香甜可口，风是香喷喷的。在洒了一层荧光的沙地上干什么都格外有趣。我们为了表达对见风倒的情谊，都带来了一点吃的东西。见风倒阴着脸，抓过东西就吃，并不感谢什么。这个人与哑巴没有多大区别，只是常常与猫和羊说话：咕咕哝哝。

他与身边的动物友谊超常，这是显而易见的。我们亲眼看见有一只彩色的大鸟落在他的头顶，拉了一泡屎又飞走，他丝毫不恼，擦一把了事。还有一次一只狐狸走到他跟前 —— 那只狐狸倒也真不难看，小脸儿仰着，两眼水灵灵的，直盯着他。见风倒为了看个仔细就使劲弓着腰，那模样就像给狐狸鞠躬似的。

总之他与人没有多少话要说，与动物倒有很多共同语言。用老万的话来讲，就是：“见风倒这个家伙不善于说人话。”

这个夜晚我们分吃好东西，糖果、炒花生、栗子和小巧饼 —— 这是拇指大的稍硬的烤饼，分别做成了小猴子小猫小狗等各种模样，香极了。见风倒小牙像米粒那么大，嚼东西费劲，很长时间才能吃掉一个小巧饼。正吃着，小双的手指又竖起来了，大家一齐停止咀嚼。

一只动物正从园子东北角小心地走来，像是踩在棉花上的又软又轻的蹄脚。不过它瞒不过小双尖尖的耳朵，也瞒不过我们。猫一下偎到了见风倒的怀里，羊高高地抬起了头。

我们一齐伏在沙子上，抬眼去看 —— 沙地上的月光像浅浅流水，使人觉得有无数小鱼在上面游动，如果有一只大水鸟来啄食一点都不奇怪 —— 正这样想着，真的有一只大鸟来了！瞧它两只又粗又壮的长腿吧，吧嗒吧嗒踩着浅水，得意扬扬地来了！

虎头躺在旁边，我能感到他激动得全身打颤。我大气不喘，顺着那只“涉禽” —— 书上这样叫它们 —— 往上看，刚刚定神就惊得闭不上嘴了！老天爷啊，这哪里是什么大鸟啊，这家伙长得多怪啊，它像人一样长了两条腿，可是上半身又像鸟，因为有双翅；不过双翅上方有窄窄的肩膀，有脖子，上面长了比常人略小一些的头颀……我紧紧盯着，发现它有一张小娃娃似的小圆脸，额头可真不小，鼓着，大眼睛上方是一溜整齐的刘海……

见风倒呼一下坐起。他大概吓坏了。这人又一次被证明有点痴，因为他竟然在这个关键的时刻暴露了自己。

结果糟透了——那个怪物听到声音立刻止步，圆脸一抖一缩，瞬间缩成了拳头那么大。接着双翅一张，几乎毫无声息地飘离了地面——我敢说自己盯得仔细，那简直不是飞，而是像跳高运动员那样轻轻一弹，就稳稳地落在了一棵大树尖顶上。它只在这棵树梢停留了一秒，又连弹几次，在几棵大树上方选择一圈，最终不知落在哪一棵上了。

我们一起追寻，可惜连个影子都没有发现。正在我们发呆的时候，园子深处却传来了嘻嘻的声音。这种细小的发声以前听过，那显然是对我们的嘲弄，而且分明透着得意。

大家争论这是一种什么动物。争执最大的是走兽还是飞禽，因为这是不可混淆的一个原则。谁也无法做出结论。统一的看法是，这不是一般的大鸟，因为它有人一样的头脸，似乎还有手。不过它离地的那一刻又像鸟——好像它的双臂随时都可以当成一对翅膀来用。

见风倒只是听着我们的议论，并不加入讨论。他在月光明亮的夜晚敞着衣怀，露着一只大肚脐，长了鳞的脖颈就像胳膊一样细。我这会儿有一个奇怪的念头，觉得这个护园人也是一个妖怪。

我们身边这个“妖怪”的不同之处，是一点都不让人恐惧。他和我们躺在一起，无论是在沙滩树下还是在小土屋里，时不时就要紧紧地搂一下左右的人，包括猫和羊。有时候他真是激动啊，紧绷着嘴，猛地一下咧开又像要哭出来。我知道他是激动了。我心里承认，他是最能激动的一个人。关于他的身世没人了解，只知道他是一个身带重病的人，随时都能离开人世。就是说我们面前的这个嘴唇发青的细高个子，说不定什么时候就能在一阵风里倒下，然后再也不会爬起来。

大概由于时时面对了死亡，所以他才有那样阴沉的神色，他害怕啊，他不高兴啊。也同样因为这个，他才要紧紧地搂住我们，那是他舍不得与我们分别啊。我发现每一次大家离开时，他都要狠狠地盯一会儿——不是恨我们，而是恨又剩下了独自一人。

老万说见风倒所有的亲人都因为害心口痛过世了，只剩下这根独苗。“独苗命苦，人长得痴，娶不上媳妇。”他警觉地盯我一眼，说，“小心一点吧！”

我问为什么?

“不为什么，反正小心一点吧！”老万不怀好意地笑，往地上吐口水，“这是个不男不女的东西。”

我立刻争辩：“不，他是男子汉，这是真的。”

老万摇头：“什么男子汉，一个废人。打鱼不行，推车不行，护园子也不行——有一年秋天被几个偷苹果的老娘们按住打了一顿，还把他的裤子脱下来扔到了树上。那天正好起风了，他吓得跌跌撞撞往回跑，光着腚，鞋子也掉了。”

我可怜起小土屋里的人了。

一连好多天，我一想起老万的话就为护园人难过。我和伙伴们更多地去园子里，带去好吃的东西。当然，我们最好奇的还是那个来去无踪的妖怪。

秋天来了，果子挂在树上，再有不久就要成熟了。半熟的果子格外馋人。

小双和虎头都发现，随着果子一天天长大，见风倒就变得不那么友好了。这家伙的一对眼睛泛着瓷亮，就像鱼眼，这是大家刚刚发现的。鱼眼圆圆的，很拗，一动不动地盯过来，会让人心慌。

我们爬树时，他一定要上前拦住，还扳锈住的枪栓。这家伙吃了我们多少巧饼和花生，一转眼就翻脸不认人了。他大概担心我们将果子碰掉。其实我们想摘下果子。杏子和苹果只有指甲大时就吞下肚了。它们真酸。不过对付再酸的果子都有办法，那就是嚼的时候闭上右眼，这样也就可以忍得住了。

而见风倒闭上一只眼睛时，那就是在端枪瞄准。树上的鸟、爬到树上的猫，被他瞄住时全不介意，因为它们都知道这是一支放不响的枪。

如果不能爬树，只在地上待着，那就没有多少意思了。一年里，除了北风呼啸的冬天，我们一直在树上攀爬，摘果子逮鸟，闭着眼想心事，这些都要在树上才行。见风倒终于露出了护园人的本来面目，他原来像那个传说中的老哑巴和矮子一样，天生就是我们的对头。他竟然用枪向我们瞄准，这是多么可怕啊，这枪如果能够打响，他真的敢扣响扳机吗?

果子眼看熟了，满园香气让人心痒，鼻子发酸，走路就像坐船——飘飘悠悠的。一开始我还以为只有自己这样，问了问小双和虎头，他们也差不多。只要我们进了园子，见风倒就会跟上，寸步不离。他解溲的时候我们就往林子深处钻，这时他就提着裤子追赶。

虎头有一次背着手走出林子，可能藏了什么，见风倒转到身后，虎头就随着他打旋。虎头越旋越快，弄得见风倒头晕，一下栽倒在沙地上。我们趁机爬到树上，每人都找到了最甜的果子。

起风的日子最好了，这时候护园人就不敢走出小土屋了，只趴上北窗往外瞭望。可惜有时风刮起来，却偏偏不是星期天；放学回家了，风又停下来。

老万从园边走过时身上背个帆布褡子，看到见风倒过来，就让我们往另一边跑。我们后面紧跟着见风倒，那边的老万就动手摘果子，直到把布褡子装满。

我们从园里跑出来，在通海小路上与老万会合时，他正笑嘻嘻地啃果子。可是这家伙太吝啬了，每人只分给一个苹果，而且还专挑小的。他咔嚓咔嚓咬着大苹果，果汁四溅，说："对付这家伙还不容易？赶明儿让海上渔老大娶了去。"

我们都不吃苹果了，盯着老万。

老万吃过苹果又抽烟，两撇黄胡须翘起来："海上老大早没老伴了，正找家口哩，我看见风倒就合适。"

小双惊呼："可他是个男的啊！"

老万笑了："我们老大是女的，这不正好吗？"

海上老大是指挥打鱼的把头，怎么会是女的？这玩笑开得也太大了。我们全都不信。老万使劲吸一口烟说："老大过去是男的，他天天喝酒，天天喝，一天这个数儿，"他伸出三根手指，"三碗。这就喝死了。老大没了，打鱼的就得散了摊子，因为大伙儿谁的话也不听，只听老大的。上级一看实在没辙，就让老大家里那个老娘们来管咱们了。"

虎头听得入迷，头快探到老万怀里了。老万用烟卷火头触一下虎头的鼻子，虎头猛地缩回来。老万继续说："这娘们儿比我还高，腰粗肚大，大脚丫子跺地扑哧扑哧响，还会抽烟，喝酒也在这个数儿上，"老万又伸出了三根手指。

大家哄笑。

"你们也不用笑。俺们那一伙都听她的，为啥哩？就因为她是师母辈的，等着我们孝敬她哩。她辈分高，可惜年纪不太大，也就四十一二岁吧。夜里她和大伙一块儿挤在鱼铺里睡，当老大嘛，就得和大伙同吃同住。半夜里她一声连一声叹气，坐起又趴下，一双大手捂着胸口。开头大伙以为她病了，心口疼，后来才知道是另一回事。"

老万说到这里卖个关子，不吭声了。

我们都急了，逼他快说怎么回事？他又吃苹果又抽烟，半晌才说下去："老大是想师傅了，想重新找一个男人过日子。本来这事儿好办，睡在一个铺子里的打鱼人这么多，可惜不行啊，全都不行！"

“为什么不行？”小双问。

“因为咱一伙里尽管有不少光棍汉，可大伙都跟她叫老大，她是师母啊！”

这回我们都听懂了。虎头搓手，望向果园的方向。他在想什么。

“如果老大把那个人，”老万夹烟的手往南挥动一下，“把见风倒娶了去，那园里的果子还不成了咱大伙的？咱想怎么吃就怎么吃！”

“可是，可是，”小双像憋气一样，鼻子上出了一层汗粒，“我想他不敢的，不敢的……”

“怎么就不敢了？”老万盯住小双，因为过于专注，似乎有点斗鸡眼。

我替小双答了，说：“那人见风就往屋里跑，胆子特小！”

老万拍掌大笑：“这你们小孩牙牙就不懂了！那是因为他一个人老要闷在屋里，没有摔打出来！只要有了家口，这个人也就‘皮实’了！”

“‘皮实’是什么意思？”虎头问。

“就是耐折腾的意思，”老万扔了烟蒂，“就说我吧，别看娶来的是不男不女的一个物件，几年下来再也不管什么天气——以前不行，淋一场雨就得赶紧喝酒，生怕寒气扎到骨缝里。娶了家口，热汤热水吃喝，身子骨也就壮起来了。男人女人全一样，得有人疼，在他耳朵边哈着气说话，一边说一边用小手摸摸他，他就一天天皮实起来了。”

大家都听得出神。我心里想，老万这个人懂得可真多。

最后分手时老万下了决心，说：“这事就这么定了，等个好月亮天，我拉上俺老大去园里相亲吧！”

“为什么要在月亮天？白天不行吗？”我觉得这一次老万搞颠倒了。

老万用食指叩叩我脑壳说：“白天？白天看得太清亮了，说不定两人都相不中哩！”

我们都怀上了一个大心事，喜滋滋的，只等着老万领着女老大来相亲了。

但我们私下里议论，最担心的是他们之间相互看着都不顺眼。不过比较一致的看法是，只要海上老大相中了见风倒，事情也就成了大半 —— 这个憨痴痴的家伙没有什么选择的余地，只要有谁愿意领他走，他跟上就是了。

从那以后，我们看到“见风倒”，怎么看都觉得他是女老大的家口了。

大月亮终于来了。吃过晚饭，大家早早地来到了园子里。真是有些激动呢。见风倒似乎心情不错，头上顶着那只猫，身边跟着羊，不停地耸动肩上的枪。他一嘴小牙真白，在月光下闪着光亮。月亮之夜，他的小牙更可爱了。

我们躺在沙子上，绝口不提将要发生的事情，蓬蓬地吸着鼻子 —— 满园果子全熟了，这香味可不是一般人能够忍受的。奇怪的是见风倒能在长达几个小时里不吃一个果子，多大的忍耐力啊。

见风倒总是沉默寡言，自我们结识他到现在，几乎没听他说上几句话。这家伙与哑巴无异。话少的人心劲就大，而心劲大的人最适合用来保护公家的财产——这是我暗暗推理出来的。

静静的月夜一丝风也没有。不知过了多久，远处传来了走路声。见风倒警觉地欠身看了看。我们都知道老万快领人来了。

走路声越来越近，后来就停住了。我不知什么时候一转脸，马上惊得捂住了嘴巴——一个小矮人在不远处眼巴巴地看着这边，而见风倒正与之对望！如果我没有看错的话，这个小矮人就是前些日子弹来跳去的那个小妖怪！

老天爷啊，这一回我算是看清了：两条腿像藕瓜似的，膝盖上方有弧纹；脚掌有蹼，就像水鸟差不多；肚子圆圆的，看不清颜色；不知是胳膊还是翅膀，耷在身侧一动不动；细脖，大头，圆脸，眼睛亮亮的，额上是一溜整齐的刘海儿……我在一瞬间认出这是一个雌性——女的。我使劲捂住了嘴巴，害怕叫出声来。

见风倒和小妖怪对视了一会儿，竟然像被丝线牵住了一样，慢慢起身，迎着她走去——他们一步步走进了园子深处。

猫和羊都待在原地，身上好像有些发抖。

我相信大家都像我一样，看清了这一幕。没有人说话，因为都不知该说什么……这无声无息的一刻我在想：见风倒这些日子里一定偷偷约会过小妖怪！如果不是这样，他怎么敢在这个大月亮天里跟她走？

这会儿谁也没有想过要追回见风倒。这是他自已的事情：一次凶险万分的约会。

见风倒是冬天的仇人，可是他再也等不到冬天了，只在这个秋天就会被小妖怪害死。

由于失望和害怕，我们躺在那儿一动不动。谁也没有想到去摘一些果子，压根就没有想起甘甜的果子。心思全在另一边了，都在用心捕捉园子深处的声音。如果这时候发出一声尖叫，我们就会不顾一切地冲过去。

谁也不知道小妖怪吃荤还是吃素，或者是像以前担心的那样：荤素不论。反正这个护园人是凶多吉少了。我们渐渐忘了与老万的约定，把女老大相亲的事丢在了脑后。

余下的时间没有什么奇迹发生，园子里静悄悄的。我们最后无精打采地站起来，各自回家了。

第二天是星期天，早晨醒来第一件事就是去看小土屋里的人——我们几个不约而同地跑到果园里来。

见风倒皮毛无损，模样照旧，还是警觉地盯住我们，生怕偷走了树上的宝贝。多么悲伤啊，我们一直担心他的安危，他却时时牵挂果子，交到这样的朋友真是倒霉。不过谁也不想离去，因为这儿实在有许多东西吸引着我们。

昨夜里大概刮过一阵风，树下掉了不少果子。“见风倒”见我们一直端量树下，总算慷慨了一回——每人分给一个。

离他近一点时，我发现这张憨痴的脸上似乎有了一丝不易察觉的笑容，一双弯细的眉毛在轻轻蠕动，下唇使劲往上收拢，好像要极力包住一些隐秘。那根鳞脖微微变红了，上面有几道浅浅的挠痕——这马上让人想到是小妖怪抓弄的。

一会儿打鱼的老万来了，他离老远就向我们招手。

离开园子一点，老万告诉今夜女老大就来相亲了。我们几个兴奋无比，但对马上要发生的事儿多少有些担心：这或许需要告诉当事人一声吧？如果他根本不想见那个人怎么办？

老万哈哈大笑："哪有见风倒不愿意的？这样的废人，只等俺们老大娶了去就是！"

大家相互看着，将信将疑。小双讲了昨夜发生的事，老万一脸惊愕，不断追问一些细节，脸色一下沉重了。他拍拍腿："一点不错，那是一个妖怪！"

"那怎么办？"我问。

老万往园子里望几眼，肚子疼似的蹲下了。他掏出烟抽几口，发狠地点点头："那妖怪总是先让人迷上，然后再一点一点收拾他……"

"怎么'收拾'？"小双眨着眼。

"那就不一定了。妖怪们使用的方法是不一样的，它们和人差不多，脾气不同，那些性急的就把他领到没人的地方，咔嚓咔嚓几口吃了算完；性子缓的会慢慢逗弄他，直到玩腻了，遇到坏天气心上一烦，也就把他嚼巴了。"

我们吓得脸都白了，咝咝吸着凉气。

"看起来这事再也耽搁不起了，快让女老大把他领走吧，越早越好——幸亏她今晚就来。”

虎头说：“领回鱼铺？这可不行啊，他还要在这里护园哩。”

老万点头：“只要老大娶了，住哪儿都一样，这小土屋收拾干净了就是新房。”

老万走后，我们一时觉得特别寂寞。时间过得太慢了。好不容易到了中午，太阳热辣辣的。要到多久月亮才出来啊。

实在等不下去，虎头建议到海上去，就近看看那个女老大什么模样！这个主意可真不错，这就好比我们代见风倒去相亲了——不管怎么说，我们与他有这么长的交情，不放心呢。

一路飞跑，穿过一片杂树林，又钻到灌木丛中，踏着一地马兰和拉拉秧……又看到与蓝天相接的大水、一个个棕色的鱼铺了。鱼铺是打鱼人的老窝，那里面有吃不完的鱼，喝不完的酒，抽不完的烟。

太阳刚刚偏西，打鱼的人早把网撒进海里，马上就要往岸上拉网了。太阳照得沙滩很热，拉网的人都穿了很少的衣服，有的干脆光着膀子，下身只有一条小短裤。这些人全都是黑红色的皮肤，牙齿雪白，说起话来嗓门忒大，骂人忒狠，最爱欺负小孩儿——家里人说这些打鱼的万万不能招惹，他们火了抓起小孩就往海里扔。

我们到处找那个女老大。咋咋呼呼指挥拉网的都是横眉竖眼的男人。海滩上的光腚客太多了，男人在这里不爱穿裤子。

虎头指着不远处一个跑来跑去喊叫的人说：“就是她！就是她！”

我们走近一看，马上吓了一跳：这人脸色乌黑，大嘴宽肩，只穿了小背心和大裤衩子。破背心挡不住那对大乳房，她一奔跑它们就扑棱棱乱跳，从背心里一下下跳出来。

我们不敢继续跟上去：女老大满脸横肉，不住声地骂人，正对一个小伙子发火，踢了他的胯部，让他疼得哎哟哎哟蹲下来……

我们正在发呆，老万过来了。原来他是海上会计，不干力气活。他朝不远处的女老大甩甩拇指，小声说："看见了吧？多壮实，真是好样的！"

谁也没有吭声。

我觉得见风倒和这个女人在一起，不太美妙。

"那小子和她在一起过日子，用不了多久也就'皮实'了。"老万乐呵呵地吸烟。

可是我有一句疑问没有说出来：可那个男老大，就是她丈夫，为什么死那么早呢？

这事真的有点玄。想想看，如果见风倒不小心得罪了她，这边一脚踹过去，他怎么受得住？这哪里是娶亲，这简直是找死。

天色渐渐晚下来，我们越发替小土屋里的人担心了。

大家默默地往回走。月亮升起之前我们先要赶回家，然后再到园子里。这是个不祥的夜晚。

可怜的见风倒还什么都不知道呢。

只有临近了这样的关头，我们才觉得与他有些亲近。好像一下子记起了许多事情：他在这个世界上没有一个亲人，没有一个人疼爱。如果真有个好女人照顾他，给他做饭洗衣，那该多好啊！可惜那个女老大脾气太暴，样子也凶，年纪更不般配 —— 老万说她只比见风倒大三岁，再好不过了，这不是胡说吗？看上去女老大比见风倒至少要大十几岁。

月亮升起来了。鸟儿啾啾飞过，接着又有什么在园里唰唰奔跑。这个夜晚一开始就不安宁，好像连飞禽走兽都得知了消息。

见风倒显然什么都没察觉，像往常一样趿拉着鞋子走出小土屋，背枪顶猫，身侧是那只羊。

他那双纽扣似的圆眼看着我们，照样有些警醒的神气。

月亮升到树梢那么高，一丝风吹来，见风倒不安地扯了扯上衣。只一会儿风就变大了，他二话不说直奔屋里。

不知是风吹树梢还是各种野物的嘈杂，反正大家进屋之后，一直听到外面乱糟糟的。这在月亮天里是很少见的。“起风了，起风了。”虎头看着窗外，咕咕哝哝像念经。

我们等待着。见风倒好像预感到今夜要发生一件大事，不时瞥一眼窗子，还几次踮脚往外看。

月亮转到了正南，那只猫从主人怀里一跃而下，尾巴高高地竖起，在屋里巡行半圈。羊抬起硬邦邦的长嘴，指向月亮。与此同时，我们都听到了咚咚的脚步声，然后是一声粗长的喊叫 —— 错不了，是那个女老大踏进园子里了。

见风倒听到声音，竟不慌不忙地点起了蜡烛。他坐在蜡烛下，眨着眼。

重重的脚步声代替了“砰砰”的敲门声，门“啪啦”一声给推开了。女老大在前，老万在后，大步流星走进来。见风倒身子一挺，右手立刻去抓枪。老万笑着，比比画画对女人说着什么，又转身扯过见风倒。他们在说什么谁也听不清。大家都静了几分钟。

我发现女老大在烛光下多少像个女人了——她穿了领口很低的紫碎花单衣，露出胸脯上很大一片黑红色；开阔的脑瓜上是几道深深的横纹，眉毛又粗又长往上扬着——这让我想起了过年时贴的门神；厚厚的嘴唇包裹起坚固的牙齿，使人有些害怕。她正用心端量面前这个男人。

见风倒在烛光下缩着又软又长的身体，整个人变小了一倍。他是细长的身个，蜷缩了会显得体积很小。可是他继续蜷缩。

女老大可能完全看清了，开口笑起来。这洪亮的笑声把猫吓得往旁猛蹿，羊也转身离开了。女老大凑近些，拃着腰，满是老茧的大手举起来，重重地落在见风倒肩上——对方的枪“哗啦”一声掉下来。

“你有武装啊！”女老大歪头看着，从各个角度看他。

老万像立了大功一样，也拃着腰站在一侧，指着见风倒对女老大说：“瞧，他这人没多少本事，就是听话！老实孩子，保准不出错，你说什么就是什么……”

她伸手托起见风倒的下巴，让他仰起脸，又拨开他的嘴，低头去看口腔、看牙齿，凑近了嗅一嗅，点点头。最后她飞快地搓手，往手上哈一口气，扳住了对方的脸，两只大拇指按住了见风倒的眉骨，一下下抻理起那双又弯又细的眉毛，像要把它们拉直。

“多好看的眉眼啊！哦哟哟女娃一样 —— 属什么的哩？羊、鸡、马、兔？蛇？”她哈哈大笑，拍手，眼圈红起来。

老万高兴得跺脚，认为大功告成，“我说过嘛老大，我这人办事有数，从来八九不离十，嗯嗯……”

他们说话时，见风倒慢慢直起了身子，侧着耳朵倾听起来。

外面的风好像更大了。今夜真不安宁。有野物乱跑的声音，还有夜猫子在叫。

见风倒站起来了，谁也不看，趴到了后窗上。

我们屏息静气，最后都听到了哀哀的泣哭 —— 像个女孩的声音，细细的 —— 这声音像是近在窗前，又像是从很远处飘来，若有若无，连绵不绝……

“这是它，它来了！”小双在我耳边说。

还没等别人开口说什么，见风倒一个返身离开了窗子，摇晃着往门外跑去。老万试图拦住他，却被三两下推开了。他一直跑进明晃晃的月亮地里，只一闪就钻进了树丛中。

我们几个都跟上去。

外面的风好大，这是极反常的。事情一准要糟，因为在这样的大风天里，他会一头栽在沙地上，翻白眼吐口沫，一会儿就不省人事了。这个夜晚真是凶险啊。

沙子扬起来迷了眼，我搓弄了一会儿眼睛，费力地看着树隙里蹿动的那个细长个子，不知怎么就丢失了目标。还能听到那个断断续续的哭泣声，这声音在园子最深处。

老万也跟上来，他的身侧是女老大。

这样跑了一会儿，前边什么影子都没有了。老万停下，迎着重重叠叠的树影喊："见风倒你这个王八羔子，你给我立马回来！到什么时候了，还敢撒丫子跑，也不看看是什么日子！等我给你来个老鹰抓小鸡……"

风变小了 —— 是突然变小的。园子里一下安静了，泣哭声也没了。

我这时好像有个预感，猜想是小妖怪扯着见风倒的手，他们正在树下溜达，踏着一地浅水似的月光；他们走到树影下时，他蹲下了，它的额头偎到他的心窝那儿……这样的时刻别说各种动物不再吵闹，就连风也不愿打扰他们。

老万停了一会儿，开始大骂，骂过了又回头安慰女老大。女老大响亮地吐着口水，对老万说着什么，难以听清。

这个夜晚不知是怎么结束的。我们很晚才离开园子。

如果不是亲身经历，我和伙伴们一定会把这样的事情当成胡言乱语。过去大人们讲起这类事情，我们都认为是说谎，是为了炫耀；但这一次我们也有夸口的本钱了。

眼下这个小妖怪到底是什么模样，还不能算特别清晰，因为我们只在月色里见过，而且是极短的一刻。但有一点是确凿无疑的，它是雌性，而且是介于动物和人之间的什么，兼有飞禽和走兽的双重本领；体积在大鹅与羊之间，个子仅抵我的下颏；不太大的额头鼓鼓的，额下是一对又大又亮的眼睛。是的，这眼睛是最令人难忘的——谁都会承认这眼睛的美丽。

正因为它的美丽，所以那个见风倒要犯一个天大的错误了。这真的不幸，太不幸了。

“天大的错误”是老万说的。他在事后发了一大通脾气，当然不是对我们。他骂咧咧的：“等着看热闹吧，看女老大怎么收拾他！她火了会把他的肠子踩出来，让他活不过这个冬天 —— 他吃不上明年的麦子了。这是他自找的……”

我们心里颇为不平，因为谁都清楚，相亲的事完全没有征求过见风倒的意见，这有点太霸道了。

老万继续骂：“狗东西什么都敢干。这种妖物海边林子里多了去了，连打猎的都不敢招惹！谁知道它是什么闪化的？它迷惑人，要弄他些日子，再把他的血气一点一点吸净。那时你们再见了他，他一准躺在地上，就像纸人一样，掂一掂没有二两重……”

小双和虎头大惊失色，看看我。我也害怕了。

“那可怎么办啊？”小双急得嗓子变尖了，嘴唇青魆魆的。

老万抽烟，皱眉，动脑筋想大主意了。他这样半晌才说：“别的法子没有，只有逮住这个小妖怪再讲。逮住了揍一顿，让它发誓不再祸害人间，咱就放了它；它态度不好 —— ”老万一手做成刀状，“‘咔嚓’一下宰了！”

我们不愿看到最后一种结局。如果严厉教育一番，这还是可以尝试的。我们再三央求不能杀害她。

老万一直木着脸，最后点头：“那就不杀 —— 我这人心软；

只不要告诉女老大啊，她才不会饶它。等抓到了，我和你们一块儿审它。”

我们都答应了。一想到哪天能就近看看小妖怪，心跳都加快了。这是多么诱人的一件事。我们想如果小妖怪不害人，见风倒待她能像猫和羊那样，该多好啊。

老万与我们商定：整个过程绝对保密，要使用最稳妥的办法。老万说有两种方法最为有效：一是猎人常用的兔子扣，二是狐狸夹子。这两样器具都不致死，又能缚住较大的动物。

“会不会伤了它？”我最关心的是这个。

老万摇头：“放心，到手的准是好生生的活物。”

事情在不声不响地进行。我们和老万都兴冲冲的。这要彻底瞒住见风倒很难，因为他总要巡行在园子里，盯住所有来去的人。老万找到了铁夹子，也学会了做兔子扣的方法，只是难以找机会下手。后来他忍了忍说：“干脆等些日子吧，等果子下了树，秋风刮起来，那时‘见风倒’就卧在炕上了。”

从收获果子到北风呼号的冬天，绿葱葱的园子还会有二十多天。在这段时间捉小妖怪是最合适不过的。想到老万说的我们要一起“审”小妖怪，心就扑通扑通跳。那会是怎样的情形啊！我们要像大官一样坐成一排，老万主审，坐在中间，大手一拍桌子，拖着长腔问：“小妖怪，我来问你——”我们每个人都不能笑，木着脸，只等这个小东西如实招来。

不过说心里话，一想到这些还多少有点难受，因为它多么可怜人啊！还有见风倒，他知道了也会难过的，说不定会与我们永远绝交。

收过果子之后的园子空空荡荡，见风倒果然不像以前那样紧盯我们了。大家可以随便爬树，捉迷藏，待在园子深处半天不出来。起风了，每逢这时候小土屋里的人就不再出门。他是世界上最怕风的人。

我们和老万里应外合，将几个兔子扣拴在园中，并用草叶巧妙地掩护，只等那个小东西束手就擒。铁夹子不仅放在地上，而且还设法架在树梢——小妖怪弹跳上去，正好会逮个正着。

每当月亮出来我们就兴奋不已。又忐忑又激动，长时间趴在园子一角观看，等待那惊人的一幕。老万的烟头一明一暗，后来担心进园的小妖怪发现，就不再抽了。他小声说："真是怪啊，见风倒遇到不大的风就要藏起，那一夜风多大，他就敢往外跑！连命都不要了！他在大风里待了那么久……我琢磨呀，他心里有火……"

小双眨巴着大眼："什么'火'？"

"他心里有火！无论男女，一到了这时候就不怕什么了，不怕风也不怕雨——心里有火，那就不一样了。"老万直盯盯地看着一地月光。

我们还是不太明白，只是听着。

老万说："小孩牙牙不懂的，再大一些就明白了。当年我娶自己的家口时，也是这样哩。"

虎头笑了："什么时候让咱看看她（他）呀？不男不女，这怎么会？”

“一人相中一人，这得专门的眼才行 —— 你们小孩牙牙不懂的。”老万说着又摸出了烟，但看了看又放回了口袋。

“专门的眼”，这几个字让我暗暗记住了，我会好好琢磨一下。

“快些让我们看看你的家口吧！”小双也央求起来。

老万点头：“行。不过先做眼前这件大事吧，嗯，好好盯着。”

几夜过去了，我们差不多要承认失败了。有几次那个小妖怪真的来了 —— 不是看见，而是听到了“噗噗”的落地声。它在一角发出奇怪的鸣叫，那等于唱歌，只唱给一个人，只向一个人发出召唤！果然，见风倒一会儿就在这鸣叫中出现了：掮着枪，一摇一扭从小土屋奔出，不顾一切地往园子深处扎，风把他的头发都吹起来了。

我们的心都提到了嗓子眼。

见风倒和小妖怪在园子里跑动，一阵阵脚步声十分清晰。小妖怪除了跑动，又玩起了拿手好戏：弹跳。它噌一下就弹上了树梢，在最高处炫耀着，洗着月光。

这真是一个精灵，它怎么都碰不到我们的机关。结果我们只好眼巴巴地看着它和护园人戏耍，一点办法都没有。

老万沮丧透了，咕哝着：“这得重新想个法子了，这得跟女老大说了！”

我们极不愿那个女人插手。说真的，即便见风倒和小妖怪好起来，也比娶了女老大要好。在我们眼里，这个女老大其实也是不男不女的东西，那天在烛光下，我甚至看到了她唇上有一层粉红色的胡子。

老万哼着鼻子，说："女老大恨死了，气得连鱼都不想打了，躺在鱼铺里，一会儿叫一遍见风倒……不逮住小妖怪怎么得了！"

小双问："她叫他？为什么？不打鱼了？"

老万点头："那当然。她看中了见风倒嘛，心里急，又娶不走他，麻烦也就大了！她说抓住了小妖怪，就放进鱼铺的大铁锅里煮汤，和鱼一块儿煮！"

大家全吓蒙了，大声骂起了女老大。

老万摇头："她不过是在气头上，真逮住了又是另一回事了。不过咱不会告诉她的，只想让她帮帮咱 —— 我琢磨啊，用渔网就成！把一种细丝渔网扯在树隙里，小妖怪给罩住，那就'插翅难逃'了！"

我们都不吭声。是的，那样小妖怪真的要被捉住了。这时大概每个人心里都有些反悔：该不该和老万一块儿做这事？

如果现在改变主意还来得及，只可惜下不了决心：还是担心见风倒出事。

老万有了女老大的支持，细丝渔网很快扛来了，并且在半夜悄悄地布下了 —— 每一面网都有一根绠绳藏在草叶里，人在暗处揪住，到时候一拉绠绳就成了，它会被紧紧勒住，再也跑不掉了。老万很得意：

"别说它了，就连一只蚂蚱都逃不出！"

这时候要阻止也有些晚了。小妖怪啊，事情就这样了，也许我们几个要犯个大错了，不过我们总要保护老朋友，这也是不得已的事。

我们知道，只要是妖怪就一定会有奇能，让人无法猜测无法抵抗。一想到这些就有些后怕。不过这也是冒险的乐趣和代价吧。

这些日子，我们遇到见风倒就装作没事的样子，可惜装不像。这家伙也装不像，因为自从有了小妖怪之后，他长了细鳞似的脖子就变红了，而且额上闪着苹果一样的亮光。那个酒盅似的肚脐似乎更深了。他躺在那儿，揪一片梧桐叶盖在脸上，不理我们，也不理猫和羊——有一次虎头猛地掀开树叶，发现他在偷着笑呢！

以前他从来不会笑，当然也不会哭。

问题严重了。我们觉得面前这个人或许真该交到女老大的手里，那时她就会管住他、保护他了。这个孤零零的光棍汉真得有个人疼爱，尽管女老大可能还会欺负他——谁知道她会怎样，也许一会儿欺负一会儿疼爱吧？我们“小孩牙牙”真的什么也搞不明白。

老万在等待的日子里很焦虑，搓着手说：“这些天也打不了多少鱼，女老大不干了，有心事呢，想着一个人呢。唉，咱不该让她来相亲，这下子全糟了，擦眼抹泪了。”

“她也会哭？”我不信。

“她说自己命苦啊！瞧瞧咱这事办的吧，真是对不起过世的师傅。就让咱快些逮住小妖怪吧，那时再从头来一遍……”

在没有月亮的夜晚，我们趴在园子一边，不相信会有什么奇迹发生。动物和人一样，喜欢在月光荧荧的时候嬉闹。老万吸烟，并不在乎一闪一亮的火头；小双捏住虎头的鼻子，虎头像鲨鱼一样张大嘴巴——正玩着，小双突然竖起了一根手指。

一种若有若无的声音，就像人蹑手蹑脚走来，像一只皮球轻轻地在园子里跳动……我们不能抬头，老万把我们按住了。什么都看不见。这样过了几分钟，园子中央传来了“吱——”的一声，这响声细小、瘆人，可怜巴巴。

老万呼一下坐起，接着把手里的绠绳用力一拽。那“吱吱”声更响更尖了。我们不顾一切地跑过去。

老天爷，大事真的发生了，一只大鹅——也许比它还要大一点——在细丝网里挣扎，发出扑棱棱的声音。它正死命撞着网扣。

老万憋着气，两肘奓着挡开我们，一个人将网收紧，发狠地攥住网绠，一边跺脚威吓，一边麻利地收好，背上肩膀就走。

我们紧紧跟上。

走出园子的一刻，我回头看了看小土屋，发现后窗上有闪亮的灯光。

大家深一脚浅一脚往前走，不知走向哪里。身上汗津津，心跳不止。大家都明白，这事千万要躲开见风倒，他如果赶上来就会拼命。

直走进一片槐林里，停在一块空地上。老万喘得像头牛，把沉沉的网包放到地上：“死沉的物件呀，咱这回逮住了你，你得老实一点——不打你不骂你，只要从实招来。”

老万这样说的时候，一直在网里挣撞的小妖怪竟然安静下来。它不声不响伏在黑影里。我们都急坏了，还有点害怕 —— 黑乎乎的什么都看不见。正焦急，老万让我们从林子里找来一些干树枝扎成一束，然后用打火机点亮——

它身子微微抖动，脸背向一边，不知是害怕还是害羞。它大约有九十公分多一点，后背是灰色的，全身长了细密的绒毛，光滑极了。两条腿真像莲藕，膝盖像人一样。它在老万的拨弄下转过了身子，这让大家发出“啊”的一声。

这张小脸圆圆的，完全像个娃娃。大眼睛，鼓额头 —— 就像以前在月光下看过的那样，额上是一溜整齐的刘海。小鼻子圆圆的像猫，鼻头翘起一点。眼睛是灰褐或浅蓝，哀哀怨怨地看人，一个一个看。它大概很快明白老万是说了算的人，最后只怯怯地盯住他。

“站起站起——”老万手掌往上抬着，比画着，并没有恶声恶气。

它真的慢慢站起。我可以看到它的全身了，把一声惊叫用力压住 —— 它脖子以上是一种浅栗子色，胸部是棕色；整个肚子上部是灰白色 —— 到了肚脐之下就转为浅蓝色了；最不可思议的是从那儿到胯部这儿，长出了一个贴紧肚皮的兜兜，就像为了装东西方便一样！它这会儿两手 —— 准确点说是翅膀，因为展开之后是宽宽的蹼一样的东西，所以会飞 —— 有不多不少五根手指，正紧紧捂在两腿之间……

老万扯开了它的手，我们于是不好意思地看了看。

它真是雌性，真是不出所料。

这时我们又注意到它的脚：从大趾到小趾样样都有，不同的只是长了蹼。

我们在火把熄灭前细细地看过，从心底认定这是一个小姑娘。特别不能忘记它的眼睛，那神情里有羞愧、惊惧、愤怒、哀求……

大家不再说什么。火把熄灭。心仍旧怦怦跳。接下去怎么办？黑影里没有一点声音，老万也没了主意。不远处有个老鸦“啊啊”一叫，好像发出了抗议。

我心里承认：这个小妖怪又可怜又可爱，很不幸的。我相信小双和虎头他们也会这样想。老万点了一支烟，提起网包。小妖怪一声咳嗽，老万就将烟熄了。我们往前，走了一会儿发觉是大海的方向，就折回了。我知道老万肯定要瞒住女老大。

此刻小土屋里的人在干什么？他知道这个夜晚自己的园子里发生了这样的大事吗？

在槐林边站了一会儿，回望着那片园子。网包里的小家伙无声无息，它大概认命了吧。我问老万到底怎么办、把它送到哪里？他只说：“跟上吧。”

一直走到离林子不远的小村尽头，在一幢小屋跟前停下。

老万叩门，原来是自己的家。大家马上想到他那个不男不女的“家口”。黑影里有个沙沙的嗓子说：“天天下半夜才回，中了魔怔啊！”从里屋随声出来一个人，手里端着一盏灯 —— 这人果真扎了两条小辫，个子真高，差不多高出所有人一大截，干瘦。他（她）

一双大眼陷在眼眶里，用力看人。我注意到他（她）的嘴唇薄薄的，毛茸茸的，心里马上做出判断：“他是个男的！”

老万对我们介绍出来的人：“这是俺老伴‘山花’，叫她大婶吧。”

“大婶……”我们叫着，有些不太情愿。

山花大婶急急去看网包，连连大叫：“哎哟，原来是这么个物件！吓死我了，吓死我了，这是个什么怪鸟儿？”

老万无心搭理，在屋里到处翻找，找出一个竹子做的大鸟笼——老天，这可能是全国最大的一只鸟笼了！他小心地将网包里的小妖怪挪进去，一边咕哝：“唉，对不起了，这儿还是窄巴了些，赶明儿给你造个大宿舍，先得委屈两天。”

它已经没有了原来那样的惊慌，小鼻子用力吸着，辨析着这里的气味。它像企鹅那样在笼内挪动，打了个小小的喷嚏。

老万嘱咐山花好好饲喂，递食时千万、千万防止它逃脱，最后加重语气说：“军令如山倒！”

山花摊着手问：“这物件吃什么？菜叶？肉包？不是兔子也不是鹅……”

“你就一样一样试着来，不能渴也不能饿，千万、千万！”老万揪揪山花的小辫，对我们做个鬼脸。

这个夜晚真像一个梦境。

我们在黎明时分散去。回到家里怎么也睡不着，睁眼闭眼都是那个被囚禁的小家伙。

醒来时已是半上午了，我匆匆赶到果园，推开小土屋的门，里面什么都没有。我找遍了半个园子，这才发现见风倒坐在一棵老桃树下，样子有些吓人：嘴瘪着，像是随时都要哭出来；细细的鳞脖又变成了铁青色，额头上的亮光也没了。猫和羊分坐两旁，就像他一样沮丧。我推他，他一动不动。我有些害怕了，不敢肯定他对昨晚的事情是否知晓。

我心里开始强烈挂念另一个地方，就轻手轻脚地离开了。

赶到老万家时，小双和虎头已经围在那儿了。山花大婶叼着烟，一遍遍重复说："我家老头子去海上了。"她抽着烟，当离那个大鸟笼近了时，小家伙就咳起来。我们央求她再也别抽了，她才揉灭了烟。鸟笼里放了一些菜叶，一条小鱼，还有一小块肉。山花大婶拍拍手："硬是不吃，荤素不进，准得饿死。"

小妖怪两手抱在胸前，头垂着，背向我们，身子有些发抖。

小双的泪水顺着鼻子流下来。虎头咬紧牙关，望向远方。小双抚摸鸟笼说："你肯定是想园里那个人了！快吃些东西吧，我们一定喊他来……"

想不到这最后一句被闯进来的老万听到了，他断喝一声："不能告诉见风倒，会出大事的！他有枪！别闹出人命啊！"

"可它不吃不喝，会饿死的！"虎头怒冲冲盯住老万。

老万蹲下咕哝："我老伴会有法儿，她有法儿，老娘们儿家……"

他的声音低下来，有些泄气。我们都知道他在搪塞。瞧这个山花大婶鼻子像鹰，脸像獾，她才是妖怪哩。

我们一致要求放它重返林子。老万拉出拼命的架式："这事我说了算！这是一百年里也遇不到的怪事儿啊，到底怎么办还得想想哩……”

山花大婶鹰钩鼻子朝天，恶声恶气说：“这里还是俺老头子说了算，小孩牙牙老实待着。俺老头子火了劈头一顿——”她龇着牙，竖起又黑又大的巴掌。

又是一天过去。我们已经无心上学，急得团团转，大多数时间往返在果园和小村之间。第二天大家再也挨不住了，就决定从老万家里劫走小家伙：把它营救出来！

我们瞅准了老万出门的时候闯到小院，想寻个机会。可山花大婶总是守在大鸟笼旁边，一口接一口抽烟。我们心急火燎的。

不知是否故意，山花大婶有一次撩起衣襟，露出了红布裤带——我们都看到裤带上拴了一支粗大的铁鞭。

第三天我们在村头小路遇到了老万，他摇摇晃晃走来，还没等我们开口就坐在地上，连连呼叫：“倒霉啊，倒霉啊！”

原来老万担心小妖怪死在自己手里，想不出更好的办法，就去了镇医院——他想让朋友帮忙，谁知消息很快走漏了——“这事惊动了上级，老天爷，结果派来了民兵，他们要把它火速押走……”

“押到哪里？”虎头带着哭腔叫起来。

“一级一级往上送……”老万双手拍打地面，“那可是见风倒的‘小爱物’啊！”

小双哭了。我心里重复着“小爱物”三个字，认定这才是它的真名儿。我与虎头对视，彼此额头上都生出了一些汗粒……一切就快来不及了。老万啊，我们恨死了你。

“这事儿晚了，因为已经报告了上级！”老万铁青着脸，腮肉一下下发颤。

我们不再缠磨，只想马上告诉见风倒，事到如今再也不能瞒他了。可是园子里早没人了——村里人说本来一点风都没有，可他突然口吐白沫躺在地上，就给抬到了医院。

见风倒刚刚苏醒过来，仰在病床上，一双圆眼看着我们……

大家来不及安慰他，也不便多说什么，很快就出来了。我们一刻不敢耽搁，要马上找到并抢回“小爱物”。我们先是打听老万那个朋友，又在一个看门老人的指点下去了镇兽医站。

不知转过了多少旮旯，终于在一处又脏又臭的木板棚里看到了那个大鸟笼，它这时蒙上了一块黑布 —— 我那会儿心怦怦跳，眼泪差点涌出来。

一个麻脸民兵持枪守在板棚旁边，一见我们出现就大声咋呼，不许靠近。

“听说它就要送走了，让我们看看吧，看看吧。”虎头装出万分好奇的样子，边说边往前挪蹭。

麻脸叼着烟，提枪站起，朝虎头瞪眼。

虎头急得搓手，转头看着我们。天马上要黑了 —— 天一黑，再转亮就是明天了，那时“小爱物”就得被民兵押着上路，要“一级一级往上送”……突然虎头朝鸟笼努一下嘴，一个转身就挨近了背枪的人。

虎头紧紧抱住了麻脸民兵。

这事简直让人毫无准备！两个人很快厮扭在一起：麻脸把虎头压在身子底下，虎头去咬他的手……我们惊呆了，一动不动。

那个人被咬痛了，发出一声尖利利的惨叫。虎头费了好劲儿才挣扎出来，一边躲闪挥来的枪托一边朝我们大喊。

我和小双一下醒过神来，迅速扑到板棚里，什么都不管不顾了，拖着大鸟笼就跑。

接下来连呼吸都忘记了，只是一直跑、跑……天完全黑了，有好几次险些撞在墙上。直跑了许久，小双和我才缓口气，轮换着扛起大鸟笼。我们来到了镇边的野地里。

到处黑乎乎的。我们在一条渠边镇定了一下，找准了那个小村的方向——一直向北吧，那儿就是一片槐林。

一路不知被绊倒了多次，脸上胳膊上被荆棘划破了，血和汗混在一起。再也跑不动了，我们一下子瘫坐在槐林里。第一件事就是去掀笼子上的黑布。

小双说：“‘小爱物’啊，你快些走吧，你一点都别耽搁！”

我们打开大鸟笼，来不及抚摸它一下。

夜色里一点声音都没有。它好像在迟疑。这样呆了一瞬，最后无声地走了出来。但它并没有马上跳向树梢。

远处有人正咚咚跑来。小双说：“‘小爱物’，快跑啊，快啊，有人追来了！”

它还是一动不动。

这会儿我们听出是虎头。果然是他。虎头呼呼大喘跑过来，脸上全是血痕。但是他高兴极了。

黑影里，我们一个个去摸“小爱物”，细细地摸。它一点都不害怕。它的身体就像丝绒那样润滑，暖暖和和。有那么一会儿，我觉得它的额头轻轻地抵在了我的手上，足足有一分钟。

时候到了，我们小心地退开几步……

所有人都沉默着，等待着，直到响起了“噗噗”声——这声音我们熟悉极了！

它只轻轻一弹，就跃到了高高的树梢上……

接下来要做的就是赶紧返回医院，可是见风倒已经不见了——医生说这个人跑了，谁也拦不住他。

我们匆匆去了果园。小土屋里什么都没有。在屋后那棵大李子树下，我们终于找到了他：拄着那支锈住的猎枪，头顶是猫，身边是羊。

他看清了是我们几个，嘴里发出了“啊啊”声，伸长两臂用力抱过来……大家久久依偎着，坐在洁白的沙地上。

月亮一点点升起来，见风倒的脖子挺直了，目不转睛盯住远处一丛丛树影。

这个夜晚好静啊，大家深深地吸了一口：空气是甘甜的，那是月亮的气味，是果子留下的余香。

“噗、噗……”

小双竖起了手指。我们都在细心捕捉这无比美妙的声音。

见风倒缓缓站起，就像被一根线牵住一样，径直向园子深处走去了……

二〇一三年四月五日

镶牙馆美谈

二〇一三年在西双版纳知青论坛演讲

在我们村当个聪明人可不容易。因为这里的聪明人太多了，半个村子都是这种人。谁聪明看得出，谁傻也看得出：两眼发呆的，嘴巴流哈喇子的。不过聪明人和傻瓜都可以装。装傻瓜的是聪明人，装聪明的是傻瓜。

“咱村有三个聪明孩子……”有一段这成了村里老人的口头禅，他们一遍遍说个没完，结果不仅村里人知道，还传到了外村。

所谓的“三个聪明孩子”就是我、虎头和小双。

我们一开始很得意，后来又不安起来。因为总是有人盯着、防着，想干点什么就难了。我们商量了一下，决定从这个春天开始试着装傻——扮成呆头呆脑的样子，就像刚刚睡醒似的。

结果很快就收到了很好的效果。村里老人有些失望了，他们说：“这三个机灵鬼蔫了，大概整天胡蹿，累坏了。”“有的孩子越长越傻，这叫‘没有后长’。”“谁知道哩，也许被林子里的野物给调理了，好生生的孩子变得迷迷瞪瞪了……”

最后一种说法怪吓人的。那种事真要发生在我们身上可就惨了！因为海边人都知道野物的厉害，村里人常被它们捉弄：它们一直是全村的对头，相互斗着心眼，斗了几十年上百年。

说到人与野物的斗争，故事多得说不完。以前村里人斗不过精灵，尽管舞刀弄枪，还找来懂法术的阴阳先生，最后还是抵不过它们。近几十年里使用了另一种方法：砍林子。老人们说这一招够狠，因为野物再狡猾，也总得有住的地方吧？林子一天比一天稀疏，看它们怎么办。

野物们逼急了，蹿到村子里咬牲口、伤人，有的村里人得了怪病，尽说胡话，分明是被它们给捉弄了。这都是老人常常讲起的一些事情。

话扯得太远，还是回到我们装傻的事儿上来吧。经过一段时间的伪装，我们吃了不少的苦头，也总算明白了聪明人装傻有多么难！不过有辛苦就有收获，我们反而借机探知了更多的秘密。比如对人的判断吧，一切更加简单明了：上眼皮沉的人心眼多；脖子后边长厚肉的人朋友多；有一双大门牙的人运气好；罗锅口才好；豪爽的人小心眼多；耳垂上有一道竖纹的人和善……

随着了解的秘密越来越多，我们渐渐盯上了一个人，他才是一个大秘密的主角：藏在离村子稍远一点的地方，暗中真有一手。

他是什么人？藏在了哪里？

这个人的所有的故事都与海边林子里的野物有关……最让我们兴奋不已的是，再有不久咱就能亲眼见一下这个人了，因为他老了，就要搬回村里住了。

他叫伍伯，就出生在这个村子里。因为他常年不回村子，所以年轻人大多没有见过。只有上年纪的老人还记得他，说到他穿开裆裤的模样，还说从下边伸手摸过他。这人是个孤儿，很小就被镇上人领走了，而且学了一门了不起的手艺。

“你们猜猜，如今咱海边这一带谁最有钱？伍伯！他的钱比旧社会的大地主还多，比全村人加起来还多！”老人们议论着，“那当然是靠手艺……”

伍伯的手艺是镶牙。

海边方圆几十里，只镇子上有一个镶牙馆。那种地方很怪，听起来叮叮当当的。村里人有各种毛病，可就是牙齿好。个别没牙的老人说：“咱不镶牙，伍伯想挣咱的钱就难了！”他们没牙也嚼得动东西，为了证明，就张开大嘴扔进一块地瓜糖，咔啦咔啦嚼起来。

村里只有一个老人去过镶牙馆，回来后镶了一颗金牙。他说这是伍伯送他的，“不用花钱，人家有得是金子……”

海边人牙好，主要是因为他们吃的东西软，比如地瓜和鱼，还有稀粥，都不费牙。那个去镶牙馆的人回来说：“伍伯真忙啊，穿着白大褂，一边与人拉呱一边干活，人来人往可真不少……”

可是走在村镇的大街上，人们张开嘴巴，就是看不见几个镶过牙的人。这事儿怪了，伍伯天天镶牙，都镶到谁的嘴里去了？

可见所有的秘密全在嘴巴里了。只要闭紧嘴巴，这些秘密就永远也解不开了。那些老人说事儿故意吐半截留半截……

据说伍伯脖子后边长了一块厚肉，所以人缘好。其实比人缘更好的，还是他的野物缘。镶牙馆是镇子上一个不错的去处，人们都愿意去坐一坐，天南海北扯一会儿。去的时候要在兜里装上地瓜糖，咔啦咔啦嚼着，等于宣告自己有一口好牙。伍伯讨厌嚼地瓜糖的声音，说：“咱这种小地方不懂事，在那些大城市，牙再好也要镶上金银。”

伍伯时常诱惑镇上人镶牙，最后总算把一部分人说动了心。镶过牙的人愿意笑，一笑就露出了金色的门牙。他们对人更和蔼了。

“人哪，牙硬心就软，牙软心就硬。”伍伯发明了这样一句名言。

因为只有一个镶牙馆，来找伍伯看牙的就不光是人了。林子里的野物也有牙齿的问题。它们吃东西杂，下口狠，所以年纪不大就把一口牙给搞坏了。至于说那些年老的动物，几乎都没有一口好牙。

野物们暗地里来镶牙馆的事，几十年里都是一个秘密。这秘密到底是怎么透出来的，还得问伍伯，因为说到底还是出自他的嘴巴：酒是开口的钥匙，他喝了酒什么都说。镇上当年酒水奇缺，差不多是禁用品，有劲的白酒谁也喝不到，顶多能喝上一些自酿的土酒。

只要嚼着地瓜糖喝下半罐土酒，伍伯的话就多了。他说自己这辈子最凶险的一个经历，就是给一只老狼镶牙。

那只老狼统领河东荒原，所有野物都归它管制。它胃口好，脾气坏，牙渐渐不行了，一吃东西就发火：龇着一张大嘴，露出一口残牙。年轻的小狼只好去海边拣回海浪打昏的小鱼给它吃。鱼肉不硬，可是有一股腥气，它吃得呕吐。

这只老狼叫兴儿。有一个叫瓦儿的母狐是它的朋友。瓦儿住在密林的另一边，偶尔来这里找兴儿。当年它们都年轻，身上的毛儿闪闪发亮，在一场大战中相遇了。狐狸们巧用计谋，头一局胜了。但是到了第二局，狐狸们因为高兴喝了酒，头脑发昏忘了计谋，就被兴儿的队伍打败了。被俘的瓦儿瞪着一双水灵灵的大眼睛，希望能活下来。

兴儿是天下最冷酷的公狼，对战败的对手从不留情。那些日子兴儿生了股癣，要不停地挠，瓦儿也就有了活下来的机会。它算半个医生，认得十几种草药，就给兴儿治好了股癣。瓦儿用药酒迷住了兴儿，让它喝得上瘾。

枯水季节一来，瓦儿就带着酒来看望兴儿了。老狼诉说牙齿的痛苦，瓦儿就张大嘴巴，露出一口亮晶晶的新牙。

原来瓦儿早就被一口坏牙折磨过了。那时它常常变成姑娘去镇子上，于是就找到了一家镶牙馆，结识了穿白大褂的伍伯。

瓦儿扮成的姑娘二十出头，张着嘴让伍伯看牙。伍伯说："老天，这么点年纪就长出这么一口坏牙？这是我遇到的头一份！"瓦儿说这都是嗜酒惹下的祸，说着献上一坛药酒。

伍伯从那时起变成了酒鬼，离了酒就像丢了魂，走路摇摇晃晃。不过他镶牙的手艺谁也比不上，又快又好，至于痛不痛，那要看喝没喝酒。他喝足了酒动作就格外轻巧麻利，连一边看他干活的人都觉得是一种享受。他们说伍伯手脚真快，比比画画就把事情办好了，瞧一个个心满意足，咧着一张大嘴走了。

瓦儿要镶金门牙、银臼齿，这让伍伯作难了。镶牙馆穷得叮当响，哪有金子银子。瓦儿说这事好办，几天后就送来一小口袋金银。结果瓦儿镶了一口漂亮的牙齿，剩下的金银还足够用在好几张嘴上。

趁着夜深人静的时候，瓦儿把兴儿领到镶牙馆。老狼扮成一个老渔翁的样子，吃鱼吃得浑身腥气，所以伍伯一点都不怀疑。老狼戴了斗笠，穿了蓑衣，伸出舌头。这舌头太长了，还发出哈哒哈哒的声音，吓得伍伯停住了手里的器械。那时瓦儿就劝伍伯喝酒，不停地喝。

几天以后，伍伯给老狼镶了金光闪闪的牙齿。正在他高高兴兴端起酒罐时，老狼火了。原来老狼一照镜子发现了金牙，气得龇牙瞪眼，变回一张毫不掩饰的狼脸。伍伯酒罐掉在地上，人也昏了。他半晌醒来定了定神，看到生气的老渔翁坐在椅子上，等着重新镶牙。瓦儿笑着对他说：

“我家老头子想镶一副铁牙。”

伍伯这里什么都缺，就是不缺铁。他很快给老狼镶了一副铁牙，并且按对方要求，每一颗牙都磨得尖尖的。老狼从椅子上下来，抓住伍伯说：“你帮人帮到底，正好我也饿了，就拿你试试牙吧！”说着张开大嘴就咬。

那会儿幸亏伍伯刚喝了半罐酒，手脚灵活，飞快一闪，只被咬去半个耳朵。血顺着脖子往下流，血腥味儿让老狼狠劲更大了，两只眼变成了杏红色。这时全要依仗母狐瓦儿了，它让伍伯躲在身后，大把大把往狼嘴里扔地瓜糖。兴儿咔嚓咔嚓咬着，随口吐在地上，好不容易才安静下来。

那个夜晚伍伯吓得要死，而后只想一件事：是否逃离镶牙馆？难就难在全镇只有他一个镶牙师傅，那样也就关门大吉了。当他表示要洗手不干了时，所有老人都生气了，问他缺酒还是缺地瓜糖？再说即便不干了，也要先带出一个徒弟啊。

伍伯收下了一个徒弟，准备随时抽身。

瓦儿成了镶金牙的大婶，时不时就来镇子上，在镶牙馆一坐半天，等着所有人走光。人们知道这个女人与伍伯有厚谊，她带来了醇酒，劲道大香气浓，两人会一直喝到半夜。第二天，剩下的酒底还能醉倒一个老人。

大婶到了半夜就露出一截火红的尾巴。半醉半醒的伍伯捋着这条长尾问：“长这么个东西不是多余吗？”大婶说：“这你就不懂了，它不光好看，用处也大。咱用它说悄悄话，传递口信——不瞒你说，如果咱对村子恼恨了，就用它扫打一块白石头，扫到啪啪冒火星子，大火就燃起来了。”

伍伯最想念的还是金子，因为近来要求镶这种牙的人多起来，他们大半都是有钱人、当官的。瓦儿大婶吐露了一个秘密：海边上金子不缺，不过人要找它就难了。这是个细发活儿，人的手脚太大太粗。它藏在河滩的沙子里，要扒拉起来得有十足的耐心，还要有一副小巧的蹄爪。“干这个兴儿它们不行，俺们也不行。什么老獾、大熊、猞猁，全都不是这块材料。”

“那你上次不是带来一小口袋？”

瓦儿笑了：“最会干这活儿的是兔子。它们那一对小蹄爪啊，灵巧得啊，在沙子上唰唰一阵扒拉，一颗金粒就找到了，不过它们噙在嘴里玩一会儿就扔了……”

“扔了？”伍伯惊了。

“就是扔了。它们瞪着一双兔子眼，哪里懂得金子的贵重，只认得嫩草好吃。”

“上回的金子就是它们找到的？”

“那是当然了！兔子一群群多的是，海滩上没有哪个家族比它们子女更多，因为它们吃物充足，嫩草到处都是。俺和兴儿就不行了，是天天要开大荤的，除了肉什么都不吃！要不说兔子总躲着咱，它们和咱在一块儿，一会儿就给咽下肚了……”

“那还为你们找金子？”

“逼它们干！先不杀它们，让它们的小蹄爪派上用场。咱先糊弄它们，说小兔宝宝好好干活吧，找来金子就饶了你。就这么着，它们在沙子上一阵忙活，一颗金粒就扒拉出来了。有一大群小兔子干这个呢，你想想这事儿还难？”

伍伯恍然大悟了，拍拍手：“那你们就不要杀它们了，让它们帮忙找金子！”

瓦儿肚子痛一样哼哼着：“谁说不是啊！可是我们这一大家子吃什么？还有兴儿那一大家子，吃什么？”

“难道没有别的好吃？鱼虾、刺猬、獾和猞猁……”

瓦儿摇头：“海里东西腥死了。刺猬扎嘴，獾会钻洞，猞猁要逮住一个难上难 —— 那家伙个头不大，忒凶。还是兔子肉好吃，连老兔子肉都是嫩的，吃起来有一丝甜味，用来下酒最好！”

伍伯在心里为兔子们难过，也为不能到手的金子着急。他发现瓦儿说着说着口水就流下来了。

“前一段老狼兴儿牙坏了，就没心思逮兔子了，如今好了，你给它镶了铁牙，那些兔子挨上它的嘴就像遇见了大剪刀，齐茬儿给剪成了两半。要不说咱这一帮子，到了一口牙坏了那天就什么都完了。说起来你不信，兴儿那一帮原来的头儿是它亲叔，叫黑脸，领这群狼崽儿打遍河东，谁都不是对手。后来黑脸的牙坏了，没本事了，兴就把它咬死了，成了这一群狼的头儿……”

伍伯听得一身冷汗。他嘴里咕哝：“狼就是狼！它咬死自家亲叔！”如今他最后悔的事情，就是为这家伙镶了一口铁牙。完了，兔子们遭了殃，金子的事也泡了汤。不过他还有一线希望，就是让这个瓦儿大婶帮忙。

瓦儿抹着嘴：“说到底俺这一伙是吃不了多少的，要紧是兴儿那一伙。它如今有了铁牙就威风了，一吆喝谁都得听，连老熊都不能打瞌睡了。过去老熊才不买兴儿的账，过狼群的时候照样打鼾。有一回老熊采了一坨野蜜，兴儿见了馋得流水，想讨来指顶那么大舔一舔，刚伸爪子就被老熊掴了一巴掌。它还不得挨着？如今不行了，老熊躲着它，猞猁见了吓得撒尿。都是因为铁牙。不瞒你说，有了铁牙，我这个大恩人它也不放在眼里……”

瓦儿骂着老狼，把一根红尾巴收到屁股下坐了。

伍伯很长时间不再吭声，心里想的全是牙的问题。

“就因为我是女的，容颜比什么都重要，要不早就求你为我改成铁牙了。我照照镜子，一见这几颗大金牙就高兴。我舍不得呀……”瓦儿叹气，拍腿，把粗尾巴抽出来摇动着。

伍伯这才发现，这个母狐的一双眼睛真好看。他劝它再喝几碗，知道它醉透了，说出的事情会更多。果然，连饮几碗，母狐的话想挡都挡不住：

“我这么大岁数了，也不能光吃兔子啊，实话告诉你吧，咱每次来镇上都要随手抓几只鸡回去。镇上的鸡比不上小村的肥，可这是黑皮黑骨的乌鸡，有大滋补的……再讲一个真事，这事儿兴儿听了就睡不安稳了，那就是‘老筋’回来了——它回来了……”

“老筋是谁？”

“你真不知道？你一天到晚待在这个拾掇牙的地方，连老筋都不知道？它就是有名的兔王啊！满海滩没有不知道老筋的，连刺猬和地老鼠都知道——顺便说说，地老鼠的肉也怪嫩的，就是个头太小了，还不够两口嚼的……老筋的辈分比我和兴儿都大，原先是和黑脸做对的。有了它，一群兔子就不服我们管了，它们的鬼点子全使出来，吃荤的这伙儿都得傻眼。当初就是让老筋使了个计谋，把黑脸的牙整残了……”

伍伯听得出神，问：“到底是什么计谋？”

“老筋设法把一根大铁钉包在一块肉里，黑脸正好饿得急，咔嚓一声咬上去，好生生的两颗尖牙就齐根儿断了……它就是这么倒霉的。不过老筋后来为救怀孕的母兔也受了重伤，断了一条后腿，然后就拐着去了河西。一年过去了，都以为老筋死了。兴儿就盼着它死，因为它是狼群的对头——说起来你不信，这个兔王千变万化，连老鹰拿它都没办法……”

伍伯终于听明白了。他心里有了一个强烈的愿望，就是设法结识那个兔王。可是他一点主意都没有。这样想了一会儿，他自言自语起来：“就不知兔王的牙怎样了，照理说这把年纪……”

瓦儿哈哈大笑：“好不了，我敢说好不了！”

“为什么？”

“俗话说‘义不生财善不领兵’，这个兔王太仁义了，平时只让下边一群小兔吃嫩草，它自己嚼些老草梗子，一口一口吞下全不在乎。你想想它的牙还会好？好不了。我扳扳手指算了一下，它在‘黑脸’活着的时候已经两岁了，如今少说也有四岁半了，算是一只正经的老兔子了，牙口嘛，想好也好不到哪里去……”

伍伯打断它的唠叨：“那你不能把它领到镶牙馆里？”

母狐笑得全身抖：“我要能让它听我的，直接就把它当成下酒菜了。这好比让猫给你捎鱼来，找错帮手了！”

伍伯不吭声了。他在想办法，想得头痛。最后母狐瓦儿抓鸡去了，他还在想办法。

这些日子里不断有当官的和有钱人来镶牙馆，进门时撂下一盒烟或一瓶酒，然后就打着手语，指指自己的门牙。伍伯明白又是要镶金牙。他抽了人家的烟，喝了人家的酒，事情却无法办成。最后他不得不对那些人说：

“这事儿或者拖下去，或者自己带金子来。”

拥有金子的人到底是少数。有个肥头大耳的家伙带来一个铜纽扣，说是老辈打大户分的浮财。伍伯那个高兴，因为一个金纽扣至少能做成六个门牙。可惜后来完全不是那么回事：金纽扣是假的，只在上面镀了一层金。

瓦儿大婶把伍伯当成了最好的酒友，每个月都携酒来，同时传递一些林子里的消息：“了不得啊，老筋领着那帮兔子兵，挖了一道道战壕暗道，兴儿再想逮它们就难了。不光这样，老筋还训练了一队骑兵，举着令旗，让老狼的队伍天天倒霉……”

母狐详细解释了老筋的战法：兔子们骑在一匹匹看不见的战马上，叫“草上飞”，一眨眼就没了踪影。它们在马上射箭、挥刀，挨近了就腿蹬牙咬——“兔子的两个大门牙你是知道的，又硬又狠，咬上谁也受不了。结果老狼一伙不光吃不到兔子肉，还给弄得少皮无毛。老狼的好日子给老筋搅了。”

“那老狼它们会败下来吗？”

“到底是镶了铁牙，败难胜也难——要紧是吃不到兔子肚子饿，饿急了就来对付我们狐狸。这个不得好死的兴儿，有一回还对我龇起了铁牙……”母狐说到这里抹了抹泪眼。

伍伯盘算着，心想机会来了。他摸了摸脖颈后面的厚肉，转着眼珠说：“我们镇上人不愿对你们野物的事情插嘴，不过看在老朋友的份上，我还是要进一言了。”

“那你就说呗。”

“依我看，你们狐狸还有鸡吃，用不着见了兔子就急眼。不如暗里找找老筋，给老狼它们一个眼色看看。要不日子久了，你这一伙早晚得输给兴儿。别忘了黑脸是怎么死的，那可是它亲叔。”

母狐瓦儿半晌没有吭声，后来问：“怎么找那个兔王？这种事儿太别扭，它会起疑心的……”

伍伯指指嘴巴：“就从牙上说起，估计兔王也到了换牙的时候了。”

母狐点头，灌下一大口酒，高兴地摸了一下伍伯脖子上的厚肉。她对这块软软的肉坨十分喜欢。

大约在他们分手一个星期之后，好消息传来了。母狐瓦儿急匆匆走进镶牙馆，当时天还没黑，她对几个嚼着地瓜糖的老人挥挥手说：

“天不早了，快回家喝玉米粥吧，这里又不是你们的家。”

老人们抱怨几句就走了。他们刚刚离开，瓦儿就眉开眼笑告诉伍伯：“事儿有个八成了！”

“那快说说看！”

“是这么着，有一天我逮住个小兔子，一吓唬它，它就说了不少兔王的事。原来不出咱们所料，那个老筋早就是一口破牙了，简直被折磨坏了！特别是前几天跟老狼一战，打得惨哪！最后的近身格斗非要张口去咬不可，老筋是口口都空 —— 没有办法，两个大门牙掉了一个半……”

伍伯听得傻眼，忍不住喊：“快领它来，快领它来！”

瓦儿抿一下嘴：“要不说事儿快成了嘛。我给小兔子说了镇上镶牙馆的事，还扒着嘴让它看了金牙，因为凡事儿都得有根有据的……小兔子回去一五一十说了，那个老筋疑心忒大。好几天过去了，它又派一个心腹来探听虚实，是个老兔子，还伸出脏爪子来扒老娘的嘴……我估计快了。”

在一个小雨蒙蒙的夜里，一件了不起的大事发生了。事后伍伯说，天下雨是个兆头，那是老天爷被即将发生的事儿感动得哭了！

看看吧，好像咱只是给一只野物镶了一对门牙，其实哩，是在改变整个荒原的历史……

那个夜晚母狐抖着一身湿毛，领着白眉白须的老兔子往镇上小步快颠。在马上进入巷口的时候，它们一前一后都变成了人形。那会儿母狐对兔王说："快变吧，打扮得人模人样，这叫'入乡随俗'，咱一副毛疵淋拉的样子，镇上人见了会吓个半死！"

兔王老筋扮成了一个慈眉善目的长者，穿了深黄色的坎肩，上边还挂了一块怀表，美中不足的是耳朵比常人大了三倍。他一开口带有明显的海滩口音，嗓子发沙。他坐在手术椅上时，多少露出了害怕的样子。伍伯心想，原来再大的英雄也害怕咱这把镶牙钳啊。

兔王一张嘴，让伍伯又一次大吃一惊。这和当年瓦儿兴儿一样，进一步让他明白：原来野物嘴巴里面的痛苦一点都不比人少，只不过它们的忍耐力是人的十倍！瞧这个名震四方的兔王吧，一颗门牙齐根断掉，另一颗门牙剩了一半 —— 而且不是横断，是竖劈！想一下嚼东西时会有多疼……他心里生出了双倍的怜惜。

几乎没怎么犹豫，也不再商量，伍伯当即决定给老筋镶一副铁牙，而且也要磨成尖的！

就这样，兔王老筋有了一对锋利的铁牙。从今以后这只威风凛凛的兔王该是怎样勇猛无敌！那个夜晚它不知该怎样感谢镶牙馆的主人，只紧紧拉着伍伯的手。

还是母狐瓦儿脑子转得快，它在一边快言快语说："老兔子王不用这么多礼道了，干脆爽快，咱是明人不说暗话，你就让小的们多扒拉些金子来吧，这种东西在你们那儿是小事，到了镇子上用处就大了……”

兔王不信，眨巴着大眼：“是吗？不会吧？这种兔子屎一样的东西也会有大用？”

伍伯一个劲点头：“就是！就是！金子嘛，在俺看来是最好的东西，什么都能买来，它能使鬼推磨，能镶在嘴里 —— 不过只舍得用来镶门牙，让人一张嘴就看得见……”

就这样，无论是兔王还是伍伯的镶牙馆，崭新的一页翻开了……这是伟大的一天。

整个伍伯和镶牙馆的故事讲到这里，大半秘密也就开始露底了。为了进一步追究，把事情一点点弄个清细，我们三个可费了不少脑筋，动了无数的心眼。

我和虎头长得憨实，平时扮傻还马马虎虎；小双白生生的，一副机灵鬼的样子，让他装傻就难了。不过我们总算应付下来，让凡事就爱炫耀的老人们讲啊讲啊，把几十年间海边上的爱恨情仇全讲出来了！他们的毛病是夸张，把事情原来的样子夸大出四五倍——我们为了准确，一般要将他们说出的事情除以四或五，这样也就离原来差不多了。

比如他们说十几年前海边那场大火整整烧了半个多月，一直烧光了河东岸。那些不会泅水过河的动物有的烧死，有的就蹿到村里，把庄稼和牲畜糟蹋个精光。真实的情况是，大火虽然源于一只母狐在白石头上扫动尾巴，但那火势并没有那么大，只燃了三天就被一场大雨浇灭了。

大火之后村里人去海边，拣到了一些烧死的野物。他们把这些半熟的肉再加一遍火，就成了香喷喷的美味。想不到在享受野味的时候，奇迹发生了：从野物的嘴里发现了假牙！镶牙材料用了骨和瓷，还有金和银——这让村里人感叹不已，说了不得啊，瞧人家野物凡事都要先走一步，竟然比咱村里人还讲究……

整个故事的线索从那场大火中显露无遗，追溯起来却省了不少劲儿。以前关于伍伯发财、暗中与野物精灵有勾连的传闻，都是猜测；而这一次从野物口中发现了各种材料做成的假牙，算是有了确凿的物证。事情很快就要大白于天下了。

要知道在整个海边一带，只有镇子上才有镶牙馆啊。

的确如此，海边人真的没有镶牙的习惯。他们万事不求人，全靠自己，牙齿也是一样——镶过的牙又叫“义齿”，听一听就不顺气。他们说算了吧，咱不要外来的假牙跑到咱嘴里“行义”，还是自己凑合着嚼吧，只要能咬得动地瓜糖就行。

牙齿究竟如何，在海边上一直是以能否咬得动地瓜糖为标准的，说到谁的牙口不好，常问一句：“咬得动地瓜糖吗？”

就因为伍伯与野物的交往，特别是与兔王的深情厚谊，使他自己成了一个超级富翁。兔王一声令下，小兔子们就伏到河滩上扒拉爪子——一双双小爪子飞快扒动，一颗颗金粒儿也就找到了。它们把金粒装到小皮口袋里，然后找个伸手不见五指的夜晚送到镶牙馆。

这样做的结果是，一方面伍伯成了挥金如土的大富豪，另一方面也助长了镇子上的奢靡之风：许多有钱人和当官的都镶了金牙。镇上召开骡马大会时，有头有脸的人一张嘴巴就放出刺眼的光芒……后来上边终于恼了，发布了一道命令：不准在同一张嘴里镶两颗以上的金牙。

从此用在嘴巴里的金子就少了一半，伍伯于是积攒了更多的金子。

这单单是从财富方面来看，其实更大的改变还在政治和军事方面。要知道自从那只老狼镶了铁牙之后，战事就急转直下了。兔子们被杀得极惨，差不多沦落到任人宰割的地步。兔王还没有从河西返回，群龙无首，惨上加惨。老狼领着狼群包抄迂回，一连打了几个大仗。

在兔王老筋返回河东荒原的前夕，兔子们跌到了命运的最低谷。它们成群被俘，狼群吃物丰盛，一只只皮毛发亮，膘肥体壮。因为猎物实在多得吃不了，狼群就把俘来的兔子圈养起来，让其繁殖，不再经过酷烈的战争也可以衣食无忧。

兔王老筋从河西归来之初，经历了最为艰难的日子。它设法救出囚禁的兔子，组织转移，有两次差点被俘。它把队伍带到一片棘丛遍地的沙窝里，在这儿休养生息。狼群没法钻进尖尖的棘刺下边，就连空中俯冲下来的老鹰也无计可施。这次休整训练提高了战力，也使队伍获得了喘息的机会。也就在这个时期，老筋开始计划组建一支骑兵。

它最大的痛苦是被残牙折磨。当时这还算一个秘密，兔群对兔王嘴巴里的疾患闭口不提，因为一旦走漏了消息，一定会让内部沮丧，令敌营士气大涨。相反兔王为了表示自己牙口强健，常常要忍住疼痛，当众咀嚼一些榆树枝条。

兔王为组建骑兵耗尽心血。它让一批批正当英年的兔子骑上战马，腰挎“鬼针箭”。海滩上到处都是长叶草、苦草和莎草，兔子四蹄一挨草芒，就像滑雪板落到了雪上一样。四蹄巧借草芒的弹力往前飞纵，胯下就有了一匹无形的战马，名字就叫“草上飞”。鬼针草上结出的鬼针做成箭镞，变成一支支利器。骑兵们一色扎了桑皮护腰，挎了毒木弯刀。

艰苦的训练一直进行了三个月，一支铁军的模样开始出现。兔王老筋举起令旗，队伍唰唰开拔。在出征的头一天它们就打败了一只老鹰。那家伙像一朵乌云一样飘动，最后从空中俯冲下来——兔王看得清楚，一挥令旗，几只兔子四下腾空，纷纷射出箭镞，老鹰一头栽在了棘棵上，扎得嘎嘎大叫，翎子飞散。

尽管战事有了起色，老狼兴儿还是占有明显的优势。老筋嚼不动草叶，兔子们不得不为它寻找嫩嫩的野芹和苦蒿。它半夜里呻吟，为自己的一口残牙哀叹。

母狐瓦儿就在这时候出现了。这是命运的转机。

海边莽林无边无际，生活了万千野物，它们在这里一辈辈繁衍，筑巢求生，过着村里人不曾知晓的生活。野物中最大的家族是兔子，最苦的家族也是兔子。它们被压在了最低层，从来不得翻身，受尽了盘剥捉弄。林野里最悍最恶的一伙还是狼族，这一族从黑脸为王的前三代就开始称霸河东荒原。

那时的兔王老筋还是一只稚嫩的兔子，像别的兔子一样被圈养在一块方圆两公里的草地上。类似的草地还有许多，分别由几个小狼王看管。所有的兔子脖颈上都要戴一个木牌，上面写了出生月份和性别。它们除了没白没黑地为狼王掏土，就是等待屠宰——说不定哪一天就从兔群中彻底消失。

狼王在海边上没有更大的敌手，衣食无忧，只想着怎样享受。它们要修筑从未有过的地下宫殿，要将所有狼穴用地道连成一体，还要堆一座高大的“嚎月台”——每到满月之夜，狼王就要率领几个小王登台嚎叫。那时凄惨的狼嚎震动四野，所有野物都吓得战战兢兢。

林子里最有计谋的是狐狸，它们的心计从不用来帮助弱小，而是想方设法沾些便宜。狐狸与狼族明争暗斗，还时不时地联手。狐狸们最擅长的一手就是取悦和迷惑村里人，对年老的男人格外有办法。它们装成笑模笑样的女人奉承男人，见了上年纪的白胡子老人就夸他长寿。它们博得了村里人的信任，骗来一些烧酒，还借他们的手除掉荒原上的对手。

野物中最有力气的是老熊。这笨乎乎的家伙就像修炼成仙的高人，凡事不管，春天采野蜜，冬天舔巴掌，一副悠闲自在的模样。它们在狼獾交战时站在高处观战，对战局不置一词。当兔群被凶残的狼王率众围剿时，老熊却忙着寻找一种“酒花”——这是开白花的水边植物，有大大的苞朵，花儿凋谢后朵蒂里有甜丝丝的水。这种水含有酒液成分，老熊连饮七个苞朵，两腿就变得轻快起来，然后就手舞足蹈了。

老熊打破沉默的时刻，一定是痛饮苞朵之后。它拍着肥肥的巴掌，放开天下数一数二的破嗓子唱个不停，令人听了哭笑不得。它唱自己的青春岁月，唱二舅的孩子满月时有多么胖，唱蚂蚁打架，唱一棵老树倒下来蜂群四散，唱天下最好是野蜜……老熊是整个海滩上最快活、最没有正义感的家伙。它依仗自己的强壮，谁都不放在眼里。它欺负兔子，但从来不惹狼群。兔子有一次实在忍无可忍，就向它举起了手中的箭，它却挺起肚子，拍拍胸膛说："来，往这儿扎！"

獾因为受尽了狼群的欺辱，一度想和兔子联合。它诉说了无数狼群的恶习、家族黑幕、不可告人的种种勾当，让兔子十分惊讶。獾指着自己的花脸说："看到了吧？这张脸是祖祖辈辈都有的，多么好看和气派！就因为狼王看中了，非要我把这张脸给它不可——我们獾永远都不会不要脸，当然要拒绝了！可它多么凶残，说起来你不信，狼王竟然动手来揭我的脸！太疼了，当它揪住我的皮毛时，我疼得吱哇大叫，它一害怕手就松了，我这才逃了一命！"

獾领着兔子到水边照着一张花脸。兔子怎么也看不出这张脸美在哪里。獾指指水中的兔子说："看到了吧？咱俩一比你就知道了，你们兔子的脸膛太窄了！这么窄的脸膛，如果让村里会看相的见了，他肯定会说你'没福'！"

兔子忍住了心里的不快，没有说什么。獾把老狼们诅咒了一番，说：“怪了，我喜欢小狼。它们身上有一股奶香味儿，像村里人养的小猪一样，胖乎乎的，只知道玩。可凶狠的老狼就是它们长成的啊，你说这怎么办？”

兔子思考了一下说：“远离所有的狼吧，从小狼开始远离！”

刺猬仿佛待在另一个世界里，它们比较安静，不太介入野物间的纷争。狼虽然凶残，但见了刺猬只是观望一会儿，抿着嘴唇不敢下口。小狼没有经历事情，下口去咬刺猬，马上嗷嗷大叫着跳开，一下下用前爪扒拉受伤的嘴巴，并声声埋怨大狼。大狼其实是故意如此：让小狼在痛苦中学得聪明一些。

刺猬忙忙碌碌地采野果，找一些杂七杂八的东西吃，见了兔子就称兄道弟。兔子与它们分享野果，但共同语言不多。兔子看好了它们的一身利箭，极想让它们加入自己的阵营，刺猬拒绝了。最后兔子发现刺猬一年里会脱掉几根尖刺，就捡回去做成锋利的箭头。在几次战斗中，兔子从这种最新的武器上获得了明显的益处。

兔子为了得到刺猬的支援，就加深友谊，千方百计帮助它们。兔子得知刺猬的天敌是黄鼠狼，就对它们说：“原来我们有共同的敌人哪，那黄鼠狼其实就是一种小型的狼。”刺猬听了咬牙切齿。因为它们对这种小狼恨到了骨髓，却没有一点办法。黄鼠狼见了刺猬，并不下口，而是对准它施放一股恶臭的气体。刺猬在这种气体中忍不了三分钟，个个都要举手投降：仰翻身体高举双手，露出柔软的腹部……

刺猬因为对黄鼠狼的仇恨，连带恨上了所有的狼。它们为此召开了一次全族大会，控诉狼的恶行，并且请来兔子讲话。兔子的血泪史让所有刺猬义愤填膺，它们决心不再做谦谦君子。会上当场有许多刺猬献出了身上的几支箭镞，最后竟然捆成了两大束，由兔子担走了。

斑鸠和野鸽子最恨豹猫、猞猁和鹰，它们最想找的就是与自己同样不幸的家族 —— 联手抵抗，哪怕是凑在一起吐吐冤气也好。先是找到了鼹鼠，这种身个矮小的生灵眼神不好，个个都有怕光和短视的遗传疾病。这类顽症使它们成为最容易受到伤害的对象。一只半大的鼹鼠刚刚洗过了沙浴，穿着一身鲜亮的皮袍从门口走出来，就被顺路经过的豹猫掳走了。鹰要对付鼹鼠更为凶狠，它依仗一双超强的眼睛，从几百米的高处就盯牢了猎物，下冲出击时好比黑色的闪电。

斑鸠和野鸽子找到鼹鼠商量事情，鼹鼠却疑虑重重。它的眼睛不好，鼻子嗅来嗅去从不停歇，早就闻到了羽毛的气味 —— 这种味道在海边湿润的风里格外刺鼻，让它胆战心惊。那些短耳鸮、草鸮，更不要说大小鹰隼了，都散发着这样的气味。它将自己埋在沙子里，小心地听着斑鸠和野鸽子的倾诉。对方诅咒的全是鼹鼠的死敌，可就是没法让它从沙子里出来。

在曲折无比的地下建筑里，鼹鼠们感到幸福和骄傲。它们议论说："咱的地宫比老熊的长一千倍，比兔子的长一万倍，比狼的豪华宫殿也不差 —— 不，咱比它的复杂多了，简直就是一座迷宫。"

有一次鼹鼠不小心将自己的地道与狼的巢穴挖通了，吓得差一点昏过去。狼那一刻被惊扰了，跳起来就追，结果因为鼹鼠的地道太窄而碰了一鼻子灰。事后鼹鼠庆幸说："这就是地道尺寸不一样的好处啊！就像他们人间的火车轨道，听说有的国家窄，有的国家宽，一个国家的火车想开进另一个国家，那就难了……"

兔子的地道与鼹鼠们偶尔连通，双方一点都不害怕。鼹鼠说："别看它们个子大，受的欺负比咱们还多。狼和狐狸，还有鹰和猞猁，哪个家族不杀它们？"由于兔子身上没有羽毛的气味，这让鼹鼠们觉得心里踏实。它们和兔子共同语言多极了。说到前不久来示好的斑鸠和野鸽子，鼹鼠还是心有余悸。兔子惊讶了，对它们喊道："天哪，海边上还有比它们更好的鸟儿？再说它们飞得高，歇息在大树上，只要不会爬树，再凶的食肉兽都不怕！你们，还有我们，都是在地上掘穴安身，咱们居住的地方实在太低洼了，咱们多么需要站得高看得远的朋友啊！那时候敌人来了，朋友们会更早地看到，它们大喊几声，我们赶紧钻洞也就得救了！"

鼹鼠说：像自己这样弱小可怜，对那些能够高高飞在空中的野物们有什么用呢？兔子用一对前爪捧起鼹鼠的小脸，越端量越喜爱，忍不住亲了一口说："话可不能这么讲啊！要讲在沙土里行走的本领、地下侦察的机灵，全海滩上谁又比得上你们？一旦大仗打起来，空中、地下，到处都需要战士啊，你们就早些加入进来吧……"

"我们加入哪里？怎么加入？"鼹鼠听了兔子的话，有些吃惊。

兔子害怕暴露了秘密，赶紧掩了一下门牙，说："反正就是这样，你们到时候什么都会明白的……”

这时候未来的兔王老筋已经开始长大。它生就了是个举旗的命——在一片狼王圈起的草地上，未来的兔王暗中联合起几个伙伴，挖通一条地道，在一个月朗星稀的夜晚逃了出去。它们在棘棵密布的河口一带藏身，从头谋划起反抗狼王的大业。所有跟在身边的兔子都怀上了一个使命，被兔王分派到了四面八方——有的重新潜回狼营，有的去找其他野物。那些收集刺猬箭镞、寻找老獾、说服鼹鼠的兔子，都是未来的兔王派出的，它们做的每一件事，都是那个计谋的一部分。

河东荒原上的大起义就要开始了。这时新的狼王黑脸正在最好的年华，它的躯体比前一个狼王更大更强健，吼叫声更加低沉浑厚，随时都会成为整个荒原的号角，成为征伐和死亡的声音。所有的荒原野物在这种吼叫中都不敢大口呼吸，只有未来的兔王把这声音当成仇恨的催促。

年轻的兔王最需要做的就是营救所有圈养的兔群，它们被分割围堵在十几个草场里，分属于一些残暴的小狼王。在春天到来之前，趁着兔子体内一冬积攒的油脂还没有耗光，狼群总是大开杀戒。到了春草即将发芽的破冰期，除了怀孕的母兔，几乎没有一只成年兔子可以幸免于难。

时间不能停留，也不能等候。在未来的兔王听来，午夜的海潮就像催征的鼓点。它把制定的计划反复推敲，不漏掉任何细小的环节。为成功实现十几个草场的同步逃亡，就需要沙锥鸟的准确传令、斑鸠和野鸽子的空中警戒、鼹鼠的地下侦探、狗獾的连夜挖掘。特别是刺猬供给的大批箭镞，不仅要数量多，而且要足够坚硬。

所有派出联络的信使都奔跑在途中，各种准备都在加紧进行。当四处携来的情报汇集一起之后，艰巨的分析和判断就落在了未来的兔王身上。这时它胸前的毛色已开始由浅变深，一对门牙更加坚硬。它望着月亮往上升腾，计算着什么时候才是发布起义令的最佳时机。

未来的兔王开始武装自己：前臂戴上马兰叶做成的护腕，胸部捆紧了贝壳磨制的护心镜，腰背上是老榆皮编成的披甲。它的这副模样令所有的兔子信心倍增，个个都在武装自己。

夜深人静，皓月当空，兔王独自走在荒原上，昂着头，用两爪一遍遍扒拉着两撇长须——这是它利用数胡须的方法来运算，记清十几个草场兔子的数量、狼群的数量，还有逃亡路线的里程和速度……一切都牢牢记在了心里，只等那个大潮涨起的月夜了。

那样的夜晚狼王就要登上嚎月台，所有的小狼王都要跟随在黑脸身边，各个草场的戒备是最松弛的。

时间飞快流逝，不再驻留和等待，一切行动必须加紧。负责与獾联系的兔子报告老筋：獾们掏土的速度远不够快，而且有的洞穴显然挖偏了。这些獾干活时嬉闹打趣，说一些风凉话，还对兔子们的命运不抱希望，说：“‘命里八尺，难求一丈’，这都是命啊！俗话还说‘鱼吃虾，虾吃沙’，狼还能不吃兔子？”

这些话引起了老筋的忧虑。它担心大事毁在獾的身上。对此它早有警觉，所以在起义令发出的具体时间、当晚的一些细节，都没有向那个獾头儿透露 —— 对方曾经问起，它只推说大海潮汐是最难以推算的，所以一切也就没有确定。

老筋决定亲自找獾头儿一次。它对獾头儿历数狼王一伙的恶行，说到这次行动对整个兔子家族是多么生死攸关、对河东荒原上所有生灵的意义。獾头儿眯着眼睛，搓揉一下花脸说："这些不是说过多遍了嘛。我只问你，起义成了之后，你们兔子能把老松林一带的洞穴让出一些吗？"

老筋对獾头儿在这个时刻的贪欲又惊又气。不过它忍了又忍，最后还是点头答应了。可是獾头儿从一旁拿出一块陈旧的瓦片，指指上面的一些记号说："空口无凭，你来刻一下吧。"没有办法，兔王捏起对方递来的一根粗长的铁钉，用力在瓦片上划了一下。

兔王似乎看到了那根铁钉的用处，当即提出留下来做个纪念，獾头儿忍痛同意了。

这就是发生在起义令发出前的一个插曲。

在海潮涨起的那个夜晚，未来的兔王以自己超人的计算能力，几乎一丝不差地算出了高潮的顶点、月亮最圆最亮的顶点。它在相差不到十分钟的时间，提前将大起义的命令告诉了十八只机敏的沙锥鸟，并在它们出发的同时，召集起身边所有率兵的兔子将领。

月亮通明的河口棘窝滩上，一杆柳叶编成、镶了枫叶红边的义旗高高地树了起来。

整支队伍挎刀携箭，跨上草上飞战马，向着月亮升起的方向一阵疾驰。这个夜晚静极了，万物屏息，只听着飞速出征的兔子部队的唰唰声。骑兵的后边是步兵，步兵的上方、前方，分别是凌空翱翔的斑鸠和野鸽子。

那个夜晚一切都按计划进行，有条不紊，分毫不乱。小沙锥不辱使命，以飞翔拍动和落地疾跑的双重本领，凭借鼹鼠们提前挖好的地下通道，迅速进入狼群圈起的草场，把命令一一送达。

在狼王第一声凄凉悲惨的长号中，十几个草场一齐突围，开始了兔群逃亡的第一步。由于掏土獾的懈怠失职，有四五条大通道届时却未能畅通，尽管临时由兔群奋力开掘，还是在狼群的追堵中造成了极大的损失，伤亡数目惊心。可是既然逃亡已经开始，起义的大旗在风中舞动，一切也就无法停下。

狼王的嚎声变得更加凄厉，节奏明显改变。这是死亡降临的信号，每一次信号落在草地上，都有一只狼衔起来，带着双倍的凶残扑向逃亡的兔子。

狼王黑脸从嚎月台上下来，气得两眼发花，它抬头寻找那杆飘舞的义旗，发现这旗帜一会儿在树梢上、一会儿在云彩上，上下左右地晃动和游走。斑鸠和野鸽子在远处发出庆幸的叫声，鼹鼠们纷纷从地道里探头观望。有一只獾带着满脸沙土往前逃窜，被黑脸一把抓住。

獾哀哭着求饶，说今晚的一切都与它的家族无关，它正想找狼王报告一个突发事件呢。它说这是有组织有计划有预谋的一次起义——“大起义，叫河东荒原大起义，领头的就是老筋，那是一只诡计多端的青年雄兔，眼睛是栗子色的，后腿偏长……”

“你怎么知道得这么细发？难道参与了谋划不成？”黑脸的尖牙露出了半截。

獾差一点瘫在地上，摆着一对前爪说：“这都是北风告诉我的！夜里刮北风，北风里就有这些消息……”

狼王牙齿咬响了，琢磨着怎么处置这只獾。

獾闭上眼说：“我知道自己要被大王冤杀了，就是明天下一场大雨也洗不净我的冤屈。不过我死到临头了还是要帮大王一次——领您去追那些该死的逃兔，我知道它们为什么耽搁了，这会儿还挤在一条条大通道里……”

狼王吆喝一声，几只狼赶过来。狼王让它们随上引路的獾急急追赶。

大约有三个草场里的五十多只兔子困在几条通道里。这些通道在半路卡住，兔子们后撤已经来不及，只好奋力打通，就这样丧失了宝贵的逃亡时间。

狼嚎紧逼，月亮开始偏向西方。惨烈的打斗腾起一片沙尘，把洁白的月亮染成了血色。老筋指挥骑兵分波次进攻，从草上飞战马上射出的箭镞密集如雨。中箭的狼群声声哀号，捂着眼窝在地上滚动。

那几条卡住的通道还未挖通。最后，绝望的兔子们不得不冒死后撤——从此开始的每一步都伴随着鲜血和死亡。它们与嗜血成性的恶狼搏杀求生，赤手空拳，用蹄爪和牙齿杀出一条血路。它们最有力的一对门牙多么显赫，荒原上所有野物生灵都说：“多好多漂亮的一对门牙啊，瞧人家兔子是怎么生出来的啊！”可是这些生灵全都没有想过：这对门牙只是用来截断草茎的，从来不是为了杀戮和战斗的。在这最后的生死之搏中，鲜血把白色的门牙染红了，由于它生来就不是尖利的，也就无法咬穿恶狼的筋脉。

战斗从午夜到凌晨，逃亡的兔群被恶狼追逐、分割、围歼，伤亡实在太惨重了。如果不是要舍弃一切救出陷入重围的兔子，老筋的队伍决不会被冲散。骑兵落马，箭镞坠地，最后只好化整为零，向河口一带撤离。

未来的兔王在最危急的时刻也没有放下义旗。它看着染血的义旗，默默吐出一句誓言：复仇才刚刚开始。

老熊摇摇晃晃走出巢穴，喷着鼻子说：“今夜好大的血腥味儿呀！今夜吵个要死，发生了什么大事？”

一只老鹰观战一夜，这时蹲在大树半腰对老熊说：“您老只知道呼呼大睡，告诉您吧，兔子今夜发动了荒原大起义！”

老熊搓搓眼：“咦？还有这事儿？吃草的兔子？不能吧？它们干这事儿能成？”

“不会成的，”老鹰抿抿嘴，搔一下发痒的腋下，“狼王多凶多猛，个个尖牙龇着。荒原上还有比兔子再无能再弱小的？起义的事儿依我看还是早早收场的好……”

老熊打个哈欠，看看天色，又要返回洞穴了，嘴里哼唱着：“我一觉睡到大天明，昏昏沉沉睡不醒。好可怜的小兔子，安分守己行不行？你心里就是不明白，从来压在最底层……”

斑鸠和野鸽子把老熊和鹰的对话听得一清二楚，就把这些话告诉了老筋。未来的兔王问它们：“起义失败了吗？”

斑鸠看看野鸽子，说：“我看是失败了……”

野鸽子说：“我看是失败了一半……”

未来的兔王问四周负伤的骑兵：“我们失败了吗？”

骑兵们看看在风中吹动的义旗说：“我们刚刚从战场上下来，这不过是第一仗！”

未来的兔王点点头：“这不过是第一仗！可是这一仗多么惨烈啊……我们被出卖了，我们杀死了敌人，我们牺牲得太多……可是起义开始了，只要开始就不会停止！”

昏暗的月色下，几只小鼹鼠浑身颤抖地凑近，小心地问未来的兔王：“我们，我们的起义失败了吗？”

未来的兔王抱起它们，抚去黑袍上的沙粒，安慰说：“没有。我们只是遭到了很大的挫折……”

“什么叫‘挫折’？”

“哦，这是书上的一个词儿……怎么说呢？就好比在地下挖洞，遇到了一块很大的石头……”

鼹鼠点点头：“明白了，咱明白了……”

关于兔王指挥的这场起义、起义的第一次血战，是很久以后才从荒原上传出来的。其中的一些细节，镶牙馆主人伍伯好不容易才弄个清楚。因为人世间与野物间的情形差异甚大，有时再好的耳朵也听不明白。

身经百战的兔王老筋回首往事，语气沉沉地讲给事事好奇的镶牙馆主人，母狐瓦儿就在一旁补充说明。

瓦儿说："我那时年轻，只知道臭美，不太关心世上你争我夺的事儿，不过多多少少也听说了一些。黑脸狼王实在不是个东西……"兔王不得不纠正母狐说："这不是什么'你争我夺'，是生存还是死亡，是自由！"

母狐点头："对，是'指甲油'，我那时候最喜欢'指甲油'了……"

兔王叹息一声，不再理会。它继续讲下去，讲最艰难的训练、扩兵、联合、周旋。"我们一年里大约要转移十三次营地。怀孕的母兔也得跟上队伍，有时就在急行军途中生下小兔。十几天没吃一顿饱饭是常事，战士们瘦得皮包骨头。除了狼群的围堵，还要提防鹰隼和豹猫、猞猁它们，连黄鼠狼也开始落井下石……"

母狐转动着喝空的酒瓶对伍伯说："咱实打实地说，死伤的兔子狐狸是不吃的。那时肥鸡还吃不完呢，捉一头小猪几天的好饭就有了。"

老筋眯眯眼，好像极不愿诉说那些痛苦的往事。它对伍伯的探问充耳不闻，思绪已经飘到了远方。

"喂喂，老伙计瞌睡了？你醒一醒……"伍伯摇晃着老筋，伸手去撑它的眼皮，看到了很大的眼白。母狐在一旁发笑。它从柜子里摸到了酒罐，直接饮了起来。它开始醉了。醉酒的母狐终于再次露出了尾巴，并且炫耀地放在手里把玩。伍伯知道，每到了这个时候，母狐也就打开了话匣子，胡言乱语，什么秘密都不会留在肚子里。

“河东荒原上最坏的是獾，它们偷偷摸摸干坏事，坏名声也就不如狼那么大。其实狼是明着坏，那还算敢作敢为哩。狐狸也吃了一些兔子和鸡，主要是吃鸡，你知道鸡肉的滋味，这个就不要我来多说了。咱吃了村里人的鸡，偷了他们的酒，可也没有白吃白拿。咱姊妹几个高兴了就变成大脸儿闺女，去给村里人当几回媳妇，把他们哄那个高兴。南面村里着实有几个好后生，大眼生生的。我就是那时学会了一句歌儿，咱唱你听听：‘要嫁就嫁好儿郎，好呀么好儿郎……’”

母狐瓦儿提着酒罐在屋里拧动，拖着一条粗尾，让伍伯发笑。不过他最想听的还是后来的战事。他不得不启发它：“说说老筋的腿是怎么折的吧——你上次提过这个茬儿……”

“俗话说‘人为财死，鸟为食亡’，吃物在俺们这儿可算天大的事。为争一口吃食就得豁上命，别的都是小事。你听到鸟啊兽啊高兴得唱小曲儿了，那一准是吃饱了撑的。本来狼群的日子还算好过，兔子多得不得了，吃不了的就养在草场里——黑脸狼王是个中兴的狼主，它为王的几年修地宫、筑嚎月台，还搞起了大规模的养殖业，就是养兔子……”

伍伯愤愤地插言：“兔子成了盘中餐，还是奴隶！”

“一点儿不假。狼王让它们挖土，一天一夜要挖十个土方，累死的就直接赏给小狼吃。那真是太惨了，要不说兔王要举义旗！河东荒原大起义是哪一年？这我得扒拉胡须算一算了。嗯，不多不少三年半了。自从这一年开始，狼王黑脸的安稳日子也就过完了，每个月带领小狼王登上嚎月台的兴头也没了，只想着打仗。这几年老筋已经成了名副其实的兔王，计谋比俺狐狸都多，骑兵步兵训练得呱呱叫！到处都有它们的盟友，刺猬、鹌鹑、斑鸠和野鸽子，更不要说地下的鼹鼠了，全都结成了一伙。老筋这家伙人缘好，想想吧，连我都团结过去了，我这辈子服过谁？”

伍伯小声说：“你还曾经是狼王兴儿的朋友呢，你就别吹大话了，道德品质方面不算你的强项吧。”

母狐理一理咽部说下去：“不管怎么说，到头来还是我把老兔王领到了镶牙馆里……它年轻时候那对门牙真是没说的，又白又大，亮晶晶的，连我这么正派的人都想亲手摸一摸。我知道这对门牙狼王有多嫉妒，它做梦都想弄了来。不过它那几颗尖牙歪里八叉长在嘴里，丑是丑了点，用来撕咬打仗倒是最好的武器。荒原上的鹿和山羊个子倒也不小，它们见了狼都赶紧尥蹄子。兔王大起义给所有受欺负的野物都壮了胆，它们合起伙儿对付狼群。有一个时期狼群真的没有像样的东西吃，猫头鹰就高价向它们出售死老鼠，水獭钓了臭鱼也送给它们。也就是那一段时间，兔王将一根又粗又长的铁钉藏在一块肉里，把狼王黑脸的两颗尖牙给弄折了！那时候我还不知道有个镶牙馆哩，知道了也不会领它来，一句话，算狼王活该倒霉！”

母狐瓦儿讨好地看着打瞌睡的兔王，再次去摇晃它，它没有睁眼。

其实兔王并没有把母狐的聒噪挡在耳外，只是随着它的叙说，脑海里泛起过往的一幕幕场景。一切就在眼前，血腥和硝烟的气味掺在一起，正从鼻孔前边阵阵飘过……

兔王老筋永远感激那些忍辱负重的刺猬。它们贡献出身上的尖刺，供兔子们制作利箭。这种硬如钢铁的刺芒蘸上有毒的桃柳汁，成了狼的克星。连中数箭的恶狼会在地上滚动不停，难忍痛痒，直到把一身的皮毛磨光，裸死在棘棵下边。

老獾在第一次起义受挫后迟迟不敢露面，却在兔王一次胜仗的休整期前来拜访了。它从衣兜里取出当年兔王划下刻痕的那块瓦片，笑吟吟地说："大王该不会忘记这个契约吧？"

一句话问得兔王怒从心起。那时的兔王血气方刚，一把拽过瓦片扔在地上，踏了几脚。它怒斥老獾部下的背信弃义，历数一个个倒在血泊中的战士……老獾吓得歪倒一旁，直等兔王火过了才嘻着脸上前，说："还有这等事情？待我查出叛徒，亲手喂它几口毒酒，打发它上西天去！"

在荒原上，老獾酿造毒酒是最有名的。这是它的家族传下的秘方。据说毒酒由河豚胆、蜥蜴眼和桃柳叶为主料，再掺上苦杏仁、枯井底下的鹅卵石、姜石、巴豆叶子为配料，在瓦罐里煎熬三个时辰，等月亮落下去的时候开始勾兑。全部的秘密都在勾兑的过程中。

荒原上都知道曾经有过一场毒酒宴：老獾家族要复仇，就借请客之机，将仇人的一大家子请来。那是一个初秋，酒宴摆在了一棵大合欢树下。在知了一声声鸣叫中，仇人一家喝足了毒酒，结果在归途中一命归西。

老獾说过了“毒酒”二字有些后悔，掩掩嘴巴说：“其实嘛，用毒酒这种事儿已经有十来年不干了 —— 那不磊落。要分个胜负就该像大王一样，真刀真枪战场上见，就像歌里唱的，‘好男儿血染疆场’，你说是吧？不过话是这样讲，我总想着摆一场当年那样的酒宴，请来狼王黑脸，还有那些小狼王，哥儿几个好好喝上一杯……”

兔王不想听下去，只说了一句：“那是你的方法，你们老獾家族最擅长这种黑影里的事情。”

兔王除了深深感谢刺猬，还有在战斗中同仇敌忾的另一些朋友，尤其难忘那些沉默的鼹鼠。它们曾是多么弱小的生灵，几乎惧怕所有飞禽和四蹄动物。可是在兔王为生存而投入的激战中，鼹鼠为了获取情报、给传令的沙锥鸟打通地道，日夜开掘不息。据不完全统计，它们一年里新挖的地道总里程已达四百二十四公里。几乎没有一座狼穴不被鼹鼠凿破，也没有一条狼道能够隐蔽。那一张张精准细致的敌方工事图绘在白杨叶子上，总是及时地送抵兔王的指挥部。

兔王在战斗间隙里看过那些浑身硝烟的鼹鼠 —— 由于它们个子矮小，在穿梭忙碌时往往不被注意，见了兔子将军并拢双脚打一个敬礼，对方却没有察觉。为此兔王严厉地批评过自己的将领。有一个尾巴被咬掉一截的兔子刚刚升任将军，左臂上开始佩戴一片五角枫叶。它高傲地看着搬运给养的鼹鼠，对鼹鼠们高高举起的粉色巴掌 —— 庄严的军礼 —— 没有反应。这个场景让兔王看在眼里，它上前一步代这个将军还礼，然后轻轻扯下了将军左臂的五角枫叶。

那个夜晚在忙碌异常的指挥帐中，被揪掉枫叶的兔子将军哭哭啼啼，兔王的目光始终没有从地图上移开。当旁边的抽泣声停息时，兔王命令卫兵扛来一捆纱布、一箱小小的皮手套，交给断了一截尾巴的将军说："你今夜先给鼹鼠们换药包扎、发放这些用品，任务完成后再来我这儿。"

兔子将军去了鼹鼠那儿，发现三分之二的鼹鼠都磨伤了前爪——粉红色的小翻掌有的裂了，露出了嫩肉。它为它们清洗伤口，包扎，最后各留下一双小皮手套……这些一一做过之后，差不多花掉了一个通宵。

断尾巴兔子回到了指挥帐篷里，面色凝重，不再泣哭。兔王把五角枫叶再次佩到了它的左臂上，拍拍它的肩膀说："归队吧，战士们正在等着自己的将军。"

冬天是所有兔子的休眠期。这个冬天格外寒冷，它们不得不将御寒的地洞挖得更深。除了值勤兵不时地从棘丛中探出身子，这个荒原的一角到处都是沉寂的。

兔王一连两个冬天没有休眠了。它正为春天必将来临的一场鏖战做着周密的准备。午夜不眠时，它总是细细捕捉咔咔作响的河冰——这声音预示着春天的脚步。当河冰的响声越来越密，春天也就近在眼前了。

兔子们结束了酣睡，紧接而来的就是准备给养、打造兵器、军训和一系列烦琐事务。母兔将在春草发芽的当月产下儿女，每年的这个季节都是最危险最忙乱、同时又是最关键的时段。狼群们已经等待了一个冬天，它们把围歼兔子的大好时机选在了初春。

新草萌发之后，青生生的气息让兔子们垂涎欲滴。它们嚼过刚刚发芽的柳叶和槐叶，还有泛绿的苦菜和荠菜，总是兴奋得跳腾一阵。最能吸引它们、让它们迷醉难忘的美味是白毛花 —— 花苞在开春时会悄悄伸出地表，娇嫩的花丝就藏在里边。那花苞甘甜鲜嫩，只要吃上一口就再也不忘。

母兔分娩前后最需要白毛花苞，只要吃上几次，它就毛色鲜亮，奶水充足。生出的小兔子最好的食物也是白毛花苞 —— 那时母兔们会冒着各种危险为孩子寻找花苞，手把手地教它们怎样采摘，因为稍一用力花苞就会断在沙土里，那就要从头掘起了。

不仅是兔子对白毛花苞入迷，即便是海边村子也莫不如此。每到了春天，村里的孩子们就不顾遭到恶狼袭击的凶险，一群群来到海滩上——他们伏在沙土上，用冬天皲裂的小手小心地扒开一层沙子，让花苞露出尖尖角，然后一点一点往上揪拉，嘴里轻轻叫着："迪 —— 咕 —— 老 ——" 白毛花苞就随着这呼唤声一丝丝出来了。他们几乎一刻不停地塞到嘴里，咀嚼美味，咽下肚里。

村里人对白毛花苞只叫"迪咕老" —— 那是采摘时花苞白毛花发出的声音，只有将耳朵贴在地面才会听到，孩子们那会儿就模仿这声音叫着。

兔子们学村里孩子的叫法，也只叫白毛花苞为"迪咕老"了 —— 它们喊着："春天快来吧！咱又能吃到'迪咕老'了！"

白毛花就长在林间空地上，它们稀稀疏疏，东一点西一点，在那儿发出诱惑。最大的一块白毛花长在河东岸的榆林边上，每到春天，那儿都成为兔子们的惦念之地。

关于“迪咕老”，痛苦与欢乐的记忆搅在一起，是兔子们永远都不会忘记的。它们的一双前爪无比灵巧，能够以最快的速度把花苞摘下，然后庄严地捧到嘴边。村里的孩子们在这方面远不是兔子的对手，他们远远地跑来，伏到沙土旁，往往发现一株株花苞都被采过了，于是就吐出一句：“兔子！”

兔子们盯着“迪咕老”，狼群们盯着兔子。

这一年春天已经有了新的狼王，它就是杀死叔父的兴儿。这只狼王肩部宽大，稍短的后腿总是弓着，像是随时都要发起偷袭。它极大的凶残与无比的忍耐得到了很好的结合，轻易不会率领狼群出击。从当上狼王的第一天开始，它就表现出与黑脸迥然不同的风格。它鄙视前任狼王引以为傲的“嚎月台”，并且放弃了豪华的地宫，住在一个简陋的巢穴里。

经过长时间的内部整饬，兴儿除掉了几个傲横的小狼王，而后就全力对付那个可怕的对手老筋了。

兴儿将这只兔王的族谱仔细研究过，对左右咕哝说：“不过是一只卑贱的草兔罢了，没有什么高贵的血统。”它开始策划一个阴险的谋略。那片最大的白毛花是无法躲开的诱饵——它问身边的小狼王：“如果你是一只兔子，这个春天最想干的事情是什么？”

小狼王说：“当然是吃到白毛花苞了，吃得越多越好。”

狼王又问：“你如果是兔王，准备怎么干呢？”

小狼王眨眨眼，这次没有马上回答。它想了想说：“大概是保卫那片白毛花苞吧。”

狼王笑了：“幸亏兔王没有你这样傻。它保卫得了吗？如果我是兔王，就会让每一只兔子都远远躲着那片最大的花苞地……”

狼王迅速做出部署：让一只小狼王率狼群去花苞地巡逻，并且要大声嚎唱。其余的小狼王随它隐伏在林子深处，没有指令不准出击。

兔王老筋听到的全是类似的消息：新狼王对花苞地严密防守。老筋在白天和夜晚几次就近观察，发现奔窜在花苞地上的都是相同的一小支狼群，领头的是那只尖尾巴小王。

斑鸠和野鸽子从空中看得更为清楚，它们告诉：频频现身花苞地的不过是五只灰狼。它们也说出了自己的疑惑——近来林子里安静到了极点，好像一丝风都没有。林隙里星星点点的白毛花苞开始钻出地表，多么胖嫩的花苞啊……

兔子们实在无法忍受。每年春天都是这样，肚子里的小馋虫蠕动不停，它们每一次都向它屈服。“如果不吃一口‘迪咕老’，很快就开出了白毛花，这个春天也就完了。”兔子们嚷叫着，故意让兔王听到。

兔王的禁令只要不取消，所有的兔子就不准到林间寻找“迪咕老”。不仅如此，营地还要即刻北移，移到河口棘丛那儿——每年春季都要如期举行的大采摘必须全部停止。

严厉的命令是悄悄下达的。一切都在有条不紊地进行，营地最后的撤出期限是午夜之前。可惜就在这个节骨眼上，几只母兔偷偷溜出营地，到林子里采“迪咕老”去了——“咱只采上一点儿也好，咱只采一小把就回！”它们这样对同伴说。

兔王老筋一边让骑兵保护营地按计划转移，一边指派得力的战士去林中找回它们。可是时间过去了半个小时，一点声息都没有。兔王有一种不祥的预感，不再耽搁，亲自率领几个强悍的卫士追出营帐。

当它踏上月光莹莹的林地时，心里倏地闪过一个念头：也许这是一个错误。但这并没有让它停下脚步。它知道绝不能扔下这几只母兔，它们再有几天就要生育了。

一场可怕的遭遇战就这样发生了。原来狼王“兴儿”正在心灰意冷的时刻，突然得到了让它兴奋的消息：采摘“迪咕老”的母兔出现了！它让咬牙窃喜的几个小狼王忍住，等待更多的猎物——后来果然又有几只兔子进了林子，这是前来搜寻的雄兔。

狼王兴儿带领狼群冲了过去。

如果不是兔王老筋和卫士刚好赶来，狼王的伏击一定会速战速决。这场肉搏太可怕了，尽管狼王兴儿一伙被后来加入的卫士们打个措手不及，但毕竟势力相差悬殊。

经过殊死搏斗，兔王老筋身边只剩下三个卫士，其余或战死，或正掩护母兔们撤离。它明白此刻的坚持意味着什么，只要多一分缠斗，母兔们也就多了一分逃生的机会。狼王兴儿见到了兔王老筋，两眼火红，喊叫：“就是它了，这回要逮活的，死的不要！谁逮住了它，我就把它的两颗门牙扳下来送给谁！”

兔王和三个卫士被逼到几棵大橡树之间。一个卫士跌下了战马，“草上飞”扬头嘶鸣。兴儿在兔王弯腰救起卫士的时候，瞅准一个空隙猛扑过去，狠狠咬住了它的后腿。血立刻染透了一片栗色毛皮。兔王从狼牙的战栗中奋力挣出伤腿，狠狠一踹，“草上飞”在橡树之间飞纵而去……

这就是兔王后腿伤折的前前后后。

从那个春天开始，兔王的队伍走入了大起义之后的又一个艰难期。兔王泅到西岸，队伍不得不化整为零。在很长一段时间里，东岸荒原上只有分散抵抗的零星战斗。

老熊久许没有观阵了，它见了老獾就问：“也许我年纪大眼花了，怎么看不见兔子们打旗了？”老獾一边躲闪着对方高大的身躯，一边答道：“没了，散伙了，星星点点了……”

关于兔王败北的消息传遍了荒原。最难过的是一群鼹鼠，它们晃动着矮小的身子，抹着眼泪，哽咽得说不出话。刺猬拍打着一对小巴掌，连连惊呼：“天哪！天哪！”斑鸠和野鸽子一连几个小时蹲在树杈上，一腔悲伤都咽进了肚里。

狼王兴儿开始狂欢，在荒原上摆起了流水筵，让所有野物都停下来痛饮。除了猞猁豹猫一类路过时顺手抓走一些吃物，其他四蹄动物只远远嗅着酒菜的气味。由于彻夜长饮，狼王的牙齿开始松动——只是它一时还全无察觉。

不久之后，就是狼王身披上蓑衣去镇上镶牙馆的日子了。

那个时期的伍伯糊里糊涂犯了一个大错，一生追悔不及。他越来越多地沉迷在酒里，想把所有不快的事情都忘掉。母狐瓦儿总是在黄昏之前来到镶牙馆，与伍伯一起喝个大醉。这期间母狐偶尔领来一些镶牙的野物，伍伯照例收下它们的礼物。不过他吸取了以前的教训，总要揣摩一番再开始干活。

他给猞猁和豹猫镶的是铅牙，给老鹰镶的是锡牙，给老熊镶的是铜牙，给黄鼠狼镶的是木头牙，给毒蛇镶的是草牙。他在黄昏时分与母狐碰一下酒杯说：

“铅锡这类材料是软的，顶多使上一次就钝了。铜牙结实一点，可是比不上铁牙。”

母狐夸他有心眼，心地好，还说如果自己再年轻几岁，一定会给他当老婆，帮他好好打理这个镶牙馆，不管你愿意还是不愿意。

伍伯连连摆手：“我独身惯了，再说人畜不通婚。”

母狐说：“我可不管你愿意还是不愿意……”

关于伍伯独身的事，村里老人有各种猜测，大致的意见是：他年轻的时候太穷了，娶不起媳妇；中年以后钱又太多了，不适合娶媳妇。

“为什么钱多就不能娶媳妇？”小双当时实在忍不住，还是问了一句。

老人挥动烟斗，像要赶走眼前的飞虫：“那时媳妇满眼里都是钱了，不再有男人。”

这是十分难懂的话。只有在这样深奥的道理面前，我们三个才会承认自己的愚钝。不过我们未来总会搞明白的。现在最要紧的是打听那个伍伯的事情 —— 所有村里人都听说了一件大事，这事让他们兴奋得夜里睡不着。

说实话，我们也因为这消息十来天睡不好觉了，激动得发抖呢。

那个消息说，伍伯在镶牙馆里熬了一辈子，终于熬到了一个坎上。原来镇上有个规定，凡是到了年龄都要退休，也就是俗话说的“告老还乡”。这个传奇人物马上就要回到村里居住了。

“他在村里还有老屋，他这人闲不住，要在那儿开个镶牙馆。那也好，咱也让他看看这口老牙 —— 不过咱是不会镶牙的，咱还嚼得动地瓜糖。”说这话的老人随手抓起一块地瓜糖扔到没牙的嘴里，咔嚓咔嚓嚼了起来。

我们终于找到了那幢十分老旧的房子：三大间，黑瓦砖墙，窗户上全是蜘蛛网。这房子大概有一百年了吧，随时都能塌掉。房子在村北头，离开了最热闹的大街。屋里黑洞洞的，什么都看不见。

大约十几天过去，有人打开了那幢老房子的门，开始打扫、垒台子。这使我们明白：伍伯真的要落叶归根了，就在我们眼皮底下开一间镶牙馆！老天爷，这是多大的事儿呀！虎头和小双激动得脸都红了，说：“真想不到！不过他一来，它们都会跟了来……”

我的呼吸都停止了。我怎么就没想到这一层？那些野物精灵暗里还会来镶牙的，不过那时它们都要闪化成人形，不会拖着尾巴进村。还有那个伍伯最拉得来的老朋友，就是那个叫瓦儿的母狐，它一喝就醉，一醉就要露出尾巴！

我们三个长时间守在老房子跟前，看着忙忙碌碌的几个人。这些人是村头儿派来的。他们抬来家具和一些杂七杂八，谁也不理。

虎头对小双和我小声说：“伍伯住下以后，就会把所有的金子全搬了来……很多金子！”

我们从来没有见到金子。我问：“金子是什么模样？”小双说：“听说比铜还要黄，对了，就像兔子屎差不多……”虎头点头：“对，就是它的颜色，听说闻一闻也是那种味儿……”

我们都知道伍伯的金子是手艺换来的 —— 明着挣工资，暗里从兔子那儿收金子。收来的是一小粒一小粒，他再铸成一个个大金锭，外边糊上泥巴。

荒原上的兔子太多了，论数量是狼的一千倍！兔王从河西回来的日子，就是狼王倒霉的开始！再后来兔王镶了锋利的铁牙，狼群的末日也就降临了。

兔王明白，要武装一支铁军，就得给更多的兔子镶上铁牙！这是多么伟大的计划啊！它携着一小口袋金子一次次去镶牙馆，伍伯最后终于被打动了。他当然想要更多的金子，只是不敢让一群兔子跑到镇上，那样事情非败露不可……最后他决定自己到荒原上去。不过事情难就难在镶牙的器械太多，这些全要一块儿带去。

兔王为了遮人耳目，也为了让伍伯高兴，就让几个精灵抬来一个轿子，把伍伯和随身的东西一起装进轿子。一顶小轿子颤颤悠悠出了镇子，路边人羡慕极了，说：“看人家镶牙师傅，坐着轿子旅游去了！”

伍伯苦干几天几夜，给一大群兔子挨个镶了锋利的铁牙。

狼群一场连着一场战败。可是狼王为保住自己的王位，迟迟不答应给另一些狼镶上铁牙。最后的决战就要到了，狼王明白家族的生死存亡，一切都取决于牙齿。它实在迫不得已，最后狠了狠心，要求伍伯给每一只小狼王镶一对铁牙！

伍伯答应了。但他一连几夜不睡，偷偷溶化铅锡，浇铸出一支支牙齿 —— 狼王只见这些尖牙亮锃锃的，压根就分不清铅锡和铁的区别。

结果所有的小狼王都镶上了铅牙和锡牙。近身肉搏之中，这样的牙齿不堪一击。

几场战役之后，狼群彻底失败。狼王兴儿带领伤残落魄的家族，一路向东，向着苍苍茫茫的远方逃去。身后这片家族故地再也不属于它们，它们在这里没有留下一兵一卒……

这就是有关牙齿的秘密，一个天大的秘密。

“为什么如今的海滩上再没有一只狼了？只要弄通了镶牙馆的秘密，那就一清二楚了。没有狼了，孩子们要去海滩上采‘迪咕老’，再也不用提心吊胆了 —— 兔子也舒心了，怀孕的母兔不是嘴馋吗？那就尽吃！咱的大海滩无边无沿，‘迪咕老’有的是，吃也吃不完！”老人们大声说。

可是我们觉得最大的秘密还是镶牙馆的主人，是伍伯本人。我们一门心思等着他的到来，并且为这个有名的酒鬼准备了一大罐烈酒。

我们相约：见到伍伯的那一天，谁都不要显得什么都知道的样子，而是要尽可能地装傻，就像村里出了三个懵懂孩子，他们简直什么都不明白。

等啊等啊，伍伯就是没有出现。我们急坏了，相信村里人也是一样。那些手提长杆烟斗的老人已经来转过几次了。几天后传来的消息是：镇上人对伍伯的徒弟还是不太放心，他们一再地挽留镶牙老师傅，没完没了地请他喝酒。

大家都认为问题还是出在酒上，因为都知道那是一个嗜酒如命的人，大概醉得把回家的事儿忘了。老人们还说出了另外一个担心："他这把年纪，又喝了酒，还不要把牙全镶歪啊！"

就像演一场大戏，主角儿迟迟不出场，急死人。我们发现老房子前越来越多地出现了一些形迹可疑的人，这些人有男有女，有老有少，都是一些生人。他们在房子前后徘徊，盯一眼门上的大锁，最后很不情愿地离开了。

虎头和小双认为这些人当中，少不了会有几个野物精灵。为了验证我们的判断，有一次我们悄悄尾随一个人，果然看到他小步出了街巷，然后一直向北，消失在林子里……

我们共同的结论是，即便是伍伯回来了，镶牙馆开张了，开始的一两个月也没有我们站立的地方。这座老房子在很长一个时期会是各色人物、包括野物大聚会的地方。

大约又是一个星期过去了，我们再次去那个老房子是一个晚上：

屋里灯火辉煌，笑声朗朗！隔着窗户望了望，只见屋里坐了五六个本村的老人，还有几个不认识的男女。我们当然最急着寻找伍伯了，一个一个端量，最后认定那位坐在炕上的老人就是。

这人有六七十岁，花白短发，长脸膛，高鼻梁，眼窝很深，眼睛大半时间眯着。他的个子可真高，因为那双支在炕上的腿怎么看都别扭：太长了。还有他垂在身侧的手，每一只都比常人大一倍。这双手一点都看不出灵巧。

我们尽管觉得这个老人与满屋的人都不一样，但还是有些失望。他如果再古怪一些就好了，比如长得像人与野物之间的模样，大概也就合情合理了。

这个晚上我们站在窗外，想待到老人们一一离去，可惜没有成功。屋里的老人个个都是熬夜的好手，他们就是不走。伍伯不时抬起那双大手比画一下，但听不到在说什么。

大白天里该是镶牙馆上班的时间了，可是这里更加无精打采。来的人不多，主人醒来也晚，醒来后还要到灶间吃东西，然后才趿拉着鞋子到中间屋——这儿才是工作间，是最有趣的地方。

我们从窗户外边将工作间看得十分仔细，所以当终于有机会破门而入时，对一切也就不再惊奇了。这里像镇上那个有名的镶牙馆一样吗？我们不敢确定。因为这里的各种器械多到五花八门，但绝算不上精巧。我们原来渴望看到一些古怪到极点的仪器，好像这里全都没有。

一张木头台子、一个大水池子，还有一张能转动的破椅子——

它唯一令人吃惊的是能半躺、能转动。台子上有几个生锈的铁盒，里面是钩子镊子小镜子之类。只有刺鼻的药水味儿让人不敢大意。我们东看西看，最后在角落里发现了一个铁架子，它能屈能伸，轻轻拉一下，尖尖的一端就对准了我们的嘴巴。

镶牙的人不多，村里人不愧有个好牙齿的名声，几乎没有一个是来干这个的，只是进来看看新奇和玩。只有个别的生人才会镶牙，这时伍伯就唉声叹气穿上白大褂，拉上帘子干活。帘子里传出兹兹啦啦的声音，还有满意的哼哼声。

如果老屋里一整天不来人，我们就高兴了。那一大罐酒终于有机会献上，伍伯两眼立刻放出光来，笑眯眯地看着我们。他揭开盖子直接喝了一口，喉结儿上下移动，连连夸赞。大概他很快就醉了，因为他表现出从未有过的愉快模样。

我们想谈谈兔王与狼王的交战，谈谈金子，谈谈所有的野物。可是不知该从哪里说起。虎头坐到椅子上躺了，张嘴让他看看什么时候可以镶牙。他扒拉了一会儿，说："像兔子牙似的！"我们这才注意到虎头的门牙很大。虎头大笑：

"你给兔子镶过牙啊？"

伍伯的手停了一下，然后很快舞动起来，嗓门大极了："咱什么牙都镶过！咱干这个一辈子了，什么牙都敢镶！哈哈……"

"我想镶一对金牙，金光闪闪的那种……"小双说。

他沉下脸："那不行。那太贵了，也不好看 —— 村里人不能镶那个。"

“可是以前就有人镶过……”虎头说。

伍伯摇着头：“那是旧社会的事儿了。新社会，如今，不再时兴那种牙了——又费钱又不硬朗，嚼地瓜糖都不好使。”

“那镶什么牙啊？”虎头认真了。

“铁牙就行，合金的，一般是这样。”他肯定地说。

我们都笑了。我们都享受了兔子的待遇！可是我们并不会在野外撕咬的。我们不过是逗他玩，可能一辈子都不会镶牙，就像村里老人一样，到八十岁还能咔嚓咔嚓嚼地瓜糖……我们这样想着就掏出一把，大声嚼了起来。

伍伯说：“好牙，真好牙……”

因为与老人熟了，他又喝过了酒，所以我们后来就试着摸了一下他后脖子上的肉坨，他没有反对。我们开始随意翻找。金子在哪儿？如果是糊了泥巴的金锭，我们也不会被骗。可是好像没有那种东西。

那一大罐酒让老人喝了三天。他喝过了酒就兴高采烈，抚摸我们的头，夸道：“真好孩子啊，镇上就没有这么好的小孩！”

第三天晚上没有一位老人来镶牙馆，我们就怂恿伍伯喝了更多的酒，让他的话变得更多。虎头和小双朝我挤眼，然后我们三个就一问一答，尽说些野物精灵，还问伍伯：“如果我们是林子里的野物，牙齿坏了，给你钱，你能给我们镶牙吗？”

老人点点头，严肃地说：“那还用说？干手艺的人不能挑肥拣瘦，只要找到咱的，全都一个样！”

“可是野物咬人哪！它们那会儿疼了，急了，会从椅子上跳起来咬人哪！”虎头设想着那些危险的场景。

伍伯摇摇头：“这不碍事。遇到獾哪熊啊这一类，先给它嘴里放个嘴撑子，然后放心干活就是。”

我们哈哈大笑。笑过了小双又说：“兔子急了也会咬人的……还有，你说鼹鼠这种小东西也镶过牙吗？”

“给它镶牙，那得有最好的眼神才行！反正我现在是不行了，我那徒弟还差不多。它们的小牙像高粱粒儿那么大，一颗一颗又白又亮。刺猬扎手，给它们镶牙，那得戴上一副皮手套。鸟儿也能镶牙，有一种大鸟个头不小，一张嘴里只有两颗牙，上边一颗，下边一颗。狐狸来镶牙是假，逗你玩才是真，它们一坐到椅子上就笑，笑个不停……”

我们一开始听得入迷，后来又一齐大笑起来。伍伯醉得走路一晃一晃，这会儿学着各种动物的样子，向我们做鬼脸，发出吓唬的声音。

小双这时又想到一个重要的问题，就问：“野物精灵像人一样，镶牙交钱吗？”

“那可不一定。它们的钱和咱们人的可不一样。老熊给一块鹅卵石，狐狸给一个鸡头，獾给一根野鸡翎子。要数兔子出手大方了，它给的是一粒金子！”

我们全都瞪大了眼睛。虎头问：“金子？快让我们瞧瞧！”

伍伯眯眯眼：“早花光了！我这人喝了一辈子酒，挣的金子都用来打酒了！”

我们一阵失望。

不过这个夜晚过得超级愉快。好像不费吹灰之力就探来了这么多秘密。这可能是村里老人从来没有听说的。这可不是传说，而是当事人直接向我们讲述的！老天爷，原来所有野物精灵都是真的，它们的那些事也全都是真的……

几天后，瞅个没人的晚上，我们再次进了镶牙馆。本来想好好玩一个夜晚，想不到一件大事就在眼皮底下发生了！

那会儿我们摇晃着空空的酒罐，正在惋惜，有人就敲门了。进来的是一个大婶：涂了口红，五十多岁，搽了粉，大花衣服，提了一个草编篮子。她一进来伍伯的眼睛就放光，说：“啊！啊！你来了……”

大婶冲我们笑笑，一屁股坐在炕上。她把篮子打开，取出一罐酒、一些炒花生和豆腐干。

我们对视着，一声不吭。

伍伯走路像跳舞一样，好像没喝就醉了。他飞快取来两个杯子，塞给那个大婶一个，然后就扳开酒罐……浓烈的酒香一下散了满屋。

他们捏着小菜喝酒，一会儿碰一下杯子，又说又笑，就像屋里再也没有别人似的。喝了一会儿，伍伯的脸红了，笑得也更响了。我们却转到大婶后边，想看到一条尾巴。暂时没有。

我们相互使个眼色，就溜出了镶牙馆。

我们静静地候在街口那儿。时间过得太慢，直到月亮爬上屋檐，镶牙馆的门还没有响。等下去吧。大约又过了半个钟头，有了脚步声，我们一抬头就看到了 —— 正是那个大婶，手里提着那个篮子往这边走来。

她出了街口，一直往前。

我们小心再小心地跟上去，盯紧了月光下的身影。夜色渐深，但总能看清她飘飘的脚步。显然她是喝多了。

她一直走了二里多路，然后倚在一棵大槐树上，把鞋子脱下来磕打两下，重新穿上……她改变方向往北了，那儿是茫茫海滩啊！那个方向再也没有村庄，只有荒原。

随着树木变得浓密，她的身影一次次隐没。最后我们看她闪了一下，就再也不见了影子……

月亮真亮啊。可是我们弄丢了目标。但不知为什么，我们今夜并不怎么沮丧。

月亮好像十分和蔼，这会儿正笑眯眯地看着我们……

二〇一三年七月九日

图书在版编目（CIP）数据

镶牙馆美谈 / 张炜著．—济南：山东教育出版社，2016
（张炜文存）
ISBN 978-7-5328-9250-1

Ⅰ．①镶… Ⅱ．①张… Ⅲ．①中篇小说—小说集—中国—当代Ⅳ．①I247.5

中国版本图书馆 CIP 数据核字（2015）第 312856 号

总 策 划：刘东杰
出版统筹：祝　丽
特邀编辑：马　兵
责任编辑：白汉坤　刘仕洋
装帧设计：王承利　宋晓军
手稿摄影：曹清雅

张炜文存
镶牙馆美谈

张炜著

主　管：山东出版传媒股份有限公司
出版者：山东教育出版社
（济南市纬一路 321 号　邮编：250001）
电　话：（0531）82092664　传真：（0531）82092625
网　址：sjs.com.cn
发行者：山东教育出版社
印　刷：济南精致印务有限公司
版　次：2016 年 3 月第 1 版　2016 年 3 月第 1 次印刷
规　格：720mm×1092mm　16 开本
印　张：32 印张
字　数：369 千字
书　号：ISBN 978-7-5328-9250-1
定　价：66.00 元

（如印装质量有问题，请与印刷厂联系调换）印厂电话：0531—88783898